철제계단이 있는 천변 풍경

ⓒ 김도언, 2004

초판 1쇄 발행일 | 2004년 1월 12일
초판 2쇄 발행일 | 2004년 3월 8일

지은이 | 김도언
펴낸이 | 김현주
펴낸곳 | 이룸

출판등록 | 1997년 10월 30일 제10—1502호
121—210 서울시 마포구 서교동 395—101 우신빌딩 5층
전화 | 편집부 (02)324—2347, 영업부 (02)2648—7224
팩스 | 편집부 (02)324—2348, 영업부 (02)2654—7696
e—mail | erum9@hanmail.net

ISBN 89—5707—079—6 (03810)

값 9,000원

● 잘못된 책은 교환해 드립니다.

철제계단이 있는 천변 풍경

철제계단이 있는 천변 풍경

ⓒ 김도언, 2004

초판 1쇄 발행일 | 2004년 1월 12일
초판 2쇄 발행일 | 2004년 3월 8일

지은이 | 김도언
펴낸이 | 김현주
펴낸곳 | 이룸

출판등록 | 1997년 10월 30일 제10-1502호
121-210 서울시 마포구 서교동 395-101 우신빌딩 5층
전화 | 편집부 (02)324-2347, 영업부 (02)2648-7224
팩스 | 편집부 (02)324-2348, 영업부 (02)2654-7696
e-mail | erum9@hanmail.net

ISBN 89-5707-079-6 (03810)

값 9,000원

● 잘못된 책은 교환해 드립니다.

철제계단이 있는 천변풍경

김도언 소설

이룸

■ 작가의 말

　문단에 초라한 이름을 내밀고 4년여 만에 첫 소설집을 묶어낸다. 출판사에서 보낸 교정지로 소설을 한 편 한 편 읽어보니 이상하게도 내가 소설을 쓸 때 무엇을 하고 있었는지, 어떤 일에 골몰했었는지 전혀 생각이 나지 않는다. 그때 나는 아마 직장에서 가혹한 스트레스를 받은 나머지 출근길의 지하철에 뛰어들고 싶다는 생각을 했을지도 모르고, 연금 증서를 기다리는 늙은 대령*처럼 은행의 현금 지급기 앞에서 한 줄의 희망을 기다리며 잔뜩 우울했었는지도 모른다. 아니면 대책 없이 낯선 연애 같은 것을 꿈꾸었는지도 모르겠다. 하지만 기특하게도 내가 쓴 소설들은 그런 위기와 욕망의 흔적들을 잘 수습하며 감추고 있다. 소설이 시나브로 내게 그런 시절을 견디게 하는 힘을 주었는지도 모르겠다.

　나는 소설이 큰일을 할 수 있다고 생각해본 적이 없다. 내 생각

---

* G. 마르케스의 〈아무도 대령에게 편지하지 않다〉의 권태로운 주인공, 퇴역 대령. 천식을 앓는 아내와 함께 투계용 수탉을 키우며 도착하지 않는 정부의 연금 증서를 기다린다.

이 잘못됐다고 말하는 사람이 있다면, 소설을 통해 큰일을 하는 건 그렇게 말하는 사람의 몫이라고 예의바르게 대답할 것이다. 정확히 그 뜻을 이해하지 못하면서 '문학은 혁명에 관여하지 않고 혁명의 조짐에 관여한다'고 말했던 황지우 시인을 좋아했던 것도 아마 내심 그런 생각을 하고 있었기 때문일 것이다. 나는 이제까지 소설을 깔보지도 않고 우러러보지도 않았다. 마찬가지로 나는 소설이, 누군가를 깔보게 하거나 누군가를 우러러보이게 하는 것이 아니었으면 한다. 만약 소설이 누군가를 높이고 누군가를 낮출 수 있는 영악하고 치사한 것이었다면 나는 소설을 애초에 가까이 두지 않았을 것이다. 나는 소설을 섬기지도 않으면서 이처럼 소설과 가까이 지내는 것을 고맙게 생각한다.

  소설을 쓰는 동안 나는 언제나 정신적으로 홀로이고자 했던 것 같다. 나는 과격하게 피를 들먹이며 인연을 부정하는 글을 쓰기도 했다. 홀로 있을 때 보다 많은 일을 할 수 있다고 지금도 여전히 생각하지만 내가 세상에 내 이름으로 책을 내보일 수 있게 된 것은 이런 내 아집을 헤아려준 사람들 덕분이다. 가족을 포함하여 내 곁의 사람들이 나를 견뎌준 덕분이다. 아울러 나는 음해나 모함을 받지 않을 만큼, 그리고 스스로 괴롭지 않을 만큼 내가 적당히 무명이었던 것을 고맙게, 다행스럽게 생각한다. 그래서 보다 자유롭게, 그리고 즐겁게 소설을 쓸 수 있었다.

  앞으로 소설을 쓰고 싶으면 언제든 또 쓸 것이다. 물론 누구보다도 잘 쓰고 싶다. 죽기 전까지 장편소설 두 편과 소설집 한 권을 더 묶어내는 것이 내 소망이다. 하지만 나는 사실 지금도 멋진 소설을 쓰기 위해 내가 무언가를 희생해야 한다고 누군가 말한다면 뜨악한 표정부터 지을 것 같다. 나는 다만, 지금까지 그랬던 것처럼 소설과 평등하고 자유롭게 사귀고 싶을 뿐이다. 끝으로 첫 책을 격려해주신 선생님들께 마음속 깊은 곳으로부터의 감사를 드리고 말없이 지켜봐주시는 부모님과 작가의 길을 함께 걷고 있는 아내 김숨, 작업 동인들에게 특별한 마음을 전한다. 흠이 많은 원고를 예쁜 책으로 묶어주신 이룸 식구들께도.

2004년 1월 김도언

차례_

작가의 말　4

철제계단이 있는 천변 풍경　9
부주의하게 잠든 밤의 악몽　39
소년, 소녀를 만나다　73
소년, 여인을 만나다　103
기호태傳　137
봄비, 나를 울리는 봄비　167
어느 날, 나는　197
고딕gothic 가족　217
51개의 시퀀스로 이루어진 한 편의 농담—회전　241
픽션, 섹스, 비디오　277
Empty Rooms　305

접속의 상상력과 단속의 수사학—우찬제　332

철제계단이 있는 천변 풍경

나는 스물여덟 개의 철제계단의 공명음을 사랑했고

냉동창고의 그것 같은 육중한 문을 사랑했고

앞으로 흐르는 시내와 그곳 천변으로 지나다니는 여학생들의 재잘거림을 사랑했다.

그리고 그림이 잘 안 되어 심약해지기라도 하는 날이면

저들 중 하나를 데려다 같이 살면 안 될까라는 생각을 하기도 했을 것이다.

쇠라 〈그랑드 자트 섬의 일요일 오후〉
1884~1886, 캔버스에 유채, 205.7×305.8cm, 시카고 헬렌 버치 바틀레트 기념관

　〈아니에르에서의 물놀이〉로 일약 파리의 젊은 세대 화가들의 중심적 존재로 부상한 쇠라는 일층 야심적인 두 번째의 대작을 준비하게 되는데, 그 작품이 바로 〈그랑드 자트 섬의 일요일 오후〉이다. 모티프는 전작과 마찬가지인 밝은 야외의 인물 군상(群像)으로, 등장인물의 수도 한결 많아지고, 또한 땅의 부분에서는 빛이 닿는 부분과 그늘진 부분의 콘트라스트를 강조하여 구도를 한층 복잡하게 만들고 있다. 이 작품이 제작되는 동안 쇠라는 매일같이 아침부터 그랑드 자트 섬에 나가 여러 인간상을 정밀하게 스케치했고, 오후에는 아틀리에에서 이들 인간상을 새롭게 조형적으로 만들어 화면에 어떻게 배치할 것인가를 고심하면서 장장 3년에 걸쳐 이 대작을 완성했다.
　그는 분할주의를 최초로 적용하여 여러 가지 점묘화법에 의해 화면을 전부 색점으로 메웠으며 인물은 정면을 향하거나 옆을 향하게 하여 고대 조각처럼 움직임이 없는 엄숙함을 갖게 하고 있다. 또한 이를 밝은 색채와 서로 작용시켜 모뉴멘탈한 거대함을 실현시키고 있다.

고등학교 때 처음으로 본 이 그림에서 나는 휴지(休止)를 보았고 그 이면의 어떤 생동(生動)을 보았다.

프롤로그

나는 이제 "그 무렵에"라는 자못 회상적인 어조로 시작되는, 어떤 미심쩍은 글을 쓰려고 한다. 그것은 내 지나온 삶의 그리 많지 않은 질곡들 가운데서도 본의 아니게 가장 미화되기 쉽고 정당화되기 쉬운 어느 한 부분을 냉정하게 되새겨보려는 의도의 소산이다.

여기에서 다 말을 할 수는 없지만 그간 나는 많이 망설였고 자칫 진부해지기 쉬운 이야기의 톤과 빛깔을 어떻게 다스려야 할지에 대해서 고민했다. 예전에는 이런 고민은 나의 몫이 아닌 줄 알았다. 확실히 나에게는 생소한 조바심은 첫 문장을 여러 번 지우는 수고로움을 내게 주었으며 그때 즈음에 나는 어떤 결과가 나오든 빨리 끝을 내고 보자는 체념 비슷한 심사에 빠져들게 되었다.

이제 내가 풀어내려고 애쓰게 될 이 이야기에 대한 나의 자세는 애정은 아니고 연민은 더더욱 아니며 그것은 차라리 부정에 더 가까운 것이다.

1

> 자기를 배반하고 부정하는 데 열중할 수밖에
> 없는 청춘은 얼마나 슬픈 것인가.
> ―필립 솔레르스 〈도전〉 중에서

  그 무렵에 나는 어떤 지독한 예감의 수렁에 빠져 있었다. 그 예감은 희뿌연할 뿐 냄새도 실체도 없는 것이었다. 그것은 아무래도, 누군가를 만나게 될 것만 같은, 누군가가 내 삶에 틈입하게 될 것만 같은 상서로운 예감이었는데 그 예감의 배후에는 믿을 수 없을 만큼 아무것도 없었다. 그 예감은 이를테면 밤에 정결히 세수와 양치질을 하고 막 잠자리에 누웠을 때, 오늘은 잠이 잘 올 것 같다든가 아니면 오늘은 잠이 잘 오지 않을 것 같다든가 하는 아주 사소한 예감과도 비슷한, 막연하면서도 점점 확연해지는 그런 것이었다. 나는 거의 그 계절을 그 예감의 진원을 찾기 위해, 그리고 그 예감의 실체와 조우하기 위해 종일 거리를 배회하는 데 소비했다. 그러던 중의 어느 날 나는 집 근처 정류장에서 버스를 기다리고 있었을 것이다. 그날 내가 어떤 연유로 그곳에서 버스를 기다리게 되었는지, 내가 기다리고 있던 버스는 어디 어디를 경유하는 버스였고 주로 어떤 승객들을 태우는 버스였는지, 그리고 그 버스를 타고 나는 어디를 가려고 했었는지 지금에 와서 나는 설명할 방법이 없다. 확실한 것은 그때 나는 버스를 기다리고 있었다는 사실뿐이다. 버스를 기다리고 있는데 갑자기 마른하늘에서 비가 쏟아지기 시작했다. 주위의 어느 누구도 예상치 못한 비였고 따라서 우장(雨裝)을 갖춘 사람은 한 사람도 없었기에 정류장 일대는 매우 혼잡해졌는데 우선 비를 피하려고 피아노학원―그것이 피아노학원이었는지 미술학원이었는지 확실히 말할 수는 없지만—처마 밑으로 뛰어든 사람이 다섯이고 10미터 정도 떨어진 오락실로 뛰어 들어간 사람이 또 대여섯 정도 되었다. 그러고 보니 우연찮게도 어떤 여자와 나만 원래의 자리에 남게 되었는데 그즈음부터 기다렸다는 듯이 빗줄기는 한결 거세지기 시작했다. 그때 아마도 나는 여호와가 미리 노아의 가족과 지상의 정결한 짐승 일곱 쌍씩을 안전하게 피신시키고서 나머지 부정한 생명들에게 가차 없는 물세례를 주었던 창세기의 이야기를 떠올렸을 것이다.

빗줄기는 앞이 안 보일 정도로 세차게 쏟아졌고 방주에 올라탈 기회를 알면서도 놓친 죄 많은 그녀와 나는 고스란히 그 비를 맞고 있었다. 그녀의 젊고 예쁜 얼굴, 예쁜 옷이 비에 젖는 것을 안타까워하는 나는 그녀에게 이렇게 물었을 것이다. 아니 그것은 어쩌면 변변찮은 핑계에 지나지 않으리라. 아마도 나는 폭우 속에서도 몸을 피하지 않는 그녀의 자학이 궁금했을 것이다.

"왜 비를 맞지요?"

"당신은 그러면?"

뜻밖에 그녀가 반문했다. 믿진 않겠지만 나는 그 순간 나를 사로잡아오던 예감의 끈적끈적한 느낌에서 나의 몸이 스르르 풀려나는 것을 분명히 느낄 수 있었다.

"버스가 곧 올 텐데요, 뭐."

"비가 곧 그칠 텐데요, 뭐."

놀라운 일이 벌어진 건 그 다음이었다. 나는, 나도 모르는 사이 아니면 누가 나를 속이는 사이 그녀에게 '나를 따라와요' 손짓으로 말하고 있었다. 그러면 그녀는 빗속에서 잠시 웃었을까. 내가 앞장 서서 걷고 그녀가 말없이 내 뒤를 따라 걸었다. 이런 믿기지 않는 사실 앞에서도 나는 전혀 당황하지는 않았던 것 같다. 그것은 오랫동안 나를 괴롭혔던 예감 덕분이었을까. 그 예감이 나의 몸을 적당히 예열시켜놓았던 때문이었을 것이다.

비는 그칠 기색을 보이지 않고 보도에 군데군데 물구덩이와 물줄기를 만들어놓고 있었다. 소리 없이 뒤따라오던 그녀는 이따금 그것들을 이용하여 발로 물장난을 치기도 했다. 이미 모든 것은 젖어 있었으니까.

그녀와 나는 천변을 걸어서 내가 화실로도 쓰고 있는 자취방에 도착했다. 자취방 문으로 통하는 육중한 철계단을 한 계단씩 오를 때마다 텅, 텅, 공명음이 울렸는데 물먹은 바지가 뻑뻑해져서 걸음을 옮겨놓기가 여간 고역이 아니었다. 치마를 입은 그녀가 자춤거리는 나를 앞질러 방문 앞 난간에 섰다. 계단은 스물여덟 계단이다. 그때 그게 내 나이였다.

"뭐 하는 곳이지요."

그녀의 목소리는 낮고 침착했다.

"제가 사는 방입니다."

방문 자물쇠를 잡는 내 손에 녹물이 스며들었다. 시뻘건 녹물이 내 손바닥의 손금을 따라 집요하게 흐르는 것을 아마 그녀도 보았을 것이다. 그러면 그녀는 빗속에서 잠시 찡그렸을까. 그랬을 수도 있겠지.

원래 이 방은 방이 아니라 골판지를 쌓아놓는 창고였었는데 골판지 공장이 다른 도시로 이주한 다음부터는 줄곧 무신경하게 방치되어왔다. 그러다가 이곳에 방을 꾸며 살겠다고 나선 사람이 바로 나의 장형(長兄)이었다. 그러나 그는 이곳에서 젊은 형수와 석 달 정도 살다가 다시 다세대주택으로 이사를 해야만 했다. 그로서는 도대체 난방 문제를 해결할 수가 없었고 두 돌 갓 지난 아기가 자꾸 기침을 해대서 가족의 위생을 생각지 않을 수 없었을 것이다. 그때 마침 하숙에서 밀려 나오게 된 나는 그 방의 넓디넓음에 반해서 장형에게 그가 빼내지 못한 전세금을 꾸는 것으로 하고 그 방의 주인이 되었다. 물론 그때부터 이미 나는 그곳을 화실로 꾸밀 생각을 가지고 있었다. 막상 몇 달을 생활을 해보니 그 방은 장형이 불평한 대로 그렇게 엉망이지만은 않았다. 물론 내 건성 어린 눈이 살림에 어느 정도 이력이 붙은 장형의 꼼꼼한 눈을 따라갈 수는 없었겠지만 나는 환풍기를 설치하고 창을 내고 장작 난로를 하나 마련하는 것으로 장형에 의해 지적된 그 방의 두 가지 난점, 즉 난방과 통풍을 거의 해결했다고 생각했다. 그러나 난방을 기대했던 난로에서 시큼한 먼지와 연기가 피어오르고 환기를 기대했던 창문의 틈에서 쌕쌕거리는 찬바람만이 스며 들어와서 방에 먼지와 냉기만이 가득 차곤 할 때에는 침대 위에서 이불을 머리끝까지 뒤집어쓰고 먼지가 잦아들고 냉기가 따뜻하고 훈훈한 온기로 바뀔 때까지 하냥 기다리는 멋쩍음을 맛보기도 했다.

  그 방과 그 주위는 그러나 아름다운 것이었음을 고백해야겠다. 나는 스물여덟 개의 철제계단의 공명음을 사랑했고 냉동창고의 그것 같은 육중한 문을 사랑했고 앞으로 흐르는 시내와 그곳 천변으로 지나다니는 여학생들의 재잘거림을 사랑했다. 그리고 그림이 잘 안 되어 심약해지기라도 하는 날이면 저들 중 하나를 데려다 같이 살면 안 될까라는 생각을 하기도 했을 것이다. 그때는 이런 사특함도 나에게 하루를 견디는 외면할 수 없는 힘이 되어주었다.

  내가 어떤 막연한 예감 끝에 비 내리는 버스 정류장에서 만난—후일 이명이라고 이름을 밝힌 낯모르는 여자를 자취방으로 데려온 것은, 난간에서 담배나 피워 물며 지나다니는 여학생들을 바라보거나 철제계단의 텅텅거리는 공명음을 들으며 살면서 막 두 번째 10월을 맞이할 무렵이었다.

2

> 너를 보면 세계의 비밀이 보인다.
> ―이영진 〈하루살이〉 중에서

　실내는 침침했다. 그녀는 낯이 설어 익숙하지 않았기 때문인지 바닥의 슬리퍼들과 붓통과 이젤들에 발이 자꾸 걸리었고 화판의 모서리에 팔을 긁히기도 했다. 그녀는 비틀거렸고 그 바람에 그녀의 더운 몸 냄새가 훅 나에게 끼쳐왔다. 그녀와 나는 침침한 어둠 속에서 몸을 닦고 말없이 옷을 갈아입었다. 밑에 조용히 가라앉아 있던 먼지들은 그녀와 나의 몸에서 튕겨지는 물방울들로 인해 어지럽게 엉키며 공중으로 흩어 올랐다. 그녀는 나의 트레이닝복을 입었고 나는 헐렁한 면바지와 남방으로 갈아입었다. 형광등 스위치를 올렸다. 안이 환해지면서 나는 처음으로 그녀의 얼굴을 자세히 들여다보았는데 그것은 그녀도 마찬가지였을 것이다. 그녀의 눈매는 깊으며 그윽했고 눈썹의 선이 가늘고 길었다. 물기가 남아 있는 새까만 생머리는 뺨 근처에서 찰랑거렸고 발톱은 가지런하게 반짝였다.
　트레이닝복의 현란한 색상과 그녀의 단아한 하얀 팔, 목, 얼굴은 묘한 대조를 이루고 있었다. 그 대조로 인한 느낌은 함부로 범하지 못할 어떤 위엄 같은 것을 내뿜고 있었는데 그 후로도 오랫동안 나는 이 느낌을 잊지 못하였다. 나는 바닥을 정리하고 나서 그때까지도 관상수처럼 우두커니 서 있기만 하던 그녀에게 의자를 권하였다.
"이쪽으로 앉아요."
"……."
 그녀는 내가 내미는 의자에 순순히 앉으면서도 고맙다거나 하는 등의 말은 하지 않았고 그 말 없음이 그녀에겐 썩 잘 어울린다고 나는 생각했다. 나는 주방으로 가서 홍합으로 국물을 끓이기 시작했다. 그제야 그녀는 나의 등 뒤에서 화구(畵具)들과 정물들과 캔버스들이 가득 들어찬 방의 모습을 똑바로 혹은 곁눈질로 쳐다보았을 것이다. 주방 가의 창문 밖에서는 여전히 거센 빗줄기가 쏟아지고 있었고 나는 그 빗줄기가 그녀를 나로부터 떼어놓을 수 없게끔 하는 어떤 절대자의 강력한 계시거나 그 시현처럼 생각되기도 하는 것이어서 괜스레 흥거워지기도 하였다. 그것이 정말 계시였는지 어쨌는지 홍합 국물을 같이 떠 마신 그날부터 그녀와 나는 같이 살게 되었다. 환풍구가 있고 스물여덟 개의 철제계단이 있는, 옛날에는 골판지를 쌓아놓는 창고였던 화실에서 그녀와 나는, 우리는 가끔 홍합 국물을 끓여 마시며 같이 살았다. 우리는 곱게 해질 녘의 천변을 산책하기도 했고 철제 난간 위에서 지나다니는 여학생들을 함께 내려다보기도 했으며, 책 대여점에서 서로의 책을 골라주기도 했고 어느 날은 아무것도 먹지 않고 하루 종일 침대 위에서 살바도르 달리나 앙리 루소의 화집을 보며 키들키들대기도 했다. 우리는 행복한 듯 보였다. 그리고 행복하다고 믿었다. 하지만 그때까지 우리는 서로에 대하여 잘 알지 못하고 있었다. 그도 그럴 것이 나는 그녀에게 나를, 그녀는 나에게 그녀를 얘기한 적이 한 번도 없었던 것이다. 그녀와 나는 그것에 대해서 그러나 별반 심각하게 생각하지는 않았던 것 같다. 우리는 서로를 잘 몰랐으므로 많은 얘기를 나누지 않았고 많은 얘기를 나누지 않았으므로 서로를 잘 모를 뿐이었다. 실제로 서로에 대한 무지가 우리 생활에 불편하게 생각된 적은 없었다. 여전히 우리의 관계는 철제 난간 위에서 내려다본 지나다니는 여학생들의 깔깔거리는 웃음소리만큼이나 평화로웠으며 서로의 것을 인정하는 암묵(暗默)과 고요와 묵계(默契)의 영역은 오히려 상대방에 대한 우호적인 상상의 세계를 펼치는 것을 가능하게 해주었다.

우리의 동거가 평이하고 단조롭고 고요한 안일 속에서 두 달 정도가 지나서 계절이 겨울로 접어든 어느 날, 아침 일찍 외출했다가 해질 녘쯤에 돌아온 그녀는 외투의 눈을 털어내며 아주 무표정한 목소리로 말했다. 그날은 그 겨울의 첫눈이 오기도 한 날이었다.

"저 내일부터 출근해요."

나는 그때 예의 홍합으로 국물을 끓이고 있었다. 나는 차분히 하던 일을 마저 하고 나서—국물에 조미료를 치고 마른 미역을 잘라 넣고 손을 닦은 다음 담배에 불을 붙이고 나서야 그녀의 뜻밖의 말을 받았다. 그 의도적이랄 수도 있는 태연함을 나는 일찍이 나에게 가르쳐준 적이 없었다. 당황의 극점에는 오히려 어떤 평정이 있는 것인지도 모르겠다.

"뭐 하는 곳인데요?"

"아주 큰 미용실이에요. 미용사만 열두 명이나 돼요. 이층은 미용학원이구요."

"미용 기술이 있었어요?"

"이명이가 할 줄 아는 것은 그것뿐인걸요."

나는 그때 처음으로 '이명'이라는 그녀의 이름을 들었다. 그것은 정말 이명(耳鳴)처럼 들렸다.

"이명……?"

"제 이름이에요……. 이젠 그렇게 불러도 돼요."

그렇게 말하고 그녀는 살며시 웃기까지 하였다. 웃었을 때 살짝 드러난 그녀의 윗니가 차갑도록 맑게 느껴져서 나는 순간 온몸이 으스스해지는 기분이 들었다. 그녀는 난롯가에서 몸을 좀 녹이고는 주방으로 가서 끓고 있는 홍합 국물의 맛을 보고 그것과 여러 안주들을 식탁에다 올려놓기 시작했다.

그녀가, 그녀가 가지고 온 비닐봉지 안에서 마지막으로 꺼내놓은 것은 두 홉들이 소주 네 병이었는데 우리는—이명이와 나는 그날 밤 그것을 다 마시고 말았다. 돌이켜보건대 이명이와 내가 나눈 유쾌하면서도 음유적이며 광란적이면서 한없이 시니컬했던 그 밤의 술자리는 그때가 처음이자 마지막이었다. 그녀는 그런 분위기를 주도했고 나는 그것에 주저 없이 휩쓸렸다. 그녀는 자신의 이름을 물어주지 않은 나를 이상하게 생각하면서도 일컬어지지 않아도 생활을 하는 데 그닥 불편을 느낄 수 없었기 때문에 그녀 자신도 자기의 이름을 잊고 살았었다고 얘기했다. 그녀의 성은 유(劉)였다. 유이명(梨明).

3

밤이 밤의 창을 때리는구나
—김수영 〈밤〉 중에서

그 밤 기분이 흐느적거리도록 취한 우리는 철제 난간 위에서 축포인 양 쏟아지는 하얀 눈을 맞으며 건배를 했고 소리를 질렀고 서로의 얼굴에 술을 끼얹었고 담배를 던졌다. 그녀는 얼굴이 창백해지도록 깔깔댔고 나는 눈을 뭉쳐 칼칼해진 목을 적시고 노래를 불렀다. 그때 아마 나는 〈아베 마리아〉나 〈빈센트〉 같은 노래를 불렀을 것이다. 우리는 맥주를 더 사다가 흘려가며 엎질러가며 마셨고 밤새 철제계단을 오르내리며 장중하게 텅, 텅, 울리는 공명음을 들었고─그것을 무슨 성덕대왕신종의 신성한 종소리인 양 여기며─눈 쌓인 천변을 걸으며 함부로 떠들고 노래했다. 나는 주차해놓은 카고트럭을 엄폐 삼아 눈밭 위에 방뇨를 하면서 그 자국을 보고 '눈꽃이야'라고 소리치기도 했는데 그것은 오래전 읽었던 천승세의 아름다운 소설 〈혜자의 눈꽃〉에서 연상되어 나온 행위임에 틀림없었을 것이다.

그 눈 내리던 밤의 대취와 광가난무는 확실히 요란스러운 것이기는 했지만 그때까지 그녀와 나 사이에 혹시 잔존하고 있었을지도 모르는 기분 나쁜 일말의 불안이나 의심, 혹은 불편 같은 것들을 일소해버리는 어떤 거룩한 고해성사와 그로 말미암은 일종의 거듭남의 의식 정도는 아니었을까 하는 생각이 들었다. 적어도 그때의 내 생각만은 그러했다. 방에 들어오기 위해 계단을 오를 때 철제계단의 공명음은 더 이상 우리의 귀에 들리지 않았다. 우리는 어지간히 취해 있었던 것이다. 아침에 눈을 떠보니 이명이는 벌써 나가고 없었다. 의식이 가물가물해지면서 혹시 간밤에 내가 그녀를 천변에 버려두고 혼자서만 들어온 것이 아닌가 하는 생각도 들어 오싹하기도 했지만 분명히 철제계단을 같이 오르던 기억이 나고 또 세탁 봉지 안에서 간밤 그녀가 입었던 옷가지들을 발견하고서 나는 금방 마음이 편안해졌다. 실내가 갑갑하다고 느꼈고 머리가 무거워서 나는 숨점퍼 하나만 걸치고 밖으로 나갔다. 지난밤 내린 눈들은 아직 소복하고 탐스러웠지만 그녀와 나의 광기 어린 손길과 발길이 미친 곳은 아주 너저분하게 이지러져 있어서 그것은 마치 찰과상을 입은 소녀의 하얀 팔을 연상케 하는 것이었다.

계단을 내려가서 나는 오랜만에 찬찬히 나의 화실 건물을 올려다보았다. 스무 평 남짓한 그 건물은 이미 여러 번 말했듯이 예전에는 골판지를 쌓아놓는 창고였는데 그즈음에는 젊은 화가 지망생과 이 도시의 미용사가 홍합 국물을 떠 마시며 살고 있었다. 그 젊은 화가 지망생은 근 석 달째 캔버스를 마주 보지 못하고 있었고 이 도시의 미용사는 간밤 새벽까지 술을 마시고 아침 일찍 출근했다. 나는 천변을 한 바퀴 돌면서 거무튀튀한 흙 빛깔로 흐르는 물을 오랫동안 바라보았다. 나는 그 풍경에서 엉뚱하게도 쇠라라는 화가가 그린 〈그랑드 자트 섬의 일요일 오후〉라는 그림을 떠올렸다. 그 그림 속의 풍경은 실제 내 눈앞에 펼쳐진 천변의 덧칠을 한 듯한 무겁고 우중충한 분위기와는 사뭇 다른, 화창하게 맑은 일요일 오후 잘 정돈된 물가에서 한가로이 휴식을 즐기는 사람들을 밝게 묘사해내고 있는 것이었는데 퇴락한 겨울날 지저분하기 이를 데 없는 천변 앞에서 난데없이 산뜻한 그랑드 자트 섬을 떠올린 내 엉뚱한 심사를 되짚어보며, 나도 이제 그림을 그릴 때가 된 것이 아닌가라는 생각을 했다. 그것은 막연한 생각이기도 했고 그래서 그만큼 단정적인 생각이기도 했다. 그랑드 자트 섬의 인파 속에서는 언뜻 이명이의 얼굴도 보였다.

4

> 훗날 감옥에서 석방되듯 지나온 풍경을 돌아볼 때
> ……중략……
> 내 흔적의 희미한 線들이 있거나 할까
> ─최승호 〈설경〉 중에서

직장을 갖게 된 이명이는 즐거운 듯 보였다. 미용실에 다니기 시작한 후로 그녀는 밤 열 시를 전후해서 방에 들어왔고 그보다 더 늦어지는 날이 있기는 했지만 그렇게 잦은 편은 아니었다. 어느 날은 새벽 두 시가 넘어서 들어왔는데 그때 마침 잠시 밖에 나와 철제 난간에서 담배를 피우고 있던 나는 쌀쌀한 날씨에도 불구하고 그녀의 늦은 귀가를 고스란히 문밖에서 기다려내고 있었던 것으로 그녀에게 여겨져서 그녀를 감격시키기도 하였다. 그런 사소한 미혹(迷惑)조차도 그러나 내가 바라는 것은 아니었다. 우리는 우리의 변덕스러운 편의에 따라 일방적으로 나는 그녀에게, 그녀는 나에게 읽혀지곤 했다. 그러면 그것으로 우리는 잠시나마 행복했었을까. 또한 지금 나는 이렇게 얘기할 수도 있을까. 그 우매한 듯했던 미혹은 기실 우리가 그것을 의식했건 의식하지 않았건 간에 혹 그녀와 내가 가지고 있었을지도 모르는 서로에 대한 애련을 확인하는 우회적인 기술이 되어주었다는 것을. 우리는 그런 식으로 상대에 대한 위엄과 경계를 간단히 희화(戲化)하면서 하루하루를 살아냈다.

그 전화들만 아니었다면 아마 우리는 그런 식으로 백 년이라도 살아낼 수 있었을 것이다. 이명이가 미용실에 다닌 지 대략 보름 정도가 지났고 내가 천변과 그랑드 자트 섬에서 힌트를 얻은 작품 구상을 거의 매듭지을 때쯤이던 어느 날 저녁, 그 첫 전화가 걸려왔다. 이름을 밝히지 않은 전화 속의 낯선 남자는 이명이를 찾고 있었다. 그는 다소 불량스럽다고 느껴졌다.

"이명이 좀 바꿔줘요. 옛날 친군데……."

"……."

"여보세요. 잘 안 들려요? 이명이 좀 바꿔달라구요."

전혀 얼굴도 모르면서 늘 전화를 걸어왔던 투로 말하는 그의 여유로움에 나는 나도 모르는 사이 부아가 나서 '그런 사람 없어요'라고 신경질적으로 내뱉고 전화를 끊어버렸다. 수화기를 내려놓은 나는 곧 내 속에서 무언가 무거운 것이 이리저리로 텅텅 튕겨지며 울울대는 기분을 느꼈다. 그 전화는 내 방에 맞게 걸려왔으면서도 나를 찾지 않은 최초의 전화였고 또한 가장 무례한 것이었으므로 나에겐 일종의 분노 같은 것까지도 치밀어올랐다. 그 분노 같은 것은 비록 순간이었지만 그 낯설고 불량스러운 목소리가 찾았던 이명이에게로 치달았다. 그러나 곰곰이 생각해보니 그것은 그렇게 부아가 치밀 일은 아니었다. 우연히 버스 정류장에서 만난 남자와 동거에 들어간 지 이제 석 달이 거의 다 된 이명이로서는 자기의 지인들에게 자신의 근황과 연락처를 알려주는 것쯤은 자연스러운 일이었을 것이다. 여기에까지 생각이 미치자 이제는 그런 것에 분해하고 가슴 떨었던 나 자신에게 말할 수 없는 참괴심(慙愧心)이 느껴지는 것이었다. 그날 이명이는 아홉 시가 조금 넘어서 귀가했다. 나는 뺨이 불그레해진 그녀를 난롯가에 앉히고 큰 컵에 따뜻한 녹차를 가득 부어 주었다. 그녀의 언 몸이 녹고 표정이 평화로워지자—굳이 그러기를 기다린 것은 아니었지만—나는 저녁에 걸려왔던 전화 얘기를 했다. '옛날 친구라고 했는데 내가 그만 잘못 걸려온 전화인 줄 알고 끊어버렸다. 다음부터는 메모를 잘 해놓겠다.

중요한 것인지도 모를 전화를 함부로 받아 미안하다.' 나는 정말 반성하는 어린아이의 표정으로 얘기했다. 이명이는 말없이 고개를 끄덕였다. 그러고는 나의 손을 살며시 잡고 나의 이마에 입을 맞추었다. 그것으로 그녀는 나를 용서했다. 용서를 받은 나는 썰물 때의 바다처럼 마음이 허전해져서 울고만 싶어졌다.

그 밤 막 자정이 지났을 때쯤 그 두 번째 전화가 왔다. 나는 캔버스 앞에 앉아 있었고 이명이는 침대 위에서 자신이 사온, 지금은 그 이름이 생각나지 않는 패션 잡지를 보고 있었다. 그리고 난로 위에서는 커피 물이 끓고 있었다. 그 평화스러운 고요를 깨는 전화벨 소리에 나는 움찔 놀랐고 이명이가 전화를 받았다. 그것은 이명이에게 온 전화였다. 이명이는 조용했지만 유쾌하게 전화 속의 상대방과 한담을 나누었다. 이명이의 입에서는 "브리티쉬(그것은 시내의 록카페 이름이다) …… 포르쉐를 타고…… 젊은 애들…… 지난 토요일 밤…… 너 참 웃긴다…… 뭐 끝내주는구나…… 물이 좋아서…… 너무 촌스러워…… 놀기도 귀찮어…… 철 좀 들어라…… 그건 구미가 당기는데…… 언제? 크리스마스이브?" 등의 말들이 점묘화처럼 현란하게 쏟아졌다. 나는 발랄한 희언(戲言) 같은 많은 말을 이명이가 구사한다는 것에 대해서 적지 않게 놀랐다. 끝 무렵에 이명이가 한 말은 상대가 남자임을 확실히 알려주는 것이었다.

"넌 군대 안 가니?"

이튿날엔 세 통의 전화가 왔다. 전화를 걸어온 사람은 각기 다른 남자들이었지만 그들은 모두 이명이와의 통화를 원하고 있었다. 그중에 운이 좋은 두 사람이 이명이와 통화를 할 수 있었다. 이명이는 전화기를 들고 마냥 히히덕거렸고 생각 없는 인형처럼 하르르 웃었다. 내가 듣기에는 따분하기 이를 데 없는 이야기였지만 이명이는 무엇이 그리 신나는지 줄담배까지 피워가며 그것에 흠뻑 빠져들었다. 그러면 나는 점차 답답해져서 브람스나 무소르그스키의 교향악 같은 것을 들어야만 했다. 그 장엄한 울림으로 내 속의 어떤 간지러운 것들을 긁어내고 싶었다. 그 간지러운 것들은 이명이가 전화 속에서 남자들과 깔깔대며 헤무른 농지거리 같은 것들을 주고받을 때쯤부터 내 속을 괴롭히기 시작했다. 그 증상은 생각보다 심해서 나는 웃음이 나오는 것을 참으려고 배를 움켜쥐고 침대에 누워서 쿵쿵 울리는 음악을 들어야 했지만 이명이는 하나 아랑곳하지 않고 계속 폭포수처럼 말을 쏟아놓았다. 그러면 그 광경은 얼마나 희극적이었을까. 한 남자는 웃음을 참아내며 침대에서 구르고 있고 그 옆의 여자는 한없이 높게 웃으며 전화를 받고 있는 어쩌면 처참했을 광경.

  나의 속이 간지러운 증상은 이명이가 통화를 마치고서야 겨우 없어졌다. 그 다음 날 또 다섯 통의 이명이를 찾는 전화가 왔다. 이명이는 예의 그 특유의 하르르르 웃는 소리로 전화를 받았다. 그녀는 줄담배를 피웠고 전화통에 빠져들었으며 숨이 가쁠 정도로 즐거워했다. 그럴 때면 또 여지없이 나는 속이 간지러워져서 배를 움켜쥐고 음악을 듣거나 그래도 안 되면 밖에 나가 철제 난간 위에서 찬바람을 들이마셔야 했다. 이명이를 찾는 남자들의 전화는 그 후 며칠 동안 계속 이어졌고 이명이에겐 퇴근 후에 두 시간 정도 전화통을 붙잡고 있는 것이 일과가 되다시피 했다. 물론 나에겐 속 간지러움증 때문에 한바탕 난리를 치르는 것이 일과가 되었다. 그 무렵, 어느새 그해의 성탄과 세모는 가까이 다가와 있었다. 그사이의 며칠, 그 시기적 특성 때문이었는지 아니면 숱하게 걸려온 전화와 무슨 연관이 있어서였는지는 몰라도 이명이는 점점 귀가 시간이

늦어졌고 자주 술을 마시고 들어왔다. 그녀는 들어오자마자 피곤함을 이유로(몸을 가누지 못할 정도로 취해서 들어온 날은 그런 이유마저 필요하지 않았지만) 무언가 이야기를 나누고 싶어 하는 나를 외면하고 잠을 서둘렀다. 또 아침에는 일어나기가 무섭게 출근을 했으므로 나는 좀처럼 그녀와 시간을 가질 수가 없었다. 나는 그때 막연히 무언가 잘못되어간다는 느낌만 들었을 뿐 내가 할 수 있는 일을 찾지는 못하고 허둥대기만 했다.

5

> 그 착한 울음 가득하다, 내 저녁,
> —허수경 〈나의 저녁〉 중에서

이명이가 두 명의 친구와 함께 방으로 들이닥친 것은 성탄을 사나흘 정도 남겨놓은 날이었던 것 같다. 친구는 예상 외로 모두 여자였다. 그들은 이미 한잔씩들 걸쳤는지 한결같이 술 냄새들을 풍기고 있었는데, 다들 어딘지 모르게 들떠 있는 인상이었다. 나는 불편하기는 했지만 그것을 드러내고 싶은 생각은 없었다. 이들과 어울리는 것이 어쩌면 이명이의, 어떤 세계를 알 수 있는 계기가 될 수 있지는 않을까 하는 생각도 있었을 것이다.

소개랄 것도 없는 인사를 나누고 우리는 이의 없이 술을 퍼마시기 시작했다. 그날따라 난로의 장작불이 세어서 넓은 방 안이 제법 훈훈했는데, 그것은 결과적으로 취기를 빨리 오르게 하는 원인이 되었다. 나도 몇 잔을 힘겹게 비우고는 곧 취기를 느꼈는데 그런 중에도 내 옆에 이명이가 있고 또 그 옆에 이명이의 친구들이 있다는 사실만은 잊지 않으려고 노력했다.

나는 그날 취해서는 안 되었다.

이명이의 친구들은 처음에는 종종 내게 의도적으로 말을 붙이고 내게 관심이 있다는 것을 표시하려고 노력하였다. 그러나 몇 순배의 잔이 돌자, 곧 그들은 그들의 언어로 이야기하기 시작했다. 이명이는 잠시 머뭇거리다가 주저 없이 제게는 친숙할 친구들의 언어의 세계로 휩쓸려 들어갔다. 그들은 캔버스와 이젤이 있고, 정물과 붓이 있는 방에서 베네통 점퍼와 샤넬의 향수, 그리고 가수의 사생활에 대해 이야기했다. 그것은 아무런 거침이 없는 것이었다. 그럴 수도 있을 것이라고 생각하려는 내 마음은 그러나 나에게 무척 낯선 것이었다. 설마설마했던 속이 다시 간지러워지기 시작했다. 나는, 연거푸 술잔을 비우지 않으면 안 되었고 훅훅, 그들 몰래 심호흡을 해야만 했다. 그들의 언어는 견결했다. 그날따라 장작 난로는 왜 그렇게 뜨거웠을까.

나는 제법 취기가 올라서, 샤넬의 점퍼인지 베네통의 향수인지가 헷갈리기 시작했다. 술은 같이 마셨으니까 취한 것은 정녕 나뿐만은 아니었을 것이다. 이명이 친구 중의 하나는 담배를 아주 익숙하게 피워 물고는 비스듬히 누워서, 내가 붓을 빠는 물통에 재를 떨어내고 있었다. 그 게슴츠레한 눈빛 속에 들어 있는 그 여자의 편안함을 나는 노골적으로 시기했다. 속은 간지럽고 머리는 핑핑 돌았다. 상황은 내게 불리했다. 내가 이것을 참아낼 수 있을까. 아, 그런데 그때 술이 다 떨어진 것이 나의 눈에 띈 것은 다행스러운 일이었다. 나는 밖으로 나갈 구실을 찾아냈던 것이다.

"술 좀 더 사올게요. 얘기들 계속하세요."

나는 손에 잡히는 외투를 걸치고 내가 모르는 언어들이 가득한 방을 나왔다. 내가 모르는 언어들이 가득한 이상 그 방은 내 방이 아니었다. 잔뜩 어두운 날씨에 진눈깨비가 내리고 있었다. 시원한 바람이 내 창자의 구비구비를 다 들추어내는 것처럼 상쾌하게 느껴졌다.

　실내등이 환한 편의점 하나를 그냥 지나쳤다. 술을 사기 위해선 다시 돌아서거나 다음 편의점이 있는 곳까지 1킬로미터 정도를 더 걸어야 했다. 나는 계속 내처 걸었다. 방에서 멀어질수록 마음이 서늘하게 편안해졌다. 그러나 방에서 멀어질수록 편안해지는 마음을 확인하는 것은 확실히 또 다른 불편함이기도 했다. 아마 2킬로미터는 족히 되는 천변을 그날 나는 끝까지 걸었던 것 같다. 시간도 그 거리만큼은 흘렀겠지. 진눈깨비도 그 거리만큼은 내렸을 것이다. 나는 이명이의 친구들이 돌아갔을지도 모른다는 생각을 했다. 그것은 마지막에 하려고 아껴둔 생각이었다.

　방으로 돌아오는 내 발걸음은 조급했다. 처음에 지나쳤던, 방에서 가까운 편의점에 들러 맥주 몇 통과 밀감을 샀다. 나는 이명이와, 어떤, 잘 알지는 못하지만, 꼭 해야 할 이야기가 있을 것이라고 믿었다. 그녀도 진작에 친구들을 보내고 나를 기다리고 있을지도 모르는 일이다. 아마 방을 정리하고 세수까지 했을지도.

　철제계단을 오를 때 그 공명음은 어느 때보다도 청명하게 들렸다. 육중한 문을 열고 실내로 들어섰다. 커진 내 눈에 들어온 것은, 그러나 술에 취해 얼굴들이 울긋불긋해진 세 명의 여자들이 제각기 흉한 모습으로 널브러져 자고 있는 모습뿐이었다. 그들은 나를 기다리다 못해 술을 직접 더 사다가 마신 모양이었다. 쓰러져 있는, 아직 열지 않은 술병이 이명이의 다리 밑에 깔려 있었다. 그들은 친절하기도 했다. 작업 중인 내 캔버스에 '먼저 잘게요'라고 그들의 몸처럼 널브러진 글씨를 남긴 것이었다. 도대체, 오늘의 이곳은 무엇일까. 진눈깨비는 길게 내렸다. 나는 생각을 해보고 싶었다.

6

> 아무것도 모르는 어린 내가 보고 싶다.
> ─천양희 〈시인의 말이라고?〉 중에서

그해의 성탄 전야 나는 방 안에 처박혀 있다가 뜻밖에도 이명이로부터 전화를 받았다. 그녀는 미용실 일을 끝마치고 그 부근의 커피숍에 있다고 했다. 성탄 전야라서 친구들과 어울리기로 했는데 나보고도 같이 어울리자고 했다. 그녀는 며칠 전 일에 대해 기대하지도 않았던 사과를 했다. '며칠 전에 정말 죄송했어요. 다시는 그런 일 없을 거예요. 오늘 같이 있는 친구는 며칠 전의 그런 친구들과는 다르거든요.' 그 전에 없이 공손하고 부드러운 말투는 견디기 힘든 유혹과도 같았다. 그녀는 '눈이 내리는 걸 아세요'라고 물었다. 나는 그 시간까지 밖을 나가지도 내다보지도 않고 있었기 때문에 눈이 내리는 걸 모르고 있었다. 그녀는 함박눈이 내린다고 말했다. '창밖을 내다보세요'라고 속삭였다. 아, 그녀의 때문지 않은 요설(妖說)이 내 가슴을 쓸었다. 나는 이미 그녀에게 달려갈 결심을 하고 있었다.

"그곳이 어디예요?"
"여기는 시드니예요. 시드니 하늘 위에 눈이 내리고 있지요."
"시드니?"
"커피숍 이름이에요. YMCA 건물 뒤편에 있는…… 오실 거죠. 친구들도 기뻐할 거예요."

나는 친구들도 기뻐할 거라는 그녀의 마지막 말은 거짓말일 것이라고 생각했다.

"알았어요. 조금만 기다려요."

나는 공연히 조급해지고 있었다. 감청색 털 스웨터를 입고 그 위에 카키색 오버코트를 걸쳤다. 그리고 체크무늬 목도리를 둘렀다. 아! 길게 자란 수염. 친구들도 있다는데. 나는 어딘가에 처박혀 있을 전기면도기를 찾느라고 부산을 떠는 바람에 정물을 하나 박살내고 말았다. 그것은 공교롭게도 매끈한 턱을 가진 아그리파 석고상이었다. 한 시간 정도가 지나서야 나는 커피숍 시드니 안에 발을 들여놓을 수 있었다. 나를 기다리고 있던 일행은 이명이까지 모두 넷이었는데 남자가 둘 여자가 둘이었다. 그들은 모두 담배들을 물고 있었다. 가까이에서 본 그들은 생각보다 나이가 어려 보였고 남자들의 머리는 한결같이 짧고 빳빳했다. 희뿌연 조명 때문에 처음엔 몰랐지만 개중엔 가죽점퍼를 입고 머리를 누렇게 물들인 축도 있었고 거기에 맞게 여자의 화장은 팔색조의 무늬처럼 선명하고 진했다. 그런데, 그들과 어울린답시고 나온 내 입성이란 죽죽한 구식 오버에 유행과는 무관한 목도리, 꺼칠한 수염. 거기에서부터 나는 다시 어떤 망단감(望斷感)에 사로잡혔고 이명이만 아니라면 도저히 그것을 견뎌낼 수 없을 것 같았다. 남자들 중 그래도 순해 보이는, 얼굴이 동그란 남자가 '이쪽으로 앉으세요'라고 말하며 나를 향해 찡긋 웃었다. 그가 권한 자리는 둥그런 테이블에서 이명이와 또 다른 여자의 사이 자리였다. 자리에 앉은 나는 부러 웃음을 띤 얼굴로 간단히 이름만 밝히며 인사를 했다. 그들도 내게 인사하며 웃었다. 그러자 잠시 고답적이던 분위기는 어떤 절차가 끝나기를 기다렸다는 듯 마뜩한 방향으로 풀어지기 시작했다. 그들은 다행히도 늦게 출현한 한 사람에게 관심을 베푸는 듯한 요량을 부리는 우를 범하지는 않았다. 그들은 아주 익숙한 방식으로 저들끼리 웃고 말하고 웃고 침묵했다. 극단적으로 말한다면 그들에게 그 자리의 나는 있으나 없으나 마찬가지였다. 그런 그들의 태도는 여하튼 버릇없는 것이기는 했으나 외려 나에게 묘한 편안함을 주는 것이기도 했다. 이명이는 일행과 뿌듯한 대화를 나누다가도 조용히 차를 마셨으며 생각난 듯 '저녁 식사는 하셨어요'라고 내게 묻기도 했다. 이명이의 표정은 설레도록 밝았고 혹은 쓸쓸했다. 얼마 후 일행은 밖으로 나왔다. 눈은 하늘 가득 차 있어서 그 한 단면이 무너지듯 쏟아져 내리고 있었다. 그 단면들은 끊임없이 꼬리를 물었다. 일행은 환호성을 질렀다. 분주한 성탄 전야의 거리는 처참하리만큼 아름다웠다. 한편의 거리에서는 어린 소년들이 폭죽을 터뜨렸고 끊임없이 흘러드는 차들은 부단하게 클랙슨을 울려댔다. 그것들 모든 것이 이날만큼은 하늘로부터 면죄를 받아낸 것 같았다. 나는 그 풍경을 청회색으로 가득 발라놓고 싶었다. 풍경뿐만 아니라 그 모든 파득거리는 소리까지도 그것에 어울리는 한 색깔로 발라놓아서 풍경과 소리를 정지시켜놓고 오래도록 바라보고 싶은 심정이 되었다. 일행은 주차장으로 가서 차를 끌어내었다. 그 차는 은백색으로 눈부시게 반짝이는 외산 차였다. 운전은 머리를 누렇게 물들인 가죽점퍼가 했는데 그는 일행 중 가장 표정이 없는 축이었다. 일행은 우회도로를 꽤 달려서 도시의 다른 한편에 형성된 유흥가로 접어들었다. 그 유흥가는 가로등 조도들이 현저히 낮아서 전체적으로 어두침침했고 건물들도 낮고 조용해서 그로테스크한 분위기까지 자아냈다. 오가는 사람들도 대체로 표정이 굳어 있었고 그들 위로 스산한 바람이 지나가기도 했다. 거기에다 스노우 체인을 감은 택시들이 '좌르르좌르르' 소름 끼치는 금속성 소리를 내며 지나가서 그 음산한 분위기를 한결 돋위주었다. 내가 쓸데없이 '이곳에는 아직 성탄의 소식이 알려지지 않은 것일까'라고 속으로 중얼거릴 때쯤 일행은 어떤 건물의 2층으로 올라가기 시작했다. 계단을 거의 올랐을 때쯤 위쪽에서 스피디한 전자기타의 음향이 들려왔다. 일행은 음향이 흘러나오는 곳의 문을 열고 들어갔다. 그곳은 '브리티쉬'라고 했다. 그 이름을 나는 언젠가 들어본 적이 있다고 생각했다. 실내는 예의 어두침침했고 강렬한 비트의 록 음악과 담배 연기만이 가득했다. 일행은 유영을 하듯 스멀스멀 어두움 속으로 기어 들어가서 자리를 잡았다. 그러고는 익숙하게 푹신한 의자에 파묻혀 맥주를 마셨다. 음악이 재즈 색소폰의 나른한 블루스로 바뀌자 실내의 조도는 한겹 더 낮아졌고 남자와 여자들이 취한 듯 하나 둘 일어나서 음악 속으로 미끄러졌다. 처연하고도 도발적인 여자들의 몸짓은 그것을 이끌어냈던 재즈 곡만큼이나 끈적끈적거렸다. 나에게는 모두 놀랄 만한 것이었지만 그 광경을 다소 시시하다는 듯이 바라보던 누런 머리 가죽점퍼가 일어서서 이명의 어깨에 손을 얹었다. 이명이가 그 손을 받잡아 일어났고 둘은 곧 한 덩어리가 되어 몸을 비벼대기 시작했다. 그것은 아주 섹슈얼한 춤이었다. 가죽점퍼와 이명은 몸이 떨어지지 않은 채 테이블 주위를 빙글빙글 돌았다. 그 모든 것은 순식간에 일어났다. 나에게 어떤 자세를 미리 요구하지도 않았다. 그들의 하체는 서로에게 깊숙이 묻혀들고 있었다. 그것을 보고 동그란 얼굴을 가진 남자와 동행한 여자가 '산타!'를 연발했다. 그러면 그들은 정말 위대했을까.

가죽점퍼에 의해 이명이의 허리가 뒤로 휙 꺾여졌다. 그리고 한 손이 와서 이명이의 목과 가슴과 둔부를 어루듯 쓸었다. 이명이의 몸은 가죽점퍼의 한 지체와 같이 느껴졌다. 거기까지 본 나는 갑자기 싸―한 현기증을 느꼈다. 집 앞 천변의 어두운 풍경이 떠오르는가 싶더니 눈자위가 확 달아오르며 앞이 캄캄해지는 것이었다. 캄캄해진 눈앞에서는 그러나 천변의 쓸쓸한 풍경이 오래도록 떠나지 않았다.

7

> 나의보조는 斷續된다.언제까지고나는사체이고자하면서사체이지아니할것인가.
> ―이상〈이상한 가역반응〉중에서

그날 그곳에서 가죽점퍼와 이명이가 벌인 한바탕의 질펀한 난무는 어떻게 끝이 났는지 나는 기억하지 못한다. 어떻게 정신을 수습하고 보니 옆에 앉아 있는 이명이의 얼굴이 눈에 들어왔는데 그녀의 표정은 춤을 추던 때의 요기는 싹 가신, 마치 아무 일도 없었다는 듯이 태연자약한 것이었다. 실내 조명도 몇 배는 밝아졌으며 음악도 언제 그랬었나 싶게 조용한 발라드 풍의 팝과 클래식 소품이 흘러나와서 그 분위기는 좀 전의 기괴하고 악의적이던 것과는 사뭇 다른 것이었다. 그것은 어떤 의미에서의 암전(暗轉)이었다. 어떤 생동의 격렬함이 끝나고 다시 태초의 고요로 돌아온 것 같은 느낌을 주었다. 재즈 블루스에 조금 전까지도 미친 듯 열광했던, 일행을 비롯한 그곳의 사람들은 이제는 휴식을 취하려는 듯 조용히 웃으며 그들끼리 낮은 담소를 나누고 있었다. 그 모습은 밝고 산뜻했다. 그런데 그 모습은 나에게 또 하나의 풍경, 그랑드 자트 섬의 풍경을 떠오르게 했다. 그것은 자연스럽게 그렇게 되었다. 그곳까지 나를 따라온 천변 풍경과 그랑드 자트 섬의 풍경 사이의 알 수 없는 단속은, 그리고 이곳 브리티쉬에서 일어난 마술과도 같은 암전의 단속은 나로 하여금 잠시 스스럼없는 사고의 흥분에 젖을 수 있도록 해주었다. 그것은 지금 생각하면 어떤 깨달음의 징후 같은 것이었다. 나는 내게 심상하지 않게 다가온 그 단속(斷續)의 의미를 풀어내야만 했다. 나는 곰곰이 생각의 끈을 풀어놓기 시작했다.

'천변의 세계와 그랑드 자트 섬의 세계는, 그리고 브리티쉬의 암전 이전의 세계와 이후의 세계는 일종의 끊어짐[斷]과 이어짐[續]의 세계이다. 그것은 이를테면 긴장과 이완의 세계이기도 하다. 그것은 또한 휴지와 생동의 세계이다. 그들은 어떤 합일의 정점에서 완성되는 충일함을 지향한다. 그러기 위해서 그들은 각 편의 세계를 욕스럽게 탐닉하며 끊임없이 거래를 반복한다. 그러나 그들은 한데 섞여지지는 않는다. 오히려 합일의 정점에 다가갈수록 그 경계는 확실해진다.

여기 육상 장거리 선수가 있다. 그에게 필요한 건 스피드와 지구력이라는 어떤 합일의 정점이다(오래 달리면서 스피드를 유지하기란 여간 어려운 일이 아니다). 그는 그 합일의 정점에 다다르기 위해 가령 이런 훈련을 할 것이다. 먼저 400미터 트랙 한 바퀴를 온 힘을 다하여 전속력으로 질주한다. 그것은 400미터 전문 주자의 달리기를 방불케 한다. 한 바퀴를 전력 질주한 그는 다음 한 바퀴는 마치 조깅을 하듯이 아니 차라리 걷듯이 천천히 돈다. 그것은 휴지이다. 그것을 마치면 그는 또 아까처럼 전력으로 트랙을 달린다. 이때 몸은 긴장된 근육으로 꿈틀꿈틀할 것이다. 그것을 마치면 또 온몸의 힘을 빼고 여유롭게 트랙을 돈다. 이런 과정은 끊임없이 반복된다. 그러면 이것은 아마 백 년 동안이나 계속될까. 이런 훈련을 전문적으로 가리켜 인터벌 트레이닝이라고 한다. 백 년 동안의 인터벌 트레이닝을 통해 그는 완전한 장거리 육상선수로 태어난다. 결국 그는 스피드와 지구력이라는 어떤 합일의 정점에 이르게 된 것이다.'

이런 구구한 생각의 끄트막에서야 겨우 나는 어떤 깨달음의 환한 회열에 이르게 되었다. 그것은 머리가 맑아지는, 막 세수를 하고 난 것처럼 기분 좋은 것이었다. 그것은 막연한 예감 같은 것하고는 질적으로 다른 것이기도 했다.

나는 저 오래전의 어느 한때를 생각하는 것으로 그 깨달음의 일각을 내게 이입했다. 그때는 이명이 나의 세계에 등장하기 이전의 시절이다. 그 시절은 고독한 시절이기도 했다. 그 시절에 나는 장형의 가족이 석 달간 머물다 간 골판지 창고에 새 둥지를 틀었다. 페인트를 칠하고 환풍구를 내고 난로를 들여놓았다. 그 모든 것을 혼자서 했다. 혼자서 맞게 된 그 첫 겨울에 태울 수 있는 모든 것을 난로에 집어넣으며 나는 캔버스를 마주 보고 살았다. 손이 시려워서 항상 목장갑을 끼고 살았으며 그것이 유화 물감에 삭아서 바삭바삭해질 때까지 그림을 그렸다. 그러면 그 시절의 세계는 나에게는 전력 질주의 세계였을까. 그러면서 1년쯤 지났을 때 뜻하지 않은 예감과 함께 나의 세계에 한 여자가 나타났다. 그 여자는 내가 데려온 여자였다. 그 여자의 이름은 이명이라고 했다. 그녀는 내가 알 수 없는 사이에 나를 이완된 휴지의 세계로 안내했다. 그것은 헤무르고 처진 세계이기도 했다. 처음엔 느끼지 못했지만 그 세계는 점차 길고 지루해졌다. 그러고 보면 그녀와 살면서 내가 향유한 모든 것은 새로운 전력 질주를 위한 육상선수의 휴지와도 같은 것이었다. 첫눈 내리던 밤의 광가난무와…… 예고 없는 그랑드 자트 섬의 몽상과…… 그녀와 같이 내려다보던 등하굣길 여학생들의 재잘거림과…… 같이 떠 마시던 따뜻했던 홍합 국물과…… 같이 들은 스물여덟 개의 철제계단의 공명음과…… 지루했던 그녀의 전화 통화와…… 그로 인한 내 속의 간지러움과…… 진눈깨비 내리던 날의 방황과…… 바로 오늘 이곳 브리티쉬에 와서 록과 재즈의 마율(魔律)에 취해 춤을 추던 방금 전의 이명이의 모습과…… 그것에 내가 현기증을 느끼게 된 것까지 이 모든 것은 생동의 전력 질주를 위한, 그것을 위해서만 존재하는 이완된 휴지에 다름 아니었던 것이다.

브리티쉬의 조도가 다시 낮아지는 듯싶자 발라드 풍의 완만한 음악이 잦아들고 다시 예의 그 끈끈한 재즈 블루스 곡이 뱀처럼 실내에 휘감기기 시작했다. 눈빛이 살아난 가죽점퍼가 일어나 이명이의 어깨에 다시 손을 얹었다. 이명이도 스르르 일어났다. 그들로서는 이제 그들의 휴지를 끝내고 전력 질주를 시작하려는 참이다. 여기에서 나의 역할은 없다. 가죽점퍼가 자신의 외투를 벗어 던졌다. 이명이는 가죽점퍼의 품으로 거의 쓰러지듯 안겼다. 줄곧 동행한 여자가 내 사타구니께로 손을 더듬어왔던 것은 바로 그때였다. 그것은 감미로운 유혹임에 틀림없었으나 나는 이미, 그녀의 전력 질주에의 동참이 내게는 곧 지루한 휴지의 연장일 뿐임을 알고 있었다. 같은 사람일지라도 그 삶의 전력 질주나 휴지의 방식이 어떤 막다른 입지나 기호에 따라 얼마든지 다를 수도 있다는 것을 나는 깨닫고 있었던 것이다. 나는 여자의 손을 뿌리치고 그 갑갑한 이완의 세계를 탈출하였다. 그러고는 400미터 주자처럼 눈 내리는 성탄 전야의 거리를 전력 질주하기 시작했다.

에필로그

"그 무렵에"라는 자못 회상적인 어조로 시작되었던 어떤 글은 이제 끝이 났다. 미화와 정당화의 혐의로부터 자유로울 수 없었던 내 지난날의 한 부분을 냉정히 되새겨보려 했던 원래의 의도대로 이 글이 서술되었는지에 대해선 스스로 의문이 많다.

이제 와서 내가 고백할 수 있는 건 그때 전력 질주를 시작했던—지금도 계속하고 있는—내가 또 언제쯤 이완된 휴지의 세계로 돌아갈 것인지에 대해서 나 스스로 몹시 궁금해하고 있다는 것이다. 그러기 위해선 나에겐 또 어떤 극적인 예감이 있어야만 하는 것은 아닌지. 솔직히 이야기하자면 나는 그 지루한 휴지의 추억을 부정하면서도 혹은 그리워한다. 사람은 언제까지고 전력 질주만을 할 수는 없는 것일 테니까. 그렇지 않은가. 사람의 시간이란 어차피 적절한 단속(斷續)에 의해서 흘러가는 것이니까.

부주의하게 잠든 밤의 악몽

양미간을 오므려 쓴웃음을 짓고 양말을 찾아 신는다.

오른쪽엔 빨간 줄무늬 양말, 그리고 왼쪽엔 검은색 땡땡이 양말.

실제로, 어느 날 갑자기 앞을 못 보게 되었을 때

사람들은 짝이 맞지 않는 양말을 신기도 할까, 나는 알지 못한다.

하지만 어쩐지 그럴 것만 같다는 생각이 든다.

1

　트래비스가 오는 모양이다. 따닥따닥, 심리극의 효과음처럼 복도 바닥을 내리밟는 그의 단화 소리가 들려온다. 내 영혼의 거푸집을 송두리째 뒤흔드는 소리. 나는 그를 기다리는 동안 거푸 술을 마셨다. 그러지 않을 수 없었다. 트래비스는 나흘 만에 집에 들어온다. 이제 내가 그를 맞이할 것이다. 지금까지와는 전혀 다른 방식으로 말이다. 이미, 새벽 네 시가 지났다. 쓰레기를 치우는 미화원들의 차가 조금 전에 지나갔으니 조금 있으면 도둑고양이들이 울 것이다. 고양이와 함께 내가 울던 밤들은 다 지나갔는가.
　퉁, 퉁, 퉁.
　철제 현관문을 두드리는 소리가 들린다. 떨리는 손으로 문을 여니 트래비스가 문 앞에 흔들리며 서 있다. 얼굴이 귀밑까지 붉게 달아오른 걸 보니 그도 제법 술을 마신 모양이다. 입술이 토마토 속처럼 붉다. 이제 나는 연기를 시작해야 한다. 리허설은 생략한다. 막이 올라간다.

나는 트래비스의 몸을 더듬어, 그의 손을 훔치듯이 잡는다. 그리고 그의 몸을 거실 안쪽으로 잡아끈다. 훅, 트래비스의 몸이 내 앞으로 쏠리면서 달짝지근한 술 냄새가 와락 달겨든다.

그가 바람인형처럼 거실 바닥에 철퍼덕 주저앉자, 그동안 수없이 입 안에서 옹알거렸던 대사를 그 앞에 쏟아놓는다. 나는, 잘할 수 있을 것이다.

"나 말야, 이 사실을 어떻게 말해야 할지…… 사실은……, 앞이 보이지 않아. 아무것도 보이지 않는단 말야. 이를 어쩌지. 응? 나 이제 어떡하지?"

내 손에 잡혀 앞에 앉혀진 트래비스는 붉은 눈만 끔벅일 뿐, 말이 없다. 그는 내가, 눈이 멀어버렸다는 사실을 자신에게 알리고 있는 지금의 상황을 도무지 이해할 수 없을 것이다. 나는 발목을 삐었다거나 충치가 있다거나 생리불순이라는 따위의 말을 하고 있는 것이 아닌 것이다. 그는, 말하자면 운이 나쁘다.

"지금 무슨 소릴 하는 거야, 앞이 안 보인다니. 그럴 리가 없잖아."

예상했던 대로 트래비스는 영 짜증스럽다는 반응이다.

"믿을 수 없겠지만 내 말은 사실이야."

나는 부러 초점을 흐린 눈으로 힘겹게 그의 얼굴을 쳐다본다.

"장난치지 마, 무슨 소리야! 넌 지금 나를 쳐다보고 있잖아."

트래비스의 귀는 내 말을 알아들을 수 없다. 나는 그걸 안다. 하지만 이미 연극은 시작됐고 내게는 소화해야 할, 대사가 있다.

"아니야, 난 더 이상, 네 얼굴을……, 너의 그 탄탄한 가슴과 오똑한 콧날과 부드러운 머리칼을 볼 수가 없어. 네 향기로운 미소를 볼 수가 없어."

그러면서, 나는 손을 뻗어 더듬듯이 트래비스를 만지려 한다. 일부러 손을 허공 속에서 휘젓는다.

"크하하하."

트래비스는 웃음을 터뜨린다. 나는 시선을 그의 티셔츠 세 번째 단춧구멍쯤에 둔다. 갑자기, 웃음을 멈춘 그가, 화가 난 표정으로 내 눈을 바짝 들여다본다. 내 눈동자는 그의 눈과 마주치지 않고 그의 눈언저리를 훑는다. 머릿속이 잉걸불이라도 붙은 것처럼 번잡하고 따끔따끔하다. 그는 집요한 관객이다. 눈이 마주치면 끝장이다.

내 눈을 바라보던 트래비스가 시선을 거두면서 거칠고 빠르게 소리친다.

"언제부터, 도대체 언제부터 그랬다는 거야!"

"앞이 보이지 않는 것보다 이 사실을 너에게 말해야 한다는 게 더 고통스러웠어. 흐흑."

나는 울어야 한다고 생각했고 그러자 정말로 울음이 터졌다.

"이런 제기랄! 연극도…… 이런 형편없는 연극이 어딨어! ……관두란 말야."

그러면서 트래비스는 제풀에 옆으로 쓰러진다. 그는 술을 많이 마셨다. 쓰러지는 트래비스의 몸에 걸려 나도 바닥으로 쓰러진다. 내가 비운 빈 술병이 통통, 발에 차인다. 괜찮은 서막이다.

2

정오가 다 된 낡은 임대아파트 단지 안은 괴괴한 적막만이 가득하다. 직각으로 내리쪼이는 햇살이 베란다 루핑에 부딪혀 만들어내는 그늘의 서슬이 톱날처럼 얇고 첨예하다. 나는 이 적막과 그늘의 공포에 익숙하다. 말굽처럼 구부러져 뻗어나간, 아파트 단지 내 도로를 휘돌아서 서둘러 빠져나가는 야채 트럭들의 나른한 소리도, 그리고 옆구리에 달라붙어 점액질처럼 떨어지지 않는 우울과 불안도 낯설지 않다.

트래비스는 아직도 잠에 빠져 있다. 나는 그의 옆에서 공벌레처럼 조그맣게 몸을 말고 누워 그가 깨기만을 기다린다.

쥐가, 볕이 스며든 베란다 구석에 놓여 있는 쓰레기봉투 속에서 얼굴을 내밀더니 싱크대를 타고 오르면서 작은 찻잔을 떨어뜨린다. 그 소리에 자고 있던 트래비스가 부스스 눈을 뜬다. 숙취가 남아 있는지 손가락으로 관자놀이를 꾹 누른 트래비스는 습관처럼 담배를 빼어 문다. 그때 그가 싱크대 위에서 벌겋게 변색된 사과 조각을 갉아먹고 있는 쥐를 본 모양이다. 신경질적으로 라이터를 집어서는 쥐를 향해 던진다. 나는 그의 등 뒤에서 그 모습을 다 본다. 라이터는 벽에 맞아 떨어지고, 쥐는 다시 쓰레기봉투 속으로 들어간다. 꼬리가 감춰지지 않는다.

나는 이 틈에 부스스 몸을 일으킨다. 뜬눈으로 밤을 새웠지만 지금 막 깊은 잠에서 깬 사람처럼 기운 없이 몸을 축 늘어뜨린다. 트래비스의 탁한 목소리가 들려온다. 그의 시선은 여전히 쥐가 있던 자리에 가 있다.

"일어났니? 밥이나 먹자, 응?"

"……."

"내 말 안 들리니? 밥이나 먹자고."

트래비스가 고개를 돌려 나를 바라본다. 나는 그를 바라보지 않는다. 바라볼 수 없을 것이다.

"난 앞이 보이지 않아. 어제 말했잖아."

트래비스는 어젯밤 일이 잘 기억나지 않는지 멍한 눈으로 고개를 갸우뚱한다. 그러더니 정말 지쳤다는 표정으로 말한다.

"장난이 심하잖아 이건."

그는 여전히 내 말을 믿지 않는다. 내가, 그는 미울 것이다. 언제나 그것이 문제였다. 나는 힘없이 어깨를 늘어뜨리고 한 팔로 비스듬히 기운 몸을 지지한다. 그리고 둘 데 없이 불편한 시선을 발치께로 돌린다. 길게 늘어진 옆 머리칼이 눈을 덮는다. 그중 한 올이 눈을 찌르고 붉어진 눈이, 눈에서 눈물이 흘러나온다. 트래비스가, 내 어깨를 거칠게 낚아챈다.

"도대체 왜 그래? 왜 앞이 보이지 않느냔 말야!"

"그걸 내가 어떻게 알겠니."

"병원에는 가본 거야?"

"앞이 보이지 않는데 어떻게 병원엘 가."

"날 그렇게 놀리고 싶은 거니? 응? 응? 내가 그렇게 만만해 보이니?"

트래비스는 신경질적으로 퉁기듯이 몸을 일으킨다. 냉장고 문을 열고 주스를 꺼내 마신다. 나는 겁에 질린 표정을 하고는 두 팔을 앞으로 뻗는다. 허공을 휘젓는다. 나는 정말 아무것도 보고 싶지 않은지도 모른다.

"어딜 가는 거니. 응? 오늘은 나가지 마. 내 옆에 있어줘. 두렵단 말야."

"지금 연극이라도 하자는 거야 뭐야? 이제 그만 해. 그만 하라구!"

불쾌한 얼굴을 두 손으로 닦으며 트래비스가 소리친다. 연극, 이라는 말에 나는 잠시 멈칫한다. 하지만 이 연극은, 이제 나로서도 어쩔 수 없다.

"난 사실, 전부터 조금씩 시력을 잃어가고 있었어. 그런데 이제는 정말 거짓말처럼 앞이 보이지 않아. 넌 지금 어디에 있는 거니? 내 앞에 있는 거니?"

"정말 돌아버리겠군."

트래비스는 화장실 문을 거칠게 열고는 안으로 들어가버린다. 그러고는 샤워 꼭지를 비틀듯이 힘주어 돌린다. 술이 깨는 트래비스는 화가 났다. 콸콸콸 차가운 물이 흐르는 소리가 들린다.

"아, 화장실에 있구나, 너."

나는 귀를 화장실 쪽으로 향하게 하고 다시 침대에 눕는다. 블라인드도 쳐 있지 않은 창으로 햇살이 창끝처럼 날카롭게 스며들어 낡은 임대아파트의 거실 바닥에 꽂힌다. 내 얼굴에 햇볕이 그대로 내리쬔다. 동그랗고 작은 내 얼굴을 보고, 만지면서 트래비스는 오노 요코를 닮았어,라고 말했었다. 앞이 보이지는 않지만, 나는 눈에 햇살 자락이 와 닿는 것을 느낄 수 있다. 음―. 입술 새로 탄식처럼 가벼운 신음 소리가 새어나온다. 미간을 살짝 찡그린다. 깊디 깊은 마취에서 아니, 부주의하게 잠든 밤의 악몽에서 이제 나는 깨어나는가. 누가 대답해줄까.

3

트래비스를 만난 곳은 극단이다. 이제는 아무도 돌아갈 수 없는 곳. 나는 한 발자국도 움직이지 않았는데 트래비스가 내가 있는 곳에 어느 날 갑자기 나타났다. 그러니 내 잘못이 아닐지도 모른다.

언제나 무방비 상태로 맞이하는 정부처럼 다가온 봄의 일이었다. 지난해 3월 말이었나 4월 초였나, 뚜렷이 기억나지는 않는다.

지금도 별반 달라진 것은 없지만 그때 나는 알아주는 이 하나 없는 무명의 여배우였다. 10년의 배우 경력은 내 영혼에 씻을 길 없는, 화농 같은 상처만 남겼다. 언제 터질지 모르는 현재진행형의 상처. 세월이 무심하게 흐르는 동안 지쳐버린 나는 점점 자조적이고 폐쇄적인 사람이 되었다. 술이 늘고 말이 거칠어졌다. 이 판을 떠나야겠다고 매번 다짐했지만 나 자신을 지독히도 조롱하고 불신했던 만큼 행동으로 옮겨진 적은 없었다.

트래비스는 지방의 대학을 졸업한 후, 다니던 직장을 그만두고 막 극단에 합류한 신출내기 견습배우였다. 그는 자동차 세일즈맨이었다고 했다. 자신의 직업에 싫증을 느낀 그가 무턱대고 극단에 찾아온 날, 나는 그를 보고, 처음으로 그의 눈과 마주쳤을 때, 이런 생각을 했다.

'저 남자에게서 왠지 아편 냄새가 날 것만 같아.'

알 수 없게도 가슴속이 달아올랐던 나는 거푸 담배를 피웠다. 왼쪽 검지손가락으로 턱밑으로 흐르는 긴 생머리를 돌돌 말았다. 끊임없이, 꾸물꾸물 피어오르는 생각을 멈추게 하기 위해. '이렇게 생각이 넘치다간 죽고 말 거야'라고 되뇌면서.

내 기억이 맞는다면 그날 트래비스는 청바지에 헐렁한 청색 남방을 입고 왔을 것이다. 키가 큰 그는 청동 부조처럼 양감이 뚜렷한 얼굴에, 눈 밑에 오목한 그늘을 가지고 있었다. 숱이 많은 고수머리였고, 진한 눈썹에다 턱에는 잔수염이 고르게 뻗쳐 있었다. 그런 그의 모습이 내 눈에는 영락없이, 퇴폐 취미를 가진 고대 로마 귀족처럼 보였다. 지나치게 수려한 용모가 마음에 들지 않았지만,

시야를 흐리는 담배 연기 사이로 나는 그의 얼굴을 오래 바라보았다. 드라이아이스처럼 뭉게뭉게 끓던 생각이 잠시 멎는 것 같았다.

그 무렵, 극단의 사정은 좋지 않았다. 배우들은 실수가 잦았고 공연은 지지부진했다. 홍보도 제대로 되지 않아 객석 점유율은 20퍼센트를 겨우 넘기고 있었다. 기획사에서는 매표 수입 부진을 이유로 공연 수익금을 배우들에게 분배하지 않았다. 명백히 계약 위반이었지만 무기력했던 우리들은 별로 할 말이 없었다.

'석 달 동안 이 고생을 하면서 손에 쥔 돈이 고삐리들 알바비만도 못한 40만 원이야.'

그렇게 말하며 두 명의 동료가 이탈을 했고 부아가 치민 남자 배우 하나가 기획사 사무실을 찾아가 한바탕 소란을 피우다가 경찰서 유치장에서 이틀 동안 구류를 살고 나온 것도 그즈음의 일이었다. 트래비스는 그런 어수선한 와중에 극단의 문 안쪽에 살짝 발을 들여놓았다.

그것이 나만의 느낌이었는지는 모르지만, 제 영혼을 특별히 사모해 주목받고 싶었으나 사실은 그렇지 못해 불우했던 극단의 동료들은 그런 트래비스에게 결코 호의적이지 않았다. 그들은 트래비스를 한없이 냉소적인 눈으로 바라보았다. 거듭된 불행과 좌절, 그리고 나 자신이 가진 사적인 위태로움 때문에 몹시 예민하고 피로해 있던 나 역시, 히죽히죽 웃고 다니면서 인사치레를 하는 그가 그닥 마음에 들지 않았다. 그를 향한, 영문 모를 가학 충동만이 가슴속 깊은 곳에서 꾸물꾸물 일어날 뿐이었다. 나는 손가락으로 머리칼을 돌돌 말며 담배를 피웠다. 차가운 벽에 기울 듯이 기대어 서서 게으른 눈으로, 배우를 하겠다고 찾아온 세일즈맨 출신 사내의 헐렁한 미소를 바라보았다.

4

트래비스가 극단에 들어온 바로 다음 날이었던가. 늦은 밤의 술자리에서 급기야 나는 그에게 내가 가지고 있던 적의를 고스란히, 노골적으로 터뜨리고 말았다. 그렇게 해서라도 끊임없이 일렁거리면서 알 수 없는 훈기로 들떠 있던 내 가슴을 가라앉히고 싶었다.

"이런 델 뭣 하러 왔어, 응? 바보냐! 너 바보냐구? 차라리 청담동 골목 같은 데서 호스트나 하면 잘하겠다. 기껏 일주일 정도 있다가 사라지겠지 뭐."

트래비스는 나보다 다섯 살이 어렸다. 나는, 그가 막 대해도 좋을 막내 동생이라도 되는 것처럼 그를 나무라고 비아냥거렸다. 그러자 그 자리에 있던 연출 박이 나를 제지했을 것이다.

"말이 너무 지나친 것 아냐? 격려는 못 해줄망정."

"내 말이 뭐가 지나쳐요! 쟤, 하고 온 꼬라지를 좀 보란 말야. 물정 모르고 겁 없이 달려든 철부지처럼 어디 눈요기할 것 없나 하고 온 꼴이 한심하기 짝이 없잖아."

봉변을 당한 트래비스는 뜻밖에 별다른 반응을 보이지 않았다. 내가 한 번 더 고약하게 쏘아붙였지만 그는 여전히 아무 말도 하지 않았다. 다만, 태연한 표정으로 타서 연기가 오르는 석쇠 위의 돼지갈비를 젓가락으로 뒤집어놓았을 뿐이다. 나는 그때 그의 손을 보았는데, 엉뚱하게도 그 손이 퍽 잘생겼다는 생각이 들었다. 마치 대리석을 깎아 만든 본존불의 손처럼, 크고 두툼하고 깨끗한 손이었다. 나는 거푸 술잔을 비웠고 그가 입을 열어서 무슨 말이라도, 하다못해 지독한 욕설이라도 내뱉기를 기다렸다. 트래비스가 입을 연 것은 그러고도 몇 분이 더 지나서였다. 그의 입에서는, 고생할 각오가 되어 있다거나, 연극이 미치도록 좋다거나, 연극이 없는 삶은 상상할 수도 없다는 따위의, 내가 기대했던 알량한 말들이 나오지 않았다. 조마조마했던 나는 그렇게 말하지 않은 그가 비로소 조금 마음에 들었다. 그런 뻔한 소리를 늘어놓으며 극단에 들어왔다가 며칠 지나지 않아 소리도 없이 달아난 치들을 어디 한둘 보아왔던가. 만약 그가 경솔하게 그런 식으로 말을 했다면 나는 아마도 그에게 살의에 가까운 분노를 느꼈을 것이다.

다시, 얼마쯤 후에, 혼자 히죽이며 술잔을 비운 트래비스가 다소 껄렁거리는 말투로 내게 말해왔다. 내 귓가에 대고 속삭이듯이. 그것은 틀림없는, 노련한 배우의 목소리였다.

"난 말예요. 단지 이 바닥이 어떻게 생겨먹었나 궁금해서 왔어요. 호기심은 어쩔 수 없는 거죠. 내 영혼은 호기심의 창고란 말이에요. 호기심은 욕망의 전령 같은 거라고 생각해요. 단지 그뿐이에요. 물론, 연극 좀 하다가 다른 재미나는 일이 생기면 그쪽으로 미련 없이 갈 거예요. 원한다면 그때 내가 당신도 구제해주리다. 지금 막, 당신에게도 호기심이 생겼거든요."

취기가 올라 있던 나는 눈을 감고 그의 말을 들었다. 그의 말이 알코올처럼 귀를 통해 몸속으로 흘러든다고 느꼈다. 그와 동시에 내가 그에게서 맡았다고 생각한 아편의 냄새가 어떤 것인지가 보다 분명하게 전해져왔다. 오래도록 내 몸 밑바닥에 은밀히 스며 있으면서 나를 끊임없이 조롱하고 회유하던 자유, 도피, 해방, 환각의 욕망 같은.

마지막까지 함께 남아 있던 동료가 붉어진 볼을 감싸며 화장실에 갔을 때, 그것을 기다리고 있던 나는 그에게 은근한 웃음을 띠며 말했다. 될 수 있는 한 천하게, 천한 목소리로. 오늘 밤 우리 아파트에 가서, 연극 얘기나 더 하지 않을래? 어때? 냉장고에 맥주가 가득 있어. 원한다면 내가 한 수 가르칠게. 그 목소리가 내가 듣기에도 좋았다. 그가 키득, 소리 내어 웃으며 나의 이마를 손가락으로 가볍게 찔렀다. 화장실에 갔던 동료가 돌아왔어도 그와 나는 오랫동안 목젖을 젖혀가며 웃었다.

5

거짓말 같겠지만 트래비스가 내가 혼자 기거하던 낡은 임대아파트에서 나와 동거를 시작한 것은 바로 그날부터이다.

이튿날 그가 가지고 온 것은, 정말이지 연극 소품 따위로나 쓰면 알맞을 낡고 때 전 여행용 가방 하나가 전부였다. 그와 나는 술을 마셨고 급하고 거칠게 섹스를 했고, 스무 갑이나 박아놓았던 트래비스의 자동차 세일즈맨 명함을 공중으로 흩뿌리며 함성을 질렀다. 소용이 다한 명함처럼, 내 안의 쓸데없어진 환멸들을 흩뿌릴 수만 있다면. 감상 어린 눈으로 흩날리는 명함을 바라보던 나는 바닥에 가득 깔린 명함 한 장을 집어서 건성으로 훑어보며 그에게 물었다.

"여기 있으면서 자동차는 몇 대나 팔았니?"

"일년 동안 정확히 열 대 팔았어. 처음 한 대만 작은아버지한테 팔았고 나머지 아홉 대는 모두 모르는 여자한테 팔았지."

"너, 수완이 꽤 좋았네."

나는 아마 그때 그의 배꼽 밑으로 손을 집어넣었을 것이다.

"끼워 팔기를 했으니까."

"뭘 끼워 팔았는데."

"호호. 상상에 맡길게."

내게는 3년 만에 다시 만나는 남자였다. 남자들로부터 끊임없이 버림을 받았던 나는 언제나 불안 때문에 고통스러웠지만, 불안에 겁먹지 않을 수 없었지만 그는 내 불안 속으로 불안보다 더 크고 빠르게 침투해왔다.

우연히, 명함을 뒤집어 뒷면을 보았다. 거기에 그의 영미식 이름이 박혀 있었다.

Travis였다.

6

그리고 정말이지, 알 수 없는 일이 있었다. 그때의 그 일을 어떻게 설명해야 할지, 나는 사실 지금도 조금 난감하다. 아직도 완전히 수긍되지는 않는, 그즈음 극단에서 느껴지기 시작한, 그 이해할 수 없는 활력과 부양(浮揚)의 기운에 대해서. 설렘과도 같은 그 들뜨임에 대해서. 그것은 분명히 오랫동안 앓아오던 환자가 서서히 복식호흡을 시작하는 회복의 조짐 같은 것이었다.

트래비스가 극단에 온 지 열흘쯤 지났을 때, 나는 눈에 띄게 밝아진 동료들의 표정과 그들이 내뱉는 대사에 실리는 전에 없는 생기를 다소 어안이 벙벙한 표정으로 바라봐야 했다. 그 활기는 차력사가 부리는 염력과도 같이, 아니 무녀의 어깨에 실리는 신명처럼 몸속에 자신도 모르는 사이에 바투 스미는 것이었다.

그 모든 변화가 트래비스가 극단에 온 이후 일어난 일이라는 사실을 깨닫고는 갑자기 한없는 공포를 느꼈던, 그 어느 날 새벽 집으로 돌아오는 택시 안의 숨 막히는 정적을 나는 과연 오랜 시간이 흐른 후에라도 잊을 수 있을까. 옆에서 꾸벅꾸벅 졸던 트래비스가 먼 외계의 생물처럼 한없이 낯설게 느껴지던 그 섬뜩한 당혹감을.

어쨌거나, 트래비스가 눅눅하게 가라앉아 있던 극단에 불어넣은 그 활력은 내가 보기에도 놀라운 것이었다.

실의와 무력감에 빠져 있던 동료 배우들은 트래비스의 활달한 품새와 재기 넘치는 입담을 보고 들으면서 툭, 툭 웃기 시작했다. 화난 표정으로 저마다 골똘한 생각에 빠져 있던 스태프들도 트래비스가 지나가면 하나 둘 입을 열어 말을 건네기 시작했다. 그러니까 트래비스가 어느 날 문예회관 화단에서 몇 송이의 꽃을 꺾어 왔을 때, 누군가 '저 꽃 좀 봐. 저렇게 작은 게, 어떻게 저처럼 완벽한 표정을 하고 있을까'라고 말하자 또 다른 누군가가 '그러니까 꽃은 완벽한 성격배우인 거지'라고 그 말을 받았던 것이다. 그것은 우리 모두를 놀라게 했다. 그때 우리는, 꽃에 대해서 우리가 얼마나 오랫동안 침묵하고 있었는지를 깨달았으니까. 우리는 서로의 수런거리는 눈들을 바라보면서 비로소 밖에 봄이 와 있다는 것을 알았다.

트래비스는 자신에게 쏠리는 사람들의 시선을 천천히 즐기면서, 마치 희극의 주인공처럼, 완충된 작동 완구처럼 쉬지 않고 끊임없이 움직이면서 조금씩 조금씩 무대 중심으로 걸어 나오고 있었다.

'저 사람 참 멋지지 않니? 저렇게 정열적인 사람은 처음 봐. 꼭 히스패닉계 같아. 처음 봤을 때는 면상만 번지르르한 허수 같더니만.'

극단의 동료 여배우가 처음, 그에 대해서 말했을 때만 해도 나는 내가 이토록 혹독한 불안에 시달리게 될 거라고는 생각지 않았다. 그것은 우리들 모두가 똑같이 느끼는 것에 불과했으니까. 하지만 이후 그런 말들이 너무나 자주 들려온다고 생각하게 되었을 때, 동료들의 입에서 너무나도 친숙하게 발음되는 그의 이름을 들었을 때 나는 코에 훅, 하고 끼쳐드는 아편 냄새가 처음으로 맵고 고약하다는 생각을 하게 됐다.

누구든 웃는 낯으로 대하는 트래비스에겐 세일즈맨 생활을 하면서 익힌 것으로 보이는 친절함과 깍듯함이 몸에 배어 있었다. 나는 그의 그런 상냥하고 빈틈없는 처세가 마음에 들지 않았다. 사람들 모두가 그를 바라보고 그에 대해서 말하는 것을 듣는 것이 점점 더 견디기 힘들어졌다. 그 무렵의 어느 날인가, 그를 소품 창고로 은밀히 불러들였던 것도 실은, 그런 내 안의 조바심을 스스로 확인하고 위안하기 위한 내 안의 성급한 충동 외에는 아무것도 아니었을 것이다.

"너 말야, 다른 사람들한테 너무 친절한 것 아냐. 내가 널 보고 있다는 걸 모르니? 왜 그렇게 아무렇게나 행동하니? 내 감정은 아무것도 아니니?"

그때 내가 그렇게, 뻔한 말을 했을까, 잘 기억나지는 않는다. 나는 어쨌든, 그런 비슷한 말을 했던 것 같고, 그 목소리에는 아마도 불안이 우려낸 울음이 낮게 섞여 들었을 것이다.

"아, 그랬구나. 난 또 뭐라고…… 그렇다고 바쁜데 이렇게까지 불러낼 건 없잖아. 미안해."

트래비스는 난감해하며 내 어깨를 감았고 나는 페인트의 휘발성 냄새가 가득한 좁은 소품 창고 안에서 나의 뺨을 그의 가슴에 가져다 댔다. 그렇게 그에게 안긴 채 그냥 그대로 그 유독성의 페인트 냄새에 취한 채 잠이 들고 싶다는 생각을 했다. 오랫동안 신의 질시를 받게 될지라도 그 위태롭고 불온한 안식 속에 오래도록 머무르고 싶었다.

그때까지만 해도 내 시력에는 아무런 문제가 없었다. 하물며 미약한 근시의 징후도 없었다. 하지만 그것은 사실이 아닐지도 모른다.

7

그 후의 일에 대해서 나는 또 어떻게 말해야만 하는 것일까. 어떤 표정을 지으며, 어떤 목소리로 말해야 하는 것일까. 말하기 싫은, 말하기 두려운 그것에 대해서. 한꺼번에, 돌풍처럼 트래비스와 내게 들이닥쳤던 그 많은 일들에 대해서, 나의 질투와, 뼈를 부러뜨릴 것 같던 불안과, 목을 조여오던 공포에 대해서.

내 기억이 틀리지 않다면, 극중의 막간에 나와 무대를 꾸미고, 포스터를 붙이고, 표를 받고, 청소나 하던 트래비스가 무대에 서게 된 것은 그가 견습배우 생활을 시작한 지 한 달 정도가 지났을 즈음의 일이었다. 급성 위염을 일으킨 배우가 병원에 입원하자 단장과 연출을 겸하는 박은 별 고민도 하지 않고 트래비스에게 대본을 던져주었다.

"너, 오늘부터 이 대본 달달 외워."

사고 배우의 대역으로 트래비스를 기용한 연출 박의 판단은, '유감스럽게도' 옳았다.

무대 위에서 트래비스가 펼친 연기는, 신인의 것이라고는 믿기지 않을 만큼 흠 잡을 데가 없는 것이었다. 그의 재능과 매력을 잘 알고 있던 나로서도 그가 그렇게까지 잘 해내리라고는 생각지 못했을 정도였으니까.

나는 그의 뛰어난 무대 적응력에 놀랐고, 뒤이어 화급히 달아오른 내 가슴속의 불안과 두려움 때문에 또 한 번 놀랐다. 나는 트래비스가 자신의 몸에 달라붙는 타인의 시선을 몹시 탐닉하는 사람이란 걸, 그것 없이는 살 수 없는 사람이란 걸 그때 어렴풋이 깨달았다. 산만하던 관객들이, 조용히 숨을 죽이고 트래비스를 주목하기 시작하는 걸 보았을 때, 나는 앞으로 나에게 다가올 너무나도 뚜렷한 상실과 불안의 조짐들 때문에 온몸에 톡톡 소름이 돋는 것을 느꼈다.

트래비스의 데뷔는 성공적이었다. 그의 연기는 정확하고 섬세했고 무엇보다 힘이 넘쳤다. 그는 공연이 거듭될수록, 자신이 가진 매력을 남김없이 뽐내는 법을 터득해갔다. 관객들은 그의 몸짓과 그의 대사에 환호했다. 그럴수록 나는 어지러웠고 슬펐고 혼란스러웠다. 동료들이 무대 뒤에서 그에게 진심 어린 격려와 축하의 말을 건네는 것을 볼 때, 동료들의 축하를 받으며 환하게 웃는 그의 얼굴을 바라볼 때, 늦게 집에 들어온 그가 콧노래를 흥얼거리며 샤워를 하는 모습을 곁눈질로 훔쳐볼 때, 나는 내 안의 곤혹스러움과 불안을 숨기느라, 남모르게 애를 태워야만 했다.

연출을 하는 박과 기획사 사장이 트래비스에게 다음 공연 작품의 주연을 맡기기로 결정했다는 사실을 알렸을 때 우리들 중 놀라는 사람은 아무도 없었다. 사실, 그것이 내게는 더욱 놀라운 일이었다.

트래비스가, 8주 동안 무대에 올려진, 자신이 첫 주연을 맡은 레퍼토리를 끝마쳤을 때 우리들은 그가 우리 극단을 대표하는 배우가 되었음을 인정하지 않을 수 없었다. 그가 주연을 맡고부터 먼지만이 쌓이던 객석이 메워지기 시작했고 다른 극단의 얘기인 줄로만 알았던 앵콜 상연, 재상연 요청이 쇄도했으니까.

나는, 그가 화려하게 스포트라이트를 받을수록 내 육신이 시체처럼 빛과 생기를 잃고 검푸르게 굳어간다고 생각했다. 밥을 먹지 않고 담배를 많이 피웠다. 그리고 불안, 빌어먹을 불안 때문에 잠을 이룰 수 없었다. 손가락 관절 따위의 가는 뼈들부터 뚝뚝 부러지는 것만 같은 고통이 엄습해왔다.

여자가 트래비스를 찾아온 것은 아마 그런 무렵의 어느 날이었을 것이다.

8

내가 그날을 비교적 선명히 기억하는 것은 여름 비 때문일지도 모른다. 실은, 그 차가운 빗소리가 지금도 귓바퀴를 흐르는 것만 같아서 쭈뼛 소름이 돋는다.

장마가 끝난 후 지루한 폭염이 계속되다가 그날은, 반갑게도 아침나절부터 비가 내렸다. 후두둑, 빗물이 떨어지자 타들었던 아스팔트가 식으면서 연기가 솟았다.

나는, 아마도 비를 구경하기 위해 극단 현관의 벤치에 나와 앉아 있었을 것이다. 담뱃갑을 들고 한쪽 다리는 접어서 벤치에 올려놓은 채로. 그렇게 방심한 자세로 통유리에 부딪히는 빗물을 바라보고 있을 때 저쪽에서 다가오는 한 사람이 있었다. 분홍색 레인코트를 입은 젊은 여자였다. 나는 몸살 기운 때문에 몸에 열이 있었다. 그래서 내 앞에 선 여자의 레인코트에서 빗물이 주르르 흘러 바닥을 적시는 것을 보자 살짝 몸서리가 처졌다. 한기가 느껴졌다.

"저기, 이곳에 T라고 있나요?"

여자의 목소리는 빗소리를 뚫고 내 귀에 박혀 들었다. 여자는 또렷한 발음으로 트래비스의 이름을 말하고 있었다. 나는 뜨거운 이마에 빗방울이라도 떨어진 것처럼 놀란 표정으로 말을 더듬었다.
"아, 네. 이곳에 그런 사람은 없…… 어요."
"그래요? 어, 이상하네."
나는 이마를 짚었다. 짚었을 때, 담배가 손가락 사이에서 빠져 바닥으로 떨어졌다. 그리고 극장의 문이 열리면서 트래비스가 뛰어나왔다. 연습 중이었던 그는 분장한 모습 그대로였다. 나는 검지 손가락으로 머리칼을 돌돌 말았다.
"선배 여기 있으면 어떻게 해. 어서 들어와. 연출이 찾아!"
트래비스가 내게 말했을 때, 내가 트래비스의 목소리를 들었을 때, 여자가 트래비스의 이름을 불렀다. 너, 너 T 맞지? 여자는 레인코트의 모자를 걷었다. 파란색의 커트 머리였다. 그리고, 나는 보았다. 여자를 바라보는 트래비스의 얼굴. 전에 없이, 상기된, 화려한.
트래비스와 여자는 가볍게 포옹했다. 한눈에도 두 사람의 관계가 심상치는 않아 보였다. 나는 머리칼을 돌돌 말았다. 빗물이 유리벽 너머 시멘트 바닥에서 거세게 튀어 오르는 걸 보았다.
"야, 너 배우가 됐다더니 정말인가 보네. 어떻게 이렇게 변신할 수가 있지? 넌 겨우 차를 팔았었잖아."
여자가 말했고, 트래비스가 대답했다. 잠깐 곁눈질로 나를 보면서.
"나 말야 연기에 소질이 있는 것 같아."
짧게 말을 주고받은 두 사람은 여자의 레인코트를 벗어서 함께 뒤집어쓰고는 극단 길 건너 커피숍 쪽으로 총총히 걸어갔다. 그러는 동안 트래비스는 한 번도 나를 돌아보지 않았다. 나는 열이 오르는 이마를 만졌고 무의식적으로 새 담배에 불을 붙였다.
그날 트래비스가 집에 들어온 것은 새벽 두 시가 넘어서였다. 뜻밖에, 분홍색 레인코트의 여자와 함께였다. 문을 열었을 때 트래비스는 문 앞에서 헤벌쭉 웃으며 여자의 허리를 감았던 팔을 살그머니 풀었다. 소리를 지르려다가, 소리를 지르면, 머리가 깨질 것만 같아 나는 입을 다물었다. 트래비스의 다른 손에는 술병이 든 비닐봉지가 들려 있었다.

  나는 몸에 열이 있었다. 해열제 두 알을 급히 삼켰지만 아무런 효과가 없었다. 문을 열어주고 그들이 신발을 벗는 것까지 보고 나는 그만 거실 바닥에 주저앉고 말았다. 서 있을 수가 없었다. 어멋, 여자의 놀라는 목소리가 들렸고, 술에 취한 트래비스가 나를 질질 끌다시피 해서는 방에 데리고 가 눕혔다. 나는 두 팔을 들어 올려 그의 목을 감았지만 그는 완강한 힘이 느껴지는 손으로 내 팔을 풀고는, 아무런 말 없이 밖으로 나갔다.

  나는 잠들 수가 없었다. 빗소리 때문인지, 거실에서 들려오는 웃음소리 때문인지 분간할 수 없었다. 술잔 부딪는 소리, 창을 때리는 빗소리. 낄낄대는 소리. 나를 괴롭히는 것은 소리였다. 뜨거운 눈물이 눈꼬리를 따라 흘러 베갯잇을 적셨다. 입술을 움직여 트래비스를 불렀지만 갈라진 목에서는 소리가 나오지 않았다.

  무기력한 나를 견딜 수 없었던 나는 무릎으로 겨우 걸어서 방문을 살며시 열어보았다. 목이 타서 물을 마시고 싶었을 것이다. 하지만 나는 문밖으로 나갈 수 없었다. 내 눈이 그만 여자 쪽으로 기울어져 있는 트래비스를 보고 말았다. 트래비스의 손이 여자의 몸을 만지고 있었다. 나는 시력이 나쁘지 않았다. 곧이어 블라우스를 연 트래비스의 손이 여자의 가슴 속으로 들어갔다. 여자가 비스듬히 거실에 누웠고 여자의 손이 트래비스의 머리를 감싸 안았다. 트래비스의 얼굴이 여자의 하체 쪽으로 볼링공처럼 미끄러져 내려갔다.

눈물이 얼굴을 흠뻑 적셨다. 눈물이 만들어준 막 위로 반쯤은 겹쳐진 트래비스와 여자를 보았다. 소리를 낼 수 없었다. 다만, 불로 가열해 붉게 달아오른 바늘로 눈을 깊이 찔러 휘젓고 싶었다. 아무것도 보고 싶지 않았다.

도둑고양이들이 새벽 몇 시에 우는지, 청소차가 다니는 시간은 몇 시인지를 나는 그날 밤에 모두 알았다. 그리고 나는 그날, 지금의 이 연극을 생각해냈는지도 모른다.

악몽 같은 밤을 지내고 다음 날 눈을 떴을 때, 집 안에는 아무도 없었다. 예의 괴괴한 적막과 푸석푸석한 햇살만이 빈 거실에 가득할 뿐이었다. 바닥에는 빈 술병들만이 어지럽게 뒹굴고 있었다. 밖의 날씨는 개었고 여자가 입고 왔던 레인코트는 한쪽에 아무렇게나 구겨져 있었다.

나는 극단에 나가지 않았다. 울면서, 눈물을 닦으면서 트래비스가 돌아오기만을 기다렸다. 연약하고, 천박하고, 음란한 내 영혼을 마주 보면서 나는 오래 울었다.

밤이 되어 트래비스가 멋쩍은 표정으로 집에 들어섰을 때, 나는 그를 향해, 그가 가지고 온 가방을 집어던졌다.

"꺼져! 꺼지란 말야. 내가 그렇게 만만하니? 내가 그렇게 우습게 보이니!"

내가 소리를 지르자, 비에 젖은 도둑고양이 두 마리가 후드득, 베란다에서 밑으로 뛰어내렸다. 가슴이 일순 서늘해졌다.

9

하지만, 트래비스는 본능적으로 나의 요구, 나의 욕망을 알아채는 사람이었다. 그처럼, 내가 격렬하게 분노를 터뜨린 날이면 어김없이 나를 뜨겁게 안아주었으니까.

나는 열에 들뜬 목소리로, 그의 몸에 매달린 채, 그의 이름을 불렀다. 날을 세운 손톱을 미늘처럼 그의 등에 박아 넣었다. 머리는 어지러웠고 허리는 음란했다. 트래비스를 놓아주고 싶지 않았다. 그가 나를 용서하길 바랐다. 내 안에서 격렬하게 움직이는 그를 보면서 비로소 나는 한없이 너그러워질 수 있었다. 삶을 순간적이나마 긍정할 수 있었다. 그가 없으면 죽게 될지도 모른다고, 절정의 순간에 생각했지만, 그래서 그토록 서러웠던 나는, 나의 불안을 끔찍하게 연민할 수밖에 없었다.

내가 절박한 목소리로 '날 사랑하니?'라고 물으면 그는 1초의 틈도 두지 않고 빠르게 대답했다.

"응. 널 사랑해."

나는 나를 사랑한다는 그의 말에 깊이 안도했다. 그건 결과적으로 부주의한 내가 내 안의 나를 속이고 점점 더 나를 궁지로 몰아가는 것이었지만, 그때의 내 가슴을 진정시키는 건, 나를 사랑한다는 아편 같은 그의 말뿐이었다.

트래비스의 외박은 더욱 잦아졌다. 일주일에 한두 번. 씨익 웃으면서 스포츠 가방에 빨래거리를 가득 싸가지고 들어올 뿐이었다. 나는 땀에 전, 허연 소금기가 묻은 그의 옷이나 구두에 매캐한 아편 냄새와는 또 다른, 어떤 불량하면서도 견딜 수 없이 낯선 냄새가 섞여 드는 것을 느낄 수 있었다. 겨울밤, 막 밖에서 들어온 사람의 외투에 묻어온 것 같은 청량하면서도 유혹적이고 휘발성이 강한 냄새.

마침내 고양이들과 함께 우는 밤들이 시작되었다.

10

화장실에서 샤워를 하고 나온 트래비스는 나를 바라보지 않는다. 그러고는 서둘러 옷을 갈아입고 집을 나간다. 나는 그의 뒤꽁무니에 대고 외친다.

"어딜 가는 거야! 오늘은 내 옆에 있어달라니까. 난 앞이 보이지 않는단 말야."

쿵, 거칠게 문이 닫히는 소리가 들린다.

문이 닫힌 것을 확인한 후에도 내 입에서는 외침이 끊이지 않는다.

"가지 말란 말야. 트래비스! 트래비스!"

공연을 해야 하는 그가 극단에 가는 것을 나는 모르지 않는다. 그는 화요일부터 금요일까지는 일곱 시, 아홉 시 두 차례 연기를 하고 주말과 일요일에는 세 차례 연기를 한다. 그가 쉴 수 있는 날은 공연이 없는 월요일뿐이다.

언제부턴가, 내게는 배역이 주어지지 않았다. 연출 박은 내게 맡길 만한, 내 캐릭터를 살릴 만한 배역이 없다는 말로 나를 위로하고 있지만 나는 그가 나의 캐스팅을 놓고 매번 적지 않은 고민을 하고 있다는 것을 알고 있다. 그러면서도 박은 내가 극단에 근 일주일째 모습을 드러내지 않자, 왜 나오지 않느냐고 따지듯이 전화를 걸어왔다. 야, 네가 있어야 후배들이 중심을 잡지. 어서 나와.

나는 연출 박에게 전화를 걸기로 한다. 그는 겨우 1년 선배일 뿐인데.

"선배, 나……, 사실은…… 시력을 잃었어. 앞이 보이지 않아요. 어떻게 내게 이런 일이 있을 수 있는지…… 지금 너무 두렵고 막막할 뿐이야. 이제 연극을 그만두어야 할 것 같아요."

그렇게 말하고 있으려니 갑자기 설움이 북받쳐 올라, 눈시울이 뜨거워진다. 눈물이 흐른다.

"뭐 뭐! 아니 어쩌다가……."

연출 박은 말을 잇지 못한다. 나는 그가 정해주는 배역이 대체로 마음에 들지 않았다. 반대로 연출 박은 나의 연기가 마음에 들지 않았을 것이다. 그에게서 연기에 대한 칭찬을 들은 기억이 내게는 없다. '이제 연극을 그만두어야 할 것 같아요.' 함께 일을 해온 이후, 내가 처음으로 그에게 좋은 일을 하는 것 같다. 이제, 다 끝났어. 정말 다 끝났어. 내겐 오로지 한 번의 연극만 남았다고. 이런 대단원도 극적이라면 극적인 일이지 후후.

양미간을 오므려 쓴웃음을 짓고 양말을 찾아 신는다. 오른쪽엔 빨간 줄무늬 양말, 그리고 왼쪽엔 검은색 땡땡이 양말. 실제로, 어느 날 갑자기 앞을 못 보게 되었을 때 사람들은 짝이 맞지 않는 양말을 신기도 할까, 나는 알지 못한다. 하지만 어쩐지 그럴 것만 같다는 생각이 든다.

옷장에서 블라우스를 하나 꺼낸다. 겉과 속을 뒤집어서 입는다. 손에서 미끄러져 빠져나가는 유리컵 하나를 그대로 둔다. 나는 내 기분을 알 수가 없다. 바닥에 떨어져 깨지는 유리. 장식장에서 적색 와인을 꺼내 뚜껑을 열고 병을 기울여 바닥에 주르르 흘린다. 흐르는 피처럼 와인이 스멀스멀 바닥을 적신다. 담배꽁초가 수북이 쌓인 재떨이를 발로 차서 거실 바닥에 뒤집어엎는다. 화장품들의 뚜껑을 열어서는 제각기 짝이 다르게 닫아놓는다. 나는 앞을 볼 수가 없기 때문에 이 혼돈조차 실감할 수 없다.

눈을 꼭 감은 채 거실에서 움직여본다. 한 발짝을 떼어놓기조차 힘들다. 두렵다. 날카로운 모서리를 가진 흉기가 나를 향해 달려들 것만 같아서. 나는 지금 앞을 보지 않으려고 한다. 나는 눈을 뜨지 않는다. 어림짐작으로 화장실 쪽으로 움직인다. 한참을 허공에서 헛놀던 손이 겨우 화장실 손잡이를 잡는다. 문을 열고 한 발을 화장실 안에 들여놓는다. 그러다가 그만 타일 바닥에 한쪽 발이 미끄러진다. 스키드마크처럼 핏자국이 생겼다가 물기와 섞여 번지기 시작한다. 손을 잘못 짚어서, 손이 좌변기에 빠지고 만다. 튄 물이 어깨와 목을 적신다. 몸을 일으키고 눈을 뜬다. 밝다. 너무나 밝다. 거울 속에 내가 있다. 짝이 맞지 않는 양말을 신고 블라우스를 거꾸로 입은 여자가 좌변기에 손을 빠뜨렸다. 쓸쓸하면서도 낮은 웃음이 터진다. 그때 전화벨이 울린다. 눈을 감고 있으니 그 소리가 더욱 또렷하게 들리는 것만 같다. 화장실에서 나온 내가 더듬더듬 전화기를 찾아 움직인다. 눈을 뜨지 않으려고 인상을 찡그린다. 소리가 가까워지는 쪽으로 조금씩 조금씩. 무릎을 굽히고 앉아 손을 곤충의 촉수처럼 뻗어 더듬으면서 앞으로 나아간다. 송수화기를 가까스로 집어 든다. 극단의 동료 송이다.

"언니, 연출이 그러는데, 언니가 앞을 못 보게 됐다고……, 그게 무슨 말이야. 응? 응? 앞을 못 본다니."

나는 대꾸하지 않고 꾹꾹 눌러 짠 울음소리를 송수화기에 흘려 넣는다.

11

어떤 식으로든 이 연극은 막이 내려질 것이다. 막이 내려질 때, 그 막 뒤에서 대본을 내려놓을 때 나는 불안의 진창을 깨끗이 넘어설 수 있을까. 종아리에 달라붙은 먼지를 털어내듯 툭툭 떨칠 수 있을까. 내 안에 병원균처럼 침투해 들어와 있는 이 질긴 독소들을 깨끗하게 제거할 수 있을까. 글쎄……, 아무것도 확신할 수는 없다. 나는 이미 생을 의심하고 조롱하는 것에 익숙해져 있으니까. 불안이 죽음보다 더 공포스럽다고 말하면 사람들은 엄살이라고 말할 수도 있을 것이다. 하지만 단순히 생각해도, 불안은 이 생이 계속되는 동안만큼은 끊임없이 태어나고 되풀이되는 거니까, 일회성으로 완료되는 죽음보다 더욱 치명적인 것이다.

저녁 무렵, 나는 잠시 외출한다. 완강한 푸른빛을 내뿜는 플라타너스 나뭇잎 사이로 파득거리는 햇살이 눈을 깊이 찌른다. 편의점에 들어가, 라면과 만두를 사 먹는다. 걸신들린 사람처럼 급히 입 안에 음식을 처넣던 나는 잠깐 옆 사람이 펼쳐놓은 신문에 눈길을 준다. 평소에는 신문을 잘 보지 않는 내가 눈에 새기듯 신문의 활자를 읽어 내려간다.

은행 현금 수송 차량 또 강탈. 범인은 4인조이고, 범행에 쓰인 총기의 출처를 놓고 의견이 분분하다고 한다. 그 옆에는 중고차 사기 판매 루트 적발이라는 제목의 기사가 실렸다. 중고차를 헐값에 매입하여 새 차로 속여 억대의 부당 이익을 취한 뒤 종적을 감춘 자동차 세일즈맨을 경찰이 추적하고 있다고 한다. 라면 국물을 마시자 속이 쓰리면서 구토증이 일어난다. 담배를 너무 많이 피운 모양이다. 따뜻하고 순한 차를 마시고 싶다. 편의점 직원이, 색깔이 다른 양말을 신고 블라우스를 뒤집어 입은 나를 신기한 듯 바라보고 지나간다. 씨익—. 저절로 입꼬리가 말아 올라간다.

나는 끝까지 잘할 수 있을 것이다.

12

예의 구두 소리가 들리고 트래비스가 문을 두드린다. 자정이 조금 지난 시간이다. 앞이 보이지 않는 나는 문을 열어줄 수가 없다. 그가 그만 돌아서서 어두운 복도를 걸어 먼 곳으로 떠나가버릴까 봐 나는 조마조마하다. 다행히, 열쇠 꾸러미를 꺼내는 소리가 들린다. 트래비스가 손수 문을 열고 들어온다. 그가 나를 쳐다본다.

그는 내 행색을 보고는 어쩔 줄 몰라 한다. 나는 취하도록 와인을 마셨고 블라우스 밑자락은 엎질러진 술에 젖어 질척거린다. 당황하는 트래비스의 표정이 재미있다.

"너 사실이니? 앞이 보이지 않는다는 게?"

내가 연출 박에게 전화를 한 것을 그도 모르지 않을 것이다. 나는 고개를 천천히 끄덕인다.

"잘됐군. 정말 잘됐어. 이제 어떡할 작정이야! 양말이 그게 뭐야. 블라우스도 뒤집어 입었잖아. 정말 가관이야."

트래비스가 한숨을 내쉰다. 무슨 생각을 하는지 그의 눈빛이 수상하게 번득인다.

"내가 이렇게 되어서 너는 좋지?"

나는 빨갛게 타들어가는 담뱃불이 내 손을 지지는지도 모른다. 모른 척하고 있다가 깜짝 놀라 담배를 떨어뜨린다. 눈을 게슴츠레 뜬다. 눈동자의 초점을 풀어버린다. 거실 바닥은 이미 엉망이다. 담배꽁초와, 술병과, 각종 쓰레기들, 냄새나는 빨랫감들이 널려 있다.

트래비스가 갑자기 모든 것을 단념한 듯한 표정을 지으며 내 앞에 다가와 앉는다. 나는 그가 할 말을 알고 있을 것이다. 그가 내 눈을 빤히 들여다본다. 나의 눈은 그의 눈동자를 외면한다. 초점 없이 그의 눈두덩을 훑는다. 잠시 후 망막의 상이 흔들리면서 그의 얼굴이 두 겹, 세 겹으로 겹쳐 보이기 시작한다.

"내 말 잘 들어. 일이 이렇게 돼서 하는 말은 아니야. 네가 이렇게 된 것, 나 역시 안타까워. 하지만, 내게는 나의 현실이 있어. 너에겐 너의 현실이 있고 말야. 너 역시, 그 사실을 인정하겠지. 난 사람들로부터 인정을 받는 배우가 되었고, 넌 완전히 망가져버렸어. 게다가 눈까지 멀어버렸으니. 내가 택할 수 있는 게 무엇인지 너도 잘 알 거야. 처음부터 우린 아무런 약속을 하지 않았으니까."

대책 없이 울음이 터진다. 속에서 비릿한 말들이 올라온다. 이제라도 이 무모한 연극을 거둘까. 모든 걸 실토하고, 체념하고 편안해질까. 나는 트래비스의 팔을 끌어안는다.

"그렇게 말하지 마, 난 너 없이는 살 수 없어. 날 버리지 마. 널 괴롭히지 않을게. 이렇게 가끔씩 찾아와주기만 하면 돼. 내가 잘못했으니. 제발 날 버리지 말아줘."

눈물이 흐르면서 맑아진 눈에 트래비스의 모습이 들어온다. 그는 여전히 매력적이다. 로마의 귀족처럼, 젊은 애인처럼. 정말로 앞을 볼 수 없어, 그의 모습을 바라보지 못한다면 많이 서운할 것만 같다고 나는 생각한다.

13

며칠의 낮과 밤이 다시 지나갔다.

트래비스는 들어오지 않았고 나는 눈을 감아 앞을 보지 않고 지내면서, 눈먼 자들의 영혼을 갖게 되었다. 불안을 조용히 응시하는, 낮고 깊은 눈동자의 영혼.

나는 여전히 짝이 맞지 않는 양말을 신었고, 칼날로 손끝을 베었고, 장식장 모서리에 이마를 세게 부딪혔다. 화장실에서는 계속 미끄러졌고, 설거지를 하지 않은 그릇들은 개수대에 쌓여갔다. 배가 고프면 편의점에 가서 라면을 사 먹었다. 눈을 감고 편의점까지 가는 길을 걸어보기도 했다. 평소 6, 7분밖에 걸리지 않는 거리를 가는 데 한 시간 가까이 걸렸다. 사람들이 나를 쳐다보는 것이 어둠 속에서도 느껴졌다.

저녁에는 깊은 잠을 잤다. 고양이 울음소리도, 청소차 소리도 듣지 못했다. 언제 끝날지도 모르는 기약 없는 연극에 조금은 지친 느낌이 들기도 한다. 하지만 중단할 수 없다. 거실 소파에 비스듬히 누워 있으니, 이상하게도 다시 눅눅한 잠이 쏟아진다.

그리고 환청처럼 희미하게, 바닥을 꾹꾹 눌러 밟는 구두 소리가 들려온다. 틀림없이 트래비스의 것이다. 나는 거실에 비스듬히 누운 채로 그 소리를 듣는다. 잠시 후, 현관문에 열쇠 꽂히는 소리가 들리더니 덜커덕, 잠금 장치가 돌아간다.

트래비스가, 술에 취한 트래비스가 들어선다. 문은 닫히지 않고 그의 뒤로 한 사람이 더 들어선다. 파란색 커트 머리 여자다. 레인코트를 놓고 갔던 여자. 덜컥, 가슴이 내려앉는다. 누가 목을 죄어 오는 듯 숨이 막힌다. 어쩌면 오늘 내 연극의 클라이맥스가 펼쳐

질지도 모르겠다.

나는 엉뚱한 곳으로 시선을 던지면서 애써 평온한 목소리로 말한다. 앞을 보지 못하는 나는 그들을 바라보지 않는다.

"트래비스 왔구나?"

"응, 응."

트래비스의 목소리가 다소 과장스럽게 느껴진다. 옆에 있는 여자의 행동도 몹시 조심스럽기만 하다. 트래비스가 여자의 귀에 대고 뭐라고 귀엣말을 한다. 여자는 뒤꿈치를 거실 바닥에 대지 않고 걷는다. 그가 그녀에게 무슨 말을 했는지, 그들이 무슨 생각을 하는지, 나는 아직 잘 모른다. 알고 싶지 않다.

파란 머리 여자가 방문을 열고 컴컴한 방 속으로 들어가고 트래비스가 나에게로 다가온다. 그러면서 눈은 여전히 여자가 들어간 방 쪽을 돌아본다.

"오늘 뭐 했니?"

"그냥 있었어. 널 기다렸지. 네가 돌아올 줄 알았어."

"앞이 보이지 않으니 많이 답답하겠구나."

나는 팔을 뻗어서 그의 목을 껴안는다. 그의 입술에 내 입술을 가져다 댄다.

"괜찮아. 괜찮아. 너만 있으면."

"그래……. 나 좀 씻고 쉴게."

그렇게 말하면서 나를 떼어놓은 트래비스가 천천히 움직여 여자가 들어간 방으로 들어간다. 방문이 닫힌다. 두 사람이 완전히 내 시야에서 사라진다.

나는 바짝 귀를 기울여 방 안의 소리를 듣는다. 희미하게 여자의 목소리가 들려온다. 내가 그 목소리를 들었다는 게 신기하다. 그건 여자가 트래비스의 귀에 대고 소근대는 소리였을 테니까.

"넌 정말 짓궂구나. 응, 이 귀여운 변태야. 그런데 정말 괜찮겠지?"

이어지는 트래비스의 웃음소리.

"물론이지, 저 여자는 아무것도 볼 수 없어."

그리고 잠시 후 바람 소리 같기도 한, 가늘면서도 가쁜 숨소리가 들려오기 시작한다. 내게는 너무나 어려운 소리이다. 다시 불규칙적인 숨소리가 끊어질 듯 이어지는가 싶더니, 웃음소리 같기도 하고 울음소리 같기도 한, 어지러운 소리들이 내 귀에 한데 달려든다. 에어컨의 팬이 맹렬하게 돌아가는 소리. 나는 오줌이 마렵다. 트래비스와 여자가 있는 방 쪽으로 움직이기 시작한다. 앞이 보이지 않는 나는 무릎으로 조금씩 조금씩 걸어서, 방문 앞에 선다. 방문 손잡이를 잡는다. 그 손이 진동 머신처럼 부르르 떨린다. 손잡이를 돌린다. 문이 열리고, 얼굴에 더운 훈김이 훅 달라붙는다. 척척하고 비릿한 냄새. 희부윰한 어둠 사이로 벌거벗은 트래비스의 모습이 보인다. 그리고 그의 몸 밑에 깔려, 터져 나오는 신음 소리를 삼키느라 몹시 표정을 일그러뜨린 파란색 커트 머리가 보인다. 내 눈이 그것을 다 본다. 선명히 바라본다. 내 눈과 살짝 마주친 트래비스의 눈이 휘둥그레진다. 비명을 터뜨리려는 여자의 입을 트래비스의 손이 재빠르게 가서 막는다.

"지금 뭐 해? 트래비스."

나는 지금 울지도 않고, 정말 잘하고 있다. 클라이맥스이니까, 여기서 망칠 수는 없다. 차분하게 잘해야만 한다.

"응. 응. 운동을 좀 하고 있어. 팔굽혀펴기."

"응······, 그렇구나. 피곤할 텐데······ 그만 하고 쉬어."

내가 그렇게 말하자 비로소 트래비스의 표정에 안도하는 기색이 역력하다. 트래비스는 나를 힐끔거리면서 대담하게 몸을 움직이기 시작한다. 내가 그의 몸을, 파란색 커트 머리를 가진 여자의 몸속에 들어간 트래비스의 몸을 바라본다. 그의 단단한 엉덩이와 놀라울 정도로 유연한 허리를 바라본다. 어둠 속에서 그의 하얀 허리선이 눈부시게 빛난다. 눈물 한 줄기가 볼을 타고 흐른다. 나는 지금, 보지 않으면 좋을 것을 너무나 가까이에서 선명하게 바라보고 있다. 그는 팔굽혀펴기를 하고 있단다. 눈물이 턱을 적신다. 트래비스는 헉헉거리며 계속 몸을 움직인다. 여자는 신음 소리를 참느라 얼굴이 거의 사색이다.

그때 갑자기, 거칠게 현관문이 열리는 소리가 들린다. 우당탕탕. 건장한 사내 세 명이 집 안으로 들이닥친 건 순식간의 일이다. 그들은 문 앞에 서 있는 나를 함부로 밀치고는 방 안에 뛰어들어 불을 켜 희부윰한 어둠을 걷어낸다. 그들이 팔굽혀펴기 중인 트래비스를 붙잡아 팔을 꺾는다. 파란색 커트 머리 여자는 화들짝 놀라 황급히 이불을 뒤집어쓴다. 나는 도무지 영문을 알 수가 없다. 영문을 알 수가 없어, 답답해 악, 소리를 내지른다.

한 사내가 뒷주머니에서 은빛으로 번쩍이는 물건을 끄집어낸다. 내가 그것을 본다. 그가 아주 재빠르면서도 기계적인 목소리로 말하는 소리를 듣는다.

"당신을 중고차 사기 판매 용의자로 체포한다."

은빛으로 반짝이는 물건은 수갑이다. 사내가 트래비스의 손목을 등 뒤 쪽으로 틀어쥐고 수갑을 채우려 한다. 그때 내가 움직인다. 눈보다 먼저, 마음보다 먼저 몸이 움직인다. 나는 형사에게 달려들어 나조차 믿을 수 없는 완력으로 형사로부터 수갑을 낚아챈다. 그리고 날래게 주방으로 달려가 서랍 속의 과도를 꺼내어 쥔다.
"그만둬! 그만두란 말야. 트래비스를 놔두란 말야!"
트래비스의 눈이 휘둥그레진다. 분노와 경멸과 애증이 섞인 묘한 눈빛으로 나를 쏘아본다.
"너……, 눈이 안 보였던 게 아니구나."
나는 눈을 부릅뜨고 칼을 쥔 손에 힘을 준다. 그를 놔두란 말야. 모두들 다 꺼지란 말야! 그렇게 외치면서 나는 서서히, 내 마지막 연극이 끝나가는 것을 느낀다.

소년, 소녀를 만나다

새벽은 언제나 조용하다.

조용한 새벽에 종교를 가진 사람은 기도를 하고

애인을 가진 사람은 섹스를 한다.

그리고 살의를 가진 사람은 누군가를 죽일 것이다.

종교도 애인도 살의도 없는 나는 다만 조용한 새벽에

귀를 열어놓고 있을 뿐이다.

아버지와 어머니는 5월의 어느 날씨 좋은 일요일, 부부 동반 계모임에 다녀오다가 교통사고를 당했다. 운전은 그때 어머니가 했는데 면허가 나온 지 딱 두 달째 되는 날이었다. 운전이 노련한 아버지는 낮술에 제법 취해 있었다고 한다. 덕분에 어머니는 이름 없는 도로상에서 두개골이 깨지면서 죽었고 아버지는 병원에 실려 가서 엿새를 더 부지하다가 죽었다. 늑골의 뼈가 심장을 너무 깊이 찔렀다고 의사는 말했다. 그들의 기일은 그러므로 엿새 차이가 난다.

아버지가 마저 숨을 거두던 토요일에는 오후에 인터리그 게임인 시카고 컵스와 시카고 화이트삭스의 메이저리그 야구 경기 중계방송이 예정되어 있었다. 나는 그것을 꼭 보고 싶었기 때문에 하루만, 하루만 더 아버지를 살아 있게 해달라고 하나님한테 기도를 했다. 야구 중계방송 전이나 도중만 아니라면 아버지는 언제 죽어도 상관없을 것 같았다. 하지만 나의 기원엔 아랑곳없이 아버지는 토요일 오전에 숨을 거두었고 나는 MLB 중계방송을 볼 수가 없었다.

아버지의 영정을 지키고 있으면서도 나는 야구 경기의 결과가 궁금해서 하나도 슬픔이 현실적이지 않았다.
"야구 어떻게 됐어? 새미 소사가 500호 홈런을 쳤니?"
영안실에 찾아온, 역시 야구를 좋아하는 친구에게 내가 대뜸 그렇게 물었을 때 친구는 이렇게 말했다.
"바보야, 그게 뭐가 그리 중요하니? 너는 이제 부모 없는 고아가 되었는데."

생전의 아버지와 어머니는 금슬이 좋기로 친척들 사이에 소문이 자자했다. 어머니를 이모와 고모가 드러내놓고 부러워할 정도였다. 이모부와 고모부는 이모와 고모의 말대로라면 아버지의 반의 반에도 못 미치는 위인들이었다. 그런 소리들을 들으면 소년처럼 얼굴이 빨개져서 웃곤 하던 아버지의 모습은 어딘지 보기에 민망스러운 데가 있었다.
내가 기억하고 있는 아버지와 어머니의 표정은 언제나 사춘기의 소년, 소녀처럼 들떠 있는 듯이 밝았고 화사했다. 그들은 종종 깨끗하고 가벼운 옷차림으로 백화점 쇼핑을 하고 시민회관의 공연을 관람했으며, 휴가를 받아 사파리나 륙색 차림으로 산이나 바다에 가곤 했다. 이모와 고모는 아마 그런 것을 부러워했을 것이다. 부러움이란 놀랄 만큼 공통적이고 보편적이다.
냉장고에는 아버지가 좋아하는 갖가지 야채와 음료들이 언제나 가득 채워져 있었다. 마당은 드넓었고 그곳의 잔디는 푸르렀다. 아버지와 어머니는 매일 저녁 소근소근 다정한 얘기를 나누며 정원을 거닐기도 했다. 그럴 때면 으레 고운 빛의 석양이 그들의 뒤에서 멋진 배경을 만들어주곤 했다. 그들의 그런 삶을 조금이라도 알고 있었던 사람이라면 그들의 최후가, 그들 발랄하고 산뜻했던 삶에 비해 터무니없이 잔혹스럽다는 것을 깨닫고는 새삼 놀라지 않을 수 없었을 것이다.

그들이 세상을 떠나면서 원했건 원하지 않았건 그들이 남겨놓은 '세계'가 고스란히 형과 나에게로 물려졌다. 부모 없는 그 이후의 세계에 대한 막연한 기대와 두려움 때문에 상을 치르는 내내 울지도 않았던 형과 나는 그 기억에 연루되지 않은 새로운 시간들을 만들어내야만 했다. 우리는 그것을 잘 알고 있었다.

지루하고 고단한 장례를 치르고 나서 제일 먼저 형이 한 일은 의자를 밟고 올라가서 대문의 대리석 문패를 떼어낸 것이었는데 그것은 아마 그런 이유에서였을 것이다. 형은 문패를 정으로 쪼면서 이렇게 말했다.

"이건 너무 극적인 일인데. 그런데 왜 이렇게 웃음이 나오는지 모르겠어."

어머니의 첫 번째 기일이었던 엊그제는 휴일이었고 형과 나는 용인 에버랜드에 가서 바이킹과 청룡열차를 타고 왔다. 빙빙 돌아가는 청룡열차 안에서 현기증을 느끼면서 나는 이대로 시간이 정지되기를, 그래서 아무것도 나에게 현실적으로 와 닿지 않게 되기를 빌었다. 겁을 감추기 위해 눈을 더 크게 부릅떴다. 뒤에 앉은 형은 아무래도 어머니의 기일이 마음에 걸리는 것 같았다. 이모들로부터 아침부터 전화가 왔었기 때문이다. 젊은 형제가 같이 꽃을 들고 부모의 묘지를 찾아가는 것만큼 재미없고 맥 빠진 휴일은 더 이상 없을 것이다. 이모들은 그러나 우리에게 전화를 걸어 그렇게 하기를 강요했다.

"어머니가 비명에 가신 지 벌써 한 해가 지났구나. 묘소에 가서 꽃을 바치거라."

형은 그러나 이모들에게 우리로선 어떻게 할 수가 없어요라고 원칙적으로, 그리고 담담하게 말했을 뿐이다. 그럴 때의 형은 참 믿음직스러웠다. 마치 용인에서 본 의젓한 수사자처럼 말이다.

형은 이모와 전화 통화를 마치고서 심드렁하게 말했다.

"놀이공원에나 갈까?"

나는 다른 약속이 없었기 때문에 그 제안에 따랐다. 내가 오늘은 어머니 일주기야라고 말하면서 형의 제안을 묵살했다면 형은 아마 나를 때렸을지도 모른다.

그러나,

형이 그런 제안을 하지 않았다면 내 쪽에서라도 먼저 그런 제안을 했을 것이다. 집에서 지내기엔 밖의 날씨가 너무 좋았기 때문이고 TV에서도 야구 중계나 농구 중계를 하지 않았다.

어머니의 기일이었던 그날, 형과 나는 용인에 가서 어떤 여자를 만났다. 바이킹을 타면서 형과 나는 당연한 것처럼 맨 뒷자리에 자리를 잡았다. 최고의 스릴감을 만끽하기 위해서였다. 나는 겁을 감추기 위해 눈을 더 크게 부릅떴다. 배 모양의 바이킹이 앞뒤로 크게 기울기 시작하면서 선미 쪽의 우리가 맨 밑으로 가라앉고 반대편의 선수 쪽이 위로 높이 솟구쳐 올랐을 때에 반짝이는 무엇인가가 우리 쪽으로 떨어져왔다. 형은 용케도 그것을 두 손으로 받아냈던 것이다.

나는 그것이 처음에 무엇인지 알 수 없었지만 세 살이 많은 형은 그것이 여자들의 머리핀이라는 것을 대번에 알아챘다.

매듭 부분에 빨간 옥돌이 박힌 리본 모양의 금색 머리핀은 이스트팩 가방을 멘 앳돼 보이는 소녀의 것이었다. 형은 바이킹이 멈추고 안전장치가 풀어지자마자 머리핀의 주인을 찾기 시작했고 놀랍게도 1분도 안 되어서 머리핀의 주인을 정확히 짚어낼 수 있었다.

형이 그 소녀에게 다가가서 말했다.

"이것이 저한테 떨어졌어요."

그러자 소녀가 말했다. 감격 같은 촌스러운 기색은 없었다.

"누군가 받아서 가지고 있을 줄 알았어요. 고마워요."

때는 점심때여서 우리는 놀이공원 앞에 있는 맥도날드 안으로 들어가서 치킨과 콜라를 먹기로 했다. 머리핀을 찾아준 대가로 값은 소녀가 치르기로 했다.

몹시 배가 고팠는지 소녀는 치킨이 나오자마자 채 튀김 기름이 식지 않은 뜨거운 살을 급하게 뜯어 먹었다. 그래서 나는 기름기가 묻은 그녀의 입술을 바라보게 되었고 옅은 빨간색의 그 입술에 입을 맞추고 싶어졌다. 번질거리는 입술이 참 탐스럽게 느껴졌다.

내가 그녀의 입술을 유심히 바라보고 있을 때에 화장실에 갔던 형이 돌아오면서 내 뒷머리를 가볍게 치는 바람에 그녀는 입을 벌리고 크게 웃었다. 그것은 상대방마저도 한없이 유쾌하게, 가뿐하게 만드는 웃음이었다. 형은 얼음만 남아서 바그락거리는 그녀의 컵에 자기의 콜라를 따라주었다. 나는 그제야 왜 나는 저렇게 할 생각을 못했을까 하고 자책했다.

어머니의 기일에 형과 나는 어떤 여자를 만났다. 여자는 이스트팩 가방을 멘 대학에 갓 입학한 열아홉 살의 소녀이다. 형은 너무 빨리 치킨을 뜯는 소녀의 어깨를 치며 말했다.

"천천히 먹어, 체하겠다. 넌 뜨거운 걸 참 잘 먹는구나."

그러자 소녀가 입을 우물거리면서 말했다.

"나는 좋아하는 것은 원래 빨리 없애버리는 성격이야."

소녀가 치킨을 빨리 먹은 이유는 그러니까 배가 고파서가 아니라 치킨을 좋아했기 때문이다. 단지 그것뿐이다. 좋아하는 것은 뭐든지 빨리 탕진해버리는 성격을 가진 소녀는 그날 오후를 우리 형제와 보냈다. 그녀는 주로 형과 어울렸고 나는 졸졸졸 그들의 뒤를 따라다녔다. 나는 때때로 그녀의 엉덩이를 슬몃슬몃 훔쳐보았다. 그녀의 눈은 크고 목은 길고 머리칼과 입술은 정말 탐스러웠다. 형과 내가 그 소녀를 만난 날은 어머니의 일주기 기일이었다. 소녀는 헤어질 때 형에게 핸드폰 번호를 적어주었다.

형은 며칠이 지나서 그 핸드폰에다 집에 초대하고 싶다는 음성을 남겼다.

소녀가 형의 초대에 응해 우리 집에 오기로 한 날이었다. 형과 나는 그래서 넓고 높은 집 전체를 청소하기로 마음먹고 그 전날 저녁부터 구석구석을 쓸고 닦았다. 어머니가 세상을 떠난 후에 가끔 이모들이 와서 청소를 해주었을 뿐 형이나 나나 정돈하고 수납하는 것에는 정말이지 취미가 없었기 때문에 집 안 꼴은 말이 아니었다.

수십 개나 되는 집 안의 모든 창문들을 열어놓으니 상쾌한 여름 저녁의 바람과 공기가 제멋대로 드나들면서 오묘한 소리들을 냈는데 형과 나에게는 그것이 더없이 아름다운 음악처럼 들렸다. 영혼을 만지고 움직였다.

둘이서 거의 밤을 새우다시피 청소를 하고 나니 눅눅했던 집 안이 어느 정도 말쑥해지고 밝아지는 느낌이 들었다. 형과 나는 그동안 쌓아놓았던 묵은 양말이며 속옷들을 모조리 드럼식 세탁기에 집어넣었고 콤비사다리를 놓고 올라가 구석의 거미줄을 털어내었다. 방향제를 마구 뿌리고 몸이 피곤하면 신나는 음악을 들으면서 휴식을 취했다. 그런 중에 아주 미미한 사고가 발생했다. 내가 걸레를 손가락으로 감싸서 문과 문틀 사이에 자욱하게 달라붙은 먼지의 더께를 닦아내고 있을 때에 형이 방문을 '쾅' 하고 소리 나게 닫는 바람에 손가락이 문틈 사이에 끼어버린 것이다. 덕분에 내 중지와 검지가 새파랗게 피멍이 들면서 생기를 잃게 되었다. 형은 무안해하며 손수 하얀 붕대를 사와서 칭칭 감아주었다. 나는 많이 아팠지만 형이 더 무안해하는 것은 원하지 않았기 때문에 '괜찮아, 괜찮아' 라는 말을 연거푸 했다.

간밤 내내 집 안의 모든 불을 밝히고 부산을 떠는 바람에 누가 신고를 했는지 아침 일찍 파출소에서 순경이 왔다. 이모들은 아마도 옆집 사람들에게 형과 나의 일거수일투족을 살펴달라고 부탁해놓았을 것이다.

'얘들은 부모를 잃은 불쌍한 아이들이랍니다. 조금만 관심을 가져주세요.'

동정심 많은 이웃은 이모들의 부탁을 거절치 못했을 것이다. 요즘 도시에서는 보기 드문 인정과 관심이 아닐 수 없다. 그러나 형의 생각은 다른 것 같았다. 형은 이렇게 말한 적이 있다.

'저들이 우리에게 관심을 갖는 것은 인정 때문이 아니라 자신들의 안정적인 생활에 우리들이 해악이나 불편을 끼칠까 봐 그러는 거야.'

"어젯밤에 무슨 일이 있었나……, 요?"

젊은 순경은 말을 높일까 말까를 놓고 순간적으로 고민했던 것 같다. 순경의 눈에는 호기심의 빛이 역력했다. 그는 하얀 붕대가 볼품없이 칭칭 감겨진 내 손가락을 주의 깊게 바라보았다. 옆집 사람이 신고를 하면서 뭐라고 호들갑을 떨었을지는 짐작하기 어렵지 않았다.

'쟤들이 지금 주사를 맞았는지 본드를 불었는지 새벽까지 불을 켜놓고 음악을 틀어놓고 난리법석이에요.'

형은 순경에게 또박또박 그리고 거침없이 말했다.

"놀이동산에서 만난 소녀가 오늘 오기로 되어 있어서 어젯밤에 청소를 좀 했습니다. 그 밖에는 아무 일도 없어요. 돌아가주세요."

"우리는 평화롭습니다."

'우리는 평화롭습니다'는 내가 한 말이었다. 그 말이 내가 듣기에 너무 좋았다.

순경은 돌아갔다. 씁쓸하게 웃으면서 현관 계단을 내려가는 순경의 뒷모습을 보면서 나는 결코 발랄하지 않았을 그의 소년 시절을 상상했다. 그는 절대로 형과 나의 전야를 이해하지 못할 것이다. 나도 그의 이해를 원치는 않았고 그것은 아마 형도 마찬가지였을 것이다. 이해라는 것은 종종 귀찮은 관계를 요구하기 때문이다.

오전 열한 시.

초인종이 울렸다. 바이킹에서 만난 소녀가 왔다. 소녀는 기특하게도 꽃을 들고 왔다. 뜯어 먹고 싶을 정도로 상큼한 프리지어 한 다발. 소녀는 빨간색 민소매 원피스를 입고 왔다. 꽃을 받아본 적이 없어 겸연쩍은 형과 내가 꽃 앞에서 머뭇거리자 소녀는 형의 품에 꽃을 떠넘기듯이 안겼다. 그때 내 코끝을 스치는 향기가 있어 아, 프리지어에서 나는 것인지 소녀에게서 나는 것인지 분간할 수가 없었다.

형은 소녀를 거실 소파 쪽으로 안내한 다음 꽃을 소니 오디오세트 위에 있는 화병에 꽂았다. 나는 냉장고에서 시원한 콜라와 과일들을 꺼내 가지고 왔다.

"찾아오는 데 힘들지 않았어?"

형이 소녀의 옆에 앉으면서 물었다.

"부자들이 많이 사는 유명한 동네잖아."

소녀는 형의 어깨를 어루만지면서 말했다.

"집이 참 좋은데, 이렇게 큰 집에 단둘이 산단 말이지."

"그래, 우리는 평화로워."

'우리는 평화로워'는 소녀의 맞은편에 앉은 내가 한 말이었다.

소녀는 편안하게 소파에 앉아 콜라를 마셨다. 그런 소녀를 형이 사랑이 가득한 눈으로 바라보았다. 사랑이 가득한 눈으로 소녀를 바라보는 형의 눈빛이 어딘지 낯설지 않다는 생각이 들었다. 이상한 일이었다. 그래, 저 눈빛은 아버지가 어머니를 바라볼 때 짓던 그 눈빛이야. 나는 형과 소녀 몰래 고개를 끄덕거렸다.

소녀와 형과 나는 고추잡채와 양장피와 치킨을 시키기로 했다. 형은 맥주를 사오겠다고 하면서 자리에서 일어났다. 소녀가 같이 갈까라고 묻자 형은 잠시 내 얼굴을 쳐다보더니 아냐 혼자 다녀올 게라고 말하고는 현관 쪽으로 사라졌다.

형은 맥주를 사가지고 돌아오면서 비디오숍에 들러, 소녀와 나는 보았지만 자신은 보지 않은 이창동 감독의 영화 〈초록물고기〉를 빌려가지고 왔다.

소녀가 이미 〈초록물고기〉를 보았다는 것을 내가 알게 된 것은 바로 형이 밖에 나가고 없을 때에 소녀와 내가 그 영화에 대해서 서로 의견을 나누었기 때문이다. 소녀는 그 영화에서 한석규와 심혜진이 처음 만나게 되는 장면이 참 인상적이라고 말했다. 나도 물론 그 장면을 기억하고 있다. 달리는 열차의 문간에 선 심혜진이 바람결에 스카프를 흘리자 역시 문간에 나와 있던 한석규가 그 스카프를 받는 장면. 그 사소한 것이 인연이 되어 둘은 사랑하게 되지만 결국 한석규는 죽게 된다.

나는 소녀에게 얘기했다.

"바이킹에서 네가 떨어뜨린 머리핀을 형이 받은 장면도 꼭 영화 같았어."

형은 비디오 데크에 테이프를 집어넣으면서 소녀에게 말했다.

"이 영화, 사람들이 괜찮다고 그러더라."

소녀는 말했다.

"그래, 나도 무척 보고 싶었던 영화야."

그것은 소녀가 처음으로 한 거짓말이다. 그때 잠시 소녀와 나의 눈이 마주쳤으나 나는 모르는 체했다. 무엇이 소녀로 하여금 거짓말을 하게 했는지 나는 알 듯 말 듯 했다. 광고 필름이 끝나고 영화가 시작되어 소녀가 인상적으로 보았다던 바로 그 장면이 나올 쯤에 초인종이 울렸다. 중국집에서 온 배달원이었다. 형과 소녀는 계속 비디오를 보았고 그 영화를 이미 보았다고 사실대로 얘기한 나는 고추잡채와 양장피를 먹기 좋게 거실 테이블 위에 올려놓았다. 손끝에 힘이 들어갈 때마다 붕대 속에서 새까맣게 죽어 있을 손톱의 살이 몹시 쓰라렸다. 형은 벌써 내 손가락 따위는 잊은 것 같았다.

형과 소녀와 나는 소파에 나란히 앉아 비디오를 보았다. 영화를 처음 보는 형은 시종 진지한 표정이었으나 본 적이 있는 소녀와 나는 때때로 해찰을 피웠다. 맥주를 마시다가 화장실을 갔다 온 소녀에게 형은 그간의 줄거리를 얘기해주고는 했다. 그럴 때면 형이 그렇게 바보 같아 보일 수가 없었다.

고추잡채는 어머니가 유난히 좋아하던 음식이다. 그녀는 아버지를 따라 만찬회나 모임에 갈 때에도 그 모임이 고추잡채가 있는 모임인지 아닌 모임인지 궁금해했다. 랍스터나 에스카르고 같은 음식은 그것이 아무리 진미라고 할지라도 어머니에겐 고추잡채보다는 못한 음식이었다. 덕분에 우리 식구들은 고추잡채를 수도 없이 많이 먹어야만 했다. 아버지는 하얀 빵으로 고추잡채를 싸 먹으며 즐거워하는 어머니를 바라보면서 몹시 행복해했다. 그런 아버지가 어머니의 부주의한 운전으로 심장에 구멍이 뚫리면서 세상을 떠났다는 사실이 나는 때로 참을 수 없이 우습다. 하지만 아버지는 호흡이 끊어지는 순간까지도 차마 어머니를 원망하지는 않았을 것이라는 생각이 든다.

형과 소녀는 손을 잡고 형의 방으로 들어갔다. 양장피는 손도 안 댔고 고추잡채는 거진 다 비운 상태였다. 소녀는 엄마처럼 고추잡채를 무척 좋아했던 것이다. 배달원이 집을 못 찾아 늦게 도착한 치킨은 포장도 풀지 않은 상태였다. 나는 소파에 비스듬히 누워서 맥주를 마시면서 리 오스카의 〈비포 더 레인 Before the rain〉을 크게 틀어놓고 들었다. 지금 같은 칠월에 참 어울리는 곡이라는 생각이 든다. 창밖의 하늘은 금방이라도 비를 뿌리려는 듯 짙게 어두워져 있었다.

아버지와 어머니가 살아 있다면 우연히 만난 소녀가 집에 찾아올 수 있을까. 내가 감히 거실 소파에 누워 맥주를 마시면서 마음대로 음악을 들을 수가 있을까. 나는 비구름이 몰려오는 어둔 하늘을 바라보며 그런 생각을 했다. 그런 생각을 하면서 남아 있던 맥주를 모두 마셨다. 아버지와 어머니가 좀 더 일찍 세상을 떠났다면 나도 그만큼 일찍 편리한 생활을 누릴 수 있었을 것이다. 만약 어머니는 살고 아버지만 죽었다면 어땠을까. 나는 어머니의 침대에서 어머니의 팔을 베고 누워 담배를 피우거나 음악을 들었을지도 모른다. 이 말을 들으면 이모들은 펄쩍 뛰면서 내 불경한 상상력을 탓하겠지만 누가 뭐라든 그것은 세상에서 있을 수 있는 수많은 일 중의 하나이다.

형과 소녀는 방에서 무엇을 하고 있을까. 다소 취기가 오른 나는 그것이 궁금해졌다. 그 궁금함은 점차 시간이 가면서 내게 신경질을 가져다주었는데 나는 손사래를 치다가 그만 맥주병 하나를 깨뜨리고 말았다. 그때 전화벨이 울렸다.

나는 형의 방이 있는 2층으로 올라갔다. 전화는 형을 찾고 있었기 때문이다. 전화로 형을 찾은 사람은 형의 동창인 '박'이었다.

형 방문 앞에서 나는 여느 때와 마찬가지로 노크를 했다. 곧 형의 '왜 그래'라는 목소리가 들려왔다. 나는 형의 응답이 들려오기까지, 몇 초도 안 되는 그 짧은 시간에 방문의 둥근 손잡이를 잡아 비틀고 싶은 강한 충동을 느꼈다. 방문이 열렸고 그 틈으로 형이 뚱한 듯이 얼굴을 내밀었다. 나는 엉거주춤 문 앞에 서서 그 얼굴에게 말했다.

"뭐 하고 있었어?"

"뭐야, 그게 궁금해서 여기에 온 거야?"

"아, 아니야. 사실은 전화가 왔어."

형은 나를 다시 한 번 생뚱하게 쳐다보더니 계단을 쿵쿵 울리며 전화를 받으러 내려갔다. 그는 부주의하게 방문을 그대로 열어놓은 채 갔다. 나는 언제나 푸른 기운 같은 것이 감도는 형의 방 안을 들여다보았다.

푸른빛이 침침하게 휘감아 도는 방 안의 저 구석, 하얀색 침대 위에 빨간 옷을 입은 소녀가 비스듬히 누워 있는 모습이 보였다. 소녀가 누워 있는 침대는 아버지와 어머니가 쓰던 퀸 사이즈이다. 형은 아버지와 어머니가 남긴 모든 물건을 버렸지만 침대만은 자기의 방으로 옮겨놓았었다.

　자고 있을까 소녀는. 아우라처럼 형태가 온통 번져서 윤곽이 뚜렷하지 않은 소녀와의 거리가 가물가물하게 느껴졌다. 나는 마치 무언가에 홀린 몽유병 환자처럼 그 소녀에게로 다가갔다. 내가 손이 닿을 만한 거리까지 다가서자 자고 있는 줄 알았던 소녀는 다가오기를 기다렸다는 듯이 살짝 미소 지으며 나에게 손을 내밀었다. 나는 온몸이 허공중에 빨려 들어갈 듯한 들뜬 무력감을 느끼면서 소녀의 하얀 손을 잡았다. 소녀가 내 손을 가볍게 끌어당기며 말했다.

　"두려워하지 마."

　내 손을 한동안 어루만지던 소녀는 내 손가락에 감긴 붕대를 조심스럽게 풀기 시작했다. 나는 어찌할 줄을 모르고 눈을 감은 채 소녀의 손끝과 향기를 느끼고만 있었다. 소녀가 풀어내기 시작한 하얀 붕대가 방바닥에 겹겹이 쌓여 푹신하고 두꺼운 층을 이루었을 때 마침내 피멍 든 손가락이 드러났다. 울고 싶다는 생각이 드는 찰나, 잠시 손가락을 쳐다보던 소녀가 돌연 내 손가락을 입 안에 넣고 빨기 시작했다. 그러면서 입 안에 든 손가락 때문에 분명치 않은 발음으로 말했다.

　"어때? 기운 좋지."

　기운은 기분의 잘못된 발음일 것이다. 나는 그때 분명 두 가지 희망을 생각했다.

　지금 소녀가 빨고 있는 것이 손가락이 아니라 내 성기였으면 하는 생각과, 박과 형의 통화가 끊어지지 않고 오래오래 지속되었으면 좋겠다는 생각.

  손가락 끝이 따뜻해지고 그곳에 고여서 썩고 있던 피들이 다시 살아나 가는 혈관을 타고 느리게 움직이기 시작했을 때에 그 느낌만큼이나 서서히 나에겐 새까맣게 잊고 있던 아주 오래전의 어느 한때가 생각났다. 아마 10년도 더 되었을 것이다.

  그때, 새로 맞춘 가족사진 액자를 걸기 위해 벽에 못을 박던 아버지는 망치질이 서툴러서 그만 못대가리 대신 자신의 손가락을 내리치고 말았다. 순간 아버지는 '악' 하는 비명과 함께 망치를 떨어뜨렸고 믹서기로 사과즙을 내던 어머니가 달려왔다.

  어머니는 아버지를 부축해서 소파에 누이더니 아기를 어르듯이 팔을 목 뒤로 넣어서 안고 망치에 맞아 화끈거리는 아버지의 손가락을 입으로 빨아주기 시작했던 것이다. 아버지의 비명을 듣고 뛰쳐나온 내가 바로 옆에서 지켜보고 있는데도 전혀 개의치 않고 어머니는 아버지의 손가락을 열심히 빨아주기만 할 뿐이었다.

  그때 아버지의 기분도 이랬을까. 소녀는 계속해서 따뜻한 입술과 혀로 내 손가락을 빨아주었다. 나는 온몸이 들뜨고 나긋해지는 느낌 속에서 한없이 깊은 잠을 자고 싶은 기분이 되었다. 그러나 그 환상 같은 평화는 형의 출현에 의해서 무참하게, 가볍게 '툭' 깨졌다.

  형은 자기 방에 성큼 들어서더니 내 뒷머리를 툭 치면서 말했다.

  "뭐 하니. 어서 내려가봐."

  나는 감고 있던 눈을 떴다. 자욱했던 방 안의 푸른빛은 온데간데없어졌지만 아직 내 손가락은 소녀의 입 안에 있었다. 내 부끄러운 눈과 소녀의 눈이 마주치자 소녀는 입술을 열어서 물고 있던 내 손가락을 놓아주었다. 소녀의 빨간 입술이 침으로 번질번질했다. 나는 그 입술에 입 맞추고 싶었다. 그때 형이 다시 말했다.

"어서 내려가봐. 우리는 나가봐야 해."

형과 소녀는 박과 박의 여자 친구와 어울리기 위해 외출을 했다. 소녀는 차고에 있던 형의 차를 보더니 감탄을 했다.

"이게 정말 달릴 수 있게 만들어진 차야!"

그렇게 말하는 것도 무리는 아니다. 형의 차는 기계의 조합이 아니라 깎아놓은 미끈한 조각 같았기 때문이다. 그것이 자동차든 뭐든 형의 것에 반하는 소녀를 보고 있노라면 나는 괜스레 부아가 치밀어오르기 시작했다. 왜 그런 것인지 그러나 나는 그것을 오래 생각하고 싶지는 않았다.

녀석에게서 전화가 왔다. 출소를 했다는 것이다.

녀석은 그다지 변한 것이 없었다. 절도로 여섯 달을 소년원에서 살고 나왔지만 빈정대고 껄렁거리는 품이 예전과 다름이 없었다.

"동창 중에서 나를 반기는 것은 너밖에 없구나."

녀석은 내가 데려간 갈비집에 앉자마자 그렇게 말했다. 나는 그의 단단한 근육이 숨어 있는 어깨를 두드리며 살짝 웃었다.

"그래 이제는 무얼 할 거야?"

"글쎄, 무언가 화끈한 일을 하고 싶어. 소년원에는 유치해서 더 이상 못 가겠어."

덩치가 보통 아이의 두 배나 되는 그 녀석은 학교에서 나의 보호막이자 종이었다. 녀석 덕분에 나는 학교의 온갖 폭력으로부터 안전할 수 있었고 녀석은 그 대가로 나에게서 물질적인 풍요를 얻었다. 그러던 그가 어느 날부터 나의 물질적인 호의를 거부하기 시작했다. 정의로운 갱들이 나오는 영화와 TV 시리즈를 보고 난 직후였을 것이다. 그는 진지한 어조로 말했다.

"나는 이제 돈을 받지 않겠어. 아무것도 바라지 않고, 너를 보호하겠어. 사나이로서 대가를 바라고 주먹을 쓴다는 것이 부끄럽게 느껴졌어. 너는 나에게 돈도 주었지만 따뜻한 관심도 주었어. 그렇기 때문에 나는 너를 아무런 대가 없이 보호하겠어. 그게 의리라는 거야."

그때 덩치가 곰만 한 녀석은 거의 눈물까지 흘릴 지경이었다. 나는 나대로 또한 감격해서 그에게 더욱 많은 관심과 애정을 가져주었다. 선생님과 아이들은 한결같이 쬐끄만 모범생인 나와 거칠고 열등하고 불량한 녀석과의 기이한 우정에 대해 의아스러워했다.

"힘들지 않았니?"

"힘들긴 뭘, 다소 갑갑하긴 했지만. 그곳에는 조무래기들뿐이라서 재미가 없어."

"돈 필요하겠지. 자 이것 넣어둬."

나는 녀석에게 형으로부터 받은 나의 2주일치 용돈을 내밀었다. 아버지와 어머니가 죽은 후에 나의 용돈은 정확히 500퍼센트가 올랐다. 물론 자기가 정하는 형의 용돈은 그보다 더 많이 올랐을 것이다.

녀석은 다소 망설이는 듯하더니 내 눈을 힐끔 살피고는 손을 내밀어서 돈을 받았다.

"고맙다. 뭐 도울 일이 있으면 언제든지 연락해."

안 먹겠다는 것을, 잘 구워진 갈비살을 상추에 싸서 녀석은 억지로 내 입에 넣어주었다. 그러고는 껄껄껄 웃었다. 나는 녀석이 웃을 때만 내 또래 같다는 생각이 들었다.

여름의 혼몽한 열기가 거의 다 사그라지고 다시 대학에서 새 학기가 시작될 무렵쯤의 어느 날, 나는 사진 동호인 모임에 간 형을 기다리며 혼자 방 안에서 컴퓨터 게임인 삼국지에 열중하고 있었다. 뜻밖에 초인종이 울려서(형은 따로 열쇠를 가지고 다녔으므로 초인종을 누르는 일은 없었다) 밖에 나가 보니 대문 앞에 산뜻한 파란색 줄무늬 티셔츠를 입은 소녀가 큰 가방 세 개를 메고 든 채로 비를 맞고 서 있었다. 나는 온통 게임에 정신을 빼앗겨서 밖에 비가 오고 있는 것도 모르고 있었다. 비를 맞은 소녀는 그래서 더욱더 깨끗하고 신비하고 고혹적으로 느껴졌다.

"갑자기…… 웬일, ……이야?"

나는 나도 모르게 당황하며 말꼬리를 흐렸다.

"네 형이라면 가방부터 받아주었을 텐데."

나는 귓불이 후끈해짐을 느끼면서 소녀의 손에 들려 있는 가방을 빼앗아 들었다.

소녀는 가방을 건네주면서 말했다.

"나 오늘부터 여기에서 지내기로 했어. 네 형의 방에서. 진작부터 형이 얘기했던 거야. 언제든지 오고 싶으면 오라고."

이렇게 하여 강원도의 어느 도시가 고향이라는 소녀는 하숙하던 방에서 나와 형 방에서 지내게 되었다. 그것을 제일 반긴 사람은 형이었고 그 다음이 나였다. 아니 어쩌면 그것은 진실이 아닐지도 모른다.

우리의 공동생활은 형과 나에게는 이미 오래전에 체질화되었던, 서로에게 될 수 있으면 간섭하지 않으려는 자유스러운 분위기 속에서 하루하루가 고즈넉하게 흘러갔다. 시간이 흘러 좀 더 가까워져서는 자는 시간이 아까울 정도로 깨어 있을 때에 우리 셋은 즐거웠고 서로의 존재를 뿌듯하게 여기게 되었다. 좁은 하숙집에서 참

견받는 생활을 하다가 넓은 집에서 마음껏 살게 된 소녀는 '자유의 의미를 이제야 알겠다'라고 자기의 심경을 고백해서 형과 나를 기쁘게 하기도 했다. 비를 맞으며 무거운 짐을 세 개나 들고 서 있던 소녀의 짐을 받아줄 생각은 하지 않고 기껏 '웬일이야'라고 내가 물었던 일은 한담 중 형과 소녀가 나를 면박 줄 때에 단골로 써먹는 소스가 되었다.

나는 형이나 소녀에게 사랑과 귀염을 받으면서 온순하고 조용하게 생활했다. 소녀가 밥을 차려주면 밥을 먹었고 심부름을 시키면 심부름을 했다. 형은 전과 다름없이 나에게 많은 애정과 관심을 기울여주었으며(그는 나에게 최신 빌보드 차트나 컴퓨터 유틸리티, 인터넷 동호회 등에 대해서 친절한 설명을 해주고는 했다. 특히 그는 MLB와 NBA에 대하여 내가 필요로 하는 전문가적 정보를 가지고 있었다) 소녀 역시 내가 무엇을 하고 있는지, 무엇을 하고 싶어 하는지 늘 관심을 가져주었다. 마치 어머니가 그랬던 것처럼 말이다.

소녀가 집에 온 뒤로 예전처럼 냉장고는 야채와 과일과 고기들로 가득 차게 되었고 정원의 화초들도 한결 싱그러워졌다. 양말이나 속옷 따위의 빨래들도 더 이상 구석에서 쌓이지 않았다. 소녀는 일요일 아침에는 어김없이 창문을 열어놓고 집 안을 청소했고 저녁에는 튀기거나 굽는 특별한 음식을 만들었다. 그리고 형과 함께 백화점에 가서 여러 가지 식료품과 잡화들을 트렁크 한가득 사와서는 주방과 거실을 풍요롭게 했다. 그런 모습도 그랬지만 노래를 부르며 커피를 끓이는 소녀의 모습은 꼭 살아 있을 때 어머니를 생각나게 하는 것이었다. 그런 소녀의 모습을 유심히 지켜보고 있다가 서로 모르는 사이에 형과 나는 간혹 눈이 마주치기도 했는데 그것은 그런 연상의 우연한 일치를 확인하려는 눈짓이거나 혹은 매혹적인 소녀를 가운데 두고 서로를 경계하는 형과 나 사이의 미묘한 탐색의 눈초리였을 것이다. 어쨌든 그때 소녀는 확실히 나보다는 형과 더 가까운 관계에 있었다.

나는 처음 보는 순간부터 소녀에게 반했음을 언젠가 형과 소녀에게 말하리라 생각하고 있었다. 착하고 정이 많은 형은 그러면 소녀를 나에게 양보할지도 모른다. 그렇게만 된다면 얼마나 좋을까.

거실에서 같이 떠들거나 간식을 먹다가도 자정이 되면 약속이나 한 듯이 형과 소녀는 그들의 방으로 들어갔다. 그러면 나는 내 방에 들어와서 삼국지 게임을 하거나 음악을 듣거나 했지만 그것을 하고 있는 손과 귀가 내 것인지는 의심스러울 때가 많았다. 그래서 대개는 안절부절못하고 방 안을 서성이는 것으로 하루를 마감하고는 했다.

형과 소녀가 방 안에서 하루 종일 나오지 않는 날도 있었다. 그런 날이면 나는 식욕을 잃어 밥도 먹지 못했고 몸의 저 밑바닥에서는 대책 없이 후끈후끈한 미열 같은 것이 솟아 올라오는 것이었다. 몸살의 기운도 아니고 그것은 무엇이었을까. 끝없이 그것에 대하여 생각을 하다가 밤을 새는 일이 점점 잦아졌다. 형의 방문 앞까지 갔다가 노크를 하려고 하면 눈물이 나오려고 해서 되돌아온 적도 한두 번이 아니었다. 방문 앞에서의 눈물의 기억은 그래, 10년도 더 된 것이다.

아버지와 어머니 역시 그들의 방에서 오랫동안 나오지 않을 때가 있었다. 형과 내가 배가 고파서 그들의 방문을 두드리며 울어도 그들이 들어가 있는 방의 문은 열릴 줄을 몰랐다. 나무로 된 그 방문에 북구에서 날아온 철새들이 집을 짓고 알을 낳아 새끼를 쳐도 아버지와 어머니는 방문을 열지 않았다. 울다가 지쳐서, 눈물샘도 마르고 목도 쉬었을 때에야 그래서 형은 찾아온 친구를 따라가고 나 혼자 거실 바닥에 나무토막처럼 남겨졌을 때에야 그 방문은 빠끔히 열렸다. 나를 본 어머니는 그제야 소스라치게 놀라며 나를 일으켜 세워 품에 안았지만 그때의 내 몸은 이미 팽팽하게 긴장되어 소름의 돌기가 도톨도톨 솟아 있어서 어떤 살가움도 느낄 수가 없었다. 특히 어머니의 품에 진득하게 남은 아버지의 머리 기름 냄새가 너무 역해서 나는 속이 메스꺼워지는 것이었다. 어머니의 품에 안긴 채 빨갛게 충혈된 눈으로 뒤따라 나온 아버지를 노려보면서 나는 그때 아마 내 나이로서는 하기 힘든 무서운 생각을 했을지도 모른다.

형과 소녀가 방에서 무엇을 하는지 궁금해하면서 얻은 지독한 불면증으로 인해 말할 수 없는 고통을 받고 있었던 나는 억지 잠이라도 청하기 위해 거실의 장식장 안에 있는 독한 술을 조금씩 마시게 되었다. 그것이 언제부터인가는 습관이 되어버렸다. 도수 높은 알코올이 내 식도를 태울 듯이 할퀴며 흐를 때에는 그 순간만이라도 내 가엾은 영혼이 잠시 위무받고 있다는 생각이 들었다. 술기운으로 녹녹해진 몸에 겨우 잠이 찾아들려고 할라치면 그러나, 2층에서 물을 마시러 내려오는 형의 발자국 소리나 양변기의 물 내리는 소리가 다시 나의 잠을 방해하는 것이었다. 나는 결국 밤에 잠자는 것을 포기해야 할 지경에 이르렀다. 신경질과 불면으로 인해 나의 몸은 형편없이 가늘어졌고 그 살이 형에게로 간 것인지 형의 몸은 더욱 튼실해지고 건장해졌다.

시간이 흐르는 그만큼 형과 소녀는 부부처럼 가까워졌다. 아직도 소녀에 대한 마음을 고백하지 못한 나는 여전히 사랑의 눈빛을 나누는 형과 소녀를 부러움과 질시가 가득한 눈으로 지켜보기만 했다. 그때마다 가슴속에서 많은 울음소리가 들렸다. 나는 방 안에서 머리를 쥐어뜯다가 정신 나간 사람처럼 소녀를 생각하며 수음을 하고는 했다. 몸과 정신 모두 피폐해질 대로 피폐해진 내게 방출할 수 있는 정액이 남아 있는 게 신기할 정도였다.

나는 날이 밝는 대로 형의 방으로 가서 소녀에게 사랑을 고백해야겠다고 생각하고 이를 악물고 어둡고 긴 밤을 버티고 있었다.

그 밤, 새벽 네 시쯤 되어 다시 술 한잔을 하기 위해 거실에 나와 있던 나는 이층 계단에서 내려오는 소녀와 마주치게 되었다. 낮에 식탁에서 보았는데도 소녀의 모습은 오랜만에 만난 사람처럼 몹시 낯이 설었다.

소녀는 내가 있는 소파로 다가와서 말했다.

"나는 네가 밤마다 잠을 못 이루는 것을 알고 있었어."

나는 '형은 자?' 하고 물었다. 그게 제일 궁금했다.

"그래, 형은 자고 있어. 늦게까지 밖에서 테니스를 쳤거든."

소녀는 내 손에 있는 술잔을 빼앗아 테이블에 내려놓더니 속삭이듯 말했다.

"이따위 술에 영혼을 의탁하지 마. 내가 재워줄 테니 나를 따라와."

소녀는 나의 손을 잡고 형의 방이 있는 2층 쪽으로 이끌었다. 나는 계단의 중간쯤에서 왜 2층으로 가느냐고 물었다. 소녀가 내 엉덩이를 토닥이면서 말했다.

"형 옆에서 너를 어루만지고 싶어."

형의 방문 앞까지 온 내가 잠시 주저하며 들어가기를 꺼려 하자 소녀가 말했다.

"형의 존재를 두려워하지 마. 두려워하면서 할 수 있는 일은 아무것도 없으니까."

방문을 열고 침침한 어둠 속으로 나를 이끈 소녀는 떨고 있는 내 몸을 보듬으며 침대에 눕혔다. 옆에서는 형이 곤한 듯이 자고 있었다. 두려워하지 말자. 나는 속으로 다짐하듯 되뇌었다. 소녀가 형과 나 사이로 스멀스멀 기어들어와서 내 쪽을 향해 누웠을 때에는 가슴이 터질 것만 같았다. 소녀가 움직이면서 소녀의 향긋한 냄새가 훅 끼쳐왔다. 나는 그 향기를 깊이 들이마시면서 거칠어지는 숨을 다스렸다. 곧 내 가슴 위로 소녀의 하얀 손이 올라왔고 그 손은 뱀처럼 움직이며 내 몸을 쓰다듬기 시작했다. 얼마 안 가 내 몸에서는 낮은 신음들이 배어나오기 시작했다. 소녀의 손끝은 노련하게 내 몸의 모든 오돌톨하게 솟은 신경질들을 하나하나 재워가고 있었다. 뿌연 꿈속의 지상을 소요하는 것 같은 기분 좋은 아늑함이 온몸을 나긋나긋하게 물들였다. 소녀의 자상한 손끝을 따라 내 몸에 따스한 열들이 지펴졌다.

이윽고 소녀가 내 손가락들을 하나하나 빨아주기 시작했을 때 나는 극심한 쾌감 때문에 몸을 뒤틀면서 현기와 비슷한 기분에 빠져들게 되었다.

나는 처음에 소녀가 내 손가락을 빨아주었을 때 품었던 내 안의 희망을 소리쳐 말해버렸다.

"내 성기를 빨아줘요. 내 성기를."

소녀는 마음먹고 있었다는 듯, 망설임 없이 내 바지춤을 풀고 팬티 안에 봉긋하게 감추어진 성기를 끄집어내었다. 그때 나는 부끄러움과 곧 물밀듯이 몰려올 쾌감에 대한 기대 때문에 거의 정신을 차릴 수가 없었다. 어떻게 이런 일이 있을 수가 있을까. 그것은 정신이 남아 있을 때 내가 마지막으로 한 생각이었다.

나는 눈을 질끈 감고 강렬하고 도저한 쾌감의 물결에 내 몸이 함뿍 적셔지기를 기다리고 있었다. 그런데 그때 그 소리가 불쾌한 파열음처럼 나의 귀청을 때렸다. 그 한마디의 소리가 누대에 걸쳐서 내 몸 안에 깃든 모든 욕망의 역사를 일순간에 이완시키리라는 것을 소녀는 몰랐던 모양이다. 대수롭지 않게 툭 던져진 소녀의 목소리.

"형의 것보다 형편없이 작구나."

나는 정신이 바짝 들어서 눈을 떴다. 소녀가 한 손으로 내 성기를 움켜쥐고 막 입속에 넣으려는 찰나였다. 나는 소녀를 밀어내고 자리에서 일어났다. 뜻밖의 내 태도에 소녀는 당황한 기색이 역력했다. 내 성기는 벌써 초라하게 쪼그라들고 있었다.

처음엔 보이지도 않던 옆에서 자고 있는 형의 뒷모습이 몹시 거대하게 눈에 들어왔다. 안온하게 느껴졌던 방 안의 침침한 기운도 차갑고 도도하게 느껴졌다.

나는 바지 앞 춤을 제대로 추스르지도 못하고 도망치듯 형의 방을 빠져나왔다. 소녀가 애원하듯 가지 말라고 말하는 것이 등 뒤에서 어렴풋하게 들렸다.

형은 어느새 잠에서 깨어나 도망치는 내 뒷모습을 향해 조롱이 가득한 웃음을 날리고 있었다.

거실의 테이블에는 술병이 그대로 놓여 있었다. 오직 그 술병만이 현실적으로 보였다. 나는 결신들린 사람처럼 독한 양주를 병째 들이켜고는 그대로 소파에 곯아떨어졌다. 그리고 오랜만에 꿈을 꾸었다.

 내가 소녀와 침대에서 사랑을 나누려고 하는데 형은 옆에서 깊은 잠을 자고 있었네. 나는 바지를 내리면서야 성기가 없어진 것을 발견하고 깜짝 놀랐네. 나는 울고 싶었네. 그러자 소녀가 나를 위로하면서 말했네. 걱정할 것 없어. 저기 자고 있는 형의 성기를 잠깐 빌리면 되니까. 나는 소녀의 말에 박수를 치며 찬성했네. 나는 잠에 빠진 형의 바지를 내리고 형의 우람한 성기를 떼어서 내 성기가 없어진 자리에 붙였네. 그래서 나는 기분이 좋았네. 그리고 소녀와 사랑을 마쳤을 때 나는 성기를 형에게 돌려주기 싫었네. 이 마음을 어쩌면 좋아.

 날이 밝아 술이 깬 나는 치욕과 모멸감으로 다시 한 번 치를 떨어야 했다. 방 밖으로 나가지도 못하고 문틈으로 보니 형과 소녀가 다정하게 웃으면서 식탁에서 샌드위치를 먹고 있었다. 내 얼굴은 분노로 형편없이 일그러졌다.
 나는 머리채를 뒤흔들면서 체념하듯 중얼거렸다.
 '이제는 더 이상 못 견디겠다. 힘들다.'

 그래서 나는 내 나이에 할 수 있는 무서운 생각을 하게 되었다. 만약 그때 용인에 갔을 때에 바이킹에서 반짝이며 떨어져오는 머리핀을 받은 사람이 형이 아니라 나였다면 내가 이런 무서운 생각을 하는 일은 없었을 것이다. 그러나 머리핀을 받은 사람은 형이었고 그 사소한 인연으로 형은 아무도 알 수 없는 그러나 어떤 경우에든 피하지는 못할 길로 들어서게 된 것이다. 그러니 모든 것이 내 잘못만은 아니다. 내가 다 나쁜 것만은 아니다.

시간을 거슬러 올라가는 것이 가능하다면 우리는 어머니의 첫 번째 기일에 용인 에버랜드에 가지 말았어야 했다. 에버랜드에 갔더라도 바이킹 같은 놀이기구는 타지 말았어야 했다. 그냥 코끼리나 곰, 타조 따위의 우습게 생긴 동물들이나 구경하고 돌아왔을 것을. 그러나 우리는 바이킹을 탔고 거기서 한 소녀를 만나게 되었다. 그게 벌써 까마득한 옛날의 일처럼 느껴진다. 어느새 세월이 흘러서 아버지의 두 번째 기일이 며칠 앞으로 다가와 있었다.

내일이 바로 그날이다. 아버지가 늑골에 심장을 찔려서 헐떡거리던 숨을 멈춘 날.

오늘 형과 소녀와 나는 집 안에서 파티를 하기로 했다. 어제저녁에 그 제안을 한 것은 나였다. 그래서 소녀와 형은 오전에 일찍 시장에 가서 장을 봐가지고 왔다. 몇 가지 음식은 직접 만들고 또 몇 가지 음식은 주문을 할 것이다. 고추잡채와 치킨 같은 것들.

"내일이면 아버지가 비명에 가신 지 벌써 2년째 되는 날이구나. 묘소에 가서 꽃을 바치고 오거라."

작은아버지는 아침부터 전화를 해서 파티에 들떠 있는 우리를 답답하게 만들었지만 형은 또렷하고 침착하게 말했다. 그럴 때의 형은 1년 전 용인에서 본 수사자처럼 의젓하다.

"그것을 강요하지 마세요. 우리는 우리의 시간을 만들 뿐이에요, 우리는 지금 평화롭습니다."

'우리는 평화롭습니다'는 형이 내 말을 흉내 내서 한 말이다.

방에서 깨끗한 옷으로 갈아입고 나온 형과 소녀는 내친김에 오늘 정혼식을 하기로 했다고 말하면서 활짝 웃었다. 형은 베이지

색으로 가볍게 정장을 했고 소녀는 새하얀 원피스 드레스를 입고 있었다. 나는 즐겅즐겅 껌을 씹으면서 될 수 있으면 태연하게 그런 그들을 지켜보았다.

처음에 형은 날씨도 좋고 하니 파티보다는 등산이나 가는 것이 어떠냐고 말했었다. 사진 촬영이 취미인 형은 그 일 때문에 산에 오를 기회가 자주 있었다. 그러나 소녀가 '나는 등산화도 없는걸' 하고 말하면서 난색을 표하자 형은 등산 가는 것을 포기해야만 했다. 만약 형이 고집을 부려 우리가 등산을 가게 됐다면 나는 많이 낙심했을 것이다.

요란한 음악 소리가 거실을 가득 메웠고 형과 소녀와 나는 그 음악에 맞춰 춤을 추었다. 춤을 추면서 목이 마르면 냉장고에 가득한 맥주를 마셨다. 때는 청명한 5월이었다. 내일은 아버지가 차 안에서 처참한 죽음을 맞이한 지 2년째 되는 날이다. 그러나 그것을 생각하는 사람은 없었다.

케이크에 촛불이 켜졌다. 형과 소녀의 정혼식이 시작됐다. 형과 소녀는 손을 마주 잡고 촛불을 껐고 언제 준비했는지 귀여운 반지를 주고받으며 이마에 입을 맞추었다.

파티는 절정에 다다랐다. 나는 신이 나 있는 형에게 될 수 있으면 술을 많이 권했다. 술이 그다지 세지 않은 형은 어느새 볼이 발그레 달아올라 있었다.

조금만 마셔. 취하겠어. 소녀가 염려스러운 듯 말하자 형은 '오늘만큼은 취하고 싶어. 기쁜 날이잖아'라고 말했다.

술기운과 어지럽고 발랄한 음악 때문에 분위기가 해이해지자 형과 소녀는 내가 보는 앞에서 입을 맞추고 서로의 몸을 어루만졌다. 그들은 깊이 포옹하면서 넓은 거실을 빙글빙글 돌았다. 그때 요한 슈트라우스가 흘러나왔던가.

맥주가 떨어지자 나는 장식장 안에 있는 독한 양주를 가지고 와서 형의 잔에 가득 따라 주었다.

그러면서 말했다.

"형, 행복하길 바라."

"그래 동생아, 고맙구나."

'동생아 고맙구나'라고 말하는 형의 눈빛은 형편없이 풀어져 있었다. 형과 소녀는 자정이 되자 으레 그랬듯이 자신들의 방으로 돌아갔다. 형은 몸을 못 가눌 정도로 만취해 있었다. 그의 흐물흐물한 몸을 부축하면서 나는 입가에 가벼운 웃음을 머금지 않을 수 없었다.

새벽 네 시가 되자 약속됐던 대로 핸드폰 진동이 울렸다. 나는 조심스럽게 현관문을 밀치고 나가서 대문을 열었다. 온몸이 상큼한 긴장으로 가볍게 떨렸다. 녀석은 검은 복장에 복면까지 하고 문이 열리기를 기다리고 있었다.

나의 안내로 거실에 들어서자 녀석은 익숙한 솜씨로 내 몸을 포박하고 테이프로 입을 틀어막았다. 그러고 나서 말했다.

"아프더라도 참아."

나는 눈을 질끈 감았다. 곧 녀석의 둔중한 주먹이 내 턱주가리에 날아들었고 이어 쓰윽 하며 날카로운 것이 옷깃을 파고드는 찬바람처럼 아싸한 아픔과 함께 허벅지를 스쳐 지나갔다. 입이 막혀진 나는 신음 한 번 내지르지 못했다.

"됐어, 잘 참았어."

나는 눈을 떴다. 녀석의 노련하고 예리한 칼끝이 스친 허벅지에서는 핏방울들이 꽃잎처럼 점점이 툭, 툭 듣고 있었다.

녀석과 나의 눈빛이 어둠 속에서 마주쳤다. 나는 천천히 고개를 끄덕였다. 그러면서 속삭이듯 말했다.

"소여가 두쳐셔는 앙 되."

'소여가 두쳐셔는 앙 되'는 소녀가 다쳐서는 안 돼의 잘못된 발음이다.

녀석은 걱정 말라는 듯 양 주먹을 쥐어 보이더니 조심스럽게 거실을 가로질러서 2층으로 향하는 계단에 올라섰다. 한 발 한 발 계단을 올라가는 녀석의 뒷모습이 듬직하게 보였다. 저런 녀석을 친구로 둔 것은 행운이다. 소년원을 제 집 드나들듯 하던 중학교 동창. 녀석은 언젠가 소년원에는 유치해서 더 이상 못 가겠다고 말한 적이 있다. 만에 하나 일이 잘못되더라도 녀석은 이제 자신의 바람대로 소년원에는 가지 않을 것이다. 녀석은 이제 아주 거룩하면서도 역사적인, 그로서는 쉽게 생각해낼 수 없는 범죄를 실행하려는 참이다.

새벽은 언제나 조용하다. 조용한 새벽에 종교를 가진 사람은 기도를 하고 애인을 가진 사람은 섹스를 한다. 그리고 살의를 가진 사람은 누군가를 죽일 것이다.

나는? 종교도 애인도 살의도 없는 나는 다만 조용한 새벽에 귀를 열어놓고 있을 뿐이다. 턱은 얼얼하고 허벅지는 화끈거리지만 나는 내 귀를 어느 때보다도 상쾌하게 열어놓았다. 이제 곧 형의 비명 소리가 음악처럼 아름답게 들려올 것이기 때문이다. 그 비명은 내 삶의 새로운 시작을 알리는 전주곡이다. 어느새 창밖으로는 희미한 여명이 밝아오고 있었다.

오늘은 아버지의 두 번째 기일이다.

소년, 여인을 만나다

나는 동정 같은 것은 바라지 않는다.

나는 동정받는 것이 세상에서 가장 모욕적인 일이라고 생각한다.

내가 세상에 바라는 것은 동정이 아니라

어쩌면 아주 혹독한 학대인지도 모른다.

학대에 의해 내 영혼에 푸른 독이,

입가에 야비한 주름이 생기기를 말이다.

여름방학도 오늘이면 끝이다.

휴일 오후의 서점은 사람들로 가득하다. 나는 천계영의 만화를 사기 위해 이곳에 왔다.

서점 한쪽에서는 미끈한 종아리를 드러낸 여점원들이 중국이나 멕시코 등지에서 수입한 액세서리와 게임용 CD를 팔고 있다. 이곳은 전체적으로 좀 들뜬 듯한 인상이다. 어떻게 보면 서점이 아니라 잡화점이나 박람회장 같다는 느낌이 들기도 한다.

책을 그닥 좋아하지 않는 나에게 서점은 퍽 어색한 공간이다. 무엇을 해야 할지 솔직히 잘 모르겠다. 여기가 야구장이라면 좋아하는 선수의 이름이라도 외칠 텐데. 젠장, 천계영의 만화를 이 넓은 곳에서 찾을 수나 있을까.

넓은 매장에 빠른 리듬의 음악이 흐르기 시작한다. 사람들의 걸음이 덩달아 조금 빨라진다. 서점 안은 조금 더 혼란스러워진다. 나는 이 혼란이 썩 만족스럽다. 이 혼란을 내 삶에 이용할 수 있을 거야, 나는 어느 순간 이렇게 중얼거린다. 어지럽거나 쓸쓸한 것에 익숙한 나는 불안과 위태로움을 통해서만 삶을 자각하고 인식할 수 있다. 그게 무슨 말이냐구? 나는 다만 열일곱, 아직 그런 나이인 것이다.

  1년 전 나는 친구를 시켜 형의 가슴에 칼을 꽂았다. 형을 살해하면 그의 여자 친구를 가질 수 있을 것이라고 생각했다. 나는 지금도 그것이 그렇게 무모한 생각은 아니라고 생각한다. 하지만 나는 아무것도 이루지 못했다. 죽이고자 했던 형은 죽지 않았고 그로부터 빼앗고자 했던 소녀는 여전히 형 곁에 남아 있다. 내 욕망은 단호했으나 섬세하지 못했다. 그것이 내가 가진 약점이다. 형과 소녀는 형의 요양을 빌미로 3개월 전 제주도로 여행을 떠났다. 일주일 전쯤 서귀포에서 전화를 해왔던 그들은 아마 지금쯤 섭지코지의 일출을 기다리며 이른 저녁을 먹고 있을지도 모른다.

  나의 부탁을 받고 형의 가슴에 칼을 꽂았던 친구 녀석은 어느 클럽에서 여자와 술을 마시고 있다가 형사들에게 붙들렸다. 그는 고맙게도 혼자서 한 일임을 주장했고 끝까지 의리를 지키며 나를 두둔해주었다. 하지만 두 달 전 교도소로 면회를 갔다 온 이후, 나는 이제 녀석을 더 이상 보고 싶지 않아졌다. 사람 하나 제대로 해치우지도 못한 주제에, 녀석은 껄떡대며 희대의 영웅 같은 표정을 짓고 있었기 때문이다. 녀석의 칼이 형의 심장을 정확히 겨누기만 했더라면 나는 지금쯤 형의 자리에서 소녀와 사랑을 나누고 있을 것이다.

  서점을 어슬렁거리면서 나는 잡지와 만화책을 집어 들고 건성으로 읽는다. 천계영의 새 만화는 아직 나오지 않았단다. 그만 심드렁해져버린 나는 이 혼란 속에서 무엇을 할 것인가를 생각한다. 그때 누군가 옆을 지나가던 사람이 내 발등을 밟는다. 나는 반사적으로 눈을 치켜 뜨며 그 사람의 얼굴을 바라본다. 나보다 족히 열 살은 많아 보이는, 직장인처럼 보이는 그는 나와 눈이 마주치는 찰나 순간적으로 눈길을 내리깐다. 왠지 주눅이 든 그의 목소리.

"실례했습니다."

나는 그 말을 듣고 비로소 내 키가 자랐다는 것을 실감한다.

오늘 아침 이모부가 원장으로 있는 강 정형외과에 가서 키를 재보니까 내 키는 1년 전보다 무려 25센티미터가 자라 있었다. 믿을 수가 없어서 세 번을 측정했지만 결과는 마찬가지였다. 이모부는 키가 훌쩍 큰 나를 보면서 이렇게 말했다.

"손아귀에 사탕을 쥐어주며 엉덩이를 주무르던 때가 엊그제 같은데. 이제 징그러울 정도로 많이 컸구나."

나는 볼멘소리로 다만 이렇게 대답했다.

"키가 자란 사실을 어떻게 받아들여야 할지 몰라 사실 나는 지금 퍽 난감해요."

서점 안의 사람들은 더 많아진 것 같다. 여전히 시끄럽고 혼란스럽다. 알 수 없게도 내 몸 깊은 곳에서 약 기운 같은 신명이 솟아오른다. 결국 나는, 책을 훔치기로 결심한다. 그것은 참 난데없는 생각이었지만 해괴하리만큼 나를 매혹시키는 것이었다. 종국에는 내가 이곳에서 책을 훔치지 않으면 더 이상 이 세상을 살아야 할 이유가 없을 것 같다는 생각이 들기까지 한다. 혼란 속에서만 존재하는, 혼란 속에서만 삶을 자각할 수 있는 나는 두어 바퀴 매장 안을 돌면서 마음에 드는 책을 몇 권 점찍는다. 그중에서 내가 최종적으로 선택한 책은 《변신》이라는 제목의 책이다. 제목도 나쁘지 않았지만 뒤표지에 나와 있는 작가의 사진이 너무나 근사했기 때문이다.

'이렇게 멋있게 생긴 작가가 있다니.'

오똑한 콧날에 정면을 뚫어지게 응시하는 커다랗고 물기에 젖은 듯한 두 눈. 그리고 그늘이 앉은 주름 없는 창백한 얼굴. 그 얼굴이 너무나 멋졌기 때문에 나는 책 제목이 '변신'이 아니라 '둔갑'이었다 하더라도 그 책을 꼭 훔치고 싶었을 것이다.

초등학교 4, 5학년쯤으로 보이는 아이들이 우르르 몰려가다가 수레에 한가득 책을 싣고 오던 서점 직원과 통로에서 부딪친다. 점원의 얼굴이 벌겋게 상기된다. 아이들이 우르르 달아난다.

'지금이 좋겠군.'

나는 기회를 잡는다. 슬그머니 《변신》을 집어 들고 이미 열어놓은 색 속에 밀어넣는다. 나 참, 책을 훔치는 일이 수음하는 일보다 더 쉬운 일이라니. 나는 미소를 지으면서 천천히, 자연스럽게 입구 쪽으로 움직이기 시작한다. 서점을 벗어나자마자 나는 이 《변신》의 작가의 얼굴에 키스를 할 것이라고 생각한다.

입구를 다 빠져나갔을 즈음, 그래서 내가 뚝뚝, 손마디의 관절을 꺾으며 세상의 허술함을 조롱할 즈음, 누군가 뒷목덜미를 붙잡는다. 돌아보니 유난히 머리가 짧고 눈매가 매서운 남자 점원이다.

"너 가방 속에 몰래 넣은 게 뭐야?"

"아무것도 아니에요."

점원은 한 손으로 내 가방 안쪽을 헤집어서는 《변신》을 끄집어낸다. 책 뒤표지의 작가의 동그란 눈이 나를 바라본다고 느꼈을 때 나는 순간적으로 참을 수 없는 모멸감을 느낀다. 점원들은 책을 내 눈앞에 디밀고는 과장스럽게 떠든다.

"이게 아무것도 아니야 임마. 너 같은 녀석들 때문에 내가 아주 골치다 골치!!"

서점 문 앞에서 핸드폰으로 문자 메시지를 보내고 있던, 혹은 친구들과 재잘대며 주스를 마시고 있던 여학생 몇몇이 나를 바라본다. 나는 다시 한 번 심한 모욕감을 느낀다. 키가 컸지만 나는 아직 너무 약하다.

직원은 내 어깻죽지를 우악스럽게 잡고는 어디론가 끌고 간다. 내가 끌려간 곳은 지하 창고이다. 서점 안에 이런 지하 창고가 있을 줄이야.

창고에는 산더미 같은 책들이 노란 나일론 줄에 묶인 채 쌓여 있다. 점원이 나를 노란색 나일론 줄로 묶을지 모르겠다는 생각을 하니 잠깐 뒷목이 서늘해진다. 지하 창고는 아이들이 뛰어다니는 매장보다 훨씬 고요하다. 내게 익숙한 혼란이 창고에는 존재하지 않는다. 눈과 귀를 들쑤시는 어떤 열기 같은 것도 없다.

"또야? 벌써 몇 놈째야?"

창고에서 책을 정리하던 한 남자가 나를 한심하다는 듯 바라보면서 말한다. 그러면서도 책을 정리하는 행동을 멈추지 않는 그의 목소리는 마치 복화술처럼 들린다. 내 뒷목덜미를 꼭 움켜잡고 있는 점원은 자못 우쭐대며 대답한다.

"아무도 내 눈을 피할 수는 없지."

내가 그에게 전리품, 혹은 노획물로 간주되고 있다고 생각을 하니 기분이 한결 비참해진다.

남자는 나를 한쪽 구석에 꿇어앉히고 어딘가에 전화를 한다. 버튼을 한 번 누르는 것으로 보아 내선 전화인 모양이다. 10분쯤 지났을 때 창고 문이 열리고 나이를 짐작할 수 없는 여인 한 사람이 들어온다. 나를 붙잡은 직원과 창고에서 일하던 직원이 그 여자를 보고 꾸벅 인사를 한다.

"사장님 오셨습니까."

사장이라고 불린 여인은, 노란 나일론 줄로 묶은 책 더미를 이리저리 옮기는 직원의 노동을 한동안 감상적인 눈으로 바라보고 있다가 문득 생각이라도 난 것처럼 내 앞으로 성큼 걸어온다. 그녀는 화사한 꽃무늬 원피스 차림이다. 마치 어떤 중국 영화 속에서 장만옥이 입었던 차이니스 원피스와 흡사한 옷이다. 그녀가 가까이 다가왔을 때에야 나는 그녀의 눈매와 잘록한 허리가 돌아가신 엄마를 닮았다는 것을 깨닫는다. 그녀가 나의 뺨을 세게 올려붙이지만 않았다면 나는 아마도 그녀를 향해 엄마라고 불렀을지도 모른다.

"넌, 무엇을 훔쳤니?"

여자의 표정이 너무나 비현실적이어서 난 아무런 대답을 하지 않는다. 그녀가 내 뺨을 올려붙인 것은 바로 그 순간이었다.

"왜 대답을 안 하니!"

여자는 참을 수 없다는 표정을 짓는다. 뺨이 얼얼했고 찔끔 눈물이 나온다.

1년 새 25센티미터나 키가 자란 내가 지하실에 끌려와서 처음 보는 여자에게 뺨을 맞다니. 나는 아무것도 인정할 수 없다.

남자 직원이 나에게서 압수한 《변신》을 사장에게 내민다.

"이 책이 녀석이 훔친 책입니다, 사장님."

여자는 책을 건네받고는 한동안 책의 앞뒤를 훑어본다.

"크크."

여자는 의미를 알 수 없는, 차가운 금속성의 농도가 짙은 웃음을 터뜨린 뒤 내 주위를 한 바퀴 돈다. 여자가 걸음을 뗄 때마다 블라우스 자락이 사각사각 마찰을 일으킨다. 나를 보는 여자의 눈은 처음보다 많이 부드러워져 있다. 치욕을 당한 것이 내심 분했던 나는 좀 큰 소리로 말했다.

"다시는 이런 짓을 하지 않을 테니 절 내보내주세요."

그러자 다시 전광석화 같은 빠르고 매운 여자의 손바닥이 내 뺨에 날아왔다. 내 고개가 목각인형의 그것처럼 돌아갔다. 겨우 터지려는 울음을 참느라 내 입술이 바르르 떨린다.

"뻔뻔한 녀석 같으니라구. 네가 한 짓은 쉽게 용서받을 수 없는 짓이야."

여자는 내 얼굴 앞에 가까이 자신의 눈을 들이대고 유심히 내 얼굴을 살핀다. 탐욕과 호기심으로 가득 차 있는 여자의 눈동자는 뜻밖에 자수정처럼 맑고 깊다. 마치 엄마의 눈처럼 말이다.

'엄마.'

나는 혀끝으로 나오려는 말을 꾹 삼켜버린다. 엄마는 지난해 5월의 어느 일요일, 아버지와 함께 계모임에 다녀오다가 교통사고를 당해 죽었다. 지금쯤 썩어서 흙으로 변해 있을 엄마는 당신이 그렇게 좋아하던 조수미가 새 음반 〈Only love〉를 발표한지도 모를 것이다. 당신이 즐겨 보던 드라마가 어떤 결말을 맺었는지 모를 것이다.

"음. 이제 보니 제법 귀엽게 생겼군."

여자는 내 턱에서부터 귀밑까지를 손가락 끝으로 쓰다듬는다. 나는 여자의 손길이 섬뜩하면서도 간지러워서 잔뜩 어깨를 움츠린다. 한참 만에 내 얼굴에서 손가락을 뗀 여자는 직원을 향해서 딱딱한 목소리로 말한다.

"얘네 집에 전화해서 어머니 오시라고 해."

나는 소리를 지르듯 여자의 말을 자른다.

"난 엄마가 없어요. 작년에 교통사고를 당해 아버지와 함께 돌아가셨어요. 그리고 우리 아버지는 살아 있을 때 이 도시의 시장이었어요."

나는 그 말을 아껴둔 재산이라도 되는 것처럼 의기양양하게 말한다. 여자가 나의 눈을 똑바로 쳐다본다. 그 눈빛이 나로서는 의미를 알 수 없는 빛을 발한다. 잠시 후 무슨 생각을 했는지 여자의 입술의 양끝이 조금 말려 올라간다. 그러면서 직원에게 뭐라고 뭐라고 귀엣말을 건넨다. 여자가 창고 밖으로 나가버린다. 직원도 곧 그 여사장의 뒤를 따라 나간다.

30분쯤 후, 밖으로 나갔던 직원은 음료수와 햄버거를 가지고 와서 내게 건넨다.

"이거 먹어."

벌써 저녁 시간인가? 진작부터 허기가 졌던 나는 직원으로부터 햄버거를 빼앗듯이 받아서는 우걱우걱 입속으로 쑤셔 넣는다. 직원은 그런 내 모습을 재미있다는 듯이 바라보더니 내 뒤통수를 툭 하고 가볍게 친다.

"천천히 먹어 임마."

나는 그를 향해 씨익 웃어주기까지 한다. 음료수를 한 방울도 남김없이 다 먹고 났을 때에야 비로소 나는 내가 지하의 창고에 홀로 남겨졌다는 것을 깨닫는다.

"꺼억, 꺼억."

너무 급하게 먹었는지 딸꾹질이 나온다. 나는 오늘 하루 내게 일어난 일을 곰곰이 생각하기 시작한다. 서점에 들어와서 아이들이 뛰어다니는 것을 보았고 꺼억, 빠른 음악이 흘러나와 주위가 혼란스러워졌을 때 그 혼란을 이용하여 책을 훔치기로 결심했고 꺼억, 멋진 작가의 사진에 매료되어 《변신》이라는 책을 훔쳤고 꺼억, 밖으로 나오려는 찰나 직원에게 붙들리어 이 지하의 창고로 끌려온 것. 이것이 치욕스러운 오늘 있었던 일이다.

나도 모르는 사이 눈물 한 방울이 흘러나온다. 일찍이 나는 이런 수모를 당해본 적이 없다. 내 자신이 가여웠고 앞으로의 일이 두렵다. 이제는 어쩌지? 엄마가 살아 있다면 벌써 나를 데리러 왔을 것이다.

내 키가 자라기 전 나는 엄마를 가졌지만 25센티미터나 키가 자란 지금 나에겐 엄마가 없다. 나는 마치 내 키와 엄마를 맞바꾸었다는 생각이 든다.

그런데 왜 이렇게 졸음이 몰려오는 걸까. 문득 창고 안이 컴컴해졌음을 깨닫는다. 이 창고의 불은 언제 꺼졌지? 직원들은 모두 어디로 사라진 것일까? 졸음은 무겁고 힘이 세다. 나는 시멘트 냄새가 훅훅 올라오는 바닥에 무너지듯이 쓰러진다. 머리 한쪽이 어지러우면서 지독한 잠기운이 몰려온다. 누군가 무시무시한 힘으로 나를 좁은 구멍 안으로 끌어당기는 것만 같다. 나는 어둠 속으로 사라지는 내 뒷모습을 바라본다. 나는 잠기운을 떨쳐내기가 싫어진다.

누군가 함부로 몸을 흔드는 바람에 나는 잠에서 깨어난다. 잠에서 깨니 나의 몸은 지하 창고의 음습한 시멘트 바닥이 아니라 감촉이 좋은 시트가 덮인 침대 위에 누워 있다. 내 몸은 겉옷이 다 벗겨진 속옷 차림이다.

"아뿔싸! 오늘이 개학일인데."

나는 시계를 보기 위해 주위를 두리번거린다. 벽에 걸린 뻐꾸기 시계를 보니 열두 시 반쯤 되었다. 이런! 나는 속으로 체념을 한다. 그런데 놀랍게도 뻐꾸기시계로부터 눈을 돌렸을 때, 그렇게도 보고 싶던 엄마가 바로 앞에 서 있다. 엄마가 있는 집에 돌아왔구나. 나는 불행해질 리가 없는 것이다.

나는 환하게 웃으며 눈을 비빈다. 그러자 엄마의 모습이 흐물흐물 사라지면서 낯선 여인의 모습이 나타난다. 엄마는 이 세상의 사람이 아니다.

"당신은 누구죠?"

나는 상체를 벌떡 일으키며 놀라는 기색으로 묻는다.

"잠이 깊었었나 보구나. 벌써 내 얼굴을 잊었니?"

나는 다시 눈을 비비고는 여자의 얼굴을 자세히 바라본다. 누군지 알 것 같다. 여자는 지하 창고에서 보았던 서점의 여주인이다. 날카로운 미소를 흘리며 내 뺨을 올려붙인 그 여자다. 그 여자의 미소를 떠올리자 살갗에서 오돌톨한 소름이 돋는다.

"여기는 나의 집이야. 아무 염려 하지 말고 그대로 누워 있어. 넌 지금 몸에 열이 있단다."

그러면서 여자는 손으로 내 가슴을 살며시 밀친다. 여자의 목소리는 엄마의 목소리처럼 부드럽다. 블라인드 사이로 그 갈피만큼의 햇살이 스며 들어온다. 그 햇살이 칼날처럼 내 눈을 깊숙이 찌른다. 정신이 문득 혼미해진다. 나는 머리를 세차게 흔들어본다.

어떻게 해서 내가 이곳에 오게 되었을까? 내 머릿속은 주사기로 뇌수를 뽑아낸 것처럼 가볍게 텅 비어버린 듯하다. 아무런 기억이 나지 않는다. 직원이 내민 햄버거와 음료수를 허겁지겁 먹은 것밖에는. 그리고 묵직한 졸음이 몰려오던 기억밖에는.

"어떻게 해서 내가 이곳에 오게 된 거죠?"

여자는 여전히 좀 그윽한 눈빛을 하고는 나를 바라본다.

"부모도 없는 네가 가여워서 이리로 데리고 온 거야."

여자는 상체를 굽혀 내 얼굴 앞에 바짝 다가오더니 내 이마에 살짝 입을 맞춘다. 불에 덴 것처럼 이마가 따갑다. 맵고 아련한 향기가 내 곁에 왔다가 여자의 몸을 따라 저만큼 멀어져간다. 그 자취가 너무나 비현실적이어서 나는 여자가 지금 내게 무슨 일을 했는지조차 가물가물하다. 나는 곁눈질로 방 안을 살펴본다. 한눈에도 아주 잘 꾸며진 방임을 알 수 있다. 벽에는 미술 교과서에서나 본 적이 있는 서양의 판화가 걸려 있고 구석에는 등나무 장식장이 서 있다. 발코니 창에는 아주 고급스러운 느낌을 주는 연회색 블라인드가 비스듬히 쳐져 있다.

그때 방문이 열리고 표정이 전혀 없는, 마치 생각 없는 목각인형 같은 표정을 가지고 있는 젊은 소녀가 주스 잔이 놓인 쟁반을 들고 들어온다. 그녀는 얼굴이 주근깨투성이이고 머리에는 두건이 씌어져 있고 몸에는 에이프런이 둘러져 있다. 행색에는 많은 차이가 있지만 여사장과 소녀의 인상은 어딘지 모르게 많이 닮아 있다. 소녀는 여사장 몰래, 몹시 측은하면서도, 무언가를 원망하는 듯한 눈빛으로 나를 바라본다.

"방에 들어올 땐 노크를 하라고 했잖아! 거기에 놓고 나가!"

여자가 소녀에게 명령한다. 그 목소리는 나를 대할 때의 나긋한 목소리와는 사뭇 다른 격하고 사나운 목소리이다. 소녀는 머리를 조아리면서 황급히 방을 나간다. 어둡고 불우하고 외로운 소녀의 안색. 소녀의 뒷모습이 사라지자 여자는 화장대 의자를 끌어당겨 내 곁으로 바짝 다가와 앉는다. 그러는 여자의 표정이 말할 수 없이 나른하다. 여자가 처음 보았을 때처럼 내게 적의를 갖고 있는 것 같지는 않지만 나는 이 방의 공기가 견딜 수 없을 만큼 갑갑하게 느껴진다. 당장이라도 자리를 박차고 일어나 집으로 돌아가고 싶다. 하지만 가까이에 있는 여자의 손이 매섭다는 것을 나는 알고 있다.

"저, 기……."

내가 입을 열려는 찰나, 여자가 그 적막한 눈을 들어 내 눈을 바라본다. 나는 급히 그 눈길을 피하면서 말한다.

"제게 정말 왜 이러는 거예요."

내 목소리는 형편없이 기어 들어간다. 여자는 대답하지 않는다. 다시 불편한 침묵이 이어진다. 내 불규칙한 들숨과 날숨이 내는 위태로운 파열음이 다소 과장스럽게 내 귓가에 들려온다. 그때 여자가 돌연, 슬리퍼를 벗고는 침대 위로 올라온다. 나는 몸을 잔뜩 수축시키면서 여자의 움직임을 지켜본다. 무얼 어쩌려는 걸까? 여자의 표정은 자못 진지하고 엄숙하기만 하다. 침대에 올라온 여자는 사진 모델처럼 천천히 침대 위에 자신의 몸을 옆으로 눕힌다. 침대가 가볍게 출렁인다. 잠시 후 여자가 팔을 뻗어 나를 잡아당긴다. 나는 눕지도 앉지도 못한 채 엉거주춤한 자세로 비스듬하게 반쯤 몸을 눕힌다. 내 몸을 끌어당기는 여자의 손길이 좀 더 완강해진다. 나는 잠깐 여자의 손길에 반항하다가 그대로 여자 옆으로 쓰러진다. 예의 맵고 아련한 향기가 코에 훅 끼쳐온다. 그러자 어깨에 들어가 있던 뻣뻣한 힘이 풀어진다. 여자가 내 가슴 속으로 손을 집어넣는다. 그 손길이 장작불을 쥔 것처럼 뜨겁다.

"어엇, 뭐 하는 거예요?"

나는 짧고 작게 외친다. 하지만 내 입을 여자의 입술이 와서 막는다. 읍, 나는 서러워서 왈칵 눈물이 치민다. 그러는 사이 여자는 자신의 몸을 내 몸 위에 올려놓는다.

"아."

여자는 얕은 신음 소리를 내뱉으며 지그시 눈을 감는다. 그러고는 아랫배를 내 아랫배에 깊이 밀착시키고 조금씩 상하로 움직이기 시작한다. 나는 이 해괴한 여자의 욕망을 견딜 수 없어 두 팔로 여자를 힘껏 밀친다. 그러면서 주먹으로 여자의 아랫배를 힘껏 지른다. 여자가 윽, 하는 신음 소리와 함께 이불자락을 말아 쥐면서 고꾸라진다. 나는 주먹에 남아 있는 여자의 육질감을 생각하면서 서둘러 옷을 입는다. 그리고는 불쾌한 열기로 가득 찬 방을 뛰쳐나온다. 거실에서 테이블을 훔치고 있던 주근깨가 많은 소녀가 방에서 뛰쳐나오는 나를 보고는 앗, 하며 비명을 지른다. 그녀는 어찌할 바를 모르면서 발을 동동 구른다.

대문을 빠져나온 나는 한참을 뒤도 돌아보지 않고 달린다. 지나가는 사람들이 나를 이상하게 쳐다본다고 느꼈을 즈음 나는 달리기를 멈추고 뒤를 돌아본다. 거리는 텅 비어 있다. 탈주라면 싱거운 탈주다.

"참 이상한 여자야!"

나는 안도의 한숨을 내쉬면서 중얼거린다. 만면에 득의의 미소가 번진다.

오늘은 개학일이다. 나는 학교를 가지 못했다. 화가 나면 입술이 뾰로통해지는 담임선생이 생각난다.

오랜 방학이 끝나고 다시 받는 학교에서의 수업은 지루하기 짝이 없다. 영어 담당인 담임은 교무실로 나를 호출해서는 어제 왜

학교에 오지 않았는지를 묻는다.

나는 대답은 하지 않고 한없이 불량스러운 표정을 짓는다. 불량스러운 표정은 누구한테 배운 것이 아니라, 내가 스스로 깨친 것 중 하나다.

나는 담임에게든 누구에게든 서점에서 있었던 일을 말하지 않기로 한다. 책 한 권 제대로 훔쳐내지 못함으로써 겪은 치욕과 수모는 빨리 잊을수록 좋은 것이다.

"웃지 말고 대답해봐. 어제 학교 왜 안 왔니?"

담임이 정색을 하고 다시 묻는다.

"저는 오늘이 개학일인 줄 알았어요."

올 초에 첫 발령을 받아 교단 경력이 이제 한 학기에 불과할 뿐인 담임은 어이가 없다는 표정을 지으며 자리에서 일어난다. 그녀는 희고 고운 손으로 출석부를 집어 든다. 내 머리라도 내려치려는 모양이다. 하지만, 키가 껑충 커버린 내 얼굴을 한 번 올려다보고는 담임은, 어쩔 줄 못해 손부채질을 하고 만다.

"어휴."

그녀의 입에서 작은 한숨 소리가 새어나온다. 나는 담임선생의 입에서 단내를 맡는다.

담임의 키는 내 어깨에도 미치지 못할 정도로 작다. 내가 한마디만 더 하면 아마 얼굴을 감싸 쥐고 교무실을 뛰쳐나갈지도 모르겠다.

"그래 알았어. 네 말을 믿을게, 하지만 다시는 결석을 해서는 안 돼. 알겠니?"

"알겠어요."

"돌아가봐."

나는 등을 쭈욱 펴고는 천천히 교무실을 걸어 나온다. 서점에서 느꼈던 모멸감을 어느 정도 보상받은 느낌이 들어 기분이 좋다. 담임은 뒷모습을 보며 부모를 교통사고로 잃은 나의 처지를 동정하고 있을지도 모른다. 하지만 나는 동정 같은 것은 바라지 않는다. 나는 동정받는 것이 세상에서 가장 모욕적인 일이라고 생각한다. 내가 세상에 바라는 것은 동정이 아니라 어쩌면 아주 혹독한 학대인지도 모른다. 학대에 의해 내 영혼에 푸른 독이, 입가에 야비한 주름이 생기기를 말이다.

수업이 끝났음을 알리는 차임벨이 울린다. 담임이 종례를 끝내고 나가자 나는 집으로 데리고 갈 아이들을 불러 모으기 시작한다.
"우리 집에 갈 사람 모여봐."
"나!"
"나!"
"나도 가고 싶어!"
얼마 지나지 않아 나와 함께 집에 가고 싶어 하는 십수 명의 아이들이 내 주위를 에워싼다. 나는 이 중에서 예닐곱 명만을 선별해야만 한다. 물론 그 기준은 그날그날의 기분에 따라 매우 가변적이고 임의적으로 바뀐다. 만약 오늘이 23일이라면 출석번호 3번, 13번, 23번, 33번, 43번은 집에 갈 수 있는 확률이 높아진다. 어떤 날은 나와 같은 혈액형을 가진 아이들을 데리고 가기도 하고 어떤 날은 나와 같은 물병자리와, 내가 좋아하는 산양자리의 아이들을 데리고 가기도 한다. 물병자리와 산양자리는 모두 한겨울에 태어난 아이들이다. 안됐지만 너희들은 다음에 오렴.
지목받은 아이들의 기쁨이 큰 만큼 선택받지 못한 아이들의 실망은 이만저만한 게 아니다. 그들이 가고자 하는 나의 집에는 또래 아이들을 열광시킬 모든 것이 다 준비되어 있기 때문이다.

팝가수 인명 사전, 음반 및 시디, 게임 시디, 소프트웨어 시디, 포르노 테이프, 포르노 잡지, NBA 및 MLB 스티커 사진, 만화책, 술, 담배, 본드, 농구공, 사인 볼, 인라인 스케이트, 스케이트 보드, MTB 자전거, 프로축구 팀의 휘장, 여가수들의 브로마이드, 킥보드, 일렉트릭 기타, 신디사이저, 드럼, 힙합 그룹의 라이브 비디오.

엄마와 아버지가 죽고 형이 집을 떠난 후 우리 집은 반 친구 녀석들의 '자유의 요람'이 되었다. 처음에 나는 내가 혼자가 되었다는 생각을 의식적으로 상기하면서 모든 관계로부터 유리된 어떤 고독감을 골똘하게 즐기려고 애를 썼다. 하지만 어느 순간, 내가 지난 몇 주일 동안 그 어느 누구와도 말을 하지 않았다는 사실을 깨닫고는 혼자 지내는 것이 소름이 끼칠 정도로 무섭게 느껴지기 시작했다. 중국집에 전화 한 통 거는 것도 힘겹게 느껴지기 시작한 것이다. 내 목소리를 나밖에 듣는 사람이 없다니. 나는 아직 혼자 있어서는 안 되는 나이였다. 언젠가는 얼마나 외로웠던지 내 팔이나 다리라도 하나 떼내어 말을 걸고 싶은 생각이 들기도 했다. 나는 그닥 사교적인 성격은 아니었지만, 할 수 없이 반 녀석들을 집에 불러들이기로 했다. 그리고 반 녀석들이 좋아할 만한 것들을, 여자만 빼놓고는 모두 사들이기 시작했다.

다행히도 녀석들은 나의 집을 좋아했다. 마음껏 가장 안전한 방식으로 방종을 즐길 수 있었기 때문이다. 녀석들은 이곳에서 위악적이고 호전적이며 저항적이면서 난폭하고, 몽환적이며 음유적이고 파괴적이면서도 평등한 일탈을 경험하게 된다. 녀석들은 처음으로 이 집에서 자신들의 욕망을 제어할 필요가 없다는 것을 깨닫고는 놀라워한다.

처음 집에 와본 녀석들은 대개가 휘둥그레한 눈으로 집 안 이곳저곳을 둘러본다. 나는 그런 표정을 바라보는 것이 즐겁다. 마치 판타지 영화의 세트처럼 꾸며진 집 안의 모습에 아이들은 금방 도취되곤 했으니까.

"땀 냄새 나니까 샤워부터 하자."

내가 그렇게 말하면 녀석들은 모두들 옷을 벗어던지고 샤워실로 우르르 몰려간다. 나는 맨 뒤에서 녀석들의 하얀 엉덩이를 바라보며 키득키득 웃는다. 세상에 열일곱 살 남자 아이의 엉덩이만큼 귀엽고 탐스러운 것이 또 있을까 싶다. 샤워실은 예닐곱 명의 아이들이 모두 다 들어갈 수 있을 정도로 넓다. 우리는 그곳에서 물을 서로의 얼굴과 등에 끼얹으며 한바탕 물장난을 한다. 누군가가 비누 거품을 만들어 불면 샤워실 가득 비눗방울이 날아다니기도 한다. 그것을 손가락으로 톡톡 터뜨리면서 녀석들은 백치처럼 웃는다. 고인 물을 공명시키는, 물줄기처럼 살아 있는 녀석들의 웃음소리는 싱그럽기 그지없다.

내 것도 그렇지만, 이제 막 거웃이 나기 시작한 녀석들의 성기는 정말이지 고추나무의 풋열매처럼 앙증맞게 느껴진다. 그리고 길고 가는 허리와 다리를 바라보고 있으면 이상하게 감상적인 마음이 들기도 한다. 또래의 몸뚱이만큼 내 몸의 입장과 처지를 극적으로 대비시키는 것이 또 있을까. 시간이 지나, 저들의 거웃이 무성하게 숲을 이룰 때쯤이면 이들 중 과연 몇 명이나 내 곁에 남아 있을까. 나는 비눗방울을 느린 눈으로 좇으면서 그런 생각들을 하는 것이다.

목욕이 끝나면 우리는 거실로 나와서 각자 하고 싶은, 아니 즐기고 싶은 일을 한다. 내가 정해주지 않아도 녀석들의 기호는 명확하게 구분되고 정리된다. 다툼이 일어나지 않는 것은 규율 때문이 아니라 다만, 모든 것이 풍족하게 허락되기 때문이다. 어떤 녀석은 소파에 누워서 포르노 비디오를 보고 어떤 녀석은 컴퓨터 게임 리니지나 스타크래프트에 열중한다. 어떤 녀석은 장식장에 든 술을 꺼내 홀짝홀짝 마시기도 한다. 또 다른 녀석은 냉장고에서 냉동 피자를 꺼내서 오븐에 데우기도 한다. 어떤 녀석은 침대에 누워서 담배를 피우고 어떤 녀석은 화상 채팅으로 여자 아이와 음담을 주고받고 또 어떤 녀석은 500피스 퍼즐을 맞추기도 한다. 그렇게 서로 간섭하지 않고 다투지 않고 침해하지 않으며 염려하지 않고, 사랑하지 않으면서도 우리는 각자가 은밀하게 간직되어온 욕망을 해갈해나가는 것이다.

"천국에 온 것 같구나."

술에 취한 어떤 친구는 이렇게 말하기도 했다. 그의 말이 너무도 고마웠던 나는 아마도 그 녀석의 양 귀를 붙잡고 그에게 키스를 해주었을 것이다. 그러면 녀석은 침을 퉤퉤 뱉으면서 내 입에서 본드 냄새가 난다고 말했다.

"입술이 달라붙으면 어쩌려구 해!"

그 소리에 녀석들은 배꼽을 잡으면서 깔깔깔 웃었다.

자신들이 원해서 온 것이지만 녀석들이 언제까지나 내 곁에 있는 것은 아니다. 밤이 깊으면 녀석들은 미안한 표정을 숨기지 않으면서 쭈뼛쭈뼛 집으로 돌아간다.

"내가 들어가지 않으면 어머니가 울음을 터뜨리셔. 어머니는 해장국집에서 일을 하시는데 늦게 집에 돌아오셨을 때, 내가 없는 불꺼진 창을 보면 그렇게 속상할 수가 없으시대. 미안해. 가봐야겠어."

그렇게 말하면서 녀석들은 가족들이 있는 집으로 돌아간다. 자고 가겠다고 말한 녀석도 화장실에 가는 척하면서, 슈퍼에 음료수를 사러 가는 척하면서 집으로 가버리고 만다. 그때쯤이면 나는 본드에 취해서 녀석들을 향해 손을 내저을 뿐 그들을 붙잡지 못한다. 소파에 늘어진 채 해죽해죽 웃으면서 힘없는 목소리로 가지 마 가지 마를 겨우 되뇔 뿐이다. 의식은 있지만 몸이 말을 듣지 않는 본드 환각이 되면 느닷없이 구토증이 몰려오기도 한다. 나는 소파에 엎드려 고개만 바닥으로 늘어뜨린 채 성급하게 들이켠 것들을 게워낸다. 아침에 내가 쏟아놓은 토사물을 밟고 미끄러질 때도 있다. 그러면 나는 무언가가 서러워서 찔끔 눈물을 흘리기도 한다.

그래서 하는 이야기지만 25센티미터나 키가 자란 나는 아직도 곧잘 운다. 그 사실을 아무도 모르는 것이 다행일 뿐이다.

오늘도 나의 하굣길에는 여덟 명의 아이들이 따라붙는다. 녀석들 때문에 하굣길은 외롭지 않다. 나는 내 인생이 보여줄 수 있는 수많은 신(scene) 중에서 지금처럼 아이들과 히히덕거리며 집으로 돌아가는 하굣길이 가장 즐겁고 유쾌한 신이라고 생각한다. 하굣길이 주어지지 않는다면 내 인생은 얼마나 적막하고 쓸쓸할까.

제과점 앞 정류장에 이르면 나는 아이들과 장난을 치면서 버스를 기다린다. 춤을 추는 녀석도 있고 개그맨 흉내를 내는 녀석도 있다. 어떤 녀석은 겁 없이 담배를 꺼내 물기도 한다. 어른들이 바라봐도 담배를 끄지 않으면 옆에 있던 다른 녀석들은 와우, 하고 함성을 질러준다. 그러면 담배 피우는 녀석은 우쭐해진다.

어젯밤 본드를 늦게까지 불었던 나는 녀석들의 장난을 지켜보다가 골치가 아파서, 정류장의 간이 벤치에 앉는다.

"이것 좀 마셔."

친구 녀석이 마시던 음료수를 내게 내밀었을 때 검은색 세단 한 대가 저쪽에서 우리가 서 있는 인도 쪽으로 빠른 속도로 다가오는 것이 보인다.

"어어, 저게 뭐야."

세단은 급브레이크를 밟으며 우리 일행 앞에 멈춰 선다. 그 차의 갑작스러운 위세에 놀라 나는 친구에게서 전해 받은 음료수 병을 손에서 떨어뜨린다. 나는 신경질적인 표정으로 검은색 세단의 운전석을 쏘아본다. 운전석에는 선글라스를 낀 건장한 남자가 앉아 있다.

"저 새끼 운전을 어떻게 하는 거야!"

친구 녀석들이 일제히 세단 쪽으로 몰려간다. 그 순간, 마치 바람과 같은 기세로 검은색 세단의 옆문이 열리고 건장한 체격의 사내 둘이 내려서는 나에게로 달려든다. 그들은 양쪽에서 내 양팔을 단단히 붙잡는다. 그러고는 나를 차 쪽으로 끌고 가기 시작한다.

"뭐야! 뭐 하는 거야!"

나는 반사적으로 저항을 해보지만 엄청난 물리적인 힘에 의해 질질 끌려서는 차 안으로 피랍된다. 나는 차 안에서도 필사적으로 발버둥을 친다. 차 안에는 두 명의 사내가 더 있다. 그들의 급박한 목소리가 귓전을 파고든다.

"됐어! 빨리 움직여! 움직이라고."

"아, 저놈의 버스가 가로막고 있어. 젠장할!"

다행히도 차는 앞에 정차한 시내버스 때문에 곧장 직진을 하지 못한다.

허둥대던 친구 녀석들은 그 짬을 이용하여 용감하게 차문을 붙잡고 매달린다. 하지만 그들은 사내들의 무지막지한 구둣발에 곧 나가떨어진다. 친구 한 녀석이 코를 움켜쥐며 울음을 터뜨리는 것을 본 것을 마지막으로 나는 시야를 차단당한다. 두껍고 까칠까칠한 천이 눈 위에 둘러씌어졌기 때문이다.

"당신들은 누구야! 지금 뭐 하는 거야!"

나는 겁먹은 마음을 들키지 않기 위해 일부러 소리를 지른다.

"시끄러워, 이 새끼야!"

거칠고 투박한 욕설과 함께 내 복부에 둔중한 주먹이 날아와 박힌다. 턱 하고 숨이 막혀오는데 억센 손이 다가와서는 입까지 틀어막는다. 복부에 묵직한 주먹 세례를 받은 나는 힘이 쭈욱 빠지는 것을 느낀다. 사내들은 내 목과 머리를 눌러서 차 바닥 쪽으로 밀어 넣고는 발로 짓밟기 시작한다. 그제야 나는 극심한 공포감에 몸서리를 치기 시작한다. 이것은 내가 틈틈이 내 삶에 틈입하기를 바라는 불안 같은 것과는 전혀 다른 성질의 것이다. 나는 불안하기를 원하면서도 내 몸이 다치는 것이나 내 몸이 고통당하는 것은 한 번도 바란 적이 없다. 그처럼 내 욕망은 이기적이고 용렬한 것이다. 차가 빠르게 움직이기 시작하는 것이 느껴진다. 나는 더 이상 아무런 저항을 할 수가 없다. 절망적이다. 나는 어떻게 되는 걸까? 이게 도대체 무슨 일일까? 이 사내들은 도대체 누구일까? 내가 꿈을 꾸고 있는 것은 아닐까? 하지만 꿈이 아닌 것은 분명하다. 이 속도감, 귀밑에서 경쾌하게 울리는 차의 엔진 소리가 너무나 현실적으로 다가오기 때문에.

차는 어림짐작으로 40여 분가량을 달려서 주행을 멈춘다. 내 눈을 가렸던 안대가 풀어진다. 하지만 사위는 여전히 아무것도 분간하지 못할 정도로 어둡기만 하다. 나는 양어깨와 팔을 사내들에게 제압당한 채 차에서 끌어내려진다. 사내들에게 짓밟힌 어깨와 무릎이 시큰하게 저려온다. 우웅, 하는 소리와 함께 앞에서 셔터문이 올라간다. 어느 주택의 개인 주차장인 모양이다. 셔터문이 완전히 올라가면서 하얀 빛과 함께 눈앞에 어떤 집의 뜰이 나타난다. 정원이 어쩐지 낯설지가 않다. 그때 나는 소스라치게 놀란다. 며칠 전 서점에서 책을 훔치다가 잡혀왔던 여사장의 바로 그 집이었던 것이다. 놀란 눈을 들어 안채 쪽을 바라보니 납빛의 얼굴을 한 여사장이 거실 창을 통해 내 모습을 바라보고 있다. 머리칼이 서는 것 같은 끔찍한 소름이 돋는다.

사내들은 나를 여사장 앞에 꿇어앉힌다. 나도 모르게 눈물이 볼을 타고 흘러내린다. 차이니스 원피스를 입고 있는 여사장은 여전히 납빛의 차가운 얼굴로 나를 바라본다. 그러고는 사내들에게 눈길을 돌린다.
"수고했어요. 실수는 없었겠죠?"
"그럼요, 사장님. 저희는 이만 돌아가도록 하겠습니다."
사내들은 여사장에게 정중하게 인사를 한 다음 거실에서 물러난다. 이 모든 일이 여사장이 꾸민 일이란 말인가. 무엇 때문에, 도대체 무엇 때문에.
여사장은 여전히 심사를 알 수 없는 복잡한 표정으로 내 앞에 다가온다. 그녀가 바로 앞에 서자 내 눈앞에는 그녀의 배꼽이 보인다. 차이니스 원피스의 선은 차갑고 날렵하다. 순간 날카롭고 매운 여사장의 손바닥이 내 뺨에 날아온다. 그때 주방 쪽에서 큭, 하고 웃음소리가 터진다. 눈을 돌려보니 주방 커튼 사이에서 지난번에 보았던 에이프런을 두른 주근깨 소녀가 급히 몸을 감추는 것이 보인다.

여사장의 목소리가 들려온다.

"감히 도망을 가다니, 겁도 없구나. 그러면 내가 너를 못 찾아낼 줄 알았니?"

"도대체 나한테 왜 이러시는 거예요?"

나는 울음이 섞인 그렁그렁한 목소리로 묻는다. 여자는 표정도 없고 대답도 없다. 막막하다.

"책 훔친 것 때문에 그러시는 거예요? 그것은 돈으로 보상해드리면 되잖아요."

하지만 여인은 입을 열지 않는다. 다만 뚫어지게, 마치 감상품을 음미하듯이 내 얼굴을 바라볼 뿐이다.

나는 다시 여사장에 의해 침실에 감금된 신세가 되었다. 시간이 얼마나 지나갔는지도 모른다. 그사이 나는, 이 집에서 내가 아무 데도 갈 수 없다는 것과 이 감금의 시간이 간단히 끝나지 않으리라는 것을 깨달았다. 위리안치된 죄인처럼 나는 좁은 침실에 갇힌 채 끼니때마다 철창으로 소녀가 넣어주는 식사를 받아먹을 수 있을 뿐이었다. 쇠창살이 있는 철제 침실 문은 굳게 잠겨 있고 모든 창문에는 외부와 차단하기 위한 쇠창살이 설치되어 있다.

지금의 현실이 너무나 어이가 없어 쿡, 웃음이 터질 때도 있다. 이것은 장난이야. 누군가가 좀 심한 장난을 하는 것일 뿐이야. 처음에 나는 그렇게 생각하면서 스스로를 위로하려고 애썼다. 하지만 나는 내가 이 장난 앞에서 완벽하게 무기력하다는 것을 깨닫고는 이것이 결코 장난 따위가 아니라는 것을 인정하게 되었다.

이상한 것은 이곳에 온 이후 잠이 무척 많아졌다는 것이다. 몸이 퍼질 정도로 많은 잠을 자지만 언제나 머리는 무겁고 몽롱하기만 하다. 키가 크고 나서부터 이상한 일만 생긴다.

점심을 먹고 예의 잠기운이 몰려와서 침대에 누워 있는데 자물쇠 뭉치가 돌아가는 소리가 들린다. 침실 문이 크르르, 열리더니 여사장이 들어온다. 이곳에 감금된 후 나는 여사장을 처음 본다. 거짓말처럼 그녀는 나를 납치한 후 코빼기도 보이지 않았다. 여사장을 본 나는 반가운 마음에 몸을 일으킨다. 그녀의 손에는 넓적한 사각 패널 같은 것이 들려져 있다.
"그동안 잘 지냈니?"
여사장의 목소리는 뜻밖에도 몹시 부드럽다. 마치 격통을 앓고 난 사람의 목소리처럼.
"네, 잘 지냈어요. 좀 답답하긴 했지만요."
여사장은 입꼬리를 살짝 말아 올리면서 내 침대에 걸터앉는다. 그러고는 내 머리칼을 쓰다듬고 귓불을 어루만지고 어깨를 주무른다. 무엇 때문인지는 모르지만, 여사장의 신경을 건드리지 않는 편이 좋을 것 같다는 생각이 든 나는 그녀의 손을 제지하지 않는다.
"이것 좀 보겠니?"
나를 한참 어루만지던 여사장은 가지고 온 사각 패널을 내 앞에 내보인다. 그것은 사진이 표구되어 있는 액자다.
"가족사진이야."
사진 속에는 여사장과 내 나이 또래의 소년, 그리고 주방에서 보았던 주근깨투성이 소녀가 다정한 모습으로 들어 있다. 여사장이 앉아 있고 오른쪽에 소년이 왼쪽에 소녀가 서 있다. 그들은 한눈에도 매우 다정한 가족처럼 보인다. 여사장의 가는 손가락이 사진

속, 소년의 얼굴을 어루만진다.

"흐흑."

순간 작은 울음소리가 여사장의 입에서 새나온다. 내가 잘못 들었나, 아니다. 여사장의 눈에는 분명 작은 이슬이 맺혀 있다. 나는 멍한 표정으로 여사장의 눈물을 바라본다.

"내 아들이란다. 작년에 하늘나라로 갔지."

사진 속의 소년을 가리키고 있는 여자의 손가락이 파르르 떨린다. 여자는 사진에서 눈을 떼고 나를 바라본다. 그러고는 격정적으로 나를 감싸 안는다. 여자의 가슴이 쿵쿵 뛰는 것이 내 가슴에 그대로 전해진다. 여자의 가슴과 내 가슴 사이에서 뜨거운 진액이 흘러내리는 것만 같다.

다시 여자의 입에서 떨리는 목소리가 흘러나온다.

"너를 다시는 놓치지 않을 거야. 아무도 널 데려갈 수는 없어."

나는 그 말을 듣고, 여사장이 나에게 집착하는 이유를 어렴풋이 깨닫는다. 여사장은 입술을 내 이마에 문지른다. 나는 움직일 수가 없다. 주술을 거는 듯한 여자의 격정적인 목소리.

"나는 네가 다시 돌아올 거라는 믿음을 버리지 않았어. 그리고 넌 이렇게 돌아와 내 앞에 있잖니? 다시 돌아와줘서 고맙구나! 내 아들아."

여자는 내 머리칼에 손가락을 깊이 묻고는 쓰다듬기 시작한다. 어이없게도 여자는 나를 죽은 아들로 착각하고 있는 것이다. 머리칼을 헤집던 여자의 화급한 손길이 다시 내 몸을 뜨겁게 감싸 안는다. 여사장의 얼굴이 내 얼굴에 와 닿는다. 이 격렬함, 화약 냄새와도 같은 매캐한 욕망. 나는 여자를 화나게 하는 어떤 말도 할 수가 없다. 아무런 제지도 받지 않은 여자의 손은 내 손을 잡아다 끌어서 자신의 가슴 쪽으로 가져간다. 바로 그때다. 철컥, 방문 열리는 소리가 나면서 주근깨투성이 소녀가 들어온 것은.

"어멋!"

소녀는 침대 위에서 포옹하고 있는 여사장과 나를 바라보더니 몹시 놀란 표정을 짓는다. 놀란 것은 소녀뿐만 아니라 여사장과 나도 마찬가지이다. 젖가슴 쪽으로 이끌던 내 손을 놓아버린 여자는 소녀를 바라보면서 표독스럽게 소리친다.

"뭐야! 누가 함부로 여기에 들어오라고 했어! 썩 꺼지지 못하겠니?"

"죄송해요, 어머니."

"어머니라고 부르지도 말라고 했지! 꼴 보기 싫어. 썩 나가!"

소녀는 머리를 조아리며 황급히 방을 빠져나간다. 등 뒤로 눈물 몇 방울이 후두둑 떨어진다. 분이 덜 풀렸는지 한동안 씩씩 거친 숨을 몰아쉬던 여자는 소녀의 뒤를 쫓아 침실 밖으로 뛰쳐나간다. 잠시 후 거실 쪽에서 촤악촤악 채찍이 어딘가에 달라붙는 소리와 함께 소녀의 고통스러운 울음소리가 들려온다. 나는 침대에서 일어나 창살 밖을 내다본다. 놀랍게도 여자가 소녀에게 심한 매질을 가하고 있고 소녀는 거실 바닥에 엎드린 채 그 매질을 고스란히 받아내고 있다.

자는 둥 마는 둥 밤새 잠을 뒤척인 나는 푸석한 눈으로 방문에 바짝 붙어 앉아 있다. 서점 여주인은 이틀에 한 번꼴로 방에 들어와서 내 몸을 열렬하게 탐하다가 나간다. 25센티미터가 자란 내 긴 몸을 혀로 핥아 내리는 것이다. 나는 모멸감을 느끼면서도, 그녀를 거부하지 않는다. 이것이 내가 그토록 기다려온 학대인지도 모르니까. 나는 동정보다는 차라리 학대받기를 원하지 않았던가. 여자에게는 지극한 애정의 표현이, 내게는 더할 나위 없이 모멸스러운 학대가 되는 이 역설적인 사실이 나를 어지럽게 한다. 여자가 돌아가고 어두운 밤 방에 혼자 남겨지게 되면 나는 내가 왜 이렇게 감금되어야 하는지, 그리고 앞으로 내 삶이 어떻게 될 것인지 몰라, 극심한 불안과 초조에 휩싸이게 된다. 나는 알아야 했다. 이 터무니없는 음모와 가혹하고 어지러운 착란이 언제, 어디서부터 시작됐는지를.

그때 내 머릿속에 떠오른 사람이 바로 주근깨 소녀이다. 혹, 소녀라면 내게 무언가 말해줄 수 있을지도 모르겠다는 생각이 든 것이다. 여자가 보여주었던 사진 액자 속에서, 여자가 아들이라고 부른 소년과 함께 나란히 서서 활짝 웃고 있던 소녀. 나는 소녀에게 물을 것이다. 내가 왜 여기 있어야 하는지를.

나는 방문에 등을 기대고 잔뜩 웅크린 채 소녀가 쇠창살을 열어 아침 식사를 넣어주기를 기다린다. 곧 어둠이 엷어지고 창밖이 밝아올 것이다. 마침내 여명이 빛을 발하기 시작한다. 밝아오는 창을 보니 새삼 창 저쪽의 세상이 그리워지기 시작한다. 나의 집과, 친구들과 초짜 담임선생과 죽이고 싶은 형과 형의 애인과, 모든 혼돈이 존재하는 밖의 세상으로, 나는, 그곳으로 돌아가리라, 반드시 돌아가리라, 나직하게 중얼거린다.

이윽고 식사 시간이 되었을 때 방문 너머에서 침실 쪽으로 서서히 다가오는 소녀의 발자국 소리가 들려온다. 철컥, 쇠창살의 잠금고리 돌아가는 소리가 들리고, 창턱 너머로 여자의 하얀 팔목이 넘어온다. 그 팔목은 샌드위치를 넣어주고, 우유를 넣어주고, 마지막으로 사과를 넣어준다. 나는 사과를 들고 있는 그 하얀 팔목을 우악스럽게 낚아챈다. 사과가 내 가슴 턱에 맞고 방바닥으로 데구르르 구른다. 여자의 표정이 하얗게 질린다. 밤새 울었던 것일까. 소녀의 얼굴에 눈물 자국이 어지럽게 나 있다.

"이거 왜 이러세요! 놓아주세요."

소녀는 잡힌 손목을 거두어들이기 위해서 안간힘을 쓴다. 나는 단호한 표정으로 그녀의 손목을 더욱 완강하게 그러쥔다. 그러고는 빠르게 묻는다.

"넌 누구야? 누구냔 말야?"

여자는 내 눈을 조심스럽게 응시할 뿐 대답하지 않는다. 나는 다시 윽박지르듯이 거칠게 묻는다.

"네가 누구냔 말야? 사진 액자 속에서 널 보았어."

소녀는 겁에 질린 표정으로 눈만 껌벅거릴 뿐 여전히 입을 열지 않는다. 목소리를 먹어버린 것일까. 나는 좀 무자비하다 싶을 정도로 소녀의 손목을 잡아 비튼다.

"아, 아, 말할게요. 그러지 마세요."

"그래, 어서 말해."

"나는 이 집의 딸이에요. 딸이라구요."

"그럼 너에게 매질을 하는 그 여자가 네 어머니라는 거니?"

소녀는 금방이라도 울 것 같은 표정으로 고개를 끄덕인다.

예상했던 대로 소녀는 여사장의 딸이다.

"그런데 왜 이렇게 몸종처럼 구박을 받으며 사는 거야?"

"……"

소녀는 입을 열지 않는다. 나는 벌컥 부아가 치밀어오른다. 다시 소녀의 손목을 되게 비튼다. 여자의 눈에 눈물이 맺히고 그 눈물은 채 마르지 않은 눈물 자국 위를 따라서 흐른다.

"말해보란 말야. 말하라구!"

소녀가 겁에 질린 표정으로 조심스레 입을 연다.

"다 내 잘못 때문이에요. 흑흑."

소녀는 울음을 터뜨린다. 소녀의 얼굴은 눈물범벅이 된다.

"알아듣게 자세히 얘기해봐!!"

나는 손아귀에 힘을 주면서 다시 소녀를 거칠게 다그친다. 내가 잡고 있는 여자의 손이 핏기를 잃고 하얗게 질린다. 파르르 떨리는 소녀의 손. 나는 소녀가 가엾다는 생각이 들어서 손목을 쥔 손에서 힘을 뺀다.

"엄마는 오빠를 끔찍하게 아끼셨는데, 흑, 그 오빠가 나 때문에 죽었어요. 아, 아니 그건 사고였어요. 아아, 그건 사고였다구요."

소녀는 온몸을 떨며 울음을 터뜨린다.

"좀 더 자세히 말해봐!"

덩달아 감정이 격해진 나는 그만 소리를 지르고 만다.

"작년 여름에, 흑흑, 엄마와 오빠와 나는 양수리로 휴가를 떠났어요. 오빠와 나는 수상스키를 타면서 휴일의 오후를 보내고 있었어요. 흑흑, 어머니는 방갈로 안에서 간식을 만들고 있었죠. 그런데 그만 사고가 났어요. 흑흑, 오빠와 난 수면 위에 8자를 그리면서 수상스키를 타고 있었어요. 그런데, 오빠가 스피드를 못 이겨 로프를 놓치면서 물에 빠졌고 흑흑, 그 오빠의 머리를, 내 스키를 리드하고 있던 모터보트의 스크루가 건드리고 지나갔던 거예요. 아아, 그건 사고였다구요. 흑흑, 다시 생각하고 싶지 않아요. 흑흑, 이 손목 좀 놓아주세요. 제발."

그렇게 말하는 소녀의 얼굴은 몹시 괴로운 듯, 붉게 일그러진다.

쉴 새 없이 눈물을 쏟아낸 눈시울은 토마토 속처럼 붉디붉다. 나는 소녀의 손목을 잡은 손아귀에서 완전히 힘을 뺀다. 소녀의 손목이 물고기처럼 스르르 손아귀에서 미끄러진다. 손에 진득하게 땀이 배어 있다. 소녀는 문밖 저쪽 거실 바닥에 철퍼덕 쓰러진다. 그러고는 서러운 듯 꺼이꺼이 운다.

여사장은 거의 매일 밤 나를 찾아온다. 와서는 눈물에 젖은 자신의 뺨을 내 뺨에 비비고, 몸을 어루만지고, 내 몸의 냄새를 큼큼 맡고 핥다가 가고는 한다. 나는 그녀가 서점 일을 끝내고 집에 들어올 시간만 되면 가슴이 답답해진다.
"내 아들, 오늘 하루도 잘 지냈니? 엄마 보고 싶지 않았니?"
그렇게 말하면서 내 입술과 목을 핥는 여자에게서는 술 냄새가 날 때도 있다. 여자가 내게 상냥하기 때문에 나는 반항하지 않고 여자를 받아들인다. 하지만 나는 여사장의 아들이 아니다. 그걸 말해야 한다. 여자가 서운해하더라도, 나는 모터보트의 스크루에 머리가 터져 죽은 당신의 아들이 아니라고 말해야 할 것이다. 하지만 쉽게 입이 떨어지지 않는다. 집착은 모든 사실을 이긴다. 내가 그 말을 할 때, 일그러지는 여자의 표정을 상상하는 것은 내게도 괴로운 일이다.
내가 우물쭈물하는 사이 여사장은 점차 노골적으로 변해갔다. 내 옷을 벗기고 내 목과 가슴에 깊은 키스 자국을 남기기 시작한 것이다. 여자가 그악스러워지면 그악스러워질수록 나는 밖의 세계가 그리워지기 시작했다. 새벽까지 잠을 자지 않고 여명이 밝아오는 창을 바라보면서 창밖을 그리워하는 것이다. 학교를 가지 않고, 아침에 늦게 일어나고, 까다로운 물리나 수학 책을 들여다보지 않는 것이 좋기는 하지만 철저하게 고립된 이 생활에 나는 이제 신물이 난다. 반 녀석들이, 내 행복한 하굣길을 함께하던 나에 의해 선발된 여덟 명의 반 친구 녀석들이 나를 구하러 오는 꿈을 나는 매일 꾸기 시작한다. 비록 교단 경력이 6개월에 불과하지만 담임선생이 그 여덟 명의 친구를 앞에서 이끌고 나를 찾으러 오는 꿈도 꾼다.

어젯밤에는 급기야, 자신의 음부를 내 성기에 밀착시키려는 여사장과 크게 싸우고 말았다. 내 인내심이 폭발한 것이다.
"도대체 왜 이러는 거예요! 나는 당신의 아들이 아니란 말이에요. 제발 정신 차리세요!"
그러자 여자는 믿을 수 없다는 표정을 짓더니 순간적으로 내 뺨을 후려쳤다. 그리고 다짜고짜 달려들어서는 손톱으로 내 입술을 할퀴어 터뜨렸다. 순간적인 발작과 같은 것이었다.
핏방울이 내 무릎에 떨어지자 나도 화가 치밀어서, 여자를 불끈 안아서는 침대에 던졌다. 여자의 몸이 침대 스프링의 반동에 의해 한 번 튀어 오를 때 나는 소리쳤다.
"정말 왜 그래요? 당신은 미쳤어. 죽은 아들이 어떻게 살아 돌아올 수 있냐구!"
내가 전에 없이 난폭한 행동을 하고, 거칠게 소리를 지르자 여자는 한동안 멍한 표정으로 나를 바라보더니 침대에서 일어나 힘없이 침실을 걸어 나갔다. 잠시 후 방 밖에서 몹시 서럽게 우는 울음소리가 들렸고 그 울음소리는 밤새 계속되었다.

내가 그 방에서 풀려난 것은 바로 그 다음 날의 일이었다. 정말이지 내가 매일 꿈에서 그렸던 것처럼 반 친구 녀석들의 신고로 경찰이 나를 구하러 이 집에 온 것이었다. 경찰 옆에는 담임선생이 동행하고 있었다. 경찰차가 집 앞에 멈추자 집을 지키고 있던 주근깨 소녀는 순순히 내 방의 자물쇠를 경찰에게 건네었다. 두터운 철문이 열렸을 때 나는 담임선생에게 뛰어가 그녀의 품에 머리를 묻었다. 담임선생은 키가 머리 하나는 더 큰 나의 등을 따뜻하게 어루만졌다. 마침 여사장은 서점에 출근하고 없었기 때문에 경찰과 담임선생과 나는 집 거실에서 여사장이 돌아올 때까지 기다리기로 했다.

마침내 해가 지고 밤이 깊었을 때, 그래서 경찰들이 중국집에서 자장면까지 시켜 먹고 잠깐 거실의 소파에서 단잠에 빠져 있을 때 피곤에 지친 여사장이 집 안으로 들어섰다. 그리고 그녀의 뒤를 따라 서너 명의 사내들에 의해서 입이 박스용 테이프로 막힌 한 소년이 강제로 끌려 들어오고 있었다. 그 소년 역시 내 또래였고 얼핏 나와, 액자 속의 여사장의 아들과 닮아 있었다. 그는 또 한 명의 희생자인 모양이다.

잠복해 있던 경찰이 여사장에게 수갑을 채웠을 때 나는 여사장에게 다가가, 엄마라고 부르며 마지막으로 키스를 했다. 웬일인지 두 눈에서 뜨거운 눈물이 새나왔다.

나는 다시 집으로, 집으로 돌아갔다.

기호태傳

이처럼 아름답고, 세상에 대해 시시한 표정을 지을 수 있는 여자는

나 같은 위대한 정신과 어울려야 마땅하다.

그것은 너무나도 당연해서 말을 한다는 것 자체가 새삼스러울 정도다.

산초 따위의 우둔하고 무능하고 촌스러운 녀석에게

이 여인을 계속 맡긴다는 것은 말도 안 되는 것이다.

"산초! 산초 어딨어. 당장 이리 와!"

산초가 다시 사고를 쳤다. 너무나 어이가 없고 분한 나머지 꼭 그러쥔 두 주먹이 부들부들 떨린다. 내 위대한 정신은 다시 상처를 받았다. 산초를 그냥 내버려둘 수가 없다. 대가를 치러야 할 것이다. 위대한 정신을 우롱했을 때 자신이 감내해야 할 응분의 고통이 어떤 것인지 알아야 한다.

산초는 나와 한마디 상의도 없이 내 1년 치 원고료를 양로원에 기부했다. 그것은 바로 하루 전의 일이었고 나는 그 사실을 어젯밤 마감 뉴스를 보면서야 알았다. 곰처럼 우둔한 산초는 적선을 하면서 제 딴엔 잘한다고 각 언론사에 보도자료까지 만들어 돌린 모양이었다. 오늘 자 신문이며 방송에 내 이름이 호객용 웨이터 명함처럼 죄 깔려버렸다.

소설가 기호태 거액 원고료 양로원에 쾌척

덜덜 떨리던 내 손은 기어코 신문을 내동댕이친다. 생각하면 생각할수록 기분이 참 묘해진다. 잠시 뿌듯해지는 듯싶다가도 금방 누군가에게 실컷 모욕이라도 당한 듯한 기분이다. 새벽부터 쇄도

하는 격려 전화 때문에 이미 핸드폰 전원은 꺼놓은 상태이다.

나는 화장실 청소를 하고 있는 산초를 다시 부른다. 그는 내 목소리를 듣고서도 못 들은 척하고 있는 게 뻔하다.

"산초! 산초 이리 와!"

그제야 산초가 화장실에서 고갤 내민다. 호출의 의중을 파악하려는 듯 그의 눈이 재빠르게 내 표정을 훑는다.

"청소, 거의 다 끝났어요. 작가님."

산초의 목소리는 어느 때보다도 다소곳하다. 자신이 저지른 잘못을 알고 부모 앞에 불리어진 어린아이의 목소리처럼 말이다.

"당장 이리 오래두!"

청소나 설거지 같은 집안일을 할 때의 산초는 400년 전, 에스파니아의 라만차에 존재했던 이처럼 충직하고 부지런한 집사일 뿐이다. 흠잡을 데가 없다. 생각해보니, 그가 이 집에 들어온 지도 어언 두 해가 지났다. 이태 전 불쑥 찾아와서 그는 열정에 들뜬 목소리로 말했었다.

"기호태 님, 저는 당신을 주인으로 모시겠어요. 당신의 작품에 나타난 당신의 고매한 정신에 반했거든요. 저는 대학원에서 평론을 전공하고 있는데 허락만 해주신다면 감히 당신의 작가론을 쓰고 싶습니다."

김이라는 성을 가진 키가 작달막한 그는 그때 나이가 나보다 세 살 위였고, 나를 주제로 문학박사학위 청구 논문을 쓰고 있던 참이라고 했다. 생존해 있는 작가를 박사학위 논문의 주제로 삼는다는 것은 매우 희귀한 일이어서 나는 그의 말을 공치사로 흘려버릴까 하였으나 그 표정의 곡진함은 어딘지 모르게 관심이 가는 것이었다. 그는 그때 이미 머리가 반쯤 벗어져 있었으며 양 볼은 볼거리를 하는 아이처럼 불룩하게 튀어나와 있어서 신문의 풍자만화에나 나오는 인물처럼 우스꽝스러웠다. 산초(散礎)라는 그의 기묘한 이름은 한학에 조예가 깊다던 그의 증조부가 지어준 아호라고 했다. 그 뜻이야 어쨌든 나는 산초라고 부를 때의 그 야릇한 어감이 좋아서 그를 산초라고 부르기로 했고 그도 그것에 만족해했다. 그는 첫날 이런 말도 덧붙였다.

"당신을 위해서 뭐든지 하겠습니다. 당신과 생활할 수만 있다면, 그래서 제 논문이 보다 풍요로워질 수만 있다면 당신의 발이라도 닦겠어요. 당신이 비운 접시라도 닦겠어요."

그래서 그는 우리 집의 집사가 되었다. 말이 집사지 그는 내 개인 비서와 다를 바 없다. 내 발과 내가 비운 접시를 닦겠다는 그의 말도 허풍은 아니었다. 그는 둘째 날, 대야에 더운물을 받아와서 내 발에 비누칠을 하고 정성스레 닦았던 것이다. 오랫동안 무좀을 앓고 있는 내 발을 주물럭거리면서도 그는 그것이 마치 오랫동안 고대했던 일이라도 되는 것처럼 몹시 기껍고 행복한 표정을 지었다. 더욱 기특했던 것은 산초가 자신의 수고에 대한 대가를 요구하지 않았다는 것이다. 하지만 그것이 관계를 불편하게 할지도 모른다고 생각한 나는 매달 일정액을 수고비 조로 그에게 주기로 했다. 지금이야 아무래도 상관없지만 그때 나는 혹, 그가 논문에서 나에 대한 터무니없는 험담을 늘어놓으면 어떻게 하나 하는 염려를 했었는지도 모르겠다.

산초가 쭈뼛쭈뼛 이쪽으로 걸어온다. 아침에 이미 한 번 야멸찬 타박을 해놓은 터라 그는 잔뜩 주눅이 들어 있는 상태다. 화장실 청소 중이었다는 사실을 부각시키려는 듯 아직 빨간색 고무장갑을 벗지도 않았다. 동정심은커녕 그런 모습을 보니 더욱 분기가 치밀어오른다. 끝까지 내 감정을 시험하려 드는 산초가 미워 죽겠다.

"생각할수록 기가 막혀! 내 1년 수입을 나와 한마디 상의 없이 양로원에 기부하다니. 가까이 와!"

산초가 멈칫거리며 조금 더 가까이 온다. 약이 오른 나는 그가 내 옆에 바싹 다가오자마자 냅다 뺨부터 갈긴다. 산초의 눈빛이 흐려진다.

"무릎 꿇어, 이 자식아."

그가 순순히 무릎을 꿇는다. 다행히도 산초는 아직까지 나에게 반항을 한 적이 없다.

"너 누구 때문에 먹고사니, 누구 때문에 니가 입에 풀칠을 하느냐고! 말해봐!"

"그야…… 작가님 때문이지요."

그가 붉은 손자국이 선명하게 남아 있는 자신의 뺨을 어루만지면서 기어드는 소리로 말한다. 다시 내 거친 손바닥이 그의 뺨에 작렬한다. 손바닥에 움찔하며 전해오는 쾌감은 결코 만만한 게 아니다. 내가 그런 쾌감을 언제부터 즐기게 됐는지는 분명치 않지만 말이다.

"아니, 그걸 아는 놈이 그따위 짓을 하니 엉!"

"저는 양로원에 적선을 하면 작가님께서 좋아하실 줄 알았어요. 그리고 작가님 통장은 아직 빵빵한걸요."

"뭐, 뭐, 나 참! 기가 막혀서! 그게 어떻게 모은 돈인데. 그건 내 위대한 정신을 고단하게 소진한 대가란 말이야. 니가 뭘 안다고 나서! 그런다고 노인네들이 내 소설을 읽기나 할 것 같아!"

내 손은 오므려져서 단단한 주먹이 되어 산초의 얼굴에 다시 박힌다. 그런데 이런, 어이없게도 그가 내 주먹을 피하려고 했었나

보다. 턱주가리를 향해 날아가던 내 주먹이 그의 콧잔등에 가서 처박혔으니 말이다. 산초의 코에서 코피가 터져 흐른다. 다 그가 자초한 일이다. 그의 두 어깨가 두려움으로 벌벌 떨리기 시작한 것도 코피가 터진 즈음의 일이다. 코피가 터지자 나는 아주 잠깐 당황한다. 미처 예상하지 못했던 일이기 때문이다. 산초는 구슬프게 눈물을 흘리기까지 한다. 이 세상에서 가장 억울하고 슬픈 표정으로 꺼이꺼이 운다. 산초는 다른 사람은 흉내 낼 수 없을 정도로 슬프게 우는 재주가 있다. 우는 것도 정말 재주다. 나는 애틋해지려는 마음을 앙칼지게 다잡는다. 잠시나마 약해지려 했던 나 자신에게 격렬한 분노가 일어난다. 이런 모욕을 중화시키는 건 폭력뿐이다. 나는 다시 주먹을 단단히 말아 쥐고 그의 콧잔등을 향해 날린다.

"울지 마, 이 병신아!"

내 주먹이 꽂힌 산초의 다른 쪽 코에서도 코피가 터져 흐른다. 훌쩍거리면서 밑으로 떨어지는 코피를 빨아들이던 그가 안 되겠는지 빨간색 고무장갑을 낀 손으로 줄줄 흐르는 코피를 훔친다. 그 모습이 참 희극적이다. 빨간색 고무장갑으로 빨간 코피를 훔치다니. 나는 이 장면의 희극성을 머릿속에 우겨넣고 있다가 내 소설 속의 어느 한 장면으로 집어넣을 것을 생각한다.

산초의 인중과 입술, 턱을 질척하게 적신 코피는 흘러내려 기어이 거실의 양탄자로 떨어진다.

"야, 양탄자가 젖잖아. 어서 일어나 닦아!"

산초는 엉거주춤 몸을 일으켜 세우며 화장실 안으로 도망치듯 사라진다. 후두둑, 바닥에 떨어지는 코피가 그를 따라가며 줄줄이 화장실까지 이어진다. 저런 미욱스러운 녀석이 박사과정을 밟고 있는 엘리트라는 사실이 나는 믿기지 않는다. 나는 혀를 차며 그의 뒷모습을 향해 투덜거린다.

"아니 어떻게 저런 괴상한 녀석이 여기까지 굴러왔을까."

남들은 상상조차 할 수 없는 도저한 정신적 노고를 통해 벌어들이는 원고 수입의 적지 않은 부분을 매달 수고비로 타가면서도 집사로서 산초의 역할은 썩 만족스럽지 못하다. 만족스럽기는커녕 곧잘 엉뚱한 짓을 해서 내 섬세한 기분을 망가뜨려놓기까지 한다. 산초의 자잘한 실수는 이루 헤아릴 수 없을 만큼 많다. 내가 그의 실수에 대해서 일일이 얘기하는 것이 내 고매한 인격에 누가 되는 것이 아니라면 나는 열흘 밤을 새우면서라도 산초의 실수들을 얘기할 수 있다. 산초의 실수는 가령, 낑낑거리며 써놓은 일주일 치 소설 원고를 엔터 키(Enter key) 한 방으로 날려버리거나 시상식장에서 받은 상패와 부상 따위를 부주의하게 택시 안에 놓고 내리는 것에 이르기까지 가지가지이다. 실수를 하고 나면 산초는 정말로 미안한 마음이 들어서 그러는지 아니면 될 수 있는 대로 호들갑을 떨어서 위기를 모면하려고 그러는 건지 여간 극성스럽게 자신을 힐책하는 게 아니다. 가령 종일 발을 동동 구르며 '아이구, 이를 어쩌지, 나는 정말 죽어야 할 인간이야. 난 정말 살 가치가 없는 인간이야' 라면서 갖은 주접을 떠는 것이다. 그러나 그런 산초의 호들갑이 아니더라도 그의 실수들은 용서하자면 얼마든지 용서할 수 있는 것들이다. 산초도 어디까지나 불완전한 인간이니까 말이다. 더군다나 그런 것에 시시콜콜 화를 낸다는 것은 위대한 정신의 관례상 있을 수 없는 일이다. 내가 정말로 참을 수 없는 것은 산초의 주제넘은 참견이다. 그것을 생각하면 언제나 이가 박박 갈리고 가슴이 쿵닥거리기까지 한다.

처음으로 그가 내가 하는 일에 참견을 해온 것은, 그가 작가론을 쓰겠다는 명분으로 내 집에서 더부살이를 시작한 지 달포쯤 지났을 때이다. 어느 날 그는 집필실 문을 두드리고 들어와서는 진지한 표정으로 긴히 할 얘기가 있다는 것이었다. 무슨 얘기인가 하고 귀 기울여 한참을 듣고 보니 세상에, 그것은 그즈음 모 문예지에 연재 중이던 내 소설에 대한 그의 촌평이었다. 그때, 산초의 표정은, 자신이 나에게 어떤 영향력을 행사할 수 있는 처지가 되기라도 한 것처럼 스스로 무척 대견해하는 듯한 것이었다. 나는 깊이를 모르고 속절없이 빠져든 그 착각을 깨뜨려줄 필요를 느꼈다.

"작가님, 제가 보기에 이 소설은 도입부와 그 이후의 전개가 리얼리즘 미학 차원에서 전혀 조화를 이루지 못하고 있습니다. 그리고 어떤 특정한 서사는 칠레의 작가 아옌데의 작품을 모방한 혐의가……."

퍽.

"윽!"

그의, 돼먹지 않은 감상을 얘기하던 입은 내 사나운 주먹이 가서 꽂힘으로써 다물어졌지만 상처받은 나의 기분은 꽤 오랫동안 풀어지지 않았다.

"어디서 참견이야! 네가 뭘 알어! 엉. 나는 다른 건 용서해도 그것만은 용서 못 해. 앞으로 조심해!"

지금은 그도 익숙해졌지만 그날 처음으로 주먹 세례를 받은 산초는 적잖이 놀라는 기색이었다.

"아니, 작가님께서 이러실 수가! 고매한 인격자이신 작가님께서 폭력을 휘두르시다니! 이게 있을 수 있는 일입니까. 제가 꿈을 꾸고 있는 건 아닙니까."

나는 그 소리에 그만 푸하하, 하고 웃음을 터뜨리면서 다시 상쾌하게 바람을 가르는 주먹을 그의 얼굴을 향해 날렸다. 꿈 좋아하시네 이거나 더 먹어,라고 비아냥거리면서 말이다.
　그 따끔한 경고에도 불구하고 그러나 산초는 이후로도 심심찮게 내 작업을 참견해왔다. 그것이 첫 번째 참견처럼 직설적인 것이 아니고 은근하고 우회적인 형태로 나타났다는 것이 좀 다를 뿐이었다.

　어쨌거나 산초에 대한 내 불신의 골은 날이 갈수록 깊어간다. 그것은 산초를 위해서나 나를 위해서나 그닥 바람직하지 못한 일이다. 산초에 대한 불신은 으레 폭발적인 신경질을 불러일으키기 때문이다. 그것은 또 앞뒤 없는 폭력으로 이어지기 일쑤다. 따귀 한 대만 맞아도 목놓아 꺼이꺼이 울어 젖히는 산초의 모습은 오히려 내 분노를 자극하는 것이어서 나는 한번 폭력을 휘두르면 때리는 나나 맞는 그나 둘 중 하나가 입에 거품을 물 때까지 멈추지 않는다.
　산초의 눈물과 핏자국이 닿지 않은 곳은 이제 이 집 안에는 없다. 할 수만 있다면 나는 이 집에서 눈물과 피의 텁텁한 냄새를 몰아내고 싶다. 그런 것들이 내 맑고 투명한 상상력을 방해하기 때문이다. 나는 이제 끼니때마다 상을 차리고 설거지를 하고 전화를 받고 담배 심부름을 할 때만 산초의 존재 가치를 인정할 따름이다. 그런 일을 시키기 위한 것이라면 굳이 저 미욱스럽고 볼썽사나운 산초를 쓸 이유가 없다. 교양 있고, 매혹적이고 그리고 무엇보다 위대한 정신에 대해 경의를 표할 줄 아는 젊은 아가씨들이 얼마나 많은가. 산초에게 무얼 바란다는 것이 애시당초 부질없는 일처럼 느껴지기도 한다.
　그럼에도 나는 산초를 해고할 수는 없다. 그는 나에 대해서 이미 너무 많은 것을 알고 있기 때문이다. 그는 작가론을 쓴다는 핑계로 그간 수차례 나를 인터뷰했고 나는 그 인터뷰에 비교적 성실하게 응답했던 것이다. 그것은 결과적으로 그를 이 세상에서 나에 대해 가장 많은 얘기를 할 수 있는 사람으로 만들어놓았다. 그 같은 사실에 대해 나는 아주 어이없고 불쾌하게 생각한다. 나는 산초에게 인간적인, 너무나도 인간적인 모습을 보여줬다. 그럴 필요가 없었는데 말이다.

"됐어. 이만 나가봐!"
나는 저녁 식사 후부터 줄곧 안마를 하던 산초를 내보낸다. 그는 그렇잖아도 숨이 찬지 헐떡거리고 있던 참이다. 산초가 나가자 나는 컴퓨터 책상 앞에 앉아 컴퓨터를 켠다. 간만에 소설을 쓰려는 것이다. 그러나 모니터의 빈 여백에는 며칠 전 유료 성인 사이트에서 다운 받아 본 포르노 속 여주인공의 몸매가 떠오른다. 그러나 그것이 흡족할 만큼 선명하지가 않다. 그 도발적인 표정과 성합 시 내지르던 교성까지, 나는 온 정신력을 집중하여 여배우를 재생시키려 노력하고 있다. 그러나 여배우의 모습은 가물가물하고 흐리멍텅할 뿐이다. 나는 쩝쩝 입맛을 다시며 엄지와 검지로 관자놀이를 꾹 누르고 깊은 고뇌의 포즈를 취한다. 그때 산초가 노크를 하고 들어온다.
"아이구 작가님. 작품 구상 중이신 것도 모르고. 이따가 다시 올까요?"
"흠흠, 아냐……, 그런데 용건이 뭐야?"
다른 때 같으면 곧장, 그를 향해 재떨이나 탁상시계 따위를 날렸을 테지만 나는 좀 전까지 열심히 다리를 주무르던 그에게 다소 부드러운 어투로 말한다. 그런데 산초가 입을 못 열고 좀 쭈뼛쭈뼛한다.

"어려워하지 말고 말해봐."

"저……, 하루 정도 휴가가 필요해서요."

"웬 휴가?"

와이프가 귀국하거든요. 하루 정도 같이 있어줘야 할 것 같아서.

산초에게 이탈리아에서 성악을 공부 중인 와이프가 있다는 소리를 들은 적이 있다. 그러나 내가 그 사실을 내내 기억하고 있을 필요는 없었으므로 산초가 바로 앞에서 와이프가 귀국한다는 얘기를 했을 때 나는 처음 듣는 소리인 것처럼 낯설기만 했다.

"그래 좋아. 하루 정도 시간을 주지!"

그러고 보니 산초가 이 집에 들어온 이후 한 번도 그에게 개인적인 여가를 준 적이 없다.

"감사합니다 작가님. 정말 감사합니다."

산초는 코가 바닥에 닿을 정도로 넙죽 절을 한다. 그런 대접을 받아보면 알겠지만 그럴 때의 기분은 썩 괜찮다. 나는 그즈음 어렴풋이 떠오른 포르노 배우의 모습을 아직 내가 얼굴을 알지 못하는 산초의 와이프에게 오버랩시킨다. 그리고 작달막하고, 머리가 벗어지고 볼이 튀어나온 산초가 그 여배우의 몸 위에서 바둥거리는 모습을 상상한다. 산초의 와이프는 여배우의 얼굴을 하고 성악을 전공한 그 기막힌 목소리로 아리아같이 웅장한 교성을 내지르고 있다.

'산초에게 와이프라, 그것도 이탈리아에서 성악을 공부하는?'

나는 갑자기 유쾌해진다. 그 유쾌함은 상당 부분, 산초의 와이프에 대한 호기심에서 유발된 것이다. 나는 갑자기 못 견디게 산초의 와이프가 보고 싶어진다.

　며칠 후면 와이프를 보게 될 생각 때문인지 유쾌한 표정의 산초가 콧노래를 부르며 녹차를 끓여 온다. 내가 녹차의 향을 천천히 즐기고 있는 동안 산초는 정원을 가로질러 우편함에 가서는 각양각색의 우편물을 꺼내가지고 온다. 보나 마나 세금 고지서나 원고 청탁서 따위일 얄팍한 봉투 사이로 묵직한 소포 하나가 눈에 띈다. 나는 바짝 긴장하며 조심스럽게 소포의 겉 포장을 뜯는다.
　소포의 내용물은 새로 출간된 Y의 장편소설 《바보들》이다.
　빳빳하게 코팅 된 그의 책 표지를 만지는 순간, 갑자기 뱀꼬리처럼 신경질이 탱탱하게 곤두선다. 본능 같은 시샘이 불끈 솟아오른다.
　"이 자식이 어느새!"
　눈자위가 순식간에 알록달록 달아오른다. 산초는 옆에서 두 손을 꼼지락거리면서 내 기분을 헤아리기에 바쁘다. 가련한 산초. 하지만 어쩔 수가 없다. 나는 Y에 대한 시샘 때문에 거의 정신을 차릴 수가 없을 지경이다. 목이 컥컥 막혀온다. 나는 탁자 위에 놓인 아직 식지 않은 녹차를 벌컥 들이마신다.
　"으앗 뜨거!"
　머그잔을 떨어뜨리는 것과 동시에, 그러는 내 의식의 방만함을 산초에게 들켰다는 모멸감 때문에 내 안에서 걷잡을 수 없는 분노가 치밀어오르기 시작한다.
　"야 이 병신아. 너무 뜨겁잖아!"
　나는 주먹을 뻗어서 방심한 산초의 턱주가리를 날려버린다. 포르르……, 산초가 그대로 3미터가량을 바람 빠진 풍선처럼 너부시

날아가서는 벽에 처박힌다.

산초를 날려버리고도 분이 풀리지 않은 나는 Y의 소설책을 집어 바락바락 찢어발긴다. 정말이지 참기 힘든 기분이다.

'이 자식이 어느새 새 장편을 내다니!'

나는 이미 너덜너덜해진 Y의 소설책을 입으로 물어뜯어 질겅질겅 씹는다. 뜨거운 녹차 물에 데인 입천장이 뻣뻣한 종이 결로 인해 벗겨지면서 욱신거린다. 그것이 다시 파도 같은 신경질을 불러일으킨다. 만만한 건 산초뿐이다. 나는 벽에 달라붙어 늘어져 있는 산초를 일으켜 세운다. 그리고 그를 닦달한다.

"너, 일부러 녹차를 뜨겁게 했지? 그렇지?"

"아니에요, 작가님."

"뭐가 아니야. 너 일부러 나를 골탕 먹이려고 그런 거지?"

"아니에요 작가님, 작가님께서 식기 전에 들이켜신 거지요."

그렇게 말하는 산초는 금방이라도 울 것 같은 표정이다.

"뭐! 뭐? 그러면 식은 후에 마시라고 얘기를 했어야 될 거 아냐. 이 병신아."

나는 다시 단단하게 주먹을 만들어 이미 움푹하게 파인 그의 턱을 다시 한 번 내지른다. 손가락 마디에 와 닿는 이 움찔한 쾌감. 나는 이 쾌감이 소설을 쓰면서 키보드를 두드릴 때 손가락 끝에 와 닿는 쾌감보다 못하다고는 말하지 못하겠다. 나는 다시 그의 가슴과 그의 복부를 향해 기꺼운 주먹을 날린다. 상쾌함이 썩 만족스럽다. 그것들은 한 번도 내 기분을 거스른 적이 없다.

그러나 말이다.

이제까지 보여진 것처럼 내가 언제나 산초를 학대하고 괴롭히는 건 아니다. 그렇게 보는 사람이 있다면 나는 좀 섭섭하다. 나는 폭력을 휘두를 때와 위로해야 할 때를 잘 구분하는 얼마 안 되는 양심적인 폭력사범이다.

나는 자신의 방에 꼼짝없이 앓아누운 산초를 찾아간다. 산초가 좋아하는 전복을 넣어 미음을 끓여가지고서 말이다. 말이 쉽지 위대한 정신이 미음을 끓인다는 것이 그리 간단한 일은 아니다. 산초는 전날의 내 무지막지한 폭력으로 인해 이틀 내내 끙끙 앓고 있는 중이다. 방문을 열자 산초의 신음 소리가 조금 더 높아진다.

"이봐 산초 미안해, 어제는 내가 너무 심했던 것 같아."

시퍼런 멍 자국과 어지러운 눈물 자국이 선명한 그의 얼굴은 10년은 더 늙어 보인다. 한동안 말이 없던 산초는 내 손에 들려 있는 것이 전복죽임을 알아보고는 입을 연다.

"아니에요, 작가님. 원래 작가님들은 감정이 격렬하잖아요. 그런 것이 저 같은 놈은 흉내 낼 수도 없는 예술적 광기이겠죠 뭘."

산초는 내 손을 잡으며 그렇게 말한다. 이럴 때 산초를 나는 꼭 껴안아주고 싶다. 내 신경질과 폭력이 정말로 무안해지는 순간이기도 하다.

"될 수 있으면 이제 주먹을 휘두르지 않을게. 정말 미안해. 산초."

나는 이렇게 말하면서도 산초가 내 말을 곧이듣지 않기를 진심으로 바란다.

"아니에요, 작가님. 제가 죄송하지요. 작가님께 폐만 끼치고."

산초는 어느새 흐느끼기 시작한다. 왜 이렇게 눈물이 많은지 모르겠다 산초는. 산초의 눈물은 정말이지 귀찮은 것이다. 나도 고개를 숙이고 슬픈 표정을 지어야 하기 때문이다.

나와 산초는 저녁이 다 되어 오랜만에 외출 준비를 한다. 일주일 동안 산초의 방으로 부지런히 전복죽을 나른 덕분에 나를 향했던 산초의 섭섭한 마음은 눈 녹듯이 사라졌다. 산초가 눈물을 흘릴 때 같이 우는 흉내를 내는 것이 좀 곤욕이었으나 나는 산초의 도움이 필요한, 급히 해야 할 일이 있었다.

"우리는 오늘 시내의 모든 서점을 순례해야 해."

"무슨 일인데요, 작가님."

"아주 엄숙한 일이지."

"……?"

"서점에 쌓여 있는 Y의 소설책들을 펼쳐서 낱장 한 쪽씩을 아무도 모르게 찢는 거야. 그런 질 나쁜 소설을 그대로 두어서는 안 돼!"

"그거라면 그리 어려운 일은 아니겠군요."

내가 Y의 소설책을 훼손시키기로 결심한 것은 이즈음의 생각이 아니라 아주 오래전의 생각이다. 어쩌면 Y를 라이벌로 거북하게 인식하기 시작한 순간부터 이런 날을 예비했을지도 모른다.

우리는 만일의 사태에 대비하기 위해 선글라스를 끼고, 대중교통을 이용하기로 한다. 대중교통을 이용하자는 건 산초의 아이디어이다.

첫 번째 찾아 들어간 서점은 이 도시에서 두 번째로 큰 서점이다. 그러나 이 서점의 주인은 언제나 자기 서점이 이 도시에서 가장 큰 서점이라고 홍보를 한다. 나는 그런 실수를 주인이 되풀이하는 것이 안타깝다. 그래서 언젠가 주인을 찾아가서 당신의 서점은 이 도시에서 두 번째로 큰 서점이라고 얘기해줘야겠다는 생각을 가지고 있다. 가장 좋고, 가장 훌륭하고, 가장 큰 것은 오직 하나이어야 한다. 위대한 정신이 둘일 수 없는 것처럼 말이다.

　나는 문학 코너로 가서 우선 주변 분위기와 동태를 살핀다. 퇴근 무렵이라 서점 안은 꽤 붐빈다. 입으로 빵, 빵, 외치며 밀차에 책을 한가득 싣고 가는 서점 직원, 분주하게 오가는 사람, 이 책 저 책 집어 들어서 펼치는 사람, 어느 누구 하나 산초와 나를 주목하는 사람은 없다. 나는 Y의 소설책이 진열된 곳으로 가까이 다가간다. Y의 소설책은 예상했던 대로 골든 코너에 가지런히 진열돼 있고, 잠시의 짬도 없이 날개 돋친 듯 팔려나간다. 그에 반해서 내 소설은 저쪽 뒤편, 눈에 잘 띄지도 않는 구석에 '방치' 되다시피 한 상태로 꽂혀 있다. 작년 이맘때만 하더라도 제일 잘 나가던 책이었는데. 나는 다시 한 번 Y에 대해 극렬한 시샘을 느낀다.

　Y는 누구인가.

　그는 나와 같은 해에 문단에 나온 친구다. 등단 시부터 그와 나는 어느 하나가 더하지도 덜하지도 않은 엇비슷한 주목을 받았다. 같은 나이라는 것 그리고 작품 경향이 크게 다르지 않다는 이유로 Y와 나는 이후 한자리에 묶여 언급되고 평가되기 시작했다. 아마 그때부터였을 것이다. 내가 Y의 존재를 거북하게 의식하기 시작한 것은. Y와 나는 이후 비슷하게 문학적 성취들을 이뤄나가기 시작했고 앞서거니 뒤서거니 하면서 국내의 문학상을 수상하게 되었다. 모 평론가의 표현대로 "작금의 소설 문단을 선봉에서 이끌고 있는 쌍두마차"인지도 모르겠다.

　그러나 나만의 생각일지는 모르나 최근에 들면서 그와 나의 문학적 입지의 형평은 서서히 기울기 시작하는 것 같다. Y가 조금씩 조금씩 앞서 나가기 시작한 것이다.

　Y의 잘 쓰여진 소설을 읽고 있노라면 가슴속 저 밑바닥에서부터

화들짝 불덩어리 같은 시샘이 마구 치밀어오른다. Y의 소설이 한 국문학 번역 지원 대상작으로 선정되어 세계 5개 국어로 번역되고 있다는 사실이 알려졌던 날은 하루 종일 소태를 씹은 것처럼 기분이 우울했었다. 애초부터 타고난 재능에 차이가 있는 것은 아닌가 하는 아주 불길하고 절망적인 생각에 이를 때도 있다. 도무지 나는 자신이 없어진 것이다. 내가 이럴수록 상대적으로 잘나가는 Y가 미워 죽겠는 것이다.

아, 이런 생각을 하자고 내가 여기 와 있는 것은 아니다. 나는 Y의 독주를 수수방관할 수만은 없다. 마땅히 책이라도 찢어야 한다.

나는 저만치 떨어져 있는 산초에게 시그널을 보낸다. 나의 시그널을 해독한 산초는 점원에게 다가가 말을 건넨다. 생김새가 워낙 기묘한 산초는 그럴듯하게 점원의 시선을 빼앗는다. 그때 나의 손이 Y의 소설책을 헤집고 들어가 낱장 한 쪽을 부—욱 하고 찢어낸다. 기분이 오싹하다. 다시 한 권, 그리고 또 한 권. 나는 순식간에 매대에 쌓여 있는 Y의 소설책들을 하나하나 들춰내며 낱장 한 쪽씩을 뜯어낸다. 한 쪽이 뜯겨진 것도 모르고 Y의 책을 카운터로 들고 가서 계산하는 손님도 여럿이다. 그들은 집에 돌아가서 책을 읽다가 페이지 한 쪽이 뜯어진 것을 발견하고는 짜증을 낼 것이다. 그 짜증의 10분의 1만이라도 그 책을 쓴 Y에게로 돌아갈 수 있기를 나는 희망한다.

두 번째로 큰 서점이면서 제일 큰 서점이라고 선전하는 이 서점에서의 일은 끝났다. 산초와 나는 속으로 쾌재를 부르며 서점을 빠져나온다. 서점 문을 열고 나올 때는 자못 의기양양하기까지 하다.

다섯 번째 서점에서는 역할을 바꾼다. 산초가 자발적으로 나선 것이다. 그 서점은 이 도시에서 정말로 가장 큰 서점이다. 그러므로 점원의 수도 가장 많다. 수많은 점원 중에는 책 도둑이나 책 훼손범을 꽤 여럿 잡아 능력을 인정받은 직원도 있을 것이다. 그러니 좀 주의해야 한다. 점원의 주의를 방산시키기 위해 산초와 나는 우선 넓은 서점을 한 바퀴 빙 돈다. 그러고는 다시 문학 코너에서 해후한다. 점원에게 이번에는 내가 말을 건넨다.

"Y의 소설이 잘 나가나요?"

"그럼요, 최고죠."

나는 일그러지려는 표정을 겨우 참는다. 혹 점원이 내 얼굴을 알아볼까. 그러나 서점의 직원들은 생각처럼 책을 많이 읽지 않는다. 그러므로 나 같은 꽤 알려진 작가의 얼굴도 알아보지 못한다. 세상에는 여러 가지 역설이 존재하고 '책을 읽지 않는 서점 직원'도 그중 하나일 거라고 나는 생각한다. 어쨌든 내 얼굴을 몰라보는 것은 지금으로선 매우 다행스러운 일이 아닐 수 없다. 나는 힐끗 뒤를 돌아 산초를 바라본다. 잘하고 있을까.

그는 작은 눈으로 요리조리 눈치를 살펴가며 맡은 바 임무를 열심히 수행하고 있다. 책갈피 사이로 들어간 산초의 뭉턱한 손에서는 한 장씩의 파지가 어김없이 끌려 나온다. 그러는 산초의 표정은 마치 희대의 마술이라도 부리는 마술사 같은 표정이다. 산초는 그것에 재미를 단단히 붙인 모양이다. 점점 손동작이 대범해지더니 숫제 거침이 없어진다. 저러다 들키기라도 하면 어쩌려고. 나는 불안해서 죽겠다. 수화하는 사람처럼 산초에게 계속 조심하라는 시그널을 보낸다. 그러나 산초는 내 쪽을 바라보지 않는다. 그의 손은 컨베이어벨트처럼 연속적으로 책을 펼쳐 그중 한 페이지를 부—욱 하고 찢어내고 있다.

산초는 내게 '당신에게 나는 이렇게 충성하고 있다'라는 걸 보여주려는 것 같다. 내가 어쩌자고 이 일을 산초에게 맡겼을까. 조금만 눈여겨본다면 산초가 지금 무슨 일을 하고 있는지 다 알 수 있을 듯하다.

  나의 염려대로 산초의 마술은 오래가지 않을 모양이다. 카운터 쪽에서 중년의 남자 직원이 미심쩍은 눈초리를 해가지고 산초 쪽으로 움직이기 시작한 것이다. 남자 직원의 입가에서 곧 회심의 미소가 떠오른다. 어찌 해보기엔 이미 너무 늦었다. 산초에게 다가가는 남자 직원의 걸음이 빨라진다. 산초는 여전히 책 찢는 일에 열중할 뿐 점원의 접근을 눈치채지 못한다. 나는 이미 출입구 쪽을 향해 몸을 돌리고 있다. 서점을 나서기 전 마지막으로 뒤를 돌아보니 남자 직원의 손이 산초의 뒷덜미를 막 움켜쥔다. 나는 뛰다시피 서점 문을 나와버린다. 그리고 서둘러서 택시를 잡아탄다. 택시에서 내릴 때 나는 Y의 소설책에서 뜯어낸 파지를 지폐인 줄 알고 호주머니에서 끄집어내 기사에게 내민다.

  "이게 뭐요?"

  내 위대한 정신은 그때 잠깐 당황한다.

  집에 온 나는 한시도 자리에 앉아 있을 수가 없다. 산초의 일이 궁금한 것이다. 그가 뭐라고 말했을까. 혹 내 이름을 들먹이진 않았을까. 그가 사주한 것이라고, 그는 아주 극악무도한 인간이라고, 양로원에 기부를 했다는 이유로 폭력을 휘두르는 부도덕하고 몰염치한 인간이라고, 열등한 작가적 재능을 철면피한 심술로 만회해내려는 그는 형편없는 정신의 소유자라고. 내친김에 그간의 내 신경질과 광적인 폭력에 대해서까지, 아주 질이 나쁘게, 터무니없이 과장해서 실토하는 것은 아닐까. 그러면 모든 게 끝장이다. 위대한 정신은 치명적인, 회복이 불가능한 상처를 입게 된다.

나는 그런 염려 때문에 밤이 오고 달이 밤하늘을 부―웅 떠서 지나가는 동안 잠 한숨 잘 수가 없었다. 밤을 하얗게 지새우는 동안 별의별 생각이 다 떠올랐다.

첫 번째 떠오른 장면은 내가 감옥에 갇히는 장면이다. 나는 머리를 박박 밀리고 팔목에는 수갑이 채워져 있다.

너희들 내가 누군지 알고 이러는 거야! 난 위대한 정신으로 글을 쓰는 작가란 말야!

내가 씩씩거리면서 차가운 철창 안으로 막 들어가고 있는데, 그것을 보고 Y가 조롱이 가득한 웃음을 날린다. 그의 벙긋거리는 입은 이렇게 말하는 듯하다.

위대한 정신이 위대한 상처를 받는군.

또 다른 장면에서는 산초가 Y의 침실에서 Y의 발을 정성스레 닦고 있다. Y는 그런 산초의 머리를 쓰다듬고 있다. 산초의 입에서 이런 말이 들려온다.

기호태 그 자식. 형편없는 자식이에요. 머릿속에 똥밖에 안 들었다구요. 작가입네 하면서 온갖 구역질 나는 짓은 다 하고 돌아다녔다구요.

그리고 또 하나의 장면. 그것은 내가 산초의 발치에 앉아 그의 발가락을 빨고 있는 장면이다. 나는 손이 발이 되도록 빌며 산초에게 곧 출간될 소설의 해설을 부탁한다. 이미 위대한 평론가로 성장한 산초는 나 같은 얼치기 소설가들에게는 애초부터 관심이 없었다는 듯 졸린 눈으로 연신 하품을 할 뿐이다.

나는 애가 타고 초조한 나머지 태어나 처음으로 자살이라는 것에 대해 생각해본다.

아침에 시뻘건해진 눈을 멀뚱멀뚱 뜬 채로 천장을 바라보고 있는데 초인종이 울린다.
'산초일까. 산초가 돌아왔구나. 내 사랑 산초.'
나는 잠옷 바람으로 거실을 내달려 현관 쪽으로 달려간다. 그러고는 활짝 문을 열어 젖힌다. 만약 문 앞에 산초가 서 있다면 산초가 언젠가 나에게 그랬던 것처럼 나도 산초의 지친 발을 벗기고 깨끗하고 더운 물로 정성껏 닦아줄 것이다. 내 위대한 정신은 충분히 그럴 준비가 되어 있다.
"산초 왔어?"
내가 이렇게 다정하고 절박하게 산초의 이름을 불러본 적이, 과연 있었던가.
그러나 산초가 서 있어야 할 자리에 산초는 없고 처음 보는 키 큰 여인이 혼자 서 있다. 그 여인의 키는 족히 산초의 두 배는 될 것 같고 얼굴은 밀랍 인형처럼 창백하다. 나는 그 여인의 얼굴을 보고는 흠칫 놀란다. 그 여인은 바로 며칠 전 그렇게도 떠올려보려고 애썼던 포르노 영화 속의 여주인공과 너무도 닮았기 때문이다. 이목구비뿐만 아니라 미루나무처럼 긴 목, 늘씬하고 하얀 다리, 풍선처럼 불룩한 가슴, 그리고 잘룩한 허리까지가 말이다. 내 귓가에는 이제 제법 선명하게 여배우가 내지르던 교성까지 재생되어 들려오기 시작한다.
술집도 가지 않는 나에게 이른 아침에 찾아올 여자는 결단코 단 한 사람도 없다. 나는 그 여인이 집을 잘못 찾아온 것이라고 생각하면서도 여인의 얼굴을 좀 더 오래 바라보고 싶었기 때문에, 아니면 그 여인으로부터 연상되는 포르노 영화의 몇 장면을 보다 생생하게 음미하고 싶었기 때문에 서둘러서 여인의 신분을 묻지는 않는다. 그러는 새 여인이 먼저 입을 연다.
"여기 김봉태 씨라고 계시죠."
여인의 목소리는 특이하게도 전혀 높낮이가 없다. 그러고 보니 그녀의 표정은 어쩐지 좀 나른하다. 모든 것이 시시해서 못 견디겠다는 투다.
김봉태……라, 그것은 알고는 있었으면서도 누군가의 입을 통해 처음으로 들어보는 산초의 이름이다.
"그렇습니다만……."
"저는 이탈리아에서 지금 막 도착한 김봉태 씨의 처입니다."
순간 가슴이 덜컹하면서 허탈해진다. 그렇구나, 산초의 와이프였구나.
"아하. 그러시군요. 먼 길 오시느라 수고 많으셨습니다. 일단 들어오세요. 저는 기호태라고 합니다."
나는 적잖이 놀랐지만 최대한 상식적이고 이성적으로 보이기 위해 노력한다.
"아. 선생님께서 남편이 모시고 계신다는 그 작가 선생님이시군요."
여전히 여인의 목소리는 높낮이가 없다. 그것은 그녀가 막 비행기를 타고 질러온 시간처럼 막막함을 준다.
"선생님은 무슨. 그냥 글쟁이죠 뭐."
여인을 집 안으로 들이면서도 내 마음은 되게 싱숭생숭하다. 우선 산초의 부재를 어떻게 설명할지가 고민이다.
여인은 모델 같은 도도한 걸음걸이로 거실로 들어서다가 샹들리에 아래에서 우뚝 멈춰 선다. 그러고는 예의 무덤덤한 목소리로 묻는다.

"봉태 씨는요? 공항에는 못 나갈 것 같으니까 직접 찾아오라고 하면서 주소를 일러주었는데. 왜 안 보이죠?"

입으로는 그렇게 말하고 있지만 표정은 전혀 남편의 부재가 궁금하지 않다는 투다. 말과 표정이 이 여인처럼 어긋나는 경우는 처음이다. 참으로 기묘하고 낯설다. 내가 조금 말을 더듬은 이유는 아마 그래서일 것이다.

"예 아, 아침 이, 일찍 수산 시장에 갔습니다. 부, 부인께 신선한 랍스터 요리를 만들어주겠다면서요."

"그렇군요."

여인은 쉽게 내 말을 곧이듣는다. 나는 여인이 입고 있는 코트를 살며시 벗겨 옷걸이에 걸고는 여인을 소파 쪽으로 안내한다. 소파에 앉는 여인의 자태는 우아하고 근사하다. 여인의 상큼한 향기는 이미 온 거실을 휘감고 있다. 그 향기는 집 안에 찌들어 있는 산초의 텁텁한 눈물과 피 냄새를 저만큼 물러가게 한다. 여인은 짐작이나 할까. 이 집 안에 고여 있는 남편의 자취란 고작 피와 눈물의 찌든 냄새뿐이라는 것을.

산초 같은 녀석한테 이런 아내가 있다니. 나는 Y에게서 느끼던 것과는 아주 색다른 시샘을 산초에게 느낀다. 여인이 소파에 앉으면서 주위를 두리번거린다. 그녀의 표정은 정말이지 살짝 손이라도 댈라치면 쩍 하고 갈라질 것만 같이 창백하다.

나는 주방으로 가서 커피를 끓인다. 산초를 집에 들인 이후 처음으로 누군가를 위해 커피를 끓이는 것이다. 그러면서 잠시 생각한다. 산초는, 저렇게 아름다운 여인이 타주는 커피를 가끔 마셨을 게 아닌가 하고. 참 알 수 없는 게 세상이다.

커피를 끓여가지고 응접실로 되돌아오니 뜻밖에도, 여인은 하얀

목을 드러낸 채 잠이 들어 있다. 이건 졸음 정도가 아니고 깊이 취한 잠이다. 나는 순간적으로 난감해진다. 그러나 곧 위대한 욕망이 그 난감한 정신의 틈을 비집고 스며 들어온다.

나는 이 여인을 기꺼이 차지하기로 한다. 그것을 결정하는 데는 몇 초의 시간도 걸리지 않았다. 위대한 정신은 중요한 결정을 앞에 두고 결코 머뭇거리는 법이 없다. 하물며, 난데없는 여인의 잠이란 나에게 자신의 전 존재를 맡기겠다는 완곡한 의사 표명이 아니겠는가.

이처럼 아름답고, 세상에 대해 시시한 표정을 지을 수 있는 여자는 나 같은 위대한 정신과 어울려야 마땅하다. 그것은 너무나도 당연해서 말을 한다는 것 자체가 새삼스러울 정도다. 산초 따위의 우둔하고 무능하고 촌스러운 녀석에게 이 여인을 계속 맡긴다는 것은 말도 안 되는 것이다.

나는 잠든 여인의 얼굴 가까이로 내 얼굴을 가져간다. 코끝이 거의 여인의 얼굴에 닿을 정도가 된다. 여인의 향기를 깊이 들이마신다. 온몸이 상쾌하게 살짝 달아오른다. 나는 나도 모르게 나의 입술을 그녀의 입술에 갖다 댄다. 그런데 왜 이렇게 눈물이 나오려고 하는지 모르겠다. 감격이라도 한 모양이다.

여인은 이틀째 계속 잠에 빠져 있다. 몹시도 피곤했던 모양이다. 잠에서 깨어나면 아마도 세상은 바뀌어 있을 것이다. 나는 그사이 이 도시에서 가장 큰 서점에 전화를 걸어서 산초의 행방을 알아놓았다. 그는 Y의 책을 찢다가 걸려서 진술서를 쓰고 경찰서 유치장에 가 있다고 한다. 나는 그를 면회 가기로 한다. 산초의 훈방을 위해서라면 나는 내가 할 수 있는 최선의 노력을 다할 것이다.

경찰서 로비에서 면회 신청을 하고 유치장 안에 들어서니 저만치 구멍이 송송 난 유리판 너머에 초췌한 모습의 산초가 오두마니 서 있다. 나를 본 산초의 눈에서는 걷잡을 수 없는 눈물이 철철 흘러내린다.

"작가님! 작가님께서 드디어 오셨군요. 어흑."

나는 손을 억지로 흔들어 보인다.

가까이 가서 보니, 마음고생을 좀 했는지 볼록하던 얼굴이 꽤 홀쭉해져 있다. 나는 산초의 훈방을 위해 경찰서장에게 통사정을 한다. 위대한 정신이 사정을 하는 경우란 극히 드물다. 그걸 아는지 다행히도 경찰서장은 위대한 정신의 위신을 더 이상 훼손시키지 않는다. 이런 썩 괜찮은 사람이 경찰서장으로 있는데도 이 나라의 범죄가 계속 늘고 있다는 사실이 나는 이해가 되지 않는다. 경찰서의 계단을 내려오면서 산초가 활짝 웃는 얼굴로 말한다.

"저는요, 작가님께서 오실 줄 알았어요. 그래서 하나도 두렵지 않았다구요."

나는 산초의 울다가 웃는 얼굴을 옆눈으로 힐끗 훔쳐본다. 그의 얼굴을 바라보는 것이 많이 민망스럽다. 산초가 갑자기 생각이라도 난 것처럼 말한다.

"참, 제 와이프가 왔지요?"

"그, 그래. 지금 깊은 잠에 들어 있지."

나는 될 수 있으면 감정을 제거한 무덤덤한 목소리로 말한다.

집에 들어오자 산초는 여전히 깊은 잠에 빠져 있는 와이프를 멍하니 내려다본다. 그러더니 갑자기 발로 툭툭 차며 깨우기 시작한다.

"야, 야. 일어나. 지 서방이 왔는데도 이게 자빠져 자고 있네."

세상이 망하는 순간까지 깨어나지 않을 것만 같던 여인은 신기하게도 산초의 기적에 금방 눈을 뜬다. 여인은 산초를 알아보고는 그의 품에 안기며 속삭이듯이 말한다.
  "제가 조금 피곤했었나 봐요. 얼마나 보고 싶었는지 몰라요."
  키 큰 여인이 작달막한 남자의 품에 안기며 속삭이는 그것은 마치 부조리극의 한 장면 같다. 나는 도저히 어울리지 않는 산초 부부를 식당으로 데려간다. 그곳에는 미리 차려놓은 식탁이 있다. 나는 정성껏 준비한 음식을 산초에게 권할 것이다. 미리 준비된 것은 음식만은 아니다. 정말로 내가 신경을 써서 준비한 것은 따로 있다. 그것은 산초에게 장엄하고 그럴듯한 최후를 만들어주는 것이다. 애초, 위대한 정신에 반해 위대한 정신을 받들러 온 산초는 위대한 정신이 준비해놓은 의미 있는 죽음을 맞이해야만 한다. 나는 산초가 좋아하는 전복죽에 이미 치사량의 청산가리를 넣어놓았다. 그는 그것을 떠먹고 나를 위해 성스럽게 죽어가야 한다. 순교라는 게 따로 있는 게 아니다. 산초가 내가 의도하는 대로 죽어주는 것도 틀림없는 순교. 만약 산초에게 나의 이런 생각을 미리 알렸더라면 그는 기꺼이 동의했을까. 글쎄다. 내가 오해를 무릅쓰면서까지 이 일을 산초 모르게 꾀한 이유는 단지 이 성스러운 일이 자칫 치정 어린 신파로 비치는 것을 염려해서이다. 어쨌든 산초는 죽었다 깨나도, 자신이 반한 위대한 정신에게 아름다운 여자를 바치고 성스럽게 죽어가는 것만큼 감동적인 최후는 생각해내지 못할 것이다.
  식탁 위에는 푸짐한 음식이 보기 좋게 차려져 있다. 나와 산초와 산초의 와이프가 둥그런 식탁에 둘러앉는다. 산초는 와이프 앞에서도 언제나처럼 내게 깍듯하다. 나는 그것이 처음으로 거북스럽게 느껴진다. 산초가 전복죽이 담긴 접시를 자신의 앞으로 끌어당기고 수저를 댄다. 나는 회심의 미소를 짓는다. 마주 앉은 세 사람 사이에 이런저런 이야기가 오고 간다. 밀랍 인형 같은 여인이 파바로티와 악수를 나누었던 일을 자랑한다. 막 전복죽을 떠 입에 넣으려던 산초는 쳇! 하고는 와이프의 얘기를 무시한다. 전복죽을 한 술 뜬 수저는 그 바람에 입으로 가지 않고 다시 전복죽 안에 묻히고 만다. 그 묘미가 참으로 아슬아슬하다. 잠시 후 소설 이야기가 화제에 오른다.

나는 여인에게 혹 좋아하는 작가가 있느냐고 묻는다. 그렇게 물었던 것은 실수였던 모양이다. 여인은 예의 무덤덤한 어조로 대답한다. 아주 명쾌하고 단호하다.

"Y를 좋아하죠. 그는 제일의 작가예요. 아무도 따라올 수 없죠."

그 말이 끝나는 것과 동시에 산초가 두 주먹으로 식탁을 쿵 하고 내리친다. 그 바람에 전복죽 접시가 튀어 올라 핑그르르 회전을 하고는 산초의 이마에 부딪히면서 떨어진다. 내가 위대한 정신의 기원을 담아 정성껏 준비한 전복죽은 다 엎질러지고 만다.

낭패다. 낭패도 이런 낭패가 없다.

산초는 전복죽을 뒤집어쓴 채로 노발대발한다. 신앙의 힘은 무섭고 거칠다.

"지금 무슨 잠꼬대 같은 소릴 하는 거야! Y가 어째서 최고라는 거야. 여기 계신 선생님이 최고지. 한 번만 그딴 소릴 했다가는 내가 가만있질 않을 거야!"

둘러보니 접시에서 튀어나간 전복죽은 여기저기에 제멋대로 점점이 배겨 있다. 장식용 브로치라도 되는 것처럼 말이다. 내 가슴팍에도, 산초의 머리에도, 그리고 여인의 손등에도. 건드리면 톡 쏘는 쐐기벌레처럼 그것이 꺼림칙하게 느껴진다. 산초가, 미욱스러운 산초가 주방에 가서 티슈를 가져와서는 내 가슴께에 묻은 전복죽을 세심하게 닦아낸다.
"죄송합니다. 제 처의 무례를 용서하세요."
내 가슴께의 전복죽을 다 닦은 산초는 자신의 머리에 묻은 전복죽을 닦는다. 산초가 아내에게 티슈를 내밀었을 때에는 티슈가 이미 형편없이 더러워져 있었다.
"당신도 닦아."
그때 여인이, 가지런하게 자리를 지키고 있던 여인이 '전 이렇게 하면 돼요'라고 말하면서 손가락으로 자신의 손등에 묻은 전복죽을 쑤욱 닦아 입으로 가져간다.
파바로티와 악수를 한 적이 있는 여인은 파바로티와 악수를 했다는 손으로 손등에 묻은 전복죽을 찍어 먹었다. 전복죽 아니, 청산가리죽은 그 여인의 것이 아니다. 여인은 경솔했다.
이윽고 여인의 긴 몸이 미루나무처럼 옆으로 기울어지면서 쓰러지기 시작한다. 그것을 바라보는 나의 정신은 황급해진다. 산초는 뚱한 시선으로 쓰러지는 아내를 바라보고 있다. 나는 급히 자리를 박차고 일어난다. 우선 이 상황을 벗어나야만 한다고 생각한다. 아무렇게나 옷을 걸치고 현관문 쪽으로 급히 움직인다. 그때 산초가 나를 잠깐 붙잡는다.
"선생님 식사하시다 말고 어딜 가시려고요?"
"나 잠깐 바람 좀 쐬고 올게."
막 현관문에서 기겁한 몸을 빼낼 때 죽어가는 아내를 윽박지르는 산초의 걸걸한 목소리가 들려온다.
"이놈의 여편네가 무슨 지랄이야. 왜 갑자기 몸을 축 늘어뜨리는 거야. 똑바로 앉지 못해! 선생님 앞에서 이게 웬 불손이야!"

거리로 나온 나는 낚듯이 택시를 잡아탄다. 그러고는 서점으로 향한다. 마음이 울적할 때나 되게 심란할 때 혹은 불안하거나 예기치 않은 상처를 받았을 때 서점에 가는 것은 내 오래된 습관이다. 서점에 가서 매장에 진열돼 있는 나의 책들을 바라보고 있노라면 어느새 마음이 너그러워지고 안정이 되기 때문이다.

서점에 들어선 나는 문학 코너로 가서 내 책이 진열된 책장 앞에 선다. 그동안 출간된 책들이 가지런하게 꽂혀 있다. 가슴이 예의 뭉클해지면서 곧 뜨거워진다. 책 한 권을 꺼내어 손바닥으로 쓰다듬는다. 다른 때도 그랬지만 오늘은 왠지 더욱 감격적이어서 눈두덩이 뜨거워진다. 나는 책장을 드르륵 넘겨본다. 그러면서 책의 향기를 맡아본다. 종이와 잉크 냄새일 뿐일 책 냄새가 내게는 더 이상일 수 없는 그윽한 향기로 느껴진다. 다시 한 번 책장을 넘겨본다. 그때 눈에 쩌억 하고 불편하게 걸려드는 것이 있다. 나는 책장을 넘기던 손을 멈추고 그것을 눈여겨 바라본다. 책장이 한 장 찢겨져 있다. 절단면이 너덜너덜하고 종이 표면이 구겨져 있는 것으로 보아 누군가가 부러 손으로 쥐어뜯은 것이 분명하다. 나는 또 다른 나의 책을 뽑아서 휘르르 펼쳐본다. 마찬가지로 낱장 한 장이 뜯겨져 있다. 이 책도 저 책도 모두 마찬가지이다. 누군가가 의도적으로 내 책만 골라서 훼손한 것이다. 내 얼굴이 심하게 일그러진다. 그때 옆에 있던 손님이 한마디 한다.

"혹시 위대하신 기호태 선생님 아니십니까?"

봄비, 나를 울리는 봄비

그때 국수가 끓던 솥을 젓가락으로 휘젓던 영숙이 고개를 돌려 젊은 인부를 바라본다.

젊은 인부도 마침 영숙에게로 시선을 주고 있던 참이라

두사람의 눈이 살짝 마주친다. 하지만 두사람 모두 서둘러 눈길을 거둔다.

영숙은 그 와중에 손 거죽을 살짝 뜨거운 솥에 덴다.

이상하게도 손을 데었는데 귀밑이 훅 달아오른다.

서넛뿐이었던 아침 식객이 물러가자 영숙과 장 여인은 홀을 겸한 방에 들어가서 아침 TV 드라마를 본다. 장 여인은 바닥에 방석을 깔고 모로 누웠고 영숙은 한 손으로 방바닥을 짚고 비스듬히 상체를 기울인 채 앉아 있다.

"너도 누워서 보지 그래?"

장 여인이 두툼한 방석을 영숙 쪽으로 밀어주며 말한다. 영숙은 대답을 하는 대신 주방에 나가서 콩나물이 가득 들어 있는 소쿠리를 가지고 온다. 영숙은 그것을 무릎 위에 품듯이 올려놓고 콩나물을 다듬기 시작한다. 드라마에서는 한창 남자 주인공과 여자 주인공이 다투고 있다.

'이것이 당신이 약속했던 행복인가요?'

'당신에겐 비겁한 말로 들리겠지만, 행복을 약속한다는 것이 어리석은 일이라는 걸 깨달았어.'

"쯧쯧쯧. 저걸 어째."

모로 누운 장 여인이 미간을 살짝 찌푸리며 혀를 찬다. 그녀는, 갑자기 나타난 첫사랑에게 마음이 끌린 나머지 조강지처를 버리려고 하는 드라마 속 남자 주인공을 힐난하고 있다. 영숙이 그런 장 여인을 보고는 살포시 웃음을 짓는다. 영숙의 볼에 살짝 우물이 팬다. 콩나물을 다듬는 영숙의 손가락이 아주 가볍다.

"바쁠 것 없다. 쉬엄쉬엄 해."

장 여인은 여전히 시선을 TV 수상기에다 고정시켜둔 채로 말한다.

"알았어요, 어머니."

드라마가 거의 끝나갈 즈음해서 어물어물 밖이 시끄러워지더니 요란한 굉음 같은 것이 들려오기 시작한다. 마치 땅 전체가 부르르 진저리를 치는 것 같은 소리이다. 영숙이 바깥쪽으로 고개를 돌려본다.

"무슨 소릴까?"

"영숙아, 소리 좀 키워봐."

영숙은 리모컨으로 TV의 볼륨을 높인다. 남자 주인공의 목소리가 갑자기 튀어나온다.

'더 이상 날 찾지 마. 사람은 누구나 자기 몫의 행복이 있는 거야.'

"쯧쯧쯧. 저런 나쁜 놈."

드라마 속 남자 주인공은 여자를 버려두고 짐을 꾸려 막 집을 나간다. 그러면서 드라마가 끝난다. 드라마가 끝나자 장 여인도 머리를 매만지며 자리에서 일어난다. 영숙은 가지런히 다듬어진 콩나물 소쿠리를 안고 주방으로 어머니를 따라 나간다. 주방으로 나가니 굉음이 더욱 가깝게, 야단스레 들려온다.

"어머니, 이게 무슨 소릴까요?"

"아무래도, 공사가 시작됐나 보구나."

"무슨 공사 말이에요, 어머니?"

"우리 식당 바로 앞에 공터 있잖니. 거기에 4층짜리 연립주택을 짓는다고 했거든. 날이 풀리면 바루 시작한다구."

아닌 게 아니라 쐬쐬 하니 창을 치던 바람 소리도 잦아들고 두텁게 구름이 엉켜 어둡기만 하던 하늘도 오늘은 창해같이 맑다. 스웨터를 오래 입고 있으면 뒷목으로부터 땀이 배어난다. 손을 꼽아보니 낼모레가 벌써 경칩이다.

"우리, 나가서 구경이나 할까."

장 여인이 슬리퍼를 꿰어 신으며 말한다. 그녀는 어느새 식당 문을 열고 밖으로 나서고 있다. 영숙이 장 여인을 따라간다. 장 여인을 따라가는 영숙의 걸음걸이가 몹시 뒤틀린다. 한쪽 다리가 질질 끌리다시피 한다.

영숙은 식당 밖으로는 나서지 않고 문밖으로 빠끔히 얼굴만 내민다. 식당 앞에서는 대형 굴삭기가 부르르 온몸을 진동시키며 느리게 움직이고 있다. 굴삭기 옆쪽에서는 동네 사람 몇이 뒷짐들을 지고 한가한 표정으로 구경을 하고 있다. 개중에는 옆집 세탁소 김씨와 식당 2층 속셈학원의 원장 부부도 있다. 그들은 모두들 지루한 영화를 보는 사람들처럼 낯이 질려 있다. 굴삭기는 무뚝뚝한 장사처럼 뻣뻣하게 움직이면서 공터 바닥을 움푹 파 뒤집는다.

내내 굴삭기를 바라보고 있던 세탁소 김씨가 속셈학원 원장의 옆구리를 툭 치면서 말한다.

"야. 이거, 한동안 시끄러워서 큰일 났네."

"그러게 말이에요. 아이들 수업도 해야 하는데."

속셈학원 원장은 담뱃갑을 빼어 김씨에게 한 대 권하고서는 자신도 한 대 빼어 문다. 물끄러미 굴삭기의 움직임을 바라보던 장 여인이 식당 안으로 다시 들어간다. 그녀의 표정이 좀 굳어 있다.

식당을 하는 그녀로서도, 바로 옆에서 먼지를 풀풀 날리는 공사가 시작된 것이 반가울 리 없는 모양이다. 영숙은 어느새 한쪽 식탁에 자릴 잡고 앉아서 마늘을 까고 있다. 장 여인이 '털썩' 영숙의 맞은 편에 앉으면서 말한다.
"점심때는 몇 그릇이나 팔려나. 계속 이대로 가다가는 문을 닫아야 할지도 모르겠어."
"날이 풀렸으니 좀 낫겠죠 뭐."
영숙이 문 쪽으로 서글서글한 눈길을 주면서 말한다. 장 여인이 쓸쓸하게 웃으며 팔을 뻗어 영숙의 머리칼을 쓰다듬는다.

점심 손님을 다 물리고 장 여인은 식탁을 훔치고 영숙은 개수대 앞에서 설거지를 하고 있다. 두 사람 다 표정이 없다. 영숙은 신경이 쓰이는 듯 굉음이 들려오는 바깥쪽을 자꾸 흘끔거린다. 그때 떠들썩한 한 움큼의 소란과 함께 식당 문이 열린다. 장 여인이 돌아보니 사내 예닐곱 명이 성큼 홀 안으로 들어서고 있다. 사내들은 한결같이 차림이 좀 추레한데 바지의 무르팍이 해지고 엉덩이 쪽에 전 때가 묻어 있다. 사내들은 다소 무뚝뚝한 표정으로 식탁에 자리를 잡고 앉는다.
장 여인은 식탁을 훔치던 행주를 주방에 던져놓고는 물병과 컵을 들고 사내들 쪽으로 바투 다가간다.
"어서들 와요. 점심이 좀 늦었네요. 그래 무얼 드릴까요."
개중에서 비교적 입성이 반듯하고 팔에 '안전제일'이라고 새긴 완장을 찬 사람이 장 여인의 말을 받는다.
"예, 그렇게 됐어요. 사람 수대로 얼큰하게 생선찌개 백반 주시고…… 참 여기 계신 양반들, 모두 먹성이 좋은 분들이니 양 좀 많이 주시구요."
 "그렇게 하죠. 그런데 우리 집에 처음 오시는 분들 같은데……."
 "바로 옆 공사장에서 일하는 인부들입니다."
 완장을 찬 남자는 그렇게 말하고 물을 벌컥 들이켠다.
 "아, 그렇구만요. 그럼 무척 시장들 하시겠네. 조금만 기다려요. 금방 해드릴게."
 설거지를 하던 영숙은 슬며시 얼굴을 돌려 손님들을 바라본다. 모두들 볕에 그을었는지 얼굴색들이 까맣게 죽어 있다. 컵에 물을 따르는 장 여인의 얼굴만이 환하다. 그것을 본 영숙의 입꼬리가 슬그머니 말려 올라간다. 장 여인은 잰 몸놀림으로 주방으로 들어가서 영숙과 함께 조리를 하기 시작한다. 장 여인은 알이 박힌 생선을 다듬고 영숙은 백반에 함께 나가는 밑반찬들을 종지에 담는다. 그리고 찌개에 들어갈 야채들을 썰기 시작한다. 생선찌개를 불에 얹은 장 여인은 신이 나는 듯 공기에 밥을 꾹꾹 눌러서 퍼 담는다.
 얼마 후 찌개가 끓자 장 여인이 다시 홀로 나가서 음식을 식탁으로 나르기 시작한다. 음식이 가득 올려진 큰 쟁반을 두 팔로 부여잡는 장 여인의 콧등에 땀이 송글송글 맺힌다. 주방 안에서 그런 어머니를 보고 있던 영숙이 살짝 입술을 깨문다. 장 여인은 사람 좋게 웃으면서 음식 종지들을 식탁 위에 가지런히 내려놓는다.
 "어서들 드세요. 밥이 모자라면 말씀들 하시고."
 "예, 아주머니. 잘 먹을게요."
 인부들이 게걸스럽게 밥을 먹기 시작하고 장 여인은 저만치 물러 나와서 그런 그들을 흡족한 얼굴로 바라본다. 그제야 영숙도 주방의 부뚜막에 엉덩이를 걸치고 이마의 땀을 훔쳐낸다.
 얼마 후, 수저들을 내려놓고 대접에 가득 담은 보리차를 나누어

마신 인부들이 입을 부시며 자리에서 일어난다. 그릇들은 모두 말끔하게 비워져 있다.
"잘 먹었습니다, 아주머니."
"거 찌개 참, 맛있네요."
인부들이 다 나가자 장 여인이 행주를 들고 와서 식탁을 치운다. 안쓰러운 표정의 영숙이 주방 안에서 물끄러미 장 여인을 바라본다. 장 여인은 쟁반에 빈 그릇들을 담아서 영숙 앞에 있는 개수대에 쏟아 붓는다.
"이거 뜻밖에 공사 덕 좀 보았는데. 그런데 저이들이 또 오려나."
"인부들이라 그런지 양이 많긴 많네요."
"하루 종일 땀을 쏟을 텐데 배가 오죽 고프겠어."
설거지를 하는 영숙의 손놀림이 빨라지고, 장 여인에게서 흥얼흥얼 콧노래가 흘러나오기 시작한다.

어스름 무렵 잠깐 식당 앞에 나갔던 장 여인이 식당으로 재게 들어오면서 영숙을 부른다. 그녀의 얼굴이 어쩐지 싱글벙글하다.
"영숙아! 영숙아!"
주방에 쭈그려 앉아서 양파를 까던 영숙이 몸을 일으키며 장 여인을 바라본다.
"왜 그러세요? 어머니."
장 여인은 영숙 앞에서 손사래를 치며 가쁜 숨을 가라앉힌다.
"왜 그러시냐니까요, 어머니."
"애야, 우리 당분간 장사 걱정 안 해도 되겠다. 방금 요 옆 공사장 감독인가 반장인가 뭔가 하는 사람하고 얘길 했는데……, 아 그러니까 팔에 완장 찬 사람 말이야. 그이가 인부들 식사를 우리 집에서 대놓고 하겠다는 거야. 공사가 끝날 때까지 말야."

"그게 정말이에요, 어머니? 참 잘됐네요."

"그러게 말야. 그 사람 말로는 공사가 한 달 반에서 두 달 남짓 걸린다고 하는데……. 그러면 하루에 점심 저녁 두 끼하고 오전 오후 참까지 하니까. 그것만 해도 벌이가 얼마야."

영숙은 그렇게 말하는 장 여인을 활짝 웃는 얼굴로 바라본다.

"다 어머니 음식이 맛있어서 그런 거죠, 뭘."

"아이고 내 정신 좀 봐. 어서 장 좀 봐가지고 와야겠네."

그렇게 말한 장 여인은 목에 둘렀던 에이프런을 풀어서 식탁 위에 던져 놓고는 다시 식당 밖으로 횡하니 나간다.

굴삭기는 여전히 천지를 부르르 진동시키면서 뻣뻣하게 움직인다. 우직한 코끼리 같은 카고트럭들이 들락날락거리며 굴삭기가 공터에서 퍼낸 흙을 실어 나른다. 인부들은 팔을 위아래로 흔들면서 굴삭기와 덤프트럭들을 유인한다. 세탁소 김씨는 하루 종일 가게 앞에 쭈그리고 앉아서 굴삭기가 움직이는 걸 지켜보고 있다. 그가 혼잣말로 중얼거린다.

"건물 하나 짓는 게 참 우습구만."

한나절 만에 굴삭기는 자갈과 쓰레기만이 뒹굴던 공터를 가로세로 10미터 깊이 3미터의 반듯한 구덩이로 바꾸어놓는다. 할 일을 마친 굴삭기는 툴툴거리며 식당 앞길을 어슬렁 빠져나간다. 굴삭기가 완전히 물러가자 구름 사이에서 햇살이 비어져 나오듯 굴삭기 소리에 묻혀 있던 갖가지 소리들이 새나오기 시작한다. 2층 속셈학원에서 아이들이 영어책을 읽는 소리도 들려오고 에어로빅 센터의 빠른 음악 소리도 들려온다.

그때 속셈학원의 젊은 원장이 건물 입구에서 빠져나와 공사장 쪽으로 다가간다. 원장은 두 손을 허리춤에 꽂고 잠시 일하는 인부들의 모습을 지켜보고 있다가 하얀색 안전모를 쓰고 안전제일이라는 완장을 찬 사내에게로 슬그머니 다가간다. 그러고는 쭈뼛쭈뼛 말을 건넨다.
"나는 요 옆 식당 2층에서 속셈학원을 하고 있는 사람입니다. 그런데 여기 공사장 소음 때문에 수업을 할 수가 없어요. 이게 하루 이틀 걸리는 것도 아닐 텐데 뭔가 대책을 세워야 하지 않겠어요?"
완장을 찬 사내는 안전모를 벗으면서 학원 원장을 난처한 표정으로 바라본다. 그러고는 고개를 주억거리면서 말한다.
"예. 정말 죄송하게 됐습니다. 최대한 소음을 억제하면서 공사를 진행하려고 합니다만, 그게 여의치가 않아서, 그렇다구 여기 구조상 방음벽을 설치할 수도 없는 노릇이고."
"그러면 어떻게 하면 좋겠소."
"딱히 뾰족한 수가 없는데, 어쨌든 최대한 소음이 나지 않도록 신경을 쓰도록 하겠습니다."
그렇게 말하면서 완장은 임시로 지어놓은 공사 사무실로 들어가더니 봉투를 하나 들고 나온다. 그러고는 쓰윽 주위를 살피고는 속셈학원 원장에게 봉투를 내민다.
"뭐, 이럴 것까지는 없는데."
손을 내저으며 봉투 받기를 저어하던 원장이 마침내 슬그머니 손을 내밀어 그 봉투를 받아 쥔다. 그러고는 좀 멋쩍은 듯 뒷머리를 긁적이며 '수고하쇼'라는 말을 재빠르게 던지고 학원 건물 안으로 다시 들어간다.

참 먹을 시간이 되어 인부들이 다시 식당으로 들이닥친다. 장 여인이 문간에 서서 어서들 오라고 기분 좋게 소리친다. 주방에 있던 영숙은 인부들이 식당으로 들어서는 것을 보고는 끓는 물에 막 마른 국수를 집어넣는다. 멸치가 보글보글 끓으면서 우러난 국물 냄새가 참 시원하다.
"이거 완전히 봄날이구만. 볕이 따가워."
연신 땀을 훔치던 쉰이 좀 넘은 듯한 늙은 인부가 담배를 빼어 물면서 말을 한다. 그의 얼굴이 아닌 게 아니라 좀 벌겋다.
"그러게 말유. 차라리 쌀쌀할 때가 일하기가 좋지."
그 옆에 있던, 그보다는 나이가 좀 덜 들어 보이는 사내가 오십 줄의 사내에게 라이터 불을 붙여주면서 장단을 맞춘다.
"이거 갈수록 일이 힘에 부치니, 나도 이 판에서 물러나야 할 모양이야."
오십 줄의 인부는 그렇게 말하면서 라이터 불을 붙여준 인부가 쓰고 있는 모자를 쓰윽 벗겨서는 눈앞에 대고 이리저리 살펴본다.
"나도 이런 거 하나 있었으면 쓰겠네."
"물러나야 할 모양이라면서 형님도 참, 모자가 뭐 필요해유."
"아, 일하는 동안은 말여. 볕이 좀 따가워."
그때 한쪽 구석에 말없이 앉아 있던 건장한 체구의 젊은 인부 하나가 자리에서 일어서더니 식당 밖으로 나간다. 그의 뒤꼭지에 대고 장 여인이 소리친다.
"참 안 먹고 어디 가요! 국수 다 끓었는데."
젊은 인부가 다시 식당 안에 들어선 것은 5분 정도가 지나서이다. 그의 손에는 음료수가 가득 들어 있는 비닐봉지가 들려 있다. 그는 좀 쑥스러운 듯한 표정을 지으면서 음료수를 인부들에게 하나씩 나누어준다.

"이것 좀 드세요."

"이게 뭐여. 엉! 자네가 돈이 어됐다고 이런 걸 사와. 이러면 못 써."

담배를 태우던 나이 든 인부가 음료수를 받으면서 말한다.

"그러게 말여. 물 마시면 되지, 뭘 이런 걸 사와."

또 다른 인부도 역시 음료수를 멋쩍은 표정으로 받으면서 말한다. 인부들의 얼굴에 흐뭇한 웃음이 살짝 배어난다. 인부들에게 음료수를 다 돌린 젊은 인부는 성큼성큼 주방 가로 가서는 장 여인에게 음료수 두 개를 내밀면서 좀 어눌한 목소리로 말을 한다.

"아주머니 고생 많으시지요. 이것 좀 드시고 하세요. 저기 아가씨도 하나 드리고."

그러자 장 여인이 눈이 휘둥그레져가지고는 다소 호들갑스럽게 말한다.

"아니, 우리 몫도 있어요! 우리가 사야 경우가 맞는데. 이래도 되는지 모르겠네. 젊은 양반이 돈이 어됐다고."

그러자 젊은 인부가 민망스러운 듯 고개를 숙이고 웃는다.

"음료수 가지고 뭘 그러세요. 쑥스럽게."

그때 국수가 끓던 솥을 젓가락으로 휘젓던 영숙이 고개를 돌려 젊은 인부를 바라본다. 젊은 인부도 마침 영숙에게로 시선을 주고 있던 참이라 두 사람의 눈이 살짝 마주친다. 하지만 두 사람 모두 서둘러 눈길을 거둔다. 영숙은 그 와중에 손 거죽을 살짝 뜨거운 솥에 덴다. 이상하게도 손을 데었는데 귀밑이 훅 달아오른다.

"아이구. 젊은 양반만 맛있게 해드려야겠네."

장 여인이 자꾸 너스레를 떨자 젊은 인부는 부끄러운 듯 제자리로 돌아와 앉는다. 빈 비닐봉지가 그의 손에서 펄럭인다.

곧 인부들의 식탁에 오후 참인 국수가 놓이고 김치와 깍두기 종지가 올려진다. 인부들은 입맛을 다시며 후루룩후루룩 국수를 먹는다. 장 여인은 한쪽 구석에 앉아 젊은 인부로부터 받은 음료수를 홀짝인다. 주방 안의 영숙은 손등을 덴 자리를 멍한 눈으로 바라보고 있다가 돌연 눈길을 돌려 젊은 인부 쪽을 조심스레 바라본다. 젊은 인부는 고개를 숙이고 얌전히 국수를 먹고 있다. 땀에 젖은 짧은 앞머리칼이 칠흑처럼 검다. 그 머리칼의 검은빛이 영숙의 눈에 꿈틀꿈틀 밟힌다.

참을 다 먹고 인부들이 막 자리에서 일어설 때 모자를 눌러쓴 인부가 입가를 훔치며 모두 다 들으라는 듯 소리친다.

"아, 참 아주머니. 따님 한번 잘 두셨네. 이렇게 맛깔스럽게 국수를 삶아내는 걸 보니 좋은 데 시집가겠어."

웃음을 띠기는 했지만 그 소릴 듣는 장 여인의 눈가에 순간적으로 움푹한 그늘이 생긴다. 젊은 인부의 얼굴 근육도 꿈틀하고 움직인다.

떠들썩한 인부들이 우르르 다 물러가자 장 여인이 식탁 위의 빈 그릇들을 포개면서 영숙이 들으라는 듯 말을 건넨다.

"아까 음료수 사온 젊은이 있지. 젊은 사람이 서글서글한 게 참 인상이 좋더라. 믿음직스럽기도 하고."

영숙은 아무런 대꾸 없이 국수를 삶았던 솥의 안과 겉을 수세미로 문지른다. 그러는 영숙의 눈동자가 조금 흔들린다.

쨍그랑, 텅텅.

빈 그릇들을 쟁반 위에 겹겹이 포개놓던 장 여인은 그만 그릇 몇 개를 바닥으로 떨어뜨린다. 연이어 스테인리스 그릇들이 줄로 엮인 것처럼 요란한 소리를 내며 바닥에 떨어져 튕긴다. 그것을 보고 화들짝 놀란 영숙이 주방의 쪽문을 열고 홀 쪽으로 걸어 나온다. 그 걸음걸이가 뒤틀린다. 한쪽 다리는 질질 끌리다시피 한다. 바닥에 주저앉다시피 한 장 여인이 뒤틀리는 걸음걸이로 주방 문을 열고 나오는 영숙을 보고는 놀라서 소리친다.
"애야! 애야! 그냥 있어. 나오지 말고. 함부로 다리를 움직이면 안 돼."
영숙이 표정 없이 말한다.
"이 정도는 도울 수 있어요."

인부들처럼 그 아래서 일을 하는 사람들에겐 성가신 것이겠지만 그늘에 숨어서 엿보는 사람들에게 봄볕은 다사롭기만 하다. 개학을 했는지 인근 초등학교 운동장이 아이들의 소리로 가득 메워지기 시작한다. 점심시간이면 함성을 지르며 뛰노는 아이들로 운동장이 들썩들썩 움직이는 것만 같다.
식당 앞에서는 여전히 공사가 한창이다. 굴삭기가 파놓은 구덩이에 레미콘 차와 크레인이 와서 시멘트 반죽을 쏟아 붓고 인부 하나가 그것을 골고루 바닥에 펴고 있다. 다른 인부들은 나무 패널을 고정시켜 구덩이를 에워싸는 옹벽을 만들기 시작한다. 옹벽을 쌓자 건물의 평면이 얼추 모습을 드러낸다. 레미콘과 크레인이 잠시 작동을 멈출 때마다 이웃한 속셈학원에서는 구구단을 외는 원생들의 소리가 새나온다. 안전모를 쓰고 완장을 찬 현장 감독은 그때마다 신경이 쓰이는 표정으로 속셈학원의 창을 올려다본다.
쭈그려 앉아 전기톱으로 철근을 자르고 있던 젊은 인부가 허리를 펴고 몸을 일으킨다. 그가 살짝 기지개를 켜자 그의 곧은 허리가 활처럼 뒤로 꺾여진다. 구릿빛으로 달구어진 젊은 인부의 팔뚝에서 햇볕이 튕겨 오른다. 그는 성큼성큼 식당 쪽으로 다가가다가 문 앞에 이르러 좀 머뭇거린다. 두 손을 모아 쓱쓱 비비는 품이 좀 멋쩍은 모양이다. 이윽고, 결심을 한 듯 그가 식당 문을 열고 안으로 들어간다. 주방에서 생선을 다듬고 있던 영숙이 고개를 들어 문을 열고 들어오는 젊은 인부를 쳐다본다. 두 사람의 눈이 살짝 마주친다. 마침 장 여인은 얼굴만 비치고 오겠다며 조카의 결혼식에 가고 없다.
 장 여인이 보이지 않자 젊은 인부는 당황한 눈치다. 눈동자가 산만하게 마구 흔들린다. 영숙이 젊은 인부의 얼굴을 힐끗 쳐다보면서 차분한 목소리로 말한다.
 "뭐가 필요하세요?"
 젊은 인부의 목소리는 좀 떨려 나온다.
 "시, 시원한 물 좀 얻어 가려고요."
 그 말을 들은 영숙의 얼굴에 난감한 빛이 흐른다. 다리를 움직이려고 힘을 주자 허리 쪽이 욱씬거리며 쑤셔온다. 둘 사이에 잠시 어색한 침묵이 흐른다. 영숙은 생선을 매만지고 있던 손을 행주로 닦고 조심스럽게 손가락으로 냉장고를 가리킨다.
 "죄송하지만, 저기 냉장고 안에 얼음물이 든 주전자가 있으니 꺼내 가시겠어요."
 젊은 인부는 어색한 걸음걸이로 냉장고 앞으로 가서 문을 열고 물 주전자를 꺼낸다. 그러고는 뒤도 돌아보지 않고 재빠르게 식당을 나온다. 그의 목덜미가 그새 붉게 물들어 있다.
 젊은 인부가 대접에 물을 따라서 나이 든 인부에게 건네고 있을 즈음 건물 입구에서 속셈학원의 원장 부인이 나온다. 그녀는 무언가 급한 용무가 있는 사람처럼 빠르게 공사장 쪽으로 걸어간다. 원장 부인의 젤을 듬뿍 바른 파마한 단발머리가 햇볕을 받아서 꿈지럭거리는 것만 같다. 전기톱 소리, 크레인 소리가 모든 소리들을 빨아들여서 원장 부인의 움직임은 활기가 있지만 어쩐지 무성영화 속의 배우처럼 실감은 나지 않는다. 원장 부인은, 손으로 이곳저곳을 가리키며 인부들에게 작업 지시를 하고 있던 현장 감독 앞으로 가서 말을 건넨다.
"제가, 될 수 있으면 말을 안 하려고 했는데요. 도무지 여기 소음 때문에 아이들 수업을 진행할 수가 없어요. 어떻게 대책을 세워야 되지 않겠어요!"
그러자 현장 감독이 어리둥절한 표정으로 원장 부인을 빤히 쳐다본다. 그러자 원장 부인은 무시를 당했다고 생각했는지 다소 앙칼지게 소리를 높인다.
"여기 소음 때문에 학부모님들한테 자꾸 전화가 온단 말이에요! 가뜩이나 요즘 학원 사정이 어려운데."
현장 감독은 턱을 어루만지며 여전히 어리둥절해하면서 한편으론 난감한 표정을 짓는다. 그때 건물 입구에서 속셈학원 원장이 황급히 뛰어나온다. 그는 부인에게로 달려가서 다짜고짜 그녀의 팔을 잡아끈다. 원장 부인은 왜 그러냐는 표정으로 끌려가지 않으려고 원장과 실랑이를 한다. 현장 감독은 어처구니없는 표정으로 실랑이를 벌이는 원장 부부를 바라본다. 인부들은 그런 따위에는 관심이 없다는 듯 묵묵히 작업에 열중하고 있다. 속셈학원 원장은 한 팔로 아내의 허리를 감싸면서 현장 감독에게 한쪽 눈을 찡긋해 보인다. 원장은 투덜투덜대는 부인을 달래면서 건물 안으로 데리고 들어간다.

신축 건물은 눈 깜짝 할 사이에 2층이 올라갔다. 햇볕에 잘 마른 시멘트 벽이 말간 메밀묵처럼 그 맨살을 드러내고 철근이 그 외벽을 거미줄처럼 감싸고 있다. 이제 굴삭기나 크레인의 무뚝뚝한 엔진 소리 대신 인부들의 망치 소리만이 한결 정겹게 여기저기서 뚝딱댄다.

맞은편 세탁소에서 다리미질을 하던 김씨가 가끔 다리미를 내려놓고 앞에 나앉아 구경을 하는 것을 빼면 이제 동네 사람들은 모두 공사에 어지간히들 심드렁해졌다.

점심시간이 되어 인부들이 식당 안에서 한참 식사를 하고 있을 즈음 부부로 보이는 한 쌍의 젊은 남녀가 식당 안으로 들어선다. 화장을 진하게 한 여자는 깔끔한 한복 차림이다. 남자 역시 말쑥한 정장에다가 손에는 선물 꾸러미를 들고 있다. 여자는 식당 안에 들어서자마자 장 여인을 보고 반갑게 소리친다.

"이모! 이모, 저희들 왔어요."

그 소리에 장 여인과 영숙은 물론, 밥을 먹고 있던 인부들이 모두들 휘둥그레진 눈으로 문 앞에 선 젊은 여자를 바라본다. 장 여인은 문 앞으로 달려가며 반갑게 여자를 맞는다.

"선희 왔구나. 아이구. 그새 얼굴이 더 좋아졌네."

그러고는 뒤쪽에 살풋이 웃음을 머금고 서 있는 남자를 보고도 반색을 한다.

"자네도 어서 오게. 많이 피곤하지."

여자는 주방에 서서 에이프런 자락을 꼼지락거리고 있는 영숙을 보고도 손을 흔들며 호들갑스럽게 인사를 한다.

"어머 영숙 언니, 저 선희예요. 저 왔어요."

영숙은 부끄러운 눈빛으로 여자와 남자를 바라보며 살짝 웃음을 짓는다. 묵묵히 식사를 하고 있던 젊은 인부가 그러는 영숙을 몰래 바라본다.

여자와 남자를 안채의 방으로 안내하고 나오면서 장 여인은 궁금하다는 듯 연신 안채 쪽을 흘끔거리고 있는 인부들에게 말을 한다.

"엊그제 결혼한 조카애하고 조카사위예요. 신혼여행 다녀오는 길이라나 봐요."

얼마 후 의자들이 바닥에 긁히는 소리가 나고 식사를 마친 인부들이 자리에서 일어난다. 장 여인과 영숙은 대충 뒷정리를 하고 방으로 들어간다. 장 여인의 뒤를 따라 들어가는 영숙의 걸음걸이가 바르르 떨리면서 뒤틀린다. 여자와 남자가 영숙의 비정상적인 걸음걸이를 보고 잠시 어색한 눈동자를 마주친다. 어색함을 털어버리려는 듯 여자는 자리에 앉는 장 여인에게 방석을 받쳐주면서 애교스럽게 말을 건넨다.

"이모. 한참 바쁠 때 와서 죄송해요. 그간 평안하셨죠. 절 받으셔야죠."

"아서라 아서. 절은 무슨 절."

장 여인이 손을 내저으며 만류하지만 젊은 남자와 여자는 어느새 자리에서 일어나 다소곳이 절을 한다. 장 여인은 말쑥하게 잘생긴 남자 쪽을 흘끔 바라보면서 허리를 반쯤 숙여 절을 받는다. 영숙은 몸을 살포시 돌려 앉는다.

여자와 남자가 절을 마치고 자리에 앉자 영숙이 여자에게 차분한 목소리로 말을 한다.

"선희야. 결혼식에 못 가서 미안해."

장 여인이 안쓰러운 표정으로 영숙을 돌아보며 웃고 여자와 남자는 말없이 계면쩍은 표정을 짓는다. 여자와 남자는 들고 온 선물

꾸러미를 풀어놓는다.

"이모. 이것 나들이할 때 입으세요."

여자는 손에 노란 꽃무늬 블라우스를 펼쳐 보이며 환하게 웃는다. 장 여인이 그것을 받아 들며 환하게 함박웃음을 짓는다.

"뭘, 이런 걸 다 사와. 색깔 참 곱기도 해라."

"그리고 이건 영숙 언니 거."

여자는 영숙에게 포장된 작은 상자를 내민다. 영숙이 그것을 받아 살며시 포장을 벗긴다. 포장 속에서 앙증맞은 향수병이 모습을 드러낸다. 영숙이 그것을 손에 쥐고 빙그레 웃는다. 여자는 바짝 영숙 쪽으로 다가앉아 향수병을 영숙에게서 다시 빼앗아 쥐더니 쾌활한 목소리로 말한다.

"영숙 언니, 이게 꽤 고급이라구요. 뿌릴 때 이렇게 조금씩만 뿌리구요."

여자는 영숙의 허리께에 대고 향수를 몇 번 뿌린다. 맑고 은은한 향기가 금세 방 안에 점점이 퍼진다. 남자가 여자를 보고는 한 손으로 입을 가리고 '쿡쿡' 웃는다. 장 여인이 부러운 눈빛으로 말쑥한 정장 차림의 남자를 자꾸 훔끔거린다. 영숙은 자신의 몸에서 퍼져 나간 향기를 깊이 들이마시고는 부끄러워서 볼이 발개진다.

여자와 남자가, 식당 문밖에까지 따라나온 장 여인의 배웅을 받으며 승용차에 오른다. 장 여인이 차창으로 얼굴을 내민 그들에게 손을 흔든다.

"선희야, 행복하게 잘 살아야 한다."

장 여인이 식당 안으로 사라지자 여자가 차에 막 시동을 걸고 있는 남자에게 말한다.

"우리 영숙 언니 참 안됐지. 얼굴도 예쁘고 맘도 참 착한데."
그러자 남자가 고개를 돌려 차의 후미를 살피면서 건성으로 대답한다.
"그러게 말이야. 보기에 안됐더군. 그런데 언제부터 저런 거야."
"일곱 살 땐가 소아마비를 앓고부터 그랬다지 아마."
"다리가 저렇게 불편해서야 결혼인들 제대로 할 수 있을까."
남자는 그렇게 말하며 핸들을 힘차게 왼쪽으로 꺾는다. 여자와 남자가 탄 승용차가 식당 앞길을 가뿐하게 빠져나간다. 승용차가 빠져나가자 동네에 망치 소리가 더욱 또렷해진다.
조카와 조카사위를 보내고 식당으로 들어온 장 여인은 방문턱에 힘없이 걸터앉는다. 그녀는 나직하게 한숨을 내쉰다. 영숙은 주방에서 오후 참으로 내놓을 수제비 반죽을 하고 있다. 장 여인은 고개를 들어서 수제비 반죽을 주무르고 있는 영숙을 바라본다. 다시 한숨이 새나오고 곧 장 여인의 눈가에 이슬이 맺힌다.
그때 영숙이 장 여인을 돌아보며 밝은 목소리로 소리친다.
"어머니, 이 정도 반죽이면 되겠지요?"
장 여인은 에이프런 자락으로 눈가를 콕 찍어서 재빠르게 눈물을 감춘다. 그러고는 일부러 먼 데를 바라보면서 주방 쪽으로 걸어간다.

뚝딱뚝딱대는 망치 소리가 대낮의 동네에 심상하게 울려 퍼진다. 철근을 토막 내는 전기톱 소리는 차갑게 크렁크렁댄다. 신축 건물은 이제 3층까지 올라갔다. 맞은편이 휑하니 뚫려서 한낮 내내 볕이 들던 식당도 그늘 속에 묻히게 되었다.
2.5미터짜리 포바이포 부목을 네댓 개 짊어진 젊은 인부가 힘겹

게 3층 높이의 난간을 오른다. 그의 등과 가슴팍이 땀으로 흠뻑 젖어 있다. 부목을 3층에 내려놓고 터덜터덜 난간을 내려가는 젊은 인부에게 나이 든 인부가 소리친다.

"이봐. 식당에 가서 물 좀 떠가지고 오지."

젊은 인부가 우렁찬 목소리로 활기차게 대답한다.

"예, 알았습니다!"

젊은 인부는 여기저기 철근이 박히고 부목이 세워진, 벌집처럼 복잡한 신축 건물 속에서 빠져나와 식당 쪽으로 걸어간다. 그의 걸음걸이가 가볍다. 젊은 인부는 세탁소의 유리창에 자신의 모습을 쓰윽 비쳐본다. 건강하게 그을린 구릿빛 얼굴이 씽긋하고 웃는다. 식당 문 앞에 선 젊은 인부는 한번 앞머리를 매만지고 안으로 들어가려다 흠칫 놀라 멈춰 선다. 젊은 인부는 유리문 안쪽에서 누군가 꾸물꾸물 움직이고 있는 것을 본다. 그것은 늘 주방에만 붙박인 듯 서 있던 영숙이다. 장 여인은 시장에 갔는지 보이지 않고 영숙이 물컵이 가득 든 쟁반을 들고 힘겹게 선반 쪽으로 움직이고 있다. 젊은 인부는 그러는 영숙의 다리가 질질 끌리는 것을, 뒤틀린 다리가 기우뚱거리며 흔들리는 것을 본다. 순간적으로 인부는 눈을 끔벅거린다. 그때 영숙이 중심을 잃고 물컵이 든 쟁반을 떨어뜨리면서 바닥에 쓰러진다. 수많은 물컵들이 바닥에 떨어져 통통 튕긴다. 젊은 인부가 헉, 하고 놀라서 식당 문을 밀고 안으로 뛰어든다.

"괜찮으세요?"

젊은 인부는 한달음에 달려가서 영숙의 팔을 잡는다. 영숙은 갑자기 뛰어 들어온 젊은 인부를 보고는 눈을 동그랗게 치켜뜬다. 그러고는 한 손으로 얼굴을 가리며 고개를 돌려버린다.

"영숙 씨, 일어나세요."

젊은 인부가 재차 영숙의 팔을 끌어당기며 말한다. 젊은 인부에게서 나는 땀 냄새가 영숙에게 훅 끼쳐온다.
다시 젊은 인부가 영숙의 팔을 끌어당기려 할 때 영숙이 울음을 겨우 삼킨 목소리로 말한다.
"괜찮아요. 저 혼자 할 수 있어요."
인부는 영숙의 팔을 놓고 뒤쪽으로 물러난다. 영숙이 한 손으로 식탁을 잡고 지지하면서 안간힘을 다해 자리에서 일어난다. 그러고는 기우뚱, 움직이며 바닥에 떨어진 컵들을 주워 담기 시작한다. 잠시, 멍한 표정으로 영숙을 바라보고 있던 젊은 인부도 영숙 앞에 무릎을 굽히고 앉아 컵들을 주워 담기 시작한다. 영숙과 젊은 인부의 눈이 마주친다. 마주친 두 눈동자가 한동안 움직이지 않는다. 젊은 인부가 영숙을 보고 살짝 미소를 짓고 영숙도 벌겋게 달아오른 눈으로 살짝 웃는다. 영숙의 눈꼬리에서 물기가 반짝인다. 젊은 인부가 주머니에서 땀에 전 손수건을 꺼내어 영숙에게 건넨다. 영숙이 잠시 머뭇거리다가 손을 내밀어 그 손수건을 받는다.

새벽하늘이 어째 파르스름하지 않고 어둑신하더니 날이 완전히 밝으면서부터 비가 쏟아지기 시작한다. 빗줄기는 곧 장대처럼 굵어지더니 지난 달포 동안 먼지만 풀풀 날리던 공사장 일대를 흠뻑 적신다. 덕분에 모든 소리가 멈추고 간만의 정적만이 동네를 감싼다.
여느 때처럼 아침 일찍 나왔던 인부들은 난감하다는 얼굴로 식당 여기저기에 앉아 담배만을 뻐끔거리고 있다.
"이제, 거진 끝날 참인데 웬 놈의 비여."
식당 문 바로 앞 식탁에 앉아 반쯤 열린 문밖으로 바닥에 튕겨지는 빗줄기들을 바라보던 나이 든 인부가 심드렁하게 내뱉는다.

"아유, 형님도 봄비라니까 반가운 건 반가운 거지유 뭘."
그보다 좀 나이가 덜 들어 보이는 인부는 쓰고 있던 모자를 다시 고쳐 쓰면서 역시 심드렁하게 대꾸한다. 그 사이 영숙은 주방에서 커피를 끓여서 내놓는다. 장 여인이 커피가 든 종이컵을 인부들에게 하나씩 나누어준다.
"아유. 커피까지 다 주시고, 이거 공사 끝나면 서운해서 여길 어떻게 뜰지 걱정입니다."
공사 일정표가 적힌 플래너를 골똘히 들여다보고 있던 현장 감독이 커피를 받으면서 너스레를 떤다. 그러자 또 다른 인부 하나가 그 너스레를 거들고 나선다.
"아, 비도 오는데 커피나 마시면서 오순도순 얘기들이나 나눕시다. 저기, 주방에 있는 아가씨도 거기 있지만 말고 커피 한 잔 타가지고 이쪽으로 나와요."
"그래요. 저 아가씨는 우리가 무서운지 볼 때마다 주방에만 붙어 있더구만."
그 소리에 인부들이 허허 하고 웃는다. 인부들의 눈길이 영숙 쪽으로 쏠린다. 장 여인이 좀 난처한 표정으로 영숙을 바라본다. 젊은 인부도 종이컵을 옆에 내려놓고 영숙을 초조한 눈빛으로 바라본다.
영숙은 결심을 한 듯 입술을 살짝 깨물고는 허리를 숙여 주방 문을 밀고 나온다. 장 여인의 입이 살짝 벌어진다. 젊은 인부는 두 주먹을 자신도 모르게 꼭 그러쥔다. 영숙은 주방 턱을 의지해서 사람들이 앉아 있는 쪽으로 천천히 걸어온다. 걸음걸이가 뒤틀리면서 다리가 바르르 떨린다. 인부들이 어어, 하고 눈을 크게 뜨며 영숙을 바라본다. 저렇게 젊고 어여쁜 아가씨가 다리를 절고 있다니. 인부들은 모두들 아무 말이 없다. 영숙은 그러나 얼굴에 미소를 띠면서 한 걸음 한 걸음을 조심스레 떼어놓는다. 장 여인이 고개를 돌리면서 손으로 얼굴을 가린다. 젊은 인부가 자리에서 어물쩍 몸을 일으킨다. 그의 입술이 하얗게 마른다. 영숙은 안간힘을 다해서 발걸음을 떼어놓는다. 그럴 때마다 상체가 춤을 추듯 일렁인다. 영숙의 이마에 땀방울이 맺힌다. 그때 나이 든 인부가 영숙에게서 슬며시 눈길을 거두면서 엉거주춤 서 있는 젊은 인부를 향해 소리친다.
"이봐, 이봐, 이 무심한 젊은 친구야! 뭐 하고 있어, 좀 거들지 않고."
젊은 인부는 그 소리를 듣자마자 영숙 쪽으로 빠르게 다가간다. 그러고는 덥석 영숙의 팔을 부여잡는다. 영숙이 젊은 인부의 옆얼굴을 잠깐 쳐다보고 손으로 젊은 인부의 단단한 팔뚝을 감는다. 단단한 그의 근육이 느껴진다. 영숙은 젊은 인부의 팔에 의지한 채 방긋 웃으며 한결 가뿐하게 걸음을 옮긴다. 그리고 마침내 식탁 한편에 자리를 잡고 앉는다. 인부들이 모두들 대견하다는 표정으로 영숙을 둘러싼다. 영숙이 가쁜 숨을 몰아쉬며 인부들의 흐뭇한 얼굴을 차례로 바라본다. 그러고는 부끄러운 표정으로 꼭 감고 있던 젊은 인부의 팔을 풀어준다.

하루하고도 반나절 동안 퍼붓던 비가 그치고 다시 말간 햇살이 구름 사이로 얼굴을 내민다. 공사장에서 다시 둔탁한 망치질 소리가 들려오기 시작한다. 속셈학원 아이들의 책 읽는 소리가 망치 소리에 일부러 맞춘 듯 아주 운율감 있게 들린다. 가끔 학원 원장이 창밖으로 얼굴을 내밀고 담배 연기를 내뿜고는 한다. 현장 감독이 그를 힐끗 올려다보면 원장은 씽긋 눈웃음을 지으며 손을 흔든다.

식당 문 사이로 빼꼼히 얼굴을 내민 장 여인이 식당 앞 그늘에 쭈그리고 앉아 땀을 훔치고 있던 젊은 인부를 손짓하여 부른다. 젊은 인부가 다가가자 장 여인이 그의 팔목을 덥석 잡고 식당 안쪽으로 끌어들인다. 그러면서 젊은 인부의 손안에 담배 한 보루를 쥐어준다. 젊은 인부는 담뱃갑을 받으면서 화들짝 놀라는 기색이다.

"아주머님, 이러시면 안 돼요."

"아무 소리 말고 태워요. 별것도 아닌데 뭘."

그러면서 장 여인은 그윽한 눈빛으로 물끄러미 젊인 인부의 눈을 바라본다. 젊은 인부는 담배 보루를 옆구리에 끼우면서 수줍게 웃는다.

"젊은 양반, 올해 나이가 어떻게 되나? 그간 한 식구처럼 지냈으면서도 아직 나이도 모르네."

장 여인이 묻는다. 젊은 인부는 소리 없이 웃으면서 대답한다.

"73년 소띠예요."

"그러면 우리 영숙이보다 한 살 많구만."

주방에서 설거지를 하던 영숙은 장 여인과 젊은 인부 쪽을 흘끔 쳐다보고는 틀어놓은 수돗물의 세기를 좀 줄인다.

"이제 공사가 거진 끝나가지?"

"예, 이제 중요한 건 다 끝났어요. 미장하고 마감 공사까지 마치려면 조금 더 있어야 하지만 그런 것은 따로 와서 하는 사람들이 있고 저희들 일은 이번 주면 얼추 끝나요. 보세요. 4층까지 다 올라갔잖아요."

영숙은 잠시 멍한 표정으로 헹군 그릇을 헹구고 또 헹군다. 장 여인이 영숙 쪽을 돌아보고는 다시 묻는다.

"그럼 일이 끝나면 어디로 가게 되나?"

"아직 정해지지 않았어요. 저희야 일 따라 움직이는 사람들이니까."

장 여인이 젊은 인부 쪽으로 바짝 다가간다. 그러고는 속삭이듯이 묻는다.

"젊은이, 지금 사귀는 아가씨는 있고?"

영숙은 수도꼭지를 잠그고 젖은 손을 에이프런 자락에 닦더니 뒤뚱뒤뚱 걸어 안채 쪽으로 들어가버린다. 젊은 인부는 그런 영숙의 뒷모습을 흘끔거리며 작은 목소리로 대답한다.

"아직 없어요. 아직 젊은데요, 뭐."

그 소리를 들은 장 여인의 표정이 눈에 띄게 환해진다. 그때 식당 문이 열리고 인부 한 사람이 얼굴을 들이밀고 안쪽을 향해 소리친다.

"이봐, 거기서 뭐 하고 있어! 어서 끝내고 들어가야지."

"예, 예, 내 정신 좀 봐."

젊은 인부가 머리를 조아리며 황급히 식당을 빠져나간다. 장 여인은 그의 뒤꼭지를 아쉽다는 듯 바라보며 꾹 아랫입술을 깨문다.

저녁 해가 뉘엿뉘엿 기울고 일을 마친 인부들이 각기 연장들을 챙겨서 집으로들 돌아갈 즈음 장 여인은 다시 젊은 인부의 팔을 잡고 그를 식당 안으로 끌어들인다. 장 여인은 그를 식탁 한쪽에 앉히고는 넌지시, 그렇지만 간곡한 목소리로 말을 건넨다. 영숙은 안채에 들어갔는지 보이지 않는다.

"내가 그간 고민을 많이 했는데……, 젊은 양반한테 부탁할 게 한 가지 있어서. 그런데 들어줄 수 있을지 모르겠네."

"어려워 마시고 말씀해보세요."

젊은 인부는 총총한 눈빛으로 장 여인을 바라보면서 말한다.
"저기, 이번 일요일날, 일이 없지?"
"예, 토요일이면 모든 작업이 끝나요."
장 여인은 잠시 사이를 두고 침을 꿀꺽 삼킨다.
"우리 딸……, 영숙이 있지……, 참 어쨌든 내 말을 기분 나쁘게 듣지는 말고."
젊은 인부는 푸근한 웃음을 머금으며 부드럽게 장 여인을 바라본다.
"망설이지 마시고 편하게 말씀해보세요, 아주머니."
"저기, 그러니까, 우리 딸 영숙이가 젊은이도 보아서 알겠지만, 일곱 살 때 다리가 저렇게 된 이후로는……, 어디든 밖으로 나들이를 나간 적이 한 번도 없거든. 지 아버지도 일찍 돌아가시고 형편도 빠듯해서 내가 그렇게 키웠지, 그런데 정말 어려운 부탁인데, 젊은이가 이번 일요일에 우리 딸애를 데리고 어디든지 바람 좀 쐬고 왔으면 싶어서. 봄볕이 한창인데 꽃구경이라고 시키고 싶어서 말야."
그렇게 말하는 장 여인의 눈시울이 대책 없이 붉어진다. 장 여인의 말을 들은 젊은 인부는 잠시 말이 없다. 침을 삼키는지 목울대가 꿈틀 움직일 뿐이다. 장 여인은 그런 그의 얼굴을 좀 불안한 눈빛으로 살핀다. 이윽고 젊은 인부의 입이 열린다.
"아주머니, 저는……, 괜찮아요. 문제는 영숙 씨예요. 영숙 씨가 좋다면 저도 좋아요."
젊은 인부가 흰 이를 드러내며 웃는다. 장 여인이 덥석 젊은 인부의 손을 잡는다. 영숙이 홀로 나오려다가 한쪽 식탁에 같이 앉아 있는 장 여인과 젊은 인부를 보고는 도로 안채 쪽으로 들어간다.

골조 공사의 마무리가 한창인 토요일 오후, 갑자기 마른하늘이 흐려지더니 한차례 소나기가 퍼붓는다. 소나기는 후끈 달아올랐던, 맨살을 드러낸 4층 높이의 구조물을 시원하게 적시고는 멈춘다. 오후 참으로 라면을 끓이던 영숙이 식당 안에서 허리를 숙여서는 유리문 밖의 발그레한 하늘을 표정 없이 올려다본다. 구름들이 서로 쫓고 쫓기듯 빠르게 움직인다. 보글보글 라면이 끓자 영숙이 계란을 깨어 넣는다. 그리고 만두 봉지를 뜯어 만두를 넉넉하게 넣는다.
 "이제 됐지?"
 장 여인이 씽긋 웃으며 영숙과 눈을 맞추고 나서 인부들을 부르기 위해 문 쪽으로 걸어간다. 그런데 무슨 일인지 밖의 기운이 왁자지껄 소란스럽다. 사람들이 이리저리 뛰어다니는 것이 보인다. 알아들을 수 없는 고함 소리가 스치듯이 지나가고 이상하게도 망치질 소리는 뚝 그쳐 있다. 영숙도 낌새가 이상한지 다시 창밖을 내다본다. 먼 하늘 위에서는 여전히 구름들이 수선스레 움직인다.
 장 여인이 식당 문을 열고 밖으로 나서자 밖의 소란스러움이 좀 더 생생하게 다가온다. 그 소란스러움은 이상하게 전처럼 정겹지 않고 투박하고 낯설기만 하다. 장 여인은 고개를 갸웃거리며 사람들이 웅성웅성대는 쪽으로 걸어간다. 옹벽의 움푹 파인 고랑 쪽에 사람들이 모여 있다. 하늘의 구름은 여전히 빠르고 어지럽게 움직인다. 장 여인이 사람들 쪽으로 몇 발자국 더 다가갔을 때 완장을 찬 현장 감독이 장 여인과 어깨를 부딪치면서 사람들의 무리에서 빠져나온다. 그는 핸드폰으로 어딘가에 전화를 건다. 그 목소리가 매우 급박하다.
 "여보세요! 여기 인부 하나가 추락했어요! 빨리 좀 와줘요. 예?

뭐라고요? 아, 4층 높이요. 4층. 비가 와서 미끄러졌나 봐요. 아, 글쎄 숨도 안 쉬고 눈도 못 떠요. 빨리 좀 와줘요."

근동의 초등학교에서 점심시간을 알리는 경쾌한 음악이 흘러나온다. 〈엘리제를 위하여〉. 아이들이 우르르 함성을 지르며 운동장으로 쏟아져 나온다.

다시 사람들 틈바구니에서 나이 든 인부가 빠져나온다. 담배를 꺼내 물며 그가 혼자 중얼거린다.

"쯧쯧, 이게 무슨 날벼락이여. 제일 바지런하던 젊은 사람이. 어째 오늘은 전과 같지 않게 좀 들떠 있는 것 같더라니."

장 여인은 축 어깨를 늘어뜨리고 식당으로 들어온다. 주방 가에서 불안스레 바깥쪽을 내다보고 있던 영숙의 눈과 얼굴이 하얗게 질린 장 여인의 초점 잃은 눈이 마주친다. 장 여인이 얼른 눈길을 거둔다. 여전히 식당 밖은 소란스럽다. 영숙의 손등에 시린 눈물이 한 방울 떨어진다.

어느 날, 나는

내 몸에 무엇이 들어 있는가.

한 번도 생각해보지 않았던, 궁금하지도 않았던 물음이 떠오른다.

그렇다면 환상도 일상의 한 요소인 게 분명하다. 내 중량과 부피와 체적의 성분은 무엇인가?

무엇이기에 저렇게 물이 넘쳐흐르는가.

소리가 들리는가, 왜 저 소리가 저렇게 나를 울리는가.

대리석 욕조에 물이 가득하다. 물은 고요하고 투명해서 묘사할 수 없다. 나는 욕조 앞에서 옷을 벗고, 벗은 옷을 벽을 향해 던지고 욕조에 한쪽 발을 담근다. 발과 종아리와 허벅지가 차례대로 물에 감싸인다. 나는 다른 쪽 발도 들어 욕조에 담근다. 나의 두 발은 물속에 있다. 나는 선 채로 서서히 무릎의 관절을 굽힌다. 엉덩이가 물에 담가지고, 음란한 허리가 젖고, 어지러운 가슴이 물에 잠긴다. 내 몸이 욕조에 다 들어가자 욕조의 가득 찬 물이 욕조 밖으로 흘러넘친다. 욕조를 넘쳐흐른 물이 타일이 깔린 바닥으로 떨어진다. 그 소리가 욕실 안에 과장스럽게 철썩철썩 울려 퍼진다. 그 소리가 파도 소리처럼 맹렬해져서는 내 삿된 영혼을 흔들어 깨운다. 내 몸에 무엇이 들어 있는가. 한 번도 생각해보지 않았던, 궁금하지도 않았던 물음이 떠오른다. 그렇다면 환상도 일상의 한 요소인 게 분명하다. 내 중량과 부피와 체적의 성분은 무엇인가? 무엇이기에 저렇게 물이 넘쳐흐르는가. 소리가 들리는가, 왜 저 소리가 저렇게 나를 울리는가.

모든 이성과 예지의 능력을 스스로 봉쇄하고 눈앞의 풍경에만 두 눈을 고정시켜둔 채, 의지에 대한 동의도 없이 저급한 욕망에 회유당하며 살던 중세의 오후 같은 어느 날, 예기치 않게 과부하에 걸린 신경이 관자놀이 부근에서 날벌레처럼 바르르 떨다가 이상팽창을 일으켜버린 어느 날, 치욕에 민감한 어떤 감정의 꼭지를 나에게 이반하는 내 안의 무뢰한이 대수롭지 않게 '툭' 하고 건드린 어느 날, 내게 모욕과 모독만을 안겨주던 시간은 정지되거나 아예 마비되어도 좋고, 언제나 내 몸을 구속하고 압박하던 공간은 어떤 모양으로든 분할되거나 구획되어도 좋다고 생각한 어느 날, 어느 것도 내 것일 수 없고 어느 것도 내 것이 아닐 수 없다고 생각한, 해괴하도록 변덕스러운 망상과 분열에 시달리며 고열을 앓던 어느 날, 무겁고 지루하고 나른한 내 존재를, 조롱하거나 극단적으로 혐오할 어떤 눈들을 상상하는 데서 나온 것이 틀림없을, 불길하고 지루한 증오에 사로잡혀 참을 길 없던 우울에 빠져 있던 어느 날, 나는 낮잠을 자다가 아주 엉뚱하면서도 우스꽝스러운 꿈을 꾸게 되었습니다.

혹, 그 꿈이 엉뚱하지도, 우스꽝스럽지도 않다면, 희박하게라도 그럴 가능성이 아주 없는 것이 아니라면, 내가 그러기를 굳이 바라는 것은 아니지만, 그 꿈과 꿈의 몽후감에 골몰해 있던 그 어느 날의 내 추레한 몰골에 대해서 나는 새 발의 피만큼 자긍심을 가질 수도 있을 것이라고, 나는 생각하지 않을 수 없습니다.

그 꿈이란 그러니까,

누대에 걸쳐 세습되어 축적되고 응고된 다양하고 휘황한 구면의 욕망과 지난 시간들의 수치스러운 모욕과 앞으로 다가올 시간에 대한 만성적인 공포와 적들에 대한 완강한 적의와 아군에 대한 게

걸스러운 호의를 가지고 있는 내가, 비폭력적이지만 폭력의 근사함에 늘 매혹당하는, 만 스물일곱 해를 살아온 내가, 생의 보잘것없는 효용과 현상에 대해 끊임없이 회의하고 부정하지만 끝내 자살할 용기는 없는 내가, 느닷없이 갑자기 생을 마감하게 되었을 때, 죽음과 맞선을 보게 되었을 때, 그러니까 호흡을 멈추고 눈을 슬그머니 감고 뇌파의 작동을 멈추고 심장 박동의 여운도 잦아지고 시선이 꺾이고 심장 박동의 관성에 의해 나아가던 피도 멈추고 멈춘 피가 서서히 식고 사지가 굳어지고 입술이 파래지고 급기야 모든 장과 생식의 기능들이 마비되었을 때, 그래서 위 속에서 분해 효소의 영향을 받아 막 단백질이나 탄수화물로 분해되던 밥알들이 더 이상 분해되지 못하고 그대로 흐물흐물해져 부패할 때, 그 이전에 이미 소화된 소화물들, 이를테면 양파와 배춧잎과 생태 살과 달걀 흰자와 방울토마토 같은 것들이 담즙과 대장운동의 영향으로 대변이 되어 항문 쪽으로 나아가다가 배변 직전 멈추었을 때, 고환 속에서 생산된 정자들이 사출되지 못하고 생기를 잃어 늘어져서 엉겨 붙을 때, 영혼이 저의 집인 내 몸의 주변과 윤곽을 객관적으로 살피게 되었을 때, 그래서 그 을씨년스러운 육체에 더 이상 머무르는 것이 아무런 의미가 없다고 판단하게 되었을 때, 다시 말하면 영혼이 나의 몸을 떠나기로 최종적으로 결심했을 때 영혼과 더불어 내 몸에서 빠져나가는 온갖 것들—예컨대 모든 기억과 인상 따위—을 내 눈으로 스스로 목도하게 된, 아주 기이한 꿈이었습니다.

그 꿈을 꾸는 동안 내 머릿속은 수개 군단의 벌 떼들이 들어앉은 것처럼, 아니 업그레이드되지 못한 구식 사양의 컴퓨터가 용량을 넘어 맹렬히 구동될 때처럼 윙윙거렸고, 한꺼번에 너무나도 많은 꿈을 꾸느라 지쳐버린 머리에는 그만 쥐가 나버렸습니다. 쥐가 난 머리는, 꿈에서 깨어난 후 뾰족한 펜촉으로 몇 번이고 찔러도 아무런 느낌이 없었으니 참으로 그 꿈이 가지고 있던 마성은 어지간했던 모양입니다.

어쨌건, 내 머리에 쥐까지 나게 한, 끝 모르고 욱일승천의 기세로 뻗친 그날의 꿈과 그 꿈의 편린들이 숨 막히게 뿜어낸 아주 고약하고 변화무쌍한 풍경을 다시 돌아보다가 나는 문득, 이것을 내가 알고 있는 여러 사람에게 이야기하고 싶어졌고, 그게 가능한 일인지 여전히 의심스럽지만 꽤 공을 들여 그날의 꿈을 복기하게 되었습니다. 엉뚱하고 우스꽝스럽게 보이지만 그 꿈에 서려 있을지도 모를, 실제적이면서도 위협적인 실존의 계시에 대하여 나는 전혀 모르는 체할 수 없었던 것입니다.

다음의 기록은 그 괴롭고 심란한 꿈의 복기입니다. 이 기록에는 추호의 과장이나 왜곡이 있을 수 없음을 먼저 밝힙니다. 누구나가 그렇듯이 꿈을 꿀 때 사람은 가장 순수하고 거룩해진다고 나는 생각합니다. 꿈을 거짓으로 증거하는 사람이 있다면, 그야말로 벼락을 맞아 죽어야겠지요. 꿈은 그러니까, 순수가 건축한 우주입니다.

가엾게도 그날의 꿈은 좀 불우하고 참혹한 꿈이었습니다. 꿈속에서 나는 죽음을 목전에 두고 있었기 때문입니다. 내가 죽으리라는 것은 추호의 의심의 여지가 없이 명백해 보였습니다만 이상하게도 절망감이나 비장감 따위는 느껴지지 않았습니다. 눈앞으로 나보다 먼저 죽은 많은 사람들의 이름과 얼굴이 지나가며 나에게 씽긋 윙크를 했기 때문일까요. 숱한 예술가들의 이름, 기억나지 않던 할아버지와 할머니의 이름, 암살당한 정치가의 이름까지 돌아가는 필름처럼 내 앞을 지나갔습니다. 나는 그것을 보고 풋, 하고 웃음을 터뜨리기까지 했어요.

나는 기특하게도 죽음을 고대하고 있었던 것입니다. 죽음을 미리 기다리면서 정말 다행스럽게도 죽음의 두려움은 피할 수 있었습니다. 나는 그것이 참으로 다행한 일이라고 생각했기 때문에 안도의 한숨을 내쉬었습니다. 하지만 그 안도의 한숨이 지상에서의 나의 마지막 숨이 되었습니다.

칠면조처럼 갸륵갸륵, 밭은 숨을 몰아쉬던 내가 기어이 마지막 숨을 토해내고 죽자 내 육신의 곳곳이 꿈틀꿈틀하면서 영혼이 서둘러 그들의 직계 족속들을 깨우기 시작했습니다. 주위는 온통 컴컴해졌고 그래서 눈앞에는 아무것도 보이는 것이 없었는데, 육신의 거죽이 북 가죽처럼 튕겨지면서 어떤 소음 같은 소리들이 부옇게 들려오기 시작했습니다. 나는 점점 뻣뻣해져오는 뒷목을 움직여 그 소리에 귀를 기울였습니다. 아, 그것은 내가 처음으로 들어보는 내 영혼의 목소리, 내 심연 저 밑바닥의 울림이었습니다.

"얘들아 육신이 죽었어, 우리는 어서 이 육신을 떠나야 해, 이 육신의 구멍들이 닫히기 전에 말이야. 모두들 서둘러!"

영혼의 일당들은 분주히 내 육신의 구석구석을 뒤지고 다니면서 함께 데리고 나갈 것들을 물색하기 시작했습니다. 그때부터 내 육신은 급속도로 냉각되기 시작했습니다. 얼마 후, 무서운 속도로 눈이나 코나 입으로 혹은 귓구멍이나 항문을 통해 내 몸을 빠져나가는 나의 전 역사가 보이기 시작했습니다. 나는 놀랍고 두려웠지만 두 눈을 부릅뜨고 그 모습을 지켜보았습니다. 호기심은 언제나 두려움보다 앞에 있다는 것을 저는 그때 처음 알았습니다.

내 육신이 죽자 가장 먼저 내 육신 저 깊은 바닥, 영혼이 쳐놓은 촘촘한 그물코에 걸려 있던 모든 기억의 입자들과 그 기억들에 부속되는 각양각색의 이미지들이 개찰구를 빠져나가는 귀성객들처럼 줄을 지어 나갔습니다. 그리고 멀고 서늘한 밤하늘 저편에 걸려 있는 몇 개의 별들이 우연히 유추시키는 순수 영혼에 대한 갈망과 의구심이 아울러 나가고 구구단이 2단부터 9단까지 차례차례로 나가고 구구단을 외라고 빗자루를 집어 든 장형의 짜증 난 얼굴이 나가고 겨우 익힌 한국어의 문장과 문법의 감수성들이 나가고 첫사랑의 갸륵한 향기와 자취를 포함하는 모든 기억과 첫사랑이 갸륵한 것이었다고 자꾸 다그치는 그 어떤 망령이 나가고 그 갸륵한 기억에 저항하는 사랑에 대한 설익은 정의와 사랑의 상처에 대한 사례보고와 적의에 찬 울분과 맹서가 마치 터널을 빠져나가는 자동차처럼 쑹, 하고 나가고 '갸륵한'이라는 형용사를 남발하고 있는 초라한 내 어휘력에 대한 불만이 나가고 촐촐촐 냇물소리가 나가고 냇물소리에 반응하던 내 여린 감성의 순결이 나가고 냇가에 살던 피라미의 비늘에 부딪히던 십수 년 전의 황금햇살의 감촉이 나가고 담배 맛에 대한 기호가 나가고 자취방들의 슬픈 주소가 줄을 지어 나갔습니다.

죽은 내 몸 안에는 별들의 역사와 별을 향한 지상의 순애보가 다 있었으니, 영혼이 소리쳤습니다. '자, 나를 따라서 영원의 세상으로 가자.' 그 선동에 혹하여, 내 영혼의 프로파간다에 회유당하여 내 육신을 나와 알 수 없는 우주의 길을 찾아 떠난 것은 그뿐이 아니었습니다. 암기된 지하철의 노선이 나가고 피라미드와 황하, 그 태초의 문명에 대한 동경이 나가고, 에베레스트와 킬리만자로의 높이와 프라하나 부에노스아이레스, 나이로비 같은 각국의 수도 이름과 미적분 2차방정식 같은 수학공식이 나가고 친우들의 핸드폰 번호와 그들의 목소리와 그것을 구분하는 내 청력의 기억이 나가고 입, 코, 눈, 귀, 항문의 열린 구멍으로 망설임 없이 나가는 것들에 대한 분노가 나가고 나가고 나가고의 반복어법이 나가고 작가의 이름과 그것에 연결되는 책의 제목이 나가고 이를테면, 존 파울즈와 프랑스 중위의 여자, 다자이 오사무와 인간실격이 나가고, 나가서 사라지는 길에 대한 연민과 감상이 나가고 시에 대해 감동할 줄 모르면 큰일이라는 낭만적인 자탄의 시절에나 있을 법한 씁쓸한 회고가 나가고 은유나 직유 같은 썩 간단한 진실에 대한 기만술이 나가고 지식과 지식에 대한 온갖 자의식이 나가고 빈 육신에 대한 동정이 나가고 나가면 나가는 것이지 하는 냉소적 발언과 그 발언에 우쭐했던 마음이 나가고 추위에 대한 찌푸림과 더위에 대한 짜증이 나가고 죽은 선배와 스승들의 목소리가 나가고 그들의 몸속에 나는 어떤 모습으로 들어 있었을까 하는 의구심이 나가고 그들이 죽었을 때 나는 어떤 모습으로 그들의 몸을 빠져나갔을까 하는 궁금함이 나가고 주말 드라마의 다음 이야기에 대한 추측이 나가고 언제였는지도 모르는 들어옴의 현재진행이 나가고 살짝 아프기를 기다렸던 육신이 나가고 포르노 영화 속 남자 배우에 대한 시기와 질투들이 나가고 육신이 죽으면 내 몸에서 나가는 것들은 어떤 것이냐라는 물음이 나가고 육신이 죽으면 몸에서 무언가가 나간다라는 확신이 성큼 아무렇지도 않게 나갔습니다. 나가버렸습니다. 나는 어쩌지 못하고 바라볼 수밖에 없었습니다.

  그리고,

  죽은 내 육신의 구멍으로 바람처럼 거침이 없고 비눗방울처럼 미끄러워서 잡히지 않는 영혼의 안내와 유도를 따라 오른손의 관행과 왼손의 저항이 동시에 나가고 이 서술은 '오른손잡이' 인 '나'

의 서술이다라는 부연설명이 나가고 만약 내가 왼손잡이였다면 이 서술은 당연히 왼손의 관행과 오른손의 저항이 나간다로 수정되었을 것이다라는 또 다른 부연설명이 나갔습니다. 사람들을 이해시키고 설득시키려는 관심에 대한 열망의 순수와 비순수가 나가고 사람들의 모든 이해를 차단하려는 고독에 대한 열망의 순수와 비순수가 나가고 선호하는 작가의 이력과 좋아하지 않는 작가에 대한 미움과 경멸이 동시에 나가고 이렇듯 허무하게 몸을 빠져나갈 것들에 대한 미련이 나가고 첫키스의 기억과 첫키스를 노래한 어떤 시의 감동이 나가고, 두 번째 키스와 첫키스의 감동을 비교하려는 남성의 장난기가 나가고 첫키스를 노래한 어떤 시인의 사생활에 대한 호기심이 나가고 어머니의 찬송가 256장 '눈을 들어 하늘 보라'라는 소리가 나가고 신뢰하지 않는 시인들의 거룩한 이름들이 나가고 신뢰하는 시인들의 남루한 이름들이 나가고 헌책방의 백과사전들에 눌려 헉헉대던 시집들에 대한 냉소와 측은지심이 나가고 그들의 시집을 깎아내리던 내 초라한 행색과 그것을 바라보던 여자 친구의 음울한 시선에 대한 내 자격지심이 나가고 여자 친구와 이별주를 마신 술집의 카운터에 세워져 있던 장미꽃의 향기가 나가고 여류 작가에 대한 공격적인 연정이 나가고 차범근의 슛과 박찬호의 투구에 대한 품평이 나가고 '세상은 망해가는데 나는 사랑을 시작했네' 이거나 '나 돌아가는 날 너는 와서 살아라' 같은 상대적인 시구에 대한 절대적인 감동이 나가고 이국 작가들의 이름이 우르르 불도저처럼 빠져나가고 몸에서 먼저 빠져나가려고 아우성치다 삐걱대는 소화불량과 급체의 기억들에 대한 연민이 나가고 시대에 대한 삼류의 감상과 인식들이 나가고 요한 제바스티안 바흐와 팻 매스니, 김영동의 선율이 나가고 요한 제바스티안 바흐와 팻 매스니, 김영동의 선율보다도 먼저 그들의 이름을 발음할 때의 혀의 경쾌하던 기억, 정신의 아스라한 자부심이 나가고 몇몇 인상적인 소설의 제목들, 예를 들면 포경선 작살수의 비애, 장대높이뛰기 선수의 고독, 풍금이 있던 자리, 돈황의 사랑이 나가고 소설에다 인상적인 제목들을 붙인 작가들에 대한 무한한 동경과 연민이 나가고 뒤도 돌아보지 않고 나가버리고 그리고,

 아 가족, 가족에 대한 울분과 울분에 대한 자책과 자책에 대해 물밀듯 치밀어오르는 허무와 근원을 알 수 없는 그들에 대한 자욱한 애상이 나가고 그것들이 빠져나간 내 몸의 쓸쓸함을 돌아보는 마음이 느끼는 박탈감이 나가고 통장의 입금을 확인하기 위해 눌러야 하는 비밀번호의 달콤하지 않은 촉감이 나가고 모든 것이 빠져나가 공동화된, 내 텅 빈 몸의 어떤 카타르시스가 나가고, 빈 몸을 광야에 던져 허기진 수리들의 먹이가 되게 하면 어떨까 하는 저급한 자학의 양식이 나가고 예쁜 후배의 다리를 훔쳐보던 눈의 촉기가 나가고 지기만 하는 축구 선수들에 대한 분노와 한국 축구 선수들이 월드컵에서 우승할 수 있는 유일한 방법은 골대를 공중 3미터 높이에 매달아 놓는 것이라는 메스꺼운 자조가 나가고 아직 읽지 못한 책들에 대한 부끄러움이 골대를 빗나간 축구공처럼 덜컥, 늑골을 치며 나가고 신춘문예 당선 소식을 들었을 때의 애매한 환호와 놀랄 만큼 선명한 우쭐함이 복부를 찢으며 나가고 태연한 척하기 위해서 지어야 했던 불순한 표정들이 나가고 사람 없는 곳에서 우쭐하며 불끈 쥔 주먹의 알 수 없는 힘의 방향이 나가고 예비군 통지서에 대한 경멸과 군복에 대한 우수가 함께 나가고 떠나보내면서도 무덤덤하기만 한 나에 대한 공포가 나가고 정말로 무엇에 쓸지 아무런 생각도 없으면서 암기해버린 테너나 지휘자들의

이름과 보석과 꽃의 이름들이 나가고 나는 정말 무식하고 졸렬하고 형편없는 놈입니다라고 하는 폭력적인 자기 고백에 대한 참을 수 없는 부끄러움이 나가고 새벽 늦게까지 소설을 쓸 때 창을 두드리던 믿을 수 없는 바람의 존재와 그 바람의 근원에 대한 몸 가눌 수 없었던 향수가 나가고 술 취한 말들과 피를 보고 싶어 하던 광폭한 냉정과 시비에 대한 무분별함이 나가고 대추, 배추, 오이, 호박, 부추, 풋고추, 열무, 양파라고 떠드는 행상 채소장수의 목소리에 대한 인간적 호감이 나가고 운동선수들에 대한, 영화배우들에 대한, 뉴스 앵커들에 대한, 변호사들에 대한, 은행원들에 대한, 귀부인들에 대한 본능적인 시샘이 나가고 시집을 가지지 못한 시인들의 쓸쓸함에 대한 이해가 나가고 시집을 가지지 못한 시인들처럼 쓸쓸하다라는 산문적 표현에 대한 자조가 나가고 출생지, 출신교에 대한 열등감이 빈 바다 썰물처럼 나가고 아이가 없거나 이혼을 한 작가들에 대한 유치한 호기심이 나가고 유명한 작가의 정부들에 대한 집요한 상상이 나가고 내 애인이 유명한 작가라고 말하고 싶어 못 견뎌 하는 정부들의 더러운 성기에 대한 그림이 나가고 한때의 낮술과 거짓말과 화해에 대한 중독이 나가고 입고, 먹고 싶은 상품의 브랜드와 그것의 이미지와 그 이미지를 다시 대상화하는 내 오체와 오감의 속물적인 욕망이 나가고 커피보다는 녹차를 선호하는 내 단순하고 명확한 기호가 나가고 마음껏 표현하고 소비할 수 없는 이 영감, 문학적 영감에 대한 아쉬움이 나가고 뱀꼬리처럼 솟는 신경질이 쓰윽, 나가고 늦는 아버지를 기다리며 잠 못 들던 내 어린 날 밤, 가수의 추억이 나가고 사진첩의 눅눅한 냄새와 가족사에 대한 상상 속에서의 연대기적 복원이 나가고 왕래가 끊긴 외삼촌과 작은아버지들에 대한 호기심이 나가고 중학교 미술

책에 나오는 화가들의 이름의 이국적 어감에 대한 즐거운 감상이 나가고 그 학교, 오후의 복도에 내리깔리던 그늘과 침묵에 대한 직감적인 순응과 갇혀버린 인상의 기억이 나가고 언제나 늘 그 자리에 자리 잡고 있는 왜소한 몸에 대한 자의식과 그 몸의 비대한 공포가 흉부를 가르며 나가고 시화전시장에 흐르던 피아노 곡들의 선율과 그것들이 일으키는 머리꼭지의 수선함과 어린 소녀들에 대한 발랄하고 수긋한 연정이 나가고 내가 읽은 최초의 창비 시집 하급반 교과서의 채송화 같은 인상이 나가고 이상평전과 이청준의 차가운 눈길 시린 발바닥, 창문을 열면 사람들의 구두코와 종아리가 보이던 반지하 자취방의 애틋함이 나가고 허겁지겁 서둘러 해치우던 수음과 섹스에 대한 끝없는 갈망이 나가고 수음과 섹스에 대한 갈망의 기억을 진술한 내 곧은 혀의 뻔뻔스러움이 나가고 직설의 힘에 대한 부끄러움이 나가고 감옥과 북극과 정류장과 숲에 대한 어설픈 동경들이 나가고 창백한 백석에 대한 일방적인 옹호와 연모들이 나가고 모르고 보낸 사람들의 아름다운 얼굴과 아픈 줄도 모르고 심심하기만 했던 세월의 무게가 나가고 9월 첫 휴가의 감동이 나가고 내 몸에서 나가는 모든 것들에 대하여 이미 나갈 채비를 서두르는 의지와는 무관하게 입혀지는 모든 감상의 색채가 나가고 창에 부딪는 봄비, 늙은 창부 곁에서 첫사랑을 생각나게 하는 것이 바로 봄비라고 노래하던 어떤 순진무구한 선배에 대한 경배가 나가고 출판사들의 무서운 주소들이 나가고 옛 첫사랑이 남자 아이의 성기를 달고 나타났던 이상한 꿈의 어지러운 자취가 나가고 어느 베스트셀러 시집을 낸 중견 시인의 긴 시집 제목이 나가고 코끼리 같은 그 시인의 몸집 때문에 떠오르게 된 코끼리야 코끼리야 너 참 아름답구나 그런데 왜 사람은 죽였니? 라는, 스리랑카

코끼리 조련사의 노래가 나가고 떠오르면 어쩔 수 없이 나가야 할 것을 알기 때문에 의식의 저 밑바닥에 숨어 몸과 함께 저물어 아무도 알게 되지 않기를, 영원한 무지로 남게 되기를 바라는 이반된 내 의식의 신성이 나가고 이제 갓 등단한 신인이라고 기본적인 예의도 갖추지 않은 문예지의 편집자에 대한 극렬한 살의가 나가고 전기세를 내지 않아서 전깃줄을 끊어버린 자취방의 주인 노파에 대한 무시무시한 두 번째 살의가 나가고 그래서 도스토예프스키에 대한 무조건적인 동의가 나가고 내가 할 수 있는 것이 과연 무엇일까 내 몸은 왜 나의 것이어야 하는가 하는 사춘기 이래의 지리멸렬한 형이상학이 나가고 다자이 오사무와 도스토예프스키를 어떻게든 연결시켜보려는 내 이상한 문학적 확신이 나가고 신인이기 때문에 5, 60매에 한정된 원고 청탁을 받아야 하는 그래서 5, 60매 내외로 소설을 끝마쳐야 하는 수모와 그 수모에 대한 서늘한 안도감이 나가고 시인 박남철과 작가 장정일이 이 세상을 떠나기 전에 그들과 함께 광어회나 우럭회를 안주로 딱 한 번만 술을 마셔보았으면 하는 인간소통에 대한 기본적인 희망이 나가고 첫 활자화된 내 글의 아득한 쾌감이 나가고 선배들의 연애담에 대해 시시콜콜 촌평을 늘어놓던 내 우의화된 자학이 나가고 두 차례의 시큰한 치욕이 후련하게 나가고 두 차례의 모멸이 시원하게 나가고 거짓 증거와 도벽과 폭력에 대한 나의 적절한 애호가 나가고 그리고 죄에 대한 함구와 내면에서의 간단치 않은 고민이 간단하게 나가는 것이었습니다. 이 모두를, 내 안에 고이 저장되고 훈육되고 있던 이 모든 것들을 영혼이 한 번에 흔들어서 깨워 데리고 나갔습니다.

누가 나에게 가르쳐준 대로 시간은 저물거나 시들지 않고 영혼은 그 시간 속에 영원히 저장되는 것이라니 영혼이 영혼의 이름으로 사멸하는 육신에서 데리고 나간 것은 그뿐이 아니었습니다. 나는 그러는 것을 막무가내로 지켜보고만 있었습니다. 아무도 나―여기서 나는 과연 누구의 나입니까―의 역할을 알려주지 않았기 때문입니다.

　죄에 대한 함구와 내면에서의 간단치 않은 고민에 이어 표현의 형체를 갖추지 못한 사해보다도 넓고 깊은 모든 상상들의 자취가 나가고 부릅뜬 눈의 핏기들이 기억하는 수많은 극과 일상의 절정이 나가고 탄생과 동시에 추락을 선고받은 몸에 대한 가없는 강박이 나가고 배경처럼 떠도는 넘치는 함성과 힘센 목청과 화염병의 불놀이와 좁은 그늘 속의 자학이 나가고 어렴풋한 함박웃음의 환청이 나가고 하마, 기린, 코뿔소, 코끼리, 타조 같은 우습게 생긴 동물들에 대한 구체적이지 못한 친근함이 나가고 구체적이지 못한 몸에 대한 불신이 나가고 여러 상징들의 기원에서 출발하여 그 끝에까지 도달해보고자 했던 현실에 대한 객관화의 열망이 나가고 열망을 받아들이지 못하는 현실의 완강한 외벽에 대한 섭섭함이 나가고 몸이 죽었을 때 영혼이 사체에서 데리고 나가는 것들에 대한 이 주관적이고 일방적인 진술이 소설이 될 수 있을까라는 대단히 현실적이고 현재적인 염려가 나가고 독자와 비평가들의 반응에 대한 우려가 나가고 원고료는 언제쯤 받아볼 수 있을까라는 아주 고약한 현실적 고민이 나가고 내 안의 모든 수동의 습관이 나가고 만성 소화불량에 대한 걱정이 나가고 원고 마감일, 가족들의 생일, 친구들의 결혼, 할머니의 기일 따위의 지겹도록 우울한 날짜들에 대한 기억의 부담이 나가고 사회 구도에 성공적으로 편입되지 못해 불안해하는, 아버지의 아들인 나의 초상이 나가고 사회와의 무모한 절충을 꿈꾸다가 어디로든지 떠밀려갈, 어머니의 아들인 나의 가련한 초상이 나가고 순수와 순결에 대한 영원하고 풀리지 않는 부채의식도 나가고 철컥철컥 노리쇠 후퇴 · 전진하는 개인화기의 금속성 소리가 나가고 모든 금속적이고 물리적인 소리들에 대한 청각의 인상이 나가고 모든 소리들이 빠져나가 허전해진 빈 몸의 공명에 대한 뿌듯한 만족감이 나가고 내 기억의 진원, 내 기억의 효시라고 믿어지는 높이가 같은 영혼과 육체가 정지된 채로 서로 마주 보며 감응을 일으키던 그 어떤 환한 날의 불현듯한 인상이 나가고 인상의 마디에 대한 찰나적인 쾌감과 불쾌감이 나가고 시간의 거리가 가져다주는 객관적이지 못한 감상이 나가고 기억의 그물코에 걸러지지 못한 사소한 경험의 미립자들과 그것들의 눈부신 반짝임과 반짝이면서 추락하는 찌꺼기들의 거친 감촉이 나가고 수많은 꿈과 그 꿈의 그림자들이 나가고 다른 사람의 꿈속에 외출했던 낯선 내 행색과 국면이 나가고 어디에선가 본 적이 있는, '내 그림자도 주민등록 신고를 해야 할까'라고 노래했던 일본 시인의 기발한 시구에 대한 경멸이 나가고 병과 감염에 대한 공포가 나가고 자라나던 병원균과 바이러스들에 대한 면역력이 나가고 병원과 교회에 대한 테러 욕망이 나가고 캔 맥주나 한잔해야겠어, 그러는 게 좋겠어라고 하는 난데없는 기심이 나가고 잔디밭 벤치에 앉아서 흥얼거리던 시의 둥근 율조와 드러누워 눈 가리면 뇌리에 쏟아지던 산문들의 투박한 모서리가 나가고 엄격하고 견강한 지면에 대한 두려움이 나가고 패배감이 나가고 그리고, 내 무엇, 내가 나이게끔 하는 심원하고 본질적인 그 무엇을 이룬 온갖 구조와 시설들의 섭리가 나가고 그 구조와 시설 안에 안락하게 안주해 있던 수천수만 가지의 고정관념들, 예컨대 자멸은 아름답다나 치욕은 지상에 있다라는 따위가 나가고 직장도 수입도 없는 생활에 대한 몰염치가 나가고 보다 극심한 배출과 소진의 욕구가 나가고 이러는 것도 결국은 유치한 자학극이 아닐까 하는 생각이 나가고 달리는 열차의 차창 밖으로 바라보던 지붕 낮은 집들의 하얀 빨래들이 나가고 저 집에는 얼마나 큰 상처가 있기에 저렇게 큰 붕대를 널어놓았을까라고 중얼거리던, 스스로 썩 만족스럽던 그 어느 날의 하오가 나가고 내 에너지, 나의 힘이 나가고 내 에너지 나의 힘을 대체할 모든 가능성들이 나가고 내 사랑하는 과대망상이 나가고 성경과 도덕경의 구절이 나가고 긍정적인 믿음들의 기원이 나가고 알파벳과 한자 같은 욕망을 부추기던 기호들도 나가고 색깔을 구별하는 눈의 기능이 나가고 냄새를 구별하는 코의 기능과 맛을 구별하는 혀의 기능이 나가고 소리를 구별하는 귀의 기능이 나가고 마비되어버린 기능을 안타까워하는 모질지 못한 마음이 나가고 내 손이나 몸에 묻어 있는 다른 사람들의 체온, 그 체온으로 살을 이루는 다른 사람들의 세월과 역사의 범박한 삽화들이 나가고 다른 사람들의 감정이 나가고 안개와 바람과 어둠과 소나기와 해일 등의 기후 조건들에 반응하는 내 예민한 감정들이 나가고 기미와 징후와 낌새와 조짐과 징조 등, 비슷한 말들 사이에 존재하는 어렴풋한 뉘앙스를 구별해내는 알 수 없는 언어 감각이 나가고 컴퓨터의 단축키가 나가고 수성, 금성, 화성, 목성, 토성, 천왕성, 해왕성, 명왕성 등 태양계의 여러 별들의 다정한 이름이 나가고 더불어 명예롭고자 했던 문예사조의 거룩한 역사와 시인들의 영예와 치욕과 권태와 부침에 대한 사견이 나가고 그리고, 어린 나는 자라서 나뭇가지를 꺾기 위해 화분의 어린 나무에 물을 준다라는 애매모호한 시적 진술이 나가고 최초의 일기가 나가고 최초의 시와 소설을 쓰던 종이의 푸른빛이 나가고 내일이라는 정체불명의 시간 개념이

나가고 하늘과 바다의 푸른 쪽빛이 불러일으키던 아, 섹스보다도 더했던 순수에 대한 갈망이 나가고 보편적인 경험과 기억의 장면들을 유추해내지 못하는 심각할 만한 의식의 편향과 편집에 대한 자기진단이 나가고 관습적인 위선과 저항적인 위악의 포즈가 나가고 지하철의 자동문 개폐 시의, 나를 긴장시키던 마찰음이 나가고 결코 소멸되지 않을 것이면서 공공연히 소멸에 대해 떠드는 무리들에 대한 조소가 나가고 자궁에 대해 떠드는 무리에 대한 테러가 나가고 사랑하던 여자와 묵었던 목포의 여관 이름과 항구의 풍경이 나가고 그리고, 이 극단적 축출에 대한 치명적인 피해의식이 나가고 작가와 시인들의 자서가 들어 있는 책들에 대한 비뚤어진 연모가 나가고 내 어머니의 어머니의 어머니의 혈흔이 나가고 내 아버지의 아버지의 아버지의 입김이 나가고 그래서 나는 자유로워지고, 자유로워진다고 생각하는 어느 순간의 방심이 나가고 술 취해서 울던 아무도 알아주지 않던 날들의 볼품없는 갱생의 의지가 나가고 막 무너지고 싶은 막 일그러지고 싶은 허약한 의지들이 나가고 미래도 과거도 없이 딛고 선 하얀 발바닥의 간지러운 촉각이 나가고 모든 추측과 짐작과 그것들이 발효할 구체적인 시간의 자리가 나가고 결핍과 충만의 연속적인 자리바꿈이 나가고 내 삶의 은유인 죽음에의 집착이 나가고 대중가수들의 지껄임이 나가고 여름엔 무덥고 겨울에는 매우 추운 중부 내륙의 날씨의 경험이 나가고 중부 내륙에서 계속된 한 생의 이지러진 궤적이 나가고 약값을 받지 않던 약국 여주인에 대한 감동이 나가고 그래서 나는 화해에 대해서 생각하게 되었고 내 사랑을 믿고 받아주던 여인의 머루 같은 눈이 나가고 나가고 나가다가 지쳐버린 주문이 나가고 너무 많이 빠져나가서 입, 코, 귀, 눈 동굴 입구의 언저리가 문드러진 그 시린 아픔마저 나가고 신발을 신을 때 항상 오른쪽부터 신는 습관이 나가고 그것을 아우르는 모든 고착화된 습관들의 결정이 이룬 개인의 레디메이드가 나가고 착한 여자에 대한 내 사랑도 나가고, 어쩔 수 없지만 나갈 것은 깡그리 나가버리고 몸은 거적으로나 남고 영혼은 더 데리고 나갈 것은 없는지 몸의 주변과 윤곽을 샅샅이 탐색하고,

그리하여 내가 죽고, 내가 완전히 소멸하여 나의 몸에서는 온통 무엇이 빠져나간 것일까요. 탈주를 향한 영혼의 욕망은 그 끝이 보이지 않았습니다.

영혼은 내 사멸한 육신을 뒤져 개미에서 코끼리에 이르는 동물에 대한 기이한 경계심을 데리고 나가고 보풀에서 삼나무에 이르는 식물들에 대한 온건한 느낌—이것도 고정관념이겠지만—을 데리고 나가고 아버지와 어머니와 형제들의 이름을 데리고 나가고 눈물과 격리된 맨송맨송한 슬픔을 데리고 나가고, 나가고 나가고의 반복어법과 반복어법에 의지할 수밖에 없는 내 사고의 무기력함을 데리고 나가고 그리고 그 어느 날 최후진술을 향한 망상의 고단한 복기를 데리고 나갑니다. 나가고 나갑니다.

후~.

꿈을 복기하다 보니 꿈에 대한 저의 진술이 너무도 평이하고 무난하다는 생각이 듭니다. 내 잘못은 내가 언제나 너무 조심스럽다는 것입니다.

누구든지 삶을 이해한 사람이라면, 감히 한 존재로서 완전한 소멸을, 소멸의 완료를 꿈꾸지만 그것은 어디까지나 시간이라는 물리의 문제에 귀속되는 것일 터입니다. 시간은 죽어도 죽어도 멈춰지지 않으니까요. 단단한 시간의 구조를 격파할 수 있는 존재는 이

세상에 살면서 존재하지 않습니다.

내가 죽어가는 동안 내 몸에서 끊임없이 빠져나가는 동안의 시간은 정지되고 소멸되지 않으니, 기억은 시간에 기생하며 새끼의 새끼를 치고 개인의 시간은 기억과 함께 더 넓은 역사를 만들어나갑니다. 몸에서 나갈 것은 너무나 많아서 몸은 길고 한없이 넓어집니다, 한 몸에 저장된 모든 경험의 무한이 빠져나가기 위해서는, 시간을 모두 소비해야 할지도 모릅니다. 그러니까 모든 것을 다 내보내는 몸의 역사는 언제나 시간을 거슬러 현재진행 중이고 몸은 시원으로, 시원의 시공으로 어머니의 자궁을 나올 때의 그 시원으로 돌아가기 위해서 이제까지의 생의 몇 제곱이나 되는 시간을 다시 살아야 할지도 모릅니다. 시간은 영원히 자신의 양식대로 회귀하고 출력되니 어쩌면 죽음이란 이렇듯 소멸을 향해 나아가는 기억들의 영원한 현재진행일지도 모릅니다. 한껏 시간을 조롱하는 서사 양식일지도 모릅니다,라는 생각도 나가고, 나가고 나가고가 나가고가 나가고, 그래서 나—여기서의 나는 과연 누구의 나일까요—는 마침표 대신 쉼표를 찍는 것이라는 최후진술도 나가고,

고딕gothic 가족

나는 언제 한번 피아노 소리를 들으면서 잠에서 깨어날 수 있을까요.

나는 언제 한번 오븐에 구워지는 빵 냄새를 맡으면서 잠에서 깨어날 수 있을까요.

언제나 내 잠을 깨우는 건 노인네들의 지겨운 생떼 소리들,

그들이 싸지른 똥오줌의 지린내예요. 지옥의 소리가 있다면

바로 이곳에서 나는 소리일 테고 지옥의 냄새가 있다면 바로 이곳에서 나는 냄새일 거예요.

"이봐, 이 집에 어둑신한 망조가 들었다니까, 몇 대가 더 거꾸러져야 그걸 알겠어. 어서 기둥을 무너뜨리고 지붕을 내리란 말야, 저 지붕 위에 누런 괴물의 그림자가 어른거린단 말야. 이 집을 삼키려고 낼름거리고 있단 말야!"

밥 때가 되어, 와룡산에서 내려온 술주정뱅이 누더기 스님은 이번에도 우리 움막을 그냥 지나치지 않습니다. 늘 같은 소리를 되풀이하는 거지요. 그러면 왕노인은 눈알을 부라리고 오물을 퍼부으며 악담을 늘어놓는 스님을 내쫓습니다.

"이런 급살 맞을 땡중을 봤나. 목탁도 없이 술병만 손에 쥐고 살아도 되는 거야? 돼먹지 않은 소리 말아! 우리는 우리끼리 잘 살고 있으니까."

"헤, 두고 보라지, 이 집은 거꾸러지고 말 테니까."

"어서 저리 가지 못해, 저리 썩 꺼지란 말야!"

결국엔 술주정뱅이 스님이 왕노인의 등쌀에 어물쩡 물러서고 맙니다. 물러서지 않을 수 없지요. 대장장이 왕노인의 손에는 한 자루의 시퍼런 낫이 들려 있으니까요. 술주정뱅이 스님은 맨발로 자그락자그락 소릴 내며 언덕배기 자갈길을 내려갑니다. 취해 비틀 거리는 품이 위태롭기 짝이 없는데, 그 와중에도 독한 소리를 더 내지르는군요.
"그래, 갈게. 갈 거야. 하지만 나중에 후회하진 말라구! 죽어서 백골이 되어 후회하면 뭘 하겠어!"
나는 손으로 차양을 만들어 뜨거운 햇볕을 가리고 그의 뒷모습을 바라봅니다. 그는 언제나 그랬던 것처럼 교회에 내려가서, 합장을 하고 또 한 끼니의 일용할 양식을 얻을 거예요. 왜, 왜 저렇게 사는지 모르겠어요.
술주정뱅이 누더기 스님을 내쫓은 왕노인이 대장간에서 방으로 통하는 문지방을 넘어옵니다. 곱추 같은 그의 구부정한 몸이 금방이라도 꺼질 듯 위태롭게 느껴집니다. 짚을 엮어 만든 멍석이 깔린 방은, 붉은 흙바닥일 뿐인 대장간과는 반 뼘 높이의 문턱 하나만으로 구분될 뿐입니다. 막, 누더기 스님과 말다툼을 벌인 터라, 그의 심사가 편해 보이지는 않습니다. 아마도 누더기 스님의 지독한 악다구니가 귓바퀴에 진흙처럼 달라붙어 있을 테지요.
"흐, 정신들 차려야지, 이러다간 모두 지옥으로나 떨어지고 말걸."
가래가 섞인 그의 목소리는 그의 호물호물한 육신과는 달리 언제나 도도하고 카랑카랑합니다. 식구들은 여느 때처럼 모로 누워서 빈둥빈둥대고 있습니다. 오빠만이 조금 기울어졌던 자세를 고쳐 앉습니다. 어젯밤 늦게까지 노인들의 수발을 든 오빠는 지치고 피로한 기색이 역력해요. 나는 그런 오빠가 가엾기 짝이 없습니다.
왕노인의 오른손에는 늘 낫이 들려 있고 팔뚝은 잿빛 쇳물로 번

지르르합니다. 1년 내내 꼬박 대장간에서 일을 하는 그의 몸에서는 언제나 쇠 냄새가 떠나지 않고 목청에서는 칼칼한 쇳소리마저 나요. 그러나 우습게도, 그가 1년 동안 대장간에서 만들어내는 건 고작 낫 한 자루에 불과하지요. 볼품없는 한 자루의 낫을, 마치 최영 장군의 용천설악이라도 되는 양 애지중지합니다. 그가 낫을 왜 만드는지 그 낫을 어디에 쓰려는지는 아무도 모르고 또한 아무도 알고 싶어 하지 않습니다. 그는 관심의 대상이라기보다는 무관심의 대상입니다. 그가 어느 날 죽어서 연기처럼 사라진다고 해도 식구들은 눈 하나 깜짝하지 않을 것입니다.

언젠가 친절하고 자애로운 촌장 부인이 왕노인의 낫을 사러 온 적이 있었습니다. 그때 왕노인은 낫 값으로 터무니없이 높은 금액을 불러서, 온정을 베풀고자 했던 촌장 부인을 무안케 했지요. 촌장 부인은 보잘것없는 낫 값으로 금 석 냥을 내주었던 것인데, 왕노인은 부인의 손을 고리 같은 손가락으로 툭 털면서 말했습니다.

"이게 어떤 낫인데, 그따위 금 서 푼으로 가져가려고, 어림없는 수작 하지 말란 말야!"

그 일이 있은 후 왕노인의 대장간에는 아무도 낫을 사러 오지 않지요. 그래도 왕노인은 씩씩거리며 화로에 풀무질을 하고 하루 종일 낫을 가는 일을 멈추지 않습니다.

우리 가족은 그 괴팍한 노인을 왕노인이라고 불러요. 가족 중에서 나이가 제일 많은 어른이기 때문이죠. 올해 나이 108세라고 하니까. 그가 태어나던 해에 지금은 사라진 왕조의 대왕이 즉위했다고 하니까 그와 나와는 상상하기조차 힘든 까마득한 시간의 거리를 가지고 있습니다. 그래서 나는 가끔, 이를테면 왕노인이 서녘의 저무는 햇살을 등에 지고 문을 가로막고 섰을 때 그가 마치 머나먼 과거 속에서, 칙칙하고 음습한 과거 속에서 막 걸어 나온 듯한 유령 같다는 착각이 들 때가 있어요. 그리고 그의 겨드랑이나 사타구니에는 꼭 거미줄이 쳐 있을 것만 같다는 생각이 들기도 하지요.

왕노인은 내가 할아버지라고 부르는 사람의 할아버지입니다. 쉽게 말하면 나의 고조할아버지인 셈이지요. 그와 나와는 무려 5대라는 세대 차이가 있는 것이에요. 그러니까 그가 몇십 번 껍질을 벗어낸 늙은 고목이라고 한다면 나는 이제 막 대지에 살짝 얼굴을 내민 새싹인 셈이지요. 그러나 나는 그를 존경하지는 않아요. 내가 그를 존경하는 일은 앞으로도 없을 거예요. 사실대로 말씀드리자면 이 집안에 내가 존경하는 사람은 한 사람도 없답니다. 존경심은커녕 나는 이 집 사람들이 전혀 마음에 들지 않아요. 오빠마저 점점 싫어지고 있어요. 이 집 식구들은 하나같이 모두가 더럽고 미련하고 욕심이 많고 폭력적이랍니다. 내가 어쩌다가 이런 집의 식구로 태어났는지, 그것을 생각하면 하루에도 몇십 번씩 울화가 치밀어오릅니다. 내가 '우리 집'이라고 하지 않고 부러 '이 집'이라고 하는 것도 모두 그 때문이에요. 아직 아무에게도 말하지 않았지만 나는 언젠가는 꼭 이 집을 떠나고 말 거랍니다. 두고 보시면 아실 거예요.

"이제 낫이 거의 다 됐어."

왕노인이 상기된 낯으로 자신의 낫을 눈높이에까지 들고 골똘하게 바라봅니다. 그는 낫을 아침부터 밤까지 불에 달구고 망치로 두들기지요. 그러나 언제 보아도 낫은 그 모습 그대로입니다. 대장간에서 울리는 왕노인의 망치 소리는 이 집의 한 특성이 되었어요. 텅텅 울리는 망치 소리는 사실 몹시 귀에 거슬리는 것이지만 이 집 사람들은 면역이 되어서 그런지 잠도 잘 자고 뭐라고 한마디 불평도 하지 않습니다. 불평을 한다고 해도 자기밖에 모르는 고집 센 왕노인이 낫을 두들기는 일을 그만두지는 않을 테지만요.

왕노인이 낫을 대장간 선반에 휙, 던져놓고 발작의 여파로 앓고 있는 큰노인에게로 갑니다. 큰노인은 왕노인의 하나밖에 없는 아들이며 내 증조할아버지예요. 올해 나이 졸년(90)인 그는 불행하게도 젊어서 앓은 염병 때문에 머리통이 군데군데 곰삭고 계절에 한 번씩은 꼭 발작을 앓습니다. 그가 발작을 시작하면 왕노인은 대장간에서 늦도록 나오지 않고 화로 앞에서 신경질적으로 풀무질을 하지요. 불과 며칠 전에 발작을 일으킨 큰노인은 발작을 하는 나흘 동안 시종 잠 한숨 못 자면서 집 안을 배와 등만으로 꿈틀꿈틀 기어다녔기 때문에 기진맥진한 상태예요. 왕노인은 측은한 표정으로 큰노인을 바라보더니, 쇳물이 번지르르한 손바닥을 들어 큰노인의 얼굴을 한 번 쓰윽 닦아줍니다. 그러면서 말합니다.

"무엇 좀 들었니?"

그러나 큰노인은 왕노인의 말을 못 알아들었는지 대답을 하지 않고 슬픈 표정만 짓고 있습니다. 나머지 가족들은 그런 모습을 무연한 표정으로 바라보고 있을 뿐이에요.

"청아, 이리로 오라."

왕노인이 오빠를 부르는군요. 청(晴)은 오빠의 이름입니다. 한쪽 구석에서 앉은 채로 졸린 눈을 비비고 있던 오빠가 그 소리에 놀라 왕노인 쪽으로 냉큼 뛰어갑니다.

"너 얼른 가서 무를 좀 갈아 오렴."

"네, 알았어요."

오빠는 왕노인이 시키는 대로 집 뒤 텃밭으로 돌아가서 장딴지만 한 무를 하나 쏙 뽑아다가 맷돌에 갑니다. 왕노인은 오빠에게만 심부름을 시키고 오빠는 그런 왕노인의 심부름을 한 번도 거역한 적이 없어요. 오빠는 시키는 대로 다 하니까 왕노인이 오빠에게만 심부름을 시키는 것인지도 모르겠습니다. 가끔씩 나처럼 심통을 부리기도 하고 성질을 내기도 하면 좀 편할 텐데 말이에요. 우직하고 착한 오빠는 도통 그럴 줄을 모르죠.

오빠는 무즙을 질그릇에 받쳐 들고 큰노인에게로 갑니다. 그런데 그 와중에 작은노인1의 발을 밟았나 봐요. '어으윽' 작은노인1이 인상을 찌푸리며 잠에서 깨는군요. 예순네 살인 그는 큰노인의 세 번째 아들이에요. 그러니까 왕노인에게는 손자가 되는 셈이지요. 할아버지 형제들 중 제일 맏이죠. 원래 그에게는 두 형이 있었는데 그들은 1950년 여름에 시작된 어떤 전쟁에 나갔다가 지뢰를 밟아서 온몸이 산산조각이 나 죽었다고 해요. 잠에서 깨어나서 그가 제일 먼저 하는 일은 팔과 다리의 통증을 호소하는 일이랍니다.

"아, 아, 이놈의 파리 떼들 때문에 살 수가 없어! 누가 이 파리들 좀 쫓아줘!"

그는 지뢰가 두 형의 몸을 찢어놓을 때 한자리에 있었는데 다행히도 파편 조각에 맞아서 목숨을 부지할 수 있었다고 해요. 팔과 다리가 잘려나간 것이 문제라면 문제였지만요. 그게 벌써 50년이 넘은 이야기인데 지금도 잘려나간 부위가 자꾸 썩어 들어가고 있고 그 절단면에는 파리와 진드기 떼들이 몰려들지요. 이 집의 파리를 포함한 모든 병충해는 그가 다 불러들이는 것이라고 해도 과언이 아니에요. 정말 끔찍한 일이죠.

"이리로 어서 온."

왕노인이 무안한 표정으로 멀뚱히 서 있는 오빠를 채근합니다.

오빠는 그쪽으로 가서 무즙 그릇을 왕노인에게 내밀고 다시 조심스럽게 자기 자리로 돌아가 다리를 오므립니다. 왕노인이 그 무즙을 큰노인의 입에 천천히 떠 넣어줍니다. 그러니까 108세의 노인이 아흔 살 된 아들의 입에 먹을 것을 넣어주는 것이에요. 이런 풍경 상상하실 수 있겠어요? 두 술인가, 왕노인이 큰노인의 입에 무즙을 떠 넣어줄 때 작은노인2가 엉금엉금 기어가서는 왕노인의 손으로부터 무즙 그릇을 빼앗아서 자기의 아가리에 부어 넣습니다.

"쯧쯧. 지옥 아랫목에나 갈 놈!"

왕노인이 물끄러미 자신의 손자인 작은노인2가 하는 짓을 바라보고는 혀를 차는군요. 어쩔 수 없다는 듯 고개를 절레절레 흔들기까지 해요. 작은노인2는 지뢰에 팔과 다리가 잘려나간 작은노인1의 동생이에요. 큰노인의 넷째 아들이지요. 올해 예순둘인 그는 처음에는 사지가 멀쩡했는데 그의 나이 열 살 때 짓궂은 친구들이 던진 염산통을 얼굴에 맞고 그만 얼굴의 반이 형체도 없이 녹아버렸습니다. 얼마나 처참한 몰골인지 차마 눈 뜨고 보기 힘들 지경이 되어버렸지요. 그 사고가 있은 후 그는 아무것도 하지 않고 쉴 새 없이 먹어대는 바람에 몸이 400킬로그램이 넘어버렸습니다. 몇 년 전 이 동네에 들어왔던 미국 유타 주 몰몬교의 어떤 선교사가 그의 얼굴을 보고는 미국의 큰 병원에서의 치료를 주선했지만 그는 엄청난 체구 때문에 비행기를 탈 수가 없어서, 그 기회를 놓쳐버리고 말았어요. 그는 얼마나 비대한지 혼자서는 화장실에 가기도 힘들 정도지요.

그가 무즙 그릇을 비우고 혀로 샅샅이 핥고 있을 때 아흔 살 된 큰노인이 신음하듯이 혼잣말을 하는군요.

"다섯째가 보고 싶구나. 녀석은 지금 무엇을 하고 있을까."

그가 다섯째라고 말하는 이는 작은노인3을 가리키는 거예요. 나는 얼굴조차 본 적이 없지요. 작은노인3은 큰노인의 다섯째 아들이고 몸무게가 400킬로그램이 돼버린 작은노인2의 바로 아래 동생이지요. 그는 형들과는 달리 명석하고 공부도 잘했더래요. 그러나 그는 정미소 집 주인과 그의 가족을 낫으로 찍어 몰살시켰다는 누명을 쓰고 살인죄로 붙잡혀서 지금 40년째 옥살이를 하고 있습니다. 그가 그런 누명을 쓰게 된 데에는 정미소 집 아들이 자신의 형에게 염산통을 던진 짓궂은 무리 중의 한 명이어서 가족 간에 원한을 가질 만한 이유가 있었다는 점과, 그가 지니고 있던 가방 속에 들어 있던 낫이 결정적인 증거로 작용했어요. 사실 그 낫은 아기 염소들에게 먹일 꼴을 베려고 가방에 넣어 갖고 다니던 것이었지요. 결국 작은노인3은 억울한 옥살이를 하면서 가엾게도 정신이 미쳐버리고 말았어요. 얼마나 분했는지 머리털은 다 빠져버렸고 잠도 자지 않고 온몸을 쥐어뜯으며 소리를 질러서 언제부턴가는 입에 재갈이 물리고 손과 발은 족쇄에 묶이었다는군요. 그런 사실은 감옥의 옥리가 편지를 보내주어서 알게 되었어요. 가족들이 한 번도 면회를 가지 않았기 때문에 옥리가 보다 못해 편지를 보내온 것이었지요. 그러나 편지를 받고도 가족들은 아무도 작은노인3에게 면회를 가지 않았어요. 그들은 방구석에 제각기 자리를 차지하고 앉아서 제 운명에 대해서만 분개하고 깊은 수심에 잠길 뿐 다른 가족들의 운명에 대해서는 도통 무관심한 거지요. 불행은 사람을 이기적으로 만드는 것이 틀림없어요.

팔과 다리가 없는 작은노인1의 신음 소리가 높아지자 저기, 깊이 잠들었던 작은노인4도 깨어나네요. 그가 바로 내 할아버지예요. 감옥에 간 작은노인3의 바로 밑 동생이지요. 그는 올해 쉰여덟인데 태어날 때부터 말을 못하는 벙어리에다가 손가락들이 모두 달라붙어 있어서 제 스스로 할 줄 아는 게 아무것도 없습니다. 하루 종일 처마 밑에 나와 앉아 햇볕을 쬘 뿐이지요. 그나마 그는 벙어리여서 식구들 중 제일 조용하고 얌전한 편입니다.

할아버지 4형제들 중 오직 할아버지만이 결혼을 해서 후사가 있는데 그게 바로 나를 낳아준, 나의 아버지예요. 아버지 나이는 올해 마흔이지요. 마흔 살을 흔히 불혹의 나이라고 하지만 그는 의심이 많고 심약해서 자주 광폭해지고는 해요. 그가 의심이 많은 이유는 앞을 볼 수 없기 때문인데요. 아버지가 태어났을 때 할아버지 형제들이 다투어 안아보다가 누군가가 손가락으로 눈을 깊이 찔렀대요. 그래서 아버지는 장님이 되었고 그것에 한이 맺혀서 술에 취한 날이면 자는 할아버지들을 깨워놓고 행패를 부리지요. 이미 늙어서 쇠약해진 할아버지들은 혈기 넘치는 아버지의 악다구니 앞에서 어쩌지 못하고 슬금슬금 피할 뿐이에요. 아버지가 술병을 집어던지며 악다구니를 퍼부으면 대장간에서 망치로 낫을 두들기는 왕노인의 담금질 소리도 더욱 높아진답니다.

아버지는 마치 술이 없으면 단 하루도 살지 못하는 사람처럼 술을 마셔댔습니다. 그는 앞을 못 보는 것만 빼면 말도 할 줄 알고 팔다리도 멀쩡하고 또 용모도 말끔하답니다. 그는 젊었을 때는 병아리 감별사로 일했다고 해요. 병아리를 손으로 집어보고 암컷과 수컷을 알아맞히는 신기한 일이죠. 아버지는 일을 꽤 잘했다나 봐요. 손끝의 감각이 예민한 사람만이 그 일을 할 수 있다고 해요. 아버지는 일을 열심히 했고 제법 돈도 벌었다고 했어요. 그런데 어머니가 가출을 하고부터 사람이 달라졌지요.

얼굴도 기억할 수 없는 어머니는 아버지와 결혼해 오빠와 나를 낳았어요. 오빠와 나는 그러니까 어머니의 유일한 흔적인 셈이지요. 나는 어렸을 때부터 어머니가 왜 우리 곁에 없는지가 무척 궁금했습니다. 그런데 어느 날 그 이유를 알게 되었어요. 3년 전쯤이었나. 어느 날 샘터에 빨래를 하러 갔던 나는 샘 안에서 물장구를 치던 아주머니들 몇몇이 수군대는 소리를 들었어요. 그들은 나를 힐끔힐끔 바라보았지요.

"저 애가 바로 대장간 집 손녀야."

"그래, 맞아. 그 술주정뱅이의 딸이지. 정신 차리고 가계를 일으켜 세워도 시원찮을 판에 맨날 술 먹고 행패를 부리니, 쯧쯧 딱하지 딱해. 여자라도 집에 남아 있었으면."

"아유, 여자가 떠날 만도 하지 뭘. 저 집 노인들 중 한 사람이라도 몸이 성한가. 젊은 여자 혼자 어떻게 노인들 망령을 당해내겠어."

아주머니들의 말에 따르면 나의 어머니는 할아버지들의 뒤치다꺼리에 치여서 이 집에서 도망간 것이었어요. 나는 어머니가 전혀 원망스럽지 않았어요. 오히려 충분히 어머니의 입장을 이해할 수 있다고 생각했지요. 나는 도망간 어머니가 보고 싶고 또 가엾다는 생각이 들었어요. 그리고 나도 언젠가는 엄마처럼 이 집에서 도망칠 것이라고 다짐했지요. 물론 이 생각은 나밖에는 아무도 모르는 거예요. 왕노인이 알면 아마도 나를 대장간의 흙벽에 괭이나 호미처럼 대롱대롱 걸어둘 거예요. 아버지는 술에 취해서 술병으로 내 머리를 내리칠지도 모르죠. 나는 언젠가 쥐도 새도 모르게 이 집을 빠져나가고 말 거예요. 이렇게 끔찍하게 살 수는 없는 거잖아요. 병균과 신음과 악취 속에서 꿈 한번 꾸어보지 못하고 늙어갈 수는 없잖아요.

  나는 조심스럽게 이 문제를 상의할 사람을 찾기 시작했어요. 내 말을 조용히 다 들어주는 벙어리 할아버지와 상의를 할까. 아니면 오빠와 상의를 할까. 일주일에 한 번씩 오시는 목사님과 상의를 할까. 상냥하고 자애로운 촌장 부인과 상의를 할까. 아니면 내가 정말 좋아하는 흰 드레스셔츠가 어울리는 전도사님과 상의를 할까. 그러나 나는 쉽게 결정하지는 못했습니다.

  오늘 아침도 이 집은 여전히 노인들이 쥐어짜내는 악다구니 소리로 시작됐습니다. 나는 언제 한번 피아노 소리를 들으면서 잠에서 깨어날 수 있을까요. 나는 언제 한번 오븐에 구워지는 빵 냄새를 맡으면서 잠에서 깨어날 수 있을까요. 언제나 내 잠을 깨우는 건 노인네들의 지겨운 생떼 소리들, 그들이 싸지른 똥오줌의 지린내예요. 지옥의 소리가 있다면 바로 이곳에서 나는 소리일 테고 지옥의 냄새가 있다면 바로 이곳에서 나는 냄새일 거예요. 저는 의심 없이 그렇게 확신한답니다. 아, 머리가 지끈지끈 아프네요. 한번 잘 들어보세요. 이 집 안에서 어떤 소리들이 나는지.

  '악악 내 머리에 고름 좀 짜줘. 머리 속에 배추벌레가 기어다니는 것 같아. 제발 나 좀 살려줘.' (큰노인)

  '쾅, 턱, 에헤라 디여, 쾅, 턱, 에헤라 디여, 쾅, 턱, 에헤라 디여.' (대장간의 108세 왕노인)

  '아아, 내 팔 내 팔이 썩어 들어가, 내 다리가 자꾸 끊어져, 누가 이 팔과 다리 좀 잘라줘! 누가 이 벌레들 좀 잡아줘.' (팔다리 없는 작은노인1)

  '아 배가 고파 죽겠어, 먹을 것 좀 갖다 줘, 나를 굶겨 죽일 셈이

야! 이 고얀 것들. 정말 계속 이러면 너희들 팔이라도 물어뜯겠어!' (400킬로그램의 작은노인2)
 '음음…… 뭐, 뭐, 뭐 음음…… 뭐, 뭐.' (벙어리 작은노인4)
 '술 좀 내놔! 하, 이런 염병할 놈의 노인네들. 술 좀 내놔! 이 노인네들아! 늙으면 어서 뒈져야지, 그런 더럽고 추한 인생들 살아서 뭐 해!' (아버지)
 보이지 않는 것 들리지 않는 것을 상상하기란 생각처럼 쉽지 않습니다. 상상 속에서 보여지는 것들은 언제나 실제보다는 구체적이지 못하고 막연하기 때문이에요. 이 집에서 단 하루만 있어본다면 노인들에 대한 나의 경멸과 어린 자식을 두고 도망갈 수밖에 없었던 나의 어머니를 이해할 수 있게 될 거예요. 내가 그런 이해를 바라는 것이 무리가 아니라는 것을 인정하게 될 거예요.

 내가 가장 좋아하고 기다리는 시간은 교회에 가는 주일 아침입니다. 교회에 가면 맨 앞에 앉아서 우아하게 두 손을 모아 기도를 하고, 좋은 목소리를 내어 찬송을 부릅니다. 나는 그 순간만큼은 움막 대장간 집의 손녀가 아니라 하나님의 예쁜 딸이 되는 것입니다. 옆 동네 남자 아이들이 저를 보고 수군대는 소리도 실은 듣기 좋습니다. 그 아이들이 언제부턴가 저의 빼어난 자태를 보고 속으로 연모하고 있다는 것을 나는 알고 있어요. 걔들이나 나나 그럴 만한 나이가 된 거지요.
 교회에서 찬송을 부르고, 목사님의 재미있는 설교를 듣고 있으면, 잠시라도 끈적끈적한 움막집의 불우하고 공포스러운 느낌에서 벗어날 수 있습니다. 동화 속의 정원과 천국을 꿈꾸며 방긋, 환하게 미소를 지을 수 있습니다.

깨끗하고 말끔한 턱을 가진, 언제나 빳빳하게 다림질한 흰 드레스셔츠를 입는 교회 전도사님의 얼굴을 보는 것도 저의 큰 기쁨입니다. 예배가 끝나면 그는 언제나 저에게 웃는 얼굴로 인사를 건네며 다가옵니다. 그러고는 꼭 내 머리카락을 만지며 쓰다듬습니다. 내가 그것을 얼마나 좋아하는지 아마 그도 알고 있는 듯해요.

교회에 갔다가 집에 오니 오빠가 뙤약볕 아래에서 거름을 지어다가 텃밭에 뿌리고 있습니다. 그 거름은 10리나 되는 아랫말 박씨 아저씨 밭에서 얻어오는 것입니다. 박씨 아저씨는 오빠에게 농사짓는 법을 가르쳐준 사부예요. 아마 오빠가 농사짓는 법을 배우지 않았다면 이 집의 노인들은 벌써 굶어 죽었을 겁니다. 오빠가 아직 어려서 농사를 짓지 못했을 때 노인들은 구걸과 동냥으로 양식을 얻었답니다. 명절이나 연말에 자선단체에서 적선을 하기도 했어요. 그런데 오빠가 농사를 지어서 먹이기 시작하자 그들은 모두 방에 들어앉아서 하염없이 게을러졌어요. 텃밭에는 우리 가족이 먹어야 할 각종 채소와 과일들이 자라고 있습니다. 무와 감자, 당근과 고구마 등의 뿌리채소에서부터 옥수수, 가지, 고추, 오이 등 가지에서 자라는 채소에 이르기까지 텃밭에는 없는 게 없어요. 텃밭은 두 마지기가 조금 못 되는데 텃밭의 모든 일을 오빠 혼자서 하고 있어요. 오빠는 그 나이답지 않게 매우 인내심이 강하고 우직합니다. 노인들 부양을 위해 자진해서 학교도 그만두었지요. 오빠는 등에 퇴비 가득한 지게를 졌고 양손에는 분뇨가 출렁출렁이는 동이를 들었어요. 그리고 뒤뚱거리며 10리를 수없이 왕복하는 것이에요. 처음 박씨 아저씨 집을 출발할 때 가득 찼던 분뇨 통은 10리 자갈밭 길을 걸어 우리 집 밭에 도착했을 때는 반도 차 있지 않아요. 힘에 겨워 길에다 분뇨를 흘리는 것이지요.

오빠의 모습을 가만히 보고 있으면 나는 오빠가 어떤, 거룩하고 숭고한 고행을 행하는 성자처럼 보이기도 해요. 나는 안채 차양이 쳐진 창가에 앉아서 그런 오빠를 하염없이 바라보고 있습니다. 낮에 교회에서 배웠던 찬송가를 흥얼거리면서 말이지요. 오빠의 얼굴은 구릿빛으로 붉게 타올랐고 옷은 퇴비와 분뇨로 뒤범벅이 되어 있습니다. 노인들의 하품소리 코 고는 소리가 뒤에서 들려오는군요. 나는 나도 모르게 눈살을 찌푸립니다. 오빠는 저렇게 고생을 하는데 방 안에서 빈정대는 노인들을 보니 정말로 화가 납니다. 그들은 하루 종일 바닥에 누워서 뒹굴 뿐 손 하나 꿈쩍하지 않아요. 왕노인만이 헛되이 낫을 갈 뿐입니다. 아버지는 어제 마신 술이 덜 깨었는지 잠꼬대를 하면서 깊은 잠에 들었습니다. 그는 잠을 자면서도 술병을 옆구리에 끼고 있습니다. 그는 오빠가 애써 기른 채소들을 거두어서는 양조장에 가서 술과 바꿔가지고 옵니다.

오빠는 여전히 밭고랑 사이를 위태위태하게 누비며 거름들을 뿌립니다. 나는 창턱에 턱을 괴고 그런 오빠를 바라봅니다. 오빠를 보면 가엾고 측은하고 불쌍하지만 그 마음들은 어느 순간 오빠에 대한 원망으로 바뀌어버립니다. 오빠가 그렇게 미련하고 못나게 보일 수 없습니다. 오빠와 나의 삶에 전혀 도움이 되지 않는 얼간이 같은 노인들을 위해 왜 저런 고생을 해야 하는지, 학교까지 포기하면서 저럴 필요가 있는지 나는 이해를 할 수가 없거든요. 언젠가 한번은 같이 이 집에서 도망을 가자고 조른 적이 있었어요. 오빠가 아버지에게 밤새 매를 맞았을 때였죠. 하지만 오빠는 막무가내였어요. 전혀 내 말을 듣지 않고 오히려 나를 나무랐지요.

"그런 생각 하면 벌 받는다. 할아버지들이 불쌍하지도 않니?"

나는 오빠가 덩치만 컸지 머리를 쓰는 것은 영 젬병이라는 생각을 하게 되었어요. 그는 자신의 더러운 운명에 복종하는 사람인 거지요. 오빠는 저렇게 퇴비를 지어 나르다가 그 길 위에서 모든 세월을 보낼 것만 같아요. 이크, 어느 순간 오빠가 발을 잘못 디뎌서 앞으로 넘어지고 말았네요. 등에 걸머진 지게에서 썩은 퇴비가 오빠의 뒷덜미로 쏟아져 내리고 동이에 가득 찬 분뇨가 오빠의 얼굴에 튑니다. 오빠의 걷어붙인 팔뚝과 장딴지의 벌건 근육이 꿈틀합니다. 오빠는 진창에서 다시 몸을 일으키려고 안간힘을 씁니다. 그는 쓰러져도 언제나 다시 일어납니다. 인내심이 강한 사람이니까요.

창턱에 턱을 괴고 오빠를 바라보고 있는 나를 작은노인2가 부릅니다. 잘못 사귄 친구들이 던진 염산통에 얼굴의 반이 형체도 없어졌고 몸무게가 400킬로그램이 넘어 살이 축축 늘어진 작은노인2는 이 집 식구들 중에서 제일 성가신 존재입니다. 끊임없이 먹을 것을 찾기 때문입니다.

"이봐라, 옥아!"

나는 그 소리에 아무런 대꾸를 하지 않습니다. 옥이가 내 이름인 것이 분명한데도 말이지요. 오빠는 겨우 몸을 일으키지만 다시 한쪽 다리가 기우뚱하면서 텃밭의 진창에 코를 처박고 넘어집니다. 그때 다시 작은노인2가 나를 부릅니다.

"이봐라, 옥아! 감자 좀 삶아 와라. 배가 너무 고프구나."

뙤약볕에 내리쬐는 텃밭에서 가혹한 노동 때문에 쩔쩔매는 오빠를 바라보고 있던 나는 울컥 화가 치밀어오릅니다. 어린 손자는 일을 하고 있는데 할아버지라는 작자는 누워서 먹을 것을 바라고 있으니. 나는 다시 작은노인2의 소리를 못 들은 체합니다. 진창에서 겨우 몸을 일으킨 오빠의 얼굴은 온통 검붉습니다. 그 모습을 보니 몹시 슬퍼지고 노여워지고 영 감정의 갈피를 잡을 수가 없어집니다. 다시 작은노인2가 나를 부릅니다. 그는 참으로 성가십니다.
"이봐라, 거기 있는 게 옥이 아니냐. 감자 좀 삶아 오너라."
나는 결국 화를 못 참고 팩 몸을 돌려서 작은노인2에게 눈을 치켜뜬 채로 대듭니다.
"할아버지! 할아버지는 손이 없어요 발이 없어요! 오빠는 하루 종일 저렇게 고생을 하는데 할아버지는 언제나 먹는 타령이에요! 정말 지겹다구요! 어서 저세상으로 꺼지란 말이에요!"
작은노인2가 나의 갑작스러운 타박에 놀라서 눈만 끔벅끔벅합니다. 눈썹이 없이 찌그러진 눈이 참 기묘합니다. 당나귀의 눈 같기도 하구요. 그러는 모습을 왕노인이 한쪽에서 다 지켜보았던 모양이에요. 그가 말없이 자루에서 감자 몇 알을 꺼내서는 물이 든 냄비에 넣고 불을 지핍니다. 참을 수 없는 기분이 된 나는 왈칵, 눈물 몇 방울을 쏟아내고는 방을 뛰쳐나갑니다. 내가 어쩌다가 이런 지옥 같은 집구석에서 태어나게 되었을까. 나는 또다시 나의 운명과 태생이 원망스러워집니다.
오빠가 있는 텃밭으로 나간 나는 오빠에게 수건을 내밉니다. 오빠는 묵묵히 일을 할 뿐이에요. 그 모습을 가까이에서 보니 또다시 부아가 치밀어오릅니다. 그래서 오빠에게 하는 소리가 좀 높아집니다.
"오빠, 좀 쉬었다 해. 오빠가 뭐, 일하는 소야!"
"왜 또 화가 났니, 들어가서 공부나 해."
내 목소리에 울음이 섞여 들고 톤이 거칠어집니다.
"왜 오빠가 이런 고생을 해야 하냐구? 무엇 때문에. 남은 것은 욕심뿐인 저 노인들을 위해 이럴 필요가 있어?"

"그래도 우리 할아버지들이야."
"나는 도망갈 거야. 도저히 이곳에서 못 살겠어. 지옥 같은 이곳이 지겹다구."
"그런 생각 마라. 할아버지들이 불쌍하지도 않아. 지옥과 천국은 마음속에 있는 거야."
오빠와는 도저히 말이 되지 않습니다. 나는 그것을 압니다. 지옥과 천국에 있는 사람들이 아주 다른 것처럼 이곳을 지옥이라고 생각하는 나와 이곳을 지옥이 아니라고 생각하는 오빠는 아주 많이 다르다는 것을 말입니다. 나는 오빠를 포함하여 이 집의 어느 누구에게도 아무것도 기대할 수가 없다는 것을 다시 한 번 깨닫습니다.

시커먼 구름들이 엉키어 들더니 묽은 고름 같은 비가 내리기 시작합니다. 거름의 영양분을 흠뻑 먹은 텃밭의 채소들이 이제 입가심으로 목을 축이고 있어요. 오빠는 외롭고 서툰 농군이지만 정성이 이만저만이 아니어서 올해도 채소들은 잘 자랄 거예요. 어둑신한 하늘빛이 심상치 않은 게, 아마도 장마가 시작된 모양입니다. 이 장마만 끝나면 나는 미련 없이 이 집을 떠날 거예요. 엄마를 찾아볼 생각이에요. 교회 권사님이 몰래 전해준 소식에 의하면 엄마는 지금 서울 부근의 위성도시에 있는 공단에서 컴퓨터 모니터를 만드는 일을 하고 있다고 해요. 엄마가 컴퓨터 모니터를 만든다니, 참 근사한 일이지요. 나는 깨끗한 하얀 유니폼을 입고 컴퓨터 모니터에 부품을 끼우는 젊고 예쁜 엄마의 얼굴을 상상해봅니다. 모니터처럼 말쑥한 엄마, 나는 당장 엄마를 찾아 떠나고 싶었지만 하필이면 장마가 시작되었네요. 장마가 끝날 때까지 기다리는 수밖에요. 장마가 물러가는 날 예쁜 무지개가 뜨겠지요. 그 무지개를 바라보면서 나는 가뿐하게 이 집을 떠날 거랍니다.

 장마가 시작된 지 어언 보름가량이 지나면서 뜻밖에 이 집에 문제가 생겼습니다. 지붕이 새기 시작한 거예요. 한쪽에서부터 새기 시작한 비는 점점 구멍을 넓혀나가면서 여기저기서 주르르 흘러내렸어요. 이 집에 무엇 하나 제대로 된 것은 없었지만 막상 지붕에서 비가 새기 시작하자 노인들은 무척 난감해했습니다. 그러나 노인들은 언제나 그렇듯 새는 비를 피해 자리다툼하며 한쪽 구석으로만 엉키어 들 뿐이었지 어떻게들 지붕을 고쳐볼 생각은 하지 않습니다. 모두들 오빠의 눈치만 보고 있었어요. 비는 여전히 억수로 쏟아지고 있고 시뻘건 벼락과 산과 산이 맞부딪는 것만 같은 천둥이 검은 하늘을 뒤흔들고 있었어요. 지붕에 올라갔다가는 십중팔구 벼락에 맞고 말 거예요. 틀림없이 천둥소리에 귀를 먹고 말 거예요. 그러나 우직하기만 한 오빠는 바득바득 지붕에 올라가겠다고 나섰습니다. 노인들은 연신 반가워하는 눈치였어요. 나는 정말 기가 막혔습니다. 이렇게 벼락이 내리치는 날 손주가 지붕에 올라가겠다고 하면 나서서 말려야 하는 것 아닌가요? 그런데 노인들은 외려 그를 부추기고 반기고 있는 거예요. 이 집의 노인들에게는 욕심과 이기심만 남아 있습니다. 생에 대한 단순하고 민완한 욕망만 남아 있는 거예요. 아무것도 기대해서는 안 되는 것이지요. 나는 이번만큼은 가만 보고만 있을 수 없었어요. 양보할 수가 없었어요. 그래서 온몸을 매달려 지붕에 오르려는 오빠를 말렸습니다.

 "오빠 죽고 싶어서 그래? 절대로 안 돼."

 "비가 새서 할아버지들이 불편해하시잖아. 비닐 포장으로 덮기만 하면 돼."

 "안 돼. 벼락이 지붕 위에서 사람을 잡아먹으려고 날름대고 있잖

아. 절대로 안 돼. 오빠가 올라가면 나도 따라 올라가서 벼락에 뛰어들 테야!"
 나는 악을 쓰면서 오빠의 바짓부리를 붙들었습니다. 오빠를 살리고 싶었기 때문입니다. 노인들은 그러는 나를 못마땅하다는 눈빛으로 바라보고 있었습니다. 나는 매서운 눈빛으로 노인들을 쏘아보면서 소리쳤습니다.
 "뭘 봐요! 오빠가 벼락에 맞아 죽어야 속이 시원하겠어요!"
 기세등등한 나의 외침에 노인들은 등을 돌리고 누워버렸습니다. 오늘은 기분 좋게 취했는지 아버지는 헤벌쭉 웃으면서 외국 영화에 나오는 남자들처럼 어쩔 수 없다는 듯 두 팔을 벌리고 어깨를 한 번 움찔하는군요. 욕심 많고 이기적인 노인들은 졸렬하고 치사하기까지 합니다. 오빠는 나의 극렬한 저항 때문에 지붕에 올라가는 것을 포기해야 했습니다. 내가 오빠의 고집을 꺾기는 이번이 처음입니다. 대신 오빠는 날이 개는 대로, 빗줄기가 가늘어지는 대로 지붕에 올라가겠다고 말했습니다. 나는 오빠의 어깨를 툭툭 치며 그것은 그때 가서 생각해보자고 말했습니다. 비는 며칠 동안 계속 쏟아졌고 노인들은 방 아랫목에서 비를 피해 뒤엉켰고 오빠와 나는 윗목에서 새우잠을 자야 했습니다. 왕노인은 대장간 화로에 불을 못 피우는 것이 섭섭한지 연신 줄담배만을 피워댔습니다. 그 주 주일에는 비가 너무 많이 와서 교회에 가지도 못했습니다. 저는 그것이 못내 서운했어요.
 그러던 어느 날 빗줄기가 서서히 가늘어지더니 서쪽 하늘에서부터 쪽빛 하늘이 드러나기 시작했습니다. 비구름 사이로 쏟아지는 햇살은 따갑고 날카로운 것이었어요. 우중충한 움막집 안에서 짚이 썩는 냄새를 맡으며 뒤엉켜 있던 노인들은 구멍 난 지붕 사이로 쏟아지는 햇살들을 보고는 눈살을 찌푸렸습니다.

오빠가 손으로 차양을 만들어서는 먼 하늘을 바라보면서 말했습니다.

"이제 지붕에 올라가서 구멍을 막고 비닐 포장을 쳐야겠어! 아직 비구름이 완전히 물러난 것이 아니야."

오빠의 말을 듣고 뒤에 서 있던 왕노인이 흡족한 듯 고개를 끄덕였습니다. 나는 그러나 못내 불안하기만 했어요. 왜냐하면 서쪽 하늘에서는 햇살이 쏟아지고 있었지만 또 다른 한쪽에서는 험상궂은 구름들이 뒤엉키며 으르렁거리고 있었기 때문입니다.

나는 그래서 다시 지붕에 올라가려는 오빠를 막아섰습니다.

"아직 지붕이 미끄러워."

그러나 오빠는 어느새 사다리와 연장들을 챙겨서는 처마 밑 쪽으로 나아갔습니다. 그리고 사다리를 지붕 처마에 받치고는 첫발을 올려놓았습니다. 게으른 할아버지들은 창문으로 빠끔히 얼굴을 내놓고 오빠의 모습을 바라보았지요. 나는 나도 모르게 두 손을 마주 잡고 어떤 간절한 기원을 하고 있었어요.

오빠는 지붕 위에 올라가서 손으로 이마를 가리고는 주변의 하늘을 한번 주욱 훑어보았습니다. 그러는 모습이 아주 의젓해 보였어요. 오빠의 머리 위로 검고 흰 구름들이 빠르게 지나갔어요. 오빠는 지붕의 구멍 난 부분에 짚을 엮어 덮고 그 위에 비닐을 씌운 다음 못과 끈으로 단단히 여몄습니다. 오빠는 아주 솜씨 있어 보였고, 오빠를 바라보는 왕노인의 표정은 여전히 흐뭇해 보였습니다. 오빠는 꼼꼼하게 지붕의 구멍 난 부분을 손본 다음, 일이 다 끝났다는 표시로 두 팔을 번쩍 들어 올렸습니다. 오빠는 나를 내려다보고는 씨익 웃었고 지붕에 올라가는 것을 만류했던 나는 좀 무안해서 오빠의 얼굴을 오래 바라보지 못했습니다. 그런데 바로 그때였어요. 지붕 위에서 아주 황급한 비명 소리가 들려왔습니다. 먼 쪽 하늘에서는 쿠르릉 하면서 산이 무너지는 것 같은 천둥소리가 들렸지요. 나는 눈을 치켜뜨고 지붕 위를 올려다보았습니다. 지붕 위에는 믿을 수 없게도, 집채만 한 구렁이 한 마리가 스멀스멀 기고 있었어요. 그놈은 혀를 낼름거리면서 오빠를 향해 나아갔어요. 저는 그런 무시무시한 구렁이는 태어나 처음 보았죠. 아, 그때 퍼뜩 내 머릿속에 떠오르는, 내 귓가에 움찔하고 파고드는 말이, 말이 있었어요.

"저 지붕 위에 누런 괴물의 그림자가 어른거린단 말야. 이 집을 삼키려고 낼름거리고 있단 말야!"

술주정뱅이 누더기 스님의 말 아, 아, 누런 괴물의 그림자, 이 집을 삼킬 누런 괴물의 그림자!

나는 오빠를 향해 다급하게 소리쳤습니다. 오빠가 구렁이의, 누런 괴물의 밥이 되는 것을 원치 않았으니까요.

"오빠, 조심해! 마당으로 얼른 뛰어내려!"

구렁이는 좋이 백 년은 묵음 직했어요. 아가리를 벌리니 하늘에 커다란 구멍이 뚫린 것만 같았으니까요. 구렁이는 꿈틀꿈틀, 그 징그러운 몸뚱어리를 움직이며 오빠의 몸을 향해 아가리를 벌렸습니다. 오빠는 구렁이를 피해 지붕 위에서 허겁지겁 뛰었습니다만 그만 비닐에 미끄러져 지붕 밑으로 곤두박질치고 말았습니다. 우두둑, 불길하고 또렷하게 오빠의 늑골과 목뼈가 부러지는 소리가 들렸습니다. 모든 게 순식간에 벌어진 일이었어요. 나는 너무나도 놀라고 두려워서 입을 벌린 채 그 자리에서 꿈쩍도 할 수가 없었습니다. 노인들도 어느새 창문에서 얼굴들을 거두어들이고는 짐짓 딴

전들만 부리고 있었어요.

먹이를 놓친 구렁이는 마당에 처박힌 오빠를 보고는 쩝쩝 입맛을 다시고는 담벽을 타고 집 밖으로 나가려고 했습니다. 그때, 그 구렁이의 앞길을 막는 사람이 있었습니다. 그는 다름 아닌 왕노인이었어요. 백 년 묵은 구렁이와 108세 된 왕노인이 딱 마주쳐 눈싸움을 시작했습니다. 팽팽한 긴장. 그 순간만큼은 볼 만했지요. 먼저 움찔한 쪽은 뜻밖에도 구렁이 쪽이었습니다. 왕노인의 손에는 낫이 들려져 있었습니다. 그가 허구한 날 대장간에서 달구고 두드려 만든 낫 말입니다. 노인은 아무렇지도 않게 구렁이의 목을 향해 낫을 휘둘렀어요. 왕노인이 자신이 갈고 닦은 낫을 사용하기는 이번이 처음이었습니다. 구렁이의 목은 곧 몸에서 달아났고 붉고 진한 피가 하늘 높이 솟았습니다. 분수처럼 피의 기둥이 만들어졌습니다. 머리가 달아난 몸뚱어리는 진흙 바닥에서 뒹굴다가 잠잠해졌습니다.

한쪽 구석에 처박힌 오빠는 움직이지도 못하고 그륵그륵 신음 소리를 냈고, 왕노인은 부엌에서 큰 솥을 가져와서는 구렁이의 몸을 주워 담았습니다. 그는 아마도 그것을 푹 고아 먹을 생각인 모양입니다. 나는 그것을 보고 이런 생각을 했습니다.

비극적인 육신도 제 몸을 보신할 권리는 있다는.

오빠도 이제 불구가 되었습니다. 그도 짚이 깔린 이 움막집에서 등창이 나도록 방 안을 뒹굴며 뒤룩뒤룩 살이 쪄갈 거예요. 글쎄, 이 집 식구들이 다 이렇다니까요.

51개의 시퀀스로 이루어진 한 편의 농담
—회전

울음소리도 없이 애를 키우는 여자가 있다면

그 여자는 얼마나 많은 비밀을 가지고 있을까.

나풀거리는 빨래들 사이에서 **여자761225**의 옆모습이 아름다운 환영처럼 보인다.

저 환영과 마주치지 않을 도리가 없다.

'당신은 너무 아름답습니다.' 그렇게 말하고 싶은 **남자710121**의 입가가 약간 씰룩인다.

01 남자710121은 면접을 끝내고 집에 돌아오는 길에 깡통맥주 다섯 개를 산다. 시간은 정오를 겨우 넘겼을 뿐이다. 자취방에 들어온 남자710121은 감색 정장을 벗어 던지고 흰색의 가벼운 반소매 티셔츠로 갈아입는다. 창문을 열고 방바닥에 신문지를 펴고는 그 위에 대고 대구포를 부욱, 찢는다. 그리고 사가지고 온 깡통맥주를 하나 들어서는 꼭지를 딴다. 첫 모금을 마신 남자는 '카' 하고 상쾌한 탄성을 터뜨린다. 면접을 마치고 낯선 사무실의 계단을 내려올 때부터 남자710121은 줄곧 이 생각만 했다. '어서 가서 시원한 맥주나 마셔야지.' 혼자 마시는 맥주가 남자710121의 기대를 저버린 적은 없다. 늘 잘 웃는 주인집 여자761225가 빨래를 널고 있는지 마당에서 팍, 팍, 빨래 터는 소리가 들린다. 그 소리가 하나도 귀에 거슬리지 않고 외려 상큼하기까지 하다. 하지만 그 소리는 여자761225가 내는 소리 중에서 가장 투박한 소리에 속한다. 이 집의 주인인 여자761225는 얼마든지 아름다운 소리를 낼 수 있다. 여자761225의 남편은 어딘가 멀리 가 있는 모양이다. 남자710121은 그녀의 남편이 어떻게 생겼는지 가끔 궁금하다.

02   여자761225는 남편에게 편지를 쓰다 말고 빨래를 시작한다. 편지지에는 겨우 두 줄만이 채워져 있을 뿐이다. 방바닥에는 구겨진 종이 뭉치가 여러 장 나뒹굴고 있다. 여자761225는 장롱을 뒤지고 다락까지 뒤져서 계절이 지난 옷가지들과 커튼 등을 끄집어내어 모조리 세탁기 안에 집어넣는다. 여자761225는 세탁기를 돌려놓고 다시 방 안에 들어와 비디오테이프를 크게 틀어놓고 본다. 편지 쓰기는 이미 까맣게 잊은 듯하다. 〈아기공룡 둘리〉나 〈월리스와 그로밋〉 같은 만화를 보면서 여자761225는 한없이 소리 높여 웃는다. 이미 여러 번 본 것이지만 여자761225는 언제나 같은 장면에서 웃는다. 비디오테이프가 다 돌아가면 자연스레 졸음이 찾아온다. 낮에 잠을 자는 여자가 잠에서 깨어나면 전자동 세탁기는 어느 순간 멈춰 있다. 여자761225는 낮잠을 자면서 세탁기 돌아가는 소리 듣는 것을 좋아한다. 그 소리는 어린 시절 엄마 품에서 낮잠을 잘 때 들려오던 헬리콥터 소리와 비슷하다. 그 품의 온기, 냄새, 아득한 꿈의 기억을 세탁기 소리는 다 데리고 온다. 으레 그녀의 평안한 잠을 깨우는 것은 건넌방에서 들려오는 장난감 나팔 소리이거나 전화벨 소리이다.

03   출판사에서 일하는 남자640808은 휴일 오전, 집에서 혼자 늦은 아침을 먹고 있다가 시골집 어머니의 전화를 받는다. 어머니는 다짜고짜 노총각으로 혼자 사는 아들의 처지를 타박한다. 남자640808은 공연히 부아가 치밀어서 어머니에게 역정을 낸다. 아, 또 그 소리예요. 걱정 마시라니까요. 내가 알아서 할 테니까. 낸들 이러고 싶겠어요? 그러자 전화기 속의 어머니는 거의 울먹이는 소리로 말한다. 야, 이눔아. 내 생전에 며느리가 차려주는 밥상

한번 받아볼려는지 모르겠다. 어째 팔자를 이렇게 타고났누. 전화를 마친 남자640808은 밥상을 물리고는 담배를 피워 물고 동네 비디오숍에 간다. 그러고는 점원에게 능청스럽게 묻는다. 요즘 뭐 화끈한 것 없어?

04 남자350416은 자리에 붙박여 누운 채 초점 없는 눈으로 천장만을 응시한다. 그의 얼굴은 수석처럼 앙상하고, 거칠고 윤기 잃은 머리털은 이리저리 솟구친 채 볼품이 없다. 남자350416은 오른손을 움직여 장난감 나팔을 집어 들고 힘겹게 입 쪽으로 가져간다. 뿌오뿌오뿌오. 그러나 그 소리는 맥없이 방 안만을 맴돌 뿐 어떠한 반향도 일으키지 못한다. 남자350416의 눈자위에 빨갛게 핏줄이 그어지면서 다시 장난감 나팔을 물고 있는 입술에 힘이 들어간다. 뿌오뿌오뿌오. 그러자 잠시 후 방문이 열리고 여자761225가 들어선다. 아버지 부르셨어요. 그녀의 입술이 높낮이 없이 움직인다. 남자350416은 여자를 보고 손으로 자신의 아랫도리를 가리킨다. 여자761225는 방구석에 놓여 있던 손잡이가 달린 환자용 변기를 집어 든다. 여자761225는 남자350416의 등 뒤에 팔을 넣어 일으키고 그의 아랫도리를 벗기고는 요를 받아낸다. 그러고 있는 남자350416이나 여자761225의 표정은 한없이 무료하다.

05 남자710121은 특별히 할 일이 없을 때는 벽 너머에서 들리는 여자761225의 소리를 듣는다. 직장을 잃고부터 그것은 남자710121의 중요한 일과가 되었다. 남자710121이 벽 너머로부터 가장 자주 듣는 소리는 웃음소리이다. 여자761225는 언제나 잘 웃는다. 웃음소리야말로 여자761225가 내는 소리 중에서 가장 아름다

운 소리이다. 남자710121은 여자761225의 방에서 나는 소리를 다 듣는다. 벽에 귀를 바짝 대고 숨을 고르면서 그는 벽 너머의, 미세한 소리를 기다린다. 간혹 책 읽는 소리도 들리는데 그 소리는 남자710121이 웃음소리만큼이나 좋아하는 소리이다. 여자761225는 방 안에 누워 여성지나 베스트셀러 따위를 소리 내어 읽는다. 노래는 여자761225가 설거지를 할 때 주로 부르는데 그릇들이 부딪치는 소리, 수돗물 흐르는 소리 등과 섞여서 또렷하게 들리지는 않는다. 그러나 귀 기울여서 오래 들어보면 그녀가 즐겨 부르는 노래는 〈로렐라이 언덕〉이거나 〈오빠생각〉이라는 것을 알게 된다. 한결같이 슬픈 곡조를 가진 노래들이다. 벽 너머에서는 가끔, '뿌오뿌오뿌오' 하는 소리가 들려오는데 남자710121은 그것이 무슨 소리인지 알 수가 없다.

06 일과가 끝난 ○○부대 사병 막사, 남자691124가 수심이 가득한 얼굴로 관물대에 몸을 기댄 채 앉아 있다. 세면장에서 샤워를 하고 나오는지 목에 황갈색 수건을 두른 고참이 침상으로 오르면서 남자691124에게 말한다. 이 상병 왜 그래, 안 씻어? 와이프 생각하는 거야? 와이프는요, 무슨…… 남자691124가 돌아앉으며 말꼬리를 흐린다. 그러는 그의 얼굴에 더욱 짙은 음영이 드리운다. 남자691124는 집에 돌아갈 날짜를 세어본다. 휴가를 다녀온 지 3개월가량 되었으니 앞으로 몇 달은 더 기다려야 할 것이다. 제대는 아직 1년 정도 남아 있다. 아내는 무얼 하고 있을까. 요즘은 편지도 뜸한 편이다. 남자691124는 비스듬히 누운 채로 길게 한숨을 내쉰다. 젊은 아내를 혼자 두고 온 그는 좀처럼 마음이 놓이지 않는다. 며칠 후면 대대적인 사단 훈련이 시작된다. 훈련을 마치면 유격이

기다리고 있고 그리고…… 계속되는 훈련. 그때 반대편 침상의 고 참이, 보고 있던 잡지를 덮으며 말한다. 그 목소리에 심술이 가득하다. 와이프가 그렇게 보고 싶으면 손가락이라도 하나 잘라서 의병제대하면 되잖아.

07 여자761225는 남편이 그리운 나머지 화장대 서랍에 넣어 둔 결혼 패물을 꺼내어 본다. 그녀는 군에 간 남자691124가 어서 제대하기만을 기다린다. 남자691124와 여자761225는 재작년에 결혼을 했다. 남자691124의 입대 직전이었고, 여자761225의 나이 스물두 살 때였다. 여자761225는 병들고 늙은 아버지인 남자350416과 함께 살고 남편은 깊은 산속의 시멘트 막사에서 소총을 껴안고 산다. 여자761225는 남편이, 군대에 가고 나서 조금 변했다고 생각한다. 그렇게도 상냥하던 사람이 무척 퉁명스럽고 날카로워진 것이다. 남편은 가끔 집에 전화를 걸어온다. 남편은 전화를 늦게 받는 것을 몹시 싫어한다. 전화를 늦게 받으면 남편은 막 소리 지르고 화를 낸다. 그러나 그렇게 화를 내도 여전히 여자761225는 남편이 그립다. 여자761225는 빨래를 다 널고 나면 문간방의 세입자에게 공과금 내라는 말을 해야겠다고 생각한다. 그런데 그런 말을 하기가 퍽 쑥스럽게 여겨진다. 말하지 않아도 정해진 날짜에 알아서 갖다 주면 얼마나 좋을까. 여자761225는 세입자인 남자710121이 방에서 무슨 일을 하는지 가끔은 궁금하다. 방음이 안 되는 벽을 사이에 두고 있는 남자710121의 방에서는 어떠한 소리도 들려오지 않는다. 가끔 텔레비전 소리와 라디오 소리만이 들려올 뿐이다. 여자761225는 남편의 철 지난 옷을 널다가 남편이 자신을 안아준 지도 근 석 달이 다 되어간다는 생각을 한다. 여자

761225는 남편의 품이 사무치게 그리워진다. 남편은 언제 오는가. 다음 달이면 자신의 생일인데…… 남편은 자신의 생일을 기억하고 있을까.

08 깡통맥주를 세 개 비웠을 때 남자710121은 문득 요의를 느낀다. 자취방에 딸린 화장실이 따로 없기 때문에 용변을 보려면 마당을 가로질러서 대문 옆에 나 있는 화장실로 가야 한다. 그러려면 주인 여자가 사는 안채 앞을 지날 수밖에 없다. 마당에 나서니 하얀 민소매 옷을 입은 여자761225가 마당 가득 하얗고 파란 빨래들을 널어놓고 있다. 빨래 중에는 누렇게 색이 바랜 기저귀도 있다. 아기도 없는 집에 웬 기저귀일까. 남자710121은 잠깐 그것이 궁금해진다. 혹 여자761225에게 아기가 있는 것은 아닐까. 그러나 남자710121은 벽 너머에서 아기의 울음소리를 한 번도 들은 적이 없다. 울음소리도 없이 애를 키우는 여자가 있다면 그 여자는 얼마나 많은 비밀을 가지고 있을까. 여자761225가 너는 빨래는 언제나 많다. 나풀거리는 빨래들 사이에서 여자761225의 옆모습이 아름다운 환영처럼 보인다. 저 환영과 마주치지 않을 도리가 없다. '당신은 너무 아름답습니다.' 그렇게 말하고 싶은 남자710121의 입가가 약간 씰룩인다. 여자761225와 남자710121은 마주쳐도 서로 말을 건네는 법이 없다. 집의 젊은 여주인과 젊은 세입자는 처음부터 그렇게 되었다. 남자710121은 널린 빨래들을 요리조리 피해서 화장실 앞까지 간다.

09 남자660519는 새벽에 쌍둥이 아들의 울음소리에 잠을 깼다. 어제저녁 늦게까지 책을 납품하고 돌아와 몹시 곤한 잠에 들었

던 그는 잠을 깨우는 쌍둥이들의 울음소리가 몹시 귀에 거슬린다. 마치 굵은 빗발이 창을 치는 것 같은 요란한 아이들의 울음소리에도 아내는 여전히 깊은 잠에 들어 있다. 남자660519는 그런 아내에게 공연한 화가 치민다. 남자660519는 골치가 아픈 듯 두 손으로 관자놀이를 지그시 누른다. 두통은 그가 조금만 신경을 쓸 때면 어김없이 찾아오는 것이다. 아내는 당뇨 기가 있고 아이들은 툭하면 감기다 배탈이다 하며 약을 물고 산다. 이미 세 돌이 지났는데도 우……우 마……마 소리밖에 할 줄 모른다. 남자660519는 자리에서 일어나 아이들을 잠시 얼르고는 좁은 부엌으로 나간다. 방쪽에서는 여전히 아이들의 울음소리가 들린다. 그는 부엌의 남루한 찬장을 열고 봉지 커피를 한 잔 타서 마시고는 동이 트는 먼 동쪽 하늘을 멍하니 바라본다. 낮은 촉수의 전구처럼 뿌옇게 밝아오는 여명이 그리 반갑지 않다. 출근하여 남자640808에게 시달릴 생각을 하면 언제나 머리가 지끈지끈 아프다.

10 건평 32평, 대지 30평의 그 집에는 여자761225와 세입자인 남자710121이 있고 안채 깊은 곳에 병이 들어 운신을 못하는 여자761225의 아버지 남자350416이 있다. 가끔 여자761225의 쌍둥이 동생인 남자761225가 왔다 가고는 한다. 여자761225의 남동생은 고등학생 때부터 꽤나 말썽을 피우던 새끼건달이다. 고등학교를 중퇴한 남자761225는 쌍둥이 누나인 여자761225에게서 용돈을 타서 여자들과 술을 마시고 잠을 잔다. 돈을 줄 때 여자761225는 남동생에게 이렇게 말한다. '언제든지 돈이 필요하면 얘기해.' 그러나 남자761225는 누나에게서 용돈을 타 쓰는 것이 별로 마음에 내키지 않는다. 왜냐하면 그 돈이 자신이 그토록 싫어하

는 아버지의 연금에서 나온다는 것을 알기 때문이다. 남자761225 의 팔뚝에는 담뱃불로 지진 자국이 다섯 군데나 있는데 그것이 남 자761225에게는 굉장한 자랑거리이다. 남자761225는 낮에는 주 로 당구장에서 지내고 밤에는 시내의 공원이나 술집에서 지낸다. 어린 학생 등을 위협해서 금품을 갈취하는 것은 남자761225에겐 이제 아주 익숙한 일이다. 언제나 잘 웃는 여자761225는 남동생을 생각하면서 웃지는 않을 것이다. 남동생의 팔뚝에는 다섯 군데 담 뱃불로 지진 자국이 있다. 그런 무시무시한 자국을 보면서 웃을 수 있는 사람은 얼마 되지 않을 것이다.

11 남자710121이 화장실을 나오니 주인집 여자는 상체를 굽혀 대야에서 마지막 빨래 하나를 들어내고 있다. 그러면서 윗옷이 치켜 올라갔는지 그녀의 하얀 허리께가 다 드러나 보인다. 한 팔로 감아도 맞춤하게 감길 것 같다. 남자710121은 자신의 생각에 얼굴을 붉히고는 방에 들어가 지나간 잡지 같은 것을 들추면서 마저 맥주를 마신다. 냉기가 식은 맥주가 유난히 쓰다. 정오 조금 지나 혼자 마시는 술은 취기를 제법 빨리 부른다. 네 깡통을 비우고 나니 기분이 어슬어슬해지면서 졸음이 밀려온다. 그때 벽 너머에서 주인집 전화벨 소리가 들린다. 곧이어 '후두둑' 여자761225가 뛰어 드는 소리가 들린다. 여자761225는 전화벨이 울리면 반드시 그 소리가 채 두 번이 울기 전에 전화를 받는다. 오늘처럼 빨래를 널다가도, 혹은 밥을 하다가도, 노래를 부르다가도, 화장실에 가다가도, 잠을 자다가도 그녀는 전화가 울리면 마치 먹이를 채는 수리부엉이처럼 날쌔게 수화기를 채어 든다. 남자710121은 그것을 보지 않고 소리만 듣고도 알 수 있다. 여자761225는 전화를 받기 위해

그 밖의 나머지 일을 하는 것만 같다. 전화를 기다리기 위해 그녀는 전화기의 바깥에 머문다. 전화는 누구한테서 오는가. 남자710121은 그 생각을 하다가 잠이 든다.

12 여자700523은 아침에 일어나면 먼저 거울을 본다. 거울에는 여전히 살찐 얼굴이 가득하다. 눈은 살에 밀려지면서 단춧구멍만 하게 작아지고 턱 밑에는 보기 흉한 살이 겹쳐서 늘어져 있다. 언제나처럼 아침을 거른 여자700523은 어렵게 구한 그녀의 몸에 겨우 맞는 청바지를 입은 다음, 장난감 같은 핸드백을 메고 대문을 나선다. 한 시간 남짓한 출퇴근 시간이 여자700523에겐 가장 큰 곤욕이다. 90킬로그램에 달하는 비만한 여자를 좋게 보는 사람은 이제 이 세상에 없다. "저 여자 저 다리 좀 봐, 도대체 뭘 얼마나 먹기에." 사람들은 거리낌 없이 여자700523의 비만을 조롱한다. 여자700523은 그래서 남들의 눈에 띄는 시간을 조금이라도 줄여볼까 하여 운전을 배우고 있는 중이다. 그러나 자동차학원의 강사도 여자700523에게 불친절하기는 마찬가지이다.

13 여자750628은 자신의 몸 위에서 아직 바둥거리고 있는 남자761225를 살며시 밀어내고 담배에 불을 붙인다. 담배를 끼운 양 손가락 끝의 손톱이 눈부시게 반짝인다. 그것은 조개껍질 같기도 하고 유약을 바른 사기 조각 같기도 하다. 그녀는 자신의 손톱에 매우 만족해한다. 넌 정말 죽이는 데가 있어. 그때 남자761225가 그렇게 말하면서 한쪽 팔을 여자750628의 젖가슴 쪽으로 뻗어온다. 털이 듬성듬성 난 굵은 손마디가 힘 있어 보인다. 젖가슴에 머물고 있는 남자761225의 손을 여자750628은 그대로 둔다. 여자

750628의 손이 남자761225의 굵은 팔을 어루만진다. 그 팔뚝의 중간쯤에는 담뱃불로 지진 자국이 다섯 개 있다. 여자750628은 그 흉터를 손톱으로 지그시 눌러본다. 그렇게 하는 여자750628의 표정은 어딘지 모르게 나른해 보인다. 그러자 남자761225는 여자의 젖가슴에 머물고 있는 손아귀에 힘을 주면서 여자의 가슴을 꽉 움켜쥔다. 아, 여자750628이 낮게 신음한다.

14 여자761225는 빨래를 다 널고 나서 잠시 방 안을 서성거리다가 용기를 내어 남자710121에게 공과금 내라는 말을 하기로 한다. 남자710121의 방문 앞에서 잠시 방 안의 동정을 살피지만 아무런 소리도 들려오지 않는다. 이윽고 심호흡을 하고 똑, 똑 노크를 해본다. 그러나 방 안쪽에서는 아무런 기척이 없다. 분명 방 안에 있을 텐데도 응답이 없는 것이 여자761225는 이상하게 느껴진다. 그때, 빠끔히 열려 있는 창문이 여자761225의 눈에 들어온다. 그러려고까지는 생각지 않았지만 어느새 여자761225는 발돋움을 해서 창문 안쪽을 들여다본다. 방 한가운데에서 남자710121은 세상모르게 자고 있고 그 옆에 빈 맥주 깡통들이 구겨진 채 널려 있는 것이 보인다. 저 남자에게는 어떤 슬픔이 있는가. 여자761225는 공연히 남자710121에게 마음이 쓰인다.

15 면접을 본 지 사흘 만에 연락이 왔다. 남자710121은 다시 직장을 갖게 되었다. 면접을 볼 때 그곳의 사장은 그에게 물었다. 직장이 없을 때는 하루 종일 무엇을 합니까? 남자710121은 대답했다. 저 자신을 견딥니다. 면접을 보고 온 지 사흘째 되던 날에 연락이 왔다. 다시 남자710121은 직장을 갖게 되었다. 그곳은 규모

가 작은 출판사이다. 자취방에서 무려 두 시간이나 걸리는 거리에 있는 그 사무실에는 사장을 제외하고 직원이 모두 네 명이다. 처음 본 그 네 명의 새로운 동료들이 남자710121은 별로 마음에 들지 않는다. 그는 별로 마음에 들지 않는 네 명의 동료와 일하기 위해 아침에 두 시간 동안 붐비는 거리에서 위험한 운전을 해야만 한다. 남자710121은 작년 여름에 93년식 프라이드 중고를 구입해서 오너가 되었다. 유량계의 눈금이 수입 없는 그에게 소화불량을 가져다 준 것은 이미 오래전의 일이다.

16 여자750628은 출근을 하기 위해 남자761225보다 먼저 일어난다. 여관방에서 새벽에 혼자 눈을 뜨고 샤워를 하는 자신의 모습을 생각하면 조금 씁쓸하기도 하지만 남자761225와의 잠자리는 언제나 흥미진진함과 뿌듯한 쾌감이 있다. 여자750628은 방을 나서기 전 침대 밑바닥에 아무렇게나 널려 있는 휴지 뭉치를 들어 코에 대고 냄새를 맡아본다. 아직 마르지 않은 정액 냄새가 근사하다. 나 갔다 올게. 남자761225를 향해 그렇게 말해보지만 그는 얼굴을 베개 밑에 처박은 채 꿈쩍하지 않는다. 사무실에 도착하니 여자700523이 언제나처럼 먼저 나와서 사무실을 청소하고 있다. 지나치게 비만한 몸으로 뒤뚱뒤뚱 비질을 하는 모습이 아침부터 기분을 거스르게 한다. 아, 뭉게뭉게 피어나는 먼지구름이라니. 기관지가 약한 여자750628은 간단하게 인상을 찌푸리며 베란다로 나가 정수기에서 냉수를 받아 마신다.

17 아침에 목이 말라서 슬며시 눈을 뜬 남자640808은 잠결에 발치에 놓인 밥상을 발로 차고 만다. 그 바람에 주전자가 엎어

진다. 몸체에서 떨어진 주전자 뚜껑은 바닥을 뱅그르르 돈다. VTR과 연결된 수상기는 켜진 채로 지직지직대고 있다. 어젯밤 비디오를 보는 도중에 그대로 잠이 들었나 보다. 그는 눈을 뜨자마자 언제나 그랬듯이 담배부터 찾는다. 지독한 골초인 남자640808은 담배 피우는 것으로 하루를 시작해서 담배 피우는 것으로 하루를 마친다. 보통 하루에 피워대는 담배가 두 갑 정도이고 술자리가 있으면 세 갑을 넘긴다. 그래서 그에게선 늘 담배 냄새가 떠나지 않는다. 주전자 꼭지에다 입을 갖다 대고 벌컥벌컥 물을 마신 남자640808은 담배를 아무렇게나 비벼 끈다. 원래 외양에 신경을 쓰지 않는 남자640808은 비듬이 듬성듬성한 머리칼을 쓰윽 하고 손빗을 해서 넘기고는 퉁퉁 부은 얼굴을 물수건으로 닦고 출근길에 오른다. 그 모습이 흡사 미욱스러운 곰 같다. 서른이 훨씬 넘었는데도 결혼을 하지 못한 남자640808은 이제는 혼자 사는 쓸쓸함이나 비애에 어떤 친근감까지 가지고 있다.

18 아직 40대지만 머리가 거의 벗겨진 남자521011은 주차할 곳을 찾기 위해 사무실 주위를 한 바퀴 돌아보지만 빈 곳이 쉽게 눈에 띄지 않는다. 다시 한 바퀴를 돌아보지만 주차할 만한 곳은 이미 다른 차들이 어김없이 들어차 있다. 기어이 씨팔 하고 욕이 튀어나온다. 남자521011은 제 마음에 들지 않는 상대가 자신보다 하찮다는, 근거 없는 확신이 들 때면 어김없이 욕을 내뱉는 위인이다. 그의 욕은 언제나 노골적이고 적나라하기 때문에 그에게 욕을 한 번이라도 들어본 사람은 절대로 그의 인격을 신뢰하지 않는다. 별, 개 좆 같은 놈들이 차를 끌고 다니니 원. 남자521011은 결국 차를 돌려서 200미터 정도 떨어진 하상주차장에다 차를 댄다. 그

곳은 유료이다.

19   남자640808의 오른쪽에는 여자750628의 책상이 있다. 남자640808이 일을 하다 말고 흘끔 여자750628의 미니스커트 자락을 훔쳐본다. 그 밑으로 쭉 뻗은 여자750628의 다리가 눈부시게 하얗다. 가슴이 쿵쿵, 울리기 시작한다. 한 번만이라도 손을 대볼 수 있다면. 남자640808은 여자750628을 처음 보았을 때부터 그녀에게 응큼한 연정을 품는다. 여자750628만 생각하면 눈자위가 확 달아오르면서 이상하게 몸이 달뜬다. 사실 여자750628의 육체미를 바라보는 낙마저 없다면 남자640808은 지금보다 훨씬 자주 짜증을 낼 것이다. 털털하고 후줄근한 인상을 가진 서른 후반의 노총각에게, 그러나 여자750628은 아무런 관심이 없다.

20   오퍼레이터로 일하는 여자750628의 자리는 편집국장인 남자640808의 오른쪽에 있다. 그녀는 내주 중에 나올 책의 속표지 편집을 하느라고 바쁘다. 자그작자그작 그녀 앞에 있는 컴퓨터 키보드 위에서 여자750628의 손가락들이 춤을 춘다. 화려한 매니큐어를 칠한 그녀의 손톱들이 하얀 키보드 위에서 보기 좋게 움직인다. 여자750628은 일을 하면서도 그러나 생각은 여관에서 아직도 자고 있을 남자761225에게 가 있다. 여자750628은 오늘도 퇴근하는 대로 그 여관에 가서 남자761225와 뜨겁고 긴 정사를 벌일 생각이다. 남자761225는 확실히 남자521011과는 달리 야성적인 매력이 있다. 힘이 넘치고 또한 강렬하다. 이 강렬하고 야성적인 힘에 여자750628은 주체하지 못할 황홀감을 느낀다. 돈을 대가로 사장인 남자521011과 가끔씩 치르는 정사와는 비교할 바가 못 된다

고 생각한다.

21　남자521011은 사무실에 들어오자마자 헛기침을 하면서 다소 과장스럽게 사장으로서의 권위를 드러낸다. 그를 인격적으로 전혀 존경하지 않는 직원들은 마지못해 그에게 인사를 한다. 사장님 나오십니까? 그제야 남자521011은 흡족한 얼굴로 고개를 끄덕이고는 느릿느릿 사장실로 들어간다. 남자521011은 편집국장인 남자640808을 불러 현재 진행 중인 작업을 간단히 확인하고는 곧 여기저기 전화를 걸기 시작한다. 대개가 사우나를 같이 갈 친구를 물색하거나 포커판을 수배하는 전화이다.

22　얼핏 잠에서 깨어난 남자761225는 시계를 본다. 정오가 조금 안 됐다. 침대 머리맡에 놓인 여자750628의 귀고리가 눈에 들어온다. 일부러 두고 갔는지 아니면 실수로 그랬는지를 잠시 생각하다가 남자761225는 다시 스르르 잠이 든다. 얕은 잠결에도 남자761225의 귓전에는 소리 높여 교성을 지르던 여자750628의 목소리가 들려오는 듯하다. 남자761225는 나이트에서 만난 여자750628이 제법 쓸 만하다고 생각한다. 나이가 한 살 많은 것이 흠이지만 몸매도 기막히게 빠졌고 성격도 내숭이 없이 화끈하고 솔직해서 마음에 든다. 남자761225는 자신의 아랫도리를 만지작거리면서 간밤의 격렬했던 정사의 기억을 쏠쏠하게 되살려본다.

23　남자521011은 점심을 먹고는 사무실 앞에 있는 정다방에 간다. 그가 출판사의 사무실에 있는 시간은 정다방에서 보내는 시간의 반에도 못 미친다. 차 안에 있는 시간은 다방에 있는 시간보

다 조금 적고 사무실에 있는 시간보다 조금 많다. 남자521011이 하는 일이라고는 출근하여서 직원들에게 인사 받고 나가서는 사우나나 다방에 죽치고 앉아서 사람들과 노닥거리는 것이 전부다. 그는 차를 타고 거래처 사람들과 외곽의 가든 같은 데 가서 식사를 하거나 출판기념회 같은 곳에 말쑥한 정장 차림으로 참석하여 명망 있는 인사들과 고급한 대화를 나누는 것을 인생의 큰 재미로 안다. 직원 네 명의 작은 출판사를 운영하면서도 남자521011에게는 지식문화산업에 종사한다는 어떤 자부심 같은 게 있다. 누가 그것을 알아주든 말든 간에 말이다.

24 남자640808은 담배를 비벼 끈 후에 걸쭉한 가래침을 재떨이에 뱉는다. 그러고는 회전의자를 돌려서 여자750628 쪽을 향하게 하고는 가늘고 음흉한 웃음을 던진다. 아니 국장님, 뭘 그렇게 힐끔거리세요. 남은 바빠 죽겠는데. 여자750628은 늘씬한 왼쪽 다리를 오른쪽 무릎 위에 올려놓으며 비음 섞인 목소리로 쏘아붙인다. 미니스커트가 밀리면서 다리 사이로 아슬아슬하게 속옷 자락이 보인다. 남자640808은 '흡' 하고 숨이 막힐 것만 같은 기분이 된다. 대책 없이 눈앞이 아찔해지고 속이 후끈거리기 시작한다. 내가 이 여자를 기어이 어떻게든 후리고 말아야지. 남자640808은 속으로 다짐을 하며 침을 꿀꺽 삼킨다. 그는 다시 담배에 불을 붙인다. 곁눈질로는 여전히 여자750628의 미끈한 다리를 보고 있다. 몇 번인가 데이트 신청을 해서 딱지를 맞았지만 남자640808은 여자750628을 마음속 깊은 곳에 단단히 담아두고 있다.

25 트럭에서 내린 남자660519가 수건으로 이마의 땀을 훔치

며 출판사 사무실로 들어온다. 사무실에는 별도로 정해진 그의 자리가 없다. 제작실장이라는 직책이 있기는 하지만 그는 사환과 별 다름없는 존재이다. 남자660519는 주로 발품을 파는 일, 그러니까 인쇄소에 종이를 주문하여 넣어주고, 인쇄 상태를 확인하고 제본소나 표지 디자인실 등을 뛰어다니는 일을 한다. 책이 나오면 책임을 지고 납품하는 것도 그가 하는 일 중에서 빼놓을 수 없는 일이다. 남자660519는 어렸을 때의 고르지 못한 영양 섭취로 아랫배가 불룩하게 나왔고 손과 다리가 가는 편이다. 그리고 키도 왜소한 편이다. 그는 좁은 실내에서 잠시 서성이다가 커피를 한 잔 타서 사무실 중앙의 소파에 앉는다. 그닥 어울릴 것 같지 않지만 커피를 마시는 시간을 남자660519는 제일 좋아한다. 남자660519는 자신이 커피 중독인지를 알지 못한다. 그때 남자640808이 예의 남자660519에게 시비를 걸어온다. 이봐, 속표지 잘 넣어줬어? 남자660519는 공연히 긴장하여 더듬거리는 소리로 대답한다. 예, 예, 그, 그럼요. 남자640808은 남자660519의 저 주변머리 없는 말투나 행색이 왠지 못마땅하다. 그래서인지 사사건건 남자660519에게 시비를 건다. 확실해? 다시 한 번 확인해봐. 지난번에도 속표지를 잘못 넣어줘가지고 제본된 책을 뜯어야 했잖아. 그리고, 바깥일 다 했으면 사무실에 좀 들어와 있어. 안에서 일이 어떻게 돌아가는지를 알아야 밖의 일과 보조가 맞든지 하지. 남자660519는 역시 쩔쩔매며 더듬더듬 대답한다. 아, 아, 알았습니다. 남자660519는 자신도 모르는 새 커피를 다 들이마시고 있다.

26   남자710121은 첫 출근을 해서 직원들과 상견례를 한다. 사장인 남자521011이 직원들을 하나하나 소개한다. 남자640808

을 가리키며, 이쪽은 편집국장이에요. 경력 10년의 베테랑이지. 남자660519를 가리키며 이쪽은 납품을 주로 하는 우리 제작실장. 여자750628을 가리키며 이쪽은 우리 사무실의 꽃, 오퍼레이터이고 여자700523를 가리키며 저쪽은 우리 경리. 모두들 앞으로 잘 지내고 상부상조하도록 합시다. 남자521011은 직원들을 소개하는 자신의 역할이 자못 만족스러운지 얼굴에서 웃음이 떠나지 않는다. 남자710121은 일일이 직원들과 인사하는 중에 여자750628과 두 번, 남자640808과 한 번 눈이 살짝 마주친다. 남자710121은 동료들의 첫인상이 그닥 마음에 들지 않는다. 이곳에서 또 얼마나 버틸 수 있을까를 잠시 생각한다.

27 남자761225는 열두 시가 넘어서 쫓겨나듯 여관을 나온다. 친구를 불러낼까 잠시 생각하다가 그는 집에 들어가서 점심을 먹기로 한다. 누나인 여자761225는 집에서 빨래를 하고 있다. 여자761225에게 '날씨 좋은 날' 이란 '빨래하기 좋은 날' 과 같은 뜻이다. 결혼을 하고도 남편과 떨어져 혼자 사는 누나가 남자761225는 불쌍하면서도 바보같다고 생각한다. 매형이라는 사람은 뭐 하다가 늦게서야 군대를 간 것인지. 그는 누나가 해주는 김치볶음밥을 서둘러 먹고 누나가 설거지를 하는 사이 집 안을 둘러본다. 건넌방의 문을 빠끔히 열어보니 아버지인 남자350416이 이불을 다리춤에 만 채 잠을 자고 있다. 뼈만 앙상한 채 가쁜 숨을 몰아쉬는 아버지의 모습을 본 남자761225의 표정이 일그러진다. 남자761225는 조심스럽게 방문을 닫고 안방으로 들어와 화장대 서랍을 연다. 주방 쪽에서는 그릇들이 부딪치는 소리가 여전하다. 서랍 안에는 여자761225의 결혼 패물함이 들어 있다. 그는 패물함을 열

어 안에 들어 있는 귀금속 등속에서 반지를 하나 꺼내 바지 호주머니에 집어넣는다. 그러고는 아무 일 없었다는 듯이 다시 서랍 안에 패물함을 넣는다. 잠시 후 누나가 들어오자 남자761225는 태연하게 묻는다. 매형한테는 자주 연락 와? 여자761225는 조금 쓸쓸한 표정이 되어 대답한다. 응, 가끔 오는 편이야. 전화하기가 쉽지는 않은가 봐. 그 자식. 도대체 뭐 하는 자식이야! 군대도 안 갔다 왔으면서 결혼은 왜 서둘렀어. 남자761225는 어색하게 목소리를 높여본다. 그렇게 말하지 마. 어쩔 수 없었어. 여자761225의 표정이 어두워진다. 남자761225는 자리에서 일어나더니 갈 채비를 한다. 그러자 여자761225가 말한다. 왜 벌써 가려고? 아버지 깨나시면 좀 뵙고 가지. 그리고 저녁도 먹고 가. 삼계탕 해주려고 하는데. 남자761225는 누나의 상냥함이 지극히 불편하다. 더더욱이 병들고 추레해진 아버지의 모습을 마주 대하는 것은 죽기보다 싫다. 그래서 그는 여자761225의 눈길을 무시하고 후다닥 집을 나와버린다. 남자761225의 한 손은 주머니 속의 반지를 만지작거리고 있다.

28 남자710121이 출판사에 취직하여 처음 하게 된 일은 은퇴한 시의원의 자서전 교정을 보는 것이다. 교정 원고는 대략 250페이지 정도이다. 남자710121은 세상에서 하지 말아야 할 일 중의 하나가 바로 자서전을 내는 일이라고 생각한다. 남자710121은 교정을 보다가도 맥없이 한숨을 내쉬는 일이 잦다. 남자710121이 정말 교정하고 싶은 것은 오탈자가 아니라 노추의 과시욕과 현학 취미이다. 그가 교정 업무에 나른해질 즈음 남자640808의 걸쭉한 목소리가 귓전을 파고든다. 에이 참, 조금만 기다리시라니까 그러시네! 남자640808은 여러 거래처에 전화를 해서 월말 대금 결제에

대해 양해를 구하는 중이다. 곰 같은 그가 굽실거리는 모습이 여간 아슬아슬한 게 아니다. 아, 글쎄 수금이 되는 대로 가장 먼저 결제해드리겠다니까……. 전화를 마친 그는 아니나 다를까 걸한 침을 재떨이에 카악 하고 뱉어내더니 역정을 내기 시작한다. 내 참 배알이 꼴려서 이놈의 일을 때려치우든지 해야지 원! 그러나 그가 출판사를 그만두리라고 생각하는 사람은 아무도 없다. 남자640808이 신경질적으로 담배를 피워 물었을 때 여자700523이 시원한 음료수를 컵에 담아 그에게 갖다 준다. 그러나 남자640808은 그런 여자700523을 거들떠보지도 않고 씩씩거리면서 담배만 피워댄다. 여자700523은 무안이라도 당한 듯 얼굴이 빨개지고 그것을 본 여자750628이 쿡, 웃음을 터뜨린다.

29 오후 일곱 시가 다 되었을 때 시계를 바라본 남자640808이 퇴근들 합시다라고 외친다. 그 소리에 모두들 부산스럽게 퇴근 준비를 한다. 여자750628이 가장 먼저 핸드백을 챙겨서는 내일 봐요라고 내뱉듯이 말하고는 사무실을 빠져나가고 남자710121도 주섬주섬 책상을 정리하고는 사무실 문을 열고 나간다. 남자640808도 가방을 막 챙겨 드는 중이다. 그런데 여자700523만이 몸집만큼이나 느긋하게 책상에 앉아 있다. 어딘지 초조한 기색이 역력하다. 남자640808이 빤히 여자700523을 쳐다본다. 그러고는 퉁명스럽게 말한다. 왜, 퇴근 안 해요? 여자700523이 몸집과는 달리 작은 목소리로 말한다. 먼저 하세요. 저도 금방 나갈 거예요. 남자640808이 뚜벅뚜벅 구두 소리 요란하게 사무실을 빠져나가자 사무실에 혼자 남은 여자700523은 남자640808의 책상 쪽으로 살며시 다가간다. 여자700523은 서랍을 열고 그 안에 편지 봉투를 넣

는다. 그랬다가 잠시 후 다시 편지를 꺼낸다. 그런 행동은 한 번 더 반복된다. 어떻게 하는 것이 좋을지 모르겠다는 듯 여자700523은 손을 턱에 괴고 잠시 생각에 잠긴다. 결국 서랍 안에 편지를 넣은 여자700523은 누가 볼세라 서둘러서 사무실을 빠져나간다.

30 남자710121은 겨우 대로를 빠져나와 동네 골목으로 접어든다. 출퇴근 시간마다 차가 많이 밀려서 여간 고역이 아니다. 골목을 미끄러져 들어가고 있는데 저만치 앞쪽에서 위태롭게 달리던 자전거 하나가 한 여자를 살짝 치고는 여자와 함께 넘어진다. 남자710121은 자전거에 치인 여자가 주인집 여자761225라는 것을 알아본다. 남자710121은 차에서 내려 여자761225가 쓰러져 있는 곳으로 뛰어간다. 여자761225는 부끄러운 듯 동그란 눈동자로 주위를 두리번거리고 있다. 팔꿈치와 발목 쪽이 긁히어서 핏방울이 맺혀 있다. 남자710121은 여자761225에게 손을 내민다. 자, 이 손을 잡고 일어나세요. 여자761225는 잠시 망설이다가 남자710121이 내민 손을 잡고 일어난다. 남자710121은 여자761225를 옆에서 바짝 안고 부축하여 자신의 차에 태운다. 집 대문 앞에 도착한 남자710121은 여자761225를 업고 여자761225의 방 안에까지 들어간다. 남자710121의 뒷목에 여자761225의 부드럽고 더운 숨결이 와 닿는다. 등덜미에 느껴지는 여자761225의 온기를 남자710121은 영원히 간직하고 싶다고 생각한다. 여자761225는 침대 가에 걸터앉아서 자신의 상처를 처연한 눈빛으로 내려다본다. 그러다가 잊고 있었다는 듯 불쑥 남자710121에게 고맙다고 말하면서 소녀처럼 고개를 숙여 인사한다.

31 퇴근을 한 남자710121이 손과 발을 씻고 나서 뉴스를 보고 있을 때 누군가가 방문을 두드린다. 남자710121이 흠칫 놀라서 문을 여니 문 앞에 여자761225가 다소곳이 서 있다. 여자761225가 자신의 방문을 두드린 것은 처음이다. 그녀의 손에 사과 몇 알이 든 봉지가 들려 있다. 아까 시장에서 사왔는데 이것 좀 드시라고요. 여자761225의 얼굴이 좀 빨개진다. 남자710121은 어찌할 바를 몰라 잠시 멍하니 있다가 얼른 손을 내밀어 사과 봉지를 받는다. 그러는 남자710121의 가슴이 두근거린다. 어제는 경황이 없어서 고맙다는 인사를 제대로 못 드렸네요. 여자761225의 작은 목소리가 다시 들려온다. 잠깐 들어오시겠어요. 엉겁결에 그렇게 튀어나온 자신의 목소리를 듣고 남자710121도 놀란다.

32 뙤약볕이 내리쬐는 야산의 풀밭 위에서 군인들이 점심 식사를 하고 있다. 훈련 중인 듯 무거운 군장을 꾸린 그들의 얼굴에는 검푸른 위장 크림이 발라져 있다. 땀과 크림이 뒤범벅된 군인들의 얼굴이 햇살에 그을려 번질번질하다. 일찍 식사를 마친 남자691124는 식기를 반납하고 나무 그늘을 찾아 드러누워 담배를 태운다. 위장 크림 때문이지 그의 표정은 사뭇 어둡게 보인다. 그때 중위 계급장을 단, 철모를 쓴 사람이 다가와서 남자691124의 다리를 툭툭, 찬다. 그러고는 제법 위엄 있는 목소리로 소리친다. 누가 훈련 중에 허락도 없이 담배 피우라고 했나. 어서 끄지 못해. 남자691124는 그러나 담배를 끄지도, 자세를 바로잡지도 않는다. 자신보다 나이가 서너 살 어린 중위의 타박이 남자691124는 영 못마땅하다. 어서 담배 끄지 못해! 중위의 목소리가 좀 더 높아진다. 남자691124는 중위의 철모에 부딪혀 쏟아지는 햇살에, 눈살을 찌푸리

며 비스듬히 몸을 일으킨다. 그러고는 담배를 길게 한 모금 빨았다가 내쉰다. 그러고는 담배를 든 손으로 한쪽을 가리킨다. 중위는 남자691124가 손으로 가리킨 쪽을 바라본다. 식사를 마친 군인들이 제각각 편안한 자세로 누워서 담배들을 꺼내 물고 있다.

33 제본된 책을 트럭에 다 실은 남자660519가 트럭에 올라탄다. 조심해서 가요! 수고했어요. 제본소 사람들과 인사를 주고받은 남자660519는 트럭을 몰고 천천히 제본소 문을 빠져나온다. 남자660519는 얼마쯤 달리다가 잠시 가게 앞에 차를 세운다. 가게에 들어간 남자660519는 캔 커피를 하나 사가지고 나온다. 다시 트럭이 움직이기 시작한다. 날이 무척 덥기 때문에 그는 연신, 목에 두른 수건으로 땀을 훔친다. 한길의 사거리에서 신호 대기 중인 남자660519의 눈에 미끈하게 잘 빠진 다방의 여종업원이 들어온다. 남자660519는 입맛을 쩝쩝 다시면서 눈길로 여종업원을 계속 좇는다. 남자660519의 입가에 지그시 웃음이 퍼진다. 옆에 놓인 캔 커피를 들어서 한 모금 마시던 남자660519는 뒤차들이 빵빵거리는 소리에 움찔 놀라서 캔 커피를 떨어뜨린다. 그 바람에 바지가 다 젖는다. 다방의 레지는 벌써 모퉁이를 지나서 보이지 않는다. 차가 덜컥거리면서 움직인다.

34 여자750628이 퇴근하여 여관에 와보니 남자761225는 침대에 뻐딱하게 누워서 TV를 보고 있다. 남자761225가 여자750628에게 심드렁하게 한마디 한다. 날이 덥지, 씻고 와. 여자750628은 방 안에서 옷을 벗어서 한쪽에 개어 놓는다. 그러면서 말한다. 자기 나 없는 동안 뭐 했어? 남자761225는 대답이 없다.

여자750628은 무슨 생각을 했는지 스타킹 한쪽을 뭉쳐 쥐더니 남자761225에게 휙 던진다. 그 스타킹은 남자의 가슴팍에 떨어진다. 여자750628과 남자761225가 다 같이 웃는다. 화면 가리지 말고 어서 가서 씻고 와. 남자761225가 다시 한 번 말한다. 15분쯤 후에 여자750628이 타월로 몸을 가린 채 샤워실에서 나와 방으로 들어온다. 침대에 올라앉으며 여자750628이 말한다. 자기 나 안 보고 싶었어? 남자761225는 역시 별 말 없이 담배만 피워 문다. 남자가 불을 붙인 담배를 여자가 빼앗아 제 입술 사이에 끼운다. 남자는 다시 팔베개를 하고 눕는다. 그 품에 여자가 기대면서 애교 섞인 목소리로 묻는다. 자기 나 안 보고 싶었냐고? 남자761225는 대답 없이 그녀의 담배를 빼앗아 재떨이에 비벼 끄고 그녀의 몸에 입을 맞추기 시작한다. 두 사람의 몸은 금세 뜨겁게 엉키어 든다.

35   여자700523은 번번이 시동을 꺼뜨린다. 자동차학원의 강사가 몹시 신경질적으로 말한다. 아니 왜 그렇게 말귀를 못 알아들어요. 클러치를 살짝 떼라고 했잖아요. 여자700523은 기어 들어가는 목소리로 대답한다. 그렇게 하려고 하는데 잘 안 되네요. 살짝 웃는 여자700523의 얼굴이 강사에게는 미욱스럽게 느껴진다. 다시 출발해요. 그러나 여자700523은 차를 출발시키지 못하고 다시 시동을 꺼뜨린다. 정말 왜 그래요. 날도 더운데. 하라는 대로만 하면 된단 말이에요! 여자700523은 당황했기 때문인 듯 와이퍼 스위치를 잘못 건드려서 와이퍼를 작동시킨다. 햇볕이 쨍쨍 내리쬐는 가운데 앞창에서 와이퍼가 빠르게 움직인다. 강사가 한심하다는 듯 여자700523을 쳐다보고 있고, 예쁜 여자를 태운 다른 강사들이 그 모습을 보고 웃는다. 뒤에서는 다른 차가 빵빵거리고 있다. 강

사가 문을 열고 내리면서 말한다. 내려서 옆에 타요. 내가 운전하는 것 잘 보세요! 그러자 여자700523이 좁은 운전석에서 한참을 바둥거린 끝에 힘겹게 내린다.

36 여자761225는 잠시 머뭇거리다가 남자710121의 방에 들어온다. 남자710121은 서둘러서 방을 치우고 냉장고를 열어 음료수를 꺼낸다. 여자761225와 남자710121이 매우 어색하게 주춤거리면서 방바닥에 마주 앉는다. 여자761225가 방을 한 번 빙그 둘러본다. 그 모습을 지켜보던 남자710121이 말한다. 그래 어제 다친 곳은 좀 어떠세요? 여자761225는 남자710121의 시선을 피한 채 대답한다. 예, 괜찮아요, 살짝 까진 것뿐인데요. 남자710121이 캔 음료수의 뚜껑을 따서 여자761225에게 내민다. 여자761225는 여전히 고개를 못 든 채로 음료수를 받아 든다. 약은 발랐어요? 요즘 날이 더워서 상처가 덧나기 쉬워요. 여자761225가 아무런 대답을 못한다. 남자710121은 일어나서 책장 위에 있는 구급함을 가지고 온다. 어디 한번 보아요. 남자 710121이 다가오자 여자가 정색을 하며 손을 휘젓는다. 그녀는 어색한 나머지 엉뚱한 질문을 한다. 책이 참 많네요. 무슨 공부 하셨어요? 남자710121이 멍한 표정으로 여자를 바라본다. 국문학과 나왔어요……, 어디 상처 좀 보자니까요. 남자710121은 어느새 연고의 뚜껑을 열면서 말한다. 여름철일수록 상처를 깨끗이 소독해야 해요. 여자761225가 여전히 주춤거리자 남자710121이 눈짓으로 그녀를 부추긴다. 여자761225가 마지못해 다리를 남자 쪽으로 뻗어 내민다. 남자710121이 조심스럽게 손을 가져가서 상처 부위의 붕대를 벗긴다. 그때 잠깐 여자761225와 남자710121의 눈빛이 부딪친다. 여자761225는

손안에 쥔 공과금 고지서를 남자710121 모르게 구겨버린다.

37   남자761225와 격렬한 섹스를 마친 여자750628이 남자761225의 몸 위에서 미끄러져 내려온다. 여자750628은 숨을 몹시 가쁘게 몰아쉰다. 남자761225가 생수 병을 여자750628에게 내밀면서 그녀의 머리를 쓰다듬는다. 물을 마시고 숨을 고른 여자750628이 말한다. 자기 나랑 하면 좋아? 나를 좋아하기나 하는 거야? 사랑하느냐고? 그러나 남자761225는 아무 말 없이 여자750628의 머리칼만을 쓰다듬는다. 말 좀 해봐! 날 사랑하느냐고 물었잖아. 남자761225는 천천히 침대에서 몸을 일으키더니 옷걸이에 걸린 바지춤에 손을 넣는다. 그 손끝에 반짝이는 반지가 끌려 나온다. 남자761225가 그것을 여자750628에게 내민다. 그것을 받아 든 여자750628의 표정에 생기가 돈다. 반지를 손가락에 끼어본 여자750628은 활짝 웃으면서 남자761225의 목에 매달린다. 어머! 자기. 언제 이런 것을 준비했어? 순금인 것 같은데 이거. 여자750628은 반지를 낀 손가락을 이리저리 비추어보고는 다시 감격한 듯 말한다. 어머, 너무 잘 어울린다! 그때 남자761225가 여자750628의 볼을 살짝 꼬집으며 나직하게 말한다. 앞으로 내 말만 잘 들으면 더 좋은 것도 해줄 수 있어.

38   출근해서 책상 서랍 안에서 편지를 발견한 남자640808은 주위를 경계하면서 화장실에 들어가서 편지를 펼친다. 그 손이 마구 떨린다. 편지에는 이렇게 쓰여 있다. "늘 가까이 지켜보면서 사랑의 감정이 생기게 되었습니다. 당신 옆에 제가 있어야 될 것 같은 생각이 들었습니다. 부디 제 마음을 거절하지 말아주세요." 그

런 글의 끝에는 여자700523의 이니셜이 있다. 이니셜을 본 남자 640808은 그게 누구의 편지인지 금방 알아챈다. 기분이 갑자기 상한 남자640808은 편지를 구겨서 휴지통에 버리고 만다. 사무실에 돌아오니 여자700523이 쭈뼛쭈뼛 남자640808의 눈치를 살피고 있다. 남자640808은 공연히 신경질이 난다. 냉장고에서 음료수를 꺼내 거칠게 따라 마신 남자640808은 냉장고 문을 신경질적으로 쿵, 하고 닫는다. 여자700523이 움찔하며 놀란다. 그녀의 표정에는 서운하고 슬픈 기색이 역력하다. 그러나 얼굴이 너무 살쪄서 슬픈 기색이 외려 우습게 보인다.

39 개인 화기와 반합 따위의 군장들이 부딪치는 소리가 막사 안에 요란하다. 훈련을 마친 부대원들이 내무반에서 군장을 해체하고 있는 것이다. 훈련이 힘들었는지 여기저기서 어휴, 하는 신음 소리들이 터져나온다. 그때 선임병인 듯한 사람이 내무반 문 앞을 가로막고 서서 걸걸한 목소리로 외친다. 16시 50분까지 군장 정리를 완료하고 별명이 있을 때까지 그 자리에서 대기한다. 그러나 남자691124는 끄르지 않은 군장을 내무반 관물대에 대충 던져놓고 내무반 문 쪽을 향해 움직인다. 그러자 문 앞을 가로막은 선임병이 어이없다는 표정으로 그를 제지한다. 야, 너 내 말 못 들었어? 어딜 가려고 해! 남자691124는 그러나 막무가내로 내무반을 나서려고 한다. 선임병이 험악하게 얼굴을 일그러뜨리며 소리친다. 자리에 돌아가서 군장이나 끌러 임마! 남자691124는 할 수 없다는 듯 선임병을 어깨로 힘껏 밀치고는 내무반 밖으로 뛰어나간다. 선임병이 잠시 기우뚱하자 여러 병사들의 시선이 동시에 그쪽으로 쏠린다. 겨우 자세를 바로잡은 선임병이 남자691124의 뒤통수에 대고

험한 욕을 한다. 너 이 새끼 두고 보자! 남자691124는 대대 본부 앞에 있는 공중전화 부스까지 쉬지 않고 달려간다. 부스에 뛰어든 그는 허겁지겁 전화기의 버튼을 누른다. 좀처럼 통화가 되지 않는지 남자691124는 거친 숨을 내쉬면서 인상을 찌푸린다. 잠시 후, 표정이 살아난 남자691124가 수화기에 대고 거칠게 소리를 지른다. 야, 전화 빨리 받으라고 그랬지! 어디서 무얼 하다가 이제 전화를 받아!

40 방에서 월간지의 낱말 퍼즐을 풀고 있던 여자761225는 건넌방으로부터의 뿌오뿌오뿌오 하는 소리를 듣는다. 여자761225는 건넌방으로 들어가 남자350416의 기저귀를 새것으로 갈아주고 아랫도리에 소변기를 대어준다. 남자350416은 소변을 보면서 몹시 힘겨운 듯 사지를 덜덜 떤다. 여자761225가 안쓰러운지 남자350416의 머리칼을 쓰다듬는다. 그때 거실에서 전화벨이 울린다. 한 번 두 번. 여자761225는 당황한다. 어떻게 해야 좋을지를 모르겠다. 남자350416은 여전히 소변을 쏟아내고 있는 중이다. 전화벨이 계속 그르렁그르렁, 울린다. 전화가 울리는 거실 쪽으로 고개가 돌아가 있는 여자761225의 안색이 창백해진다. 그때 남자350416이 소변을 다 보고 옆으로 힘없이 쓰러진다. 여자761225는 소변기의 마개를 제대로 닫지도 않고 거실로 뛰어나간다. 넘어진 소변기에서 주르르 누런 소변이 흘러나와 이불자락을 적신다. 여자761225는 숨을 고르며 전화를 받는다. 전화기 너머에서는 거칠고 빠른 남자691124의 목소리가 튀어나온다. 야, 전화 빨리 받으라고 그랬지! 어디서 무얼 하다가 이제 전화를 받아!

41 남자660519가 비틀거리면서 사무실 문을 열고 들어선다. 그의 얼굴은 형편없이 일그러져 있고 눈에 띄게 불콰하다. 그는 사무실 안에 들어서서 주위를 휘이 둘러본다. 그때 남자640808이 남자660519에게 윽박지르듯이 말한다. 뭐야! 왜 그러고 서 있어? 그 소리를 듣고 남자660519가 흐느적거리면서 남자640808의 책상 쪽으로 다가간다. 그의 풀린 눈동자가 남자640808을 쏘아본다. 그는 술에 만취한 듯하다. 남자640808이 그걸 알아보고 다시 호통을 친다. 아니, 뭐야 이거, 술 먹은 거 아냐! 아니 이 작자가 근무 중에 술을 처먹고, 정신이 어떻게 된 거야! 여자750628이 남자660519와 남자640808을 번갈아 바라보면서 눈살을 찌푸린다. 술 냄새가 지독한지 한 손으로는 코를 쥐어 막는다. 남자660519가 남자640808의 책상을 쿵 하고 내리치면서 말한다. 사람 말요 그렇게 우습게 보지 마쇼, 지금 내가 사환 비슷한 노릇 하고 있지만 나 그런 대접 받을 만큼 못난 놈 아니오. 집에는 날 바라보고 사는 새끼가 둘이나 있소. 왜 말끝마다 시비요! 남자640808이 책상에서 일어나 삿대질을 하며 터무니없이 언성을 높인다. 아니 이 작자가 미쳤나, 날도 더워서 환장하겠는데. 남자640808은 단추를 두어 개 풀어 헤치고 다짜고짜 남자660519의 멱살을 쥐어 잡는다.

42 지하 주차장, 여자750628이 주위를 잠시 살피더니 남자521011의 승용차에 오른다. 그 모습을 남자761225가 낡은 액셀 승용차 안에서 바라보고 있다. 그의 얼굴에 알 듯 말 듯 한 미소가 스쳐 지나간다. 시 외곽도로를 2, 30분을 달려간 남자521011의 승용차가 어느 모텔 앞에 멈추고 남자521011과 여자750628이 차에

서 내려 모텔 안으로 들어간다. 남자521011의 표정에는 얄망궂은 탐욕의 미소가 가득하다. 남자521011과 여자750628이 모텔 안으로 사라지자마자 남자761225 일행이 탄 액셀이 모텔 주차장에 들어선다. 승용차 문이 열리고 건장한 체격의 남자 세 명이 재빠르게 차에서 내려서는 모텔 안으로 뛰어 들어간다. 남자521011이 곧 그 청년들에 의해 끌려 나온다. 청년 중에는 남자761225가 끼어 있다. 남자761225 일행은 모텔 뒤쪽의 후미진 골목으로 남자521011을 데리고 가서는 그를 개를 두들겨 패듯이 팬다. 사장이라는 작자가 여직원을 꾀어서 농락을 해? 내가 누구냐고? 저 애의 오빠 되는 사람이야. 가족에게 알려서 아주 망신을 시켜줄까. 좋게 말할 때 있는 돈 다 내놔. 남자761225는 목소리를 착악 가라앉히고 제법 그럴싸하게 협박한다. 입술과 코피가 터져서 얼굴에 피가 낭자한 남자521011은 멱살을 한 청년에게 잡힌 채 겨우 고개만 끄덕인다. 그러는 모습을 아주 재미있다는 표정으로 여자750628이 모텔의 모퉁이에 숨어서 지켜보고 있다.

43 여자761225가 밥과 국이 놓인 쟁반을 들고 남자710121의 방 쪽으로 간다. 남자710121은 아직 귀가하지 않았다. 여자761225는 잠시 망설이는 듯하더니, 주머니에서 열쇠 뭉치를 꺼내서는 남자710121의 방문을 열고 방 안의 탁자 위에 밥과 국을 내려놓고 서둘러 나온다. 30분쯤 지나 남자710121이 방에 들어와서는 그것을 발견하고 밝고 환한 웃음을 짓는다. 그는 자리에 앉아서 국을 한 술 떠 입에 넣는다. 그때 여자761225의 방 쪽에서 가느다란 노랫소리가 들린다. 수저를 들던 남자710121은 동작을 멈추고 벽 쪽으로 다가가 벽에 바투 귀를 갖다 댄다. 벽 너머에서 희미하

게 그리고 환하게 노랫소리가 들려온다. 끊어질 듯 말 듯 애틋하게 이어지는 그 노래는 〈로렐라이 언덕〉이다.

44 남자660519가 부스스한 얼굴로 잠에서 깬다. 그는 골치가 아픈지 손으로 관자놀이를 꾹 누르면서 얼굴을 잔뜩 찌푸린다. 그때 옆에서 신음 소리가 들리기 시작한다. 신음 소리를 내는 건 아내이다. 아내의 신음 소리는 더욱 높아진다. 아내는 이내, 거의 숨이 넘어갈 듯한 목소리로 남자660519를 찾는다. 여보, 살려줘요. 배가, 배가 너무 아파. 여보! 제발 살려줘요 여보! 당황을 한 남자660519는 얼결에 움직이다가 아내의 옆에서 잠들어 있는 쌍둥이들의 다리를 밟고 만다. 아이들의 울음소리가 연달아 터진다. 남자660519는 아내의 옆으로 바짝 다가가서 아내의 이마를 짚어본다. 이마는 몹시 뜨겁고 새벽 여명 사이로 비친 안색은 백지장처럼 창백하다. 남자660519는 자리에서 벌떡 일어나 옷을 꿰입고는 아내를 들춰 업는다. 그리고 거리로 나가서 택시를 잡기 위해 우왕좌왕 뛰어다닌다.

45 남자521011이 잔뜩 턱주가리가 부어오른 채 출판사 사무실에 들어온다. 눈치 없는 남자640808이 눈이 휘둥그레진 채 남자521011에게 다가가 말한다. 아니, 사장님 이게 어찌 된 일이십니까. 남자521011은 서둘러 남자640808을 외면하고 사장실로 들어가려다가 잠깐 여자750628 앞에서 큼큼 하고 헛기침을 한다. 남자640808이 무안을 당한 듯 제자리로 돌아오면서 심통이 난 듯한 목소리로 말한다. 아니 제작실장은, 아직도 출근 안 했어! 정말 이 작자, 정리 해고를 하든지 해야지 원. 그러자 여자700523이 조심스

럽게 대답이라도 하듯 입을 연다. 아까 전화 왔었는데 부인이 갑자기 아프대요. 그 소릴 듣고 남자640808이 여자700523을 흘겨보다가 신경질적으로 담배를 빼어 문다.

46 출판사의 점심시간, 여자750628과 여자700523이 출판사 옆 단골식당에서 막 식사를 마치고 일어선다. 그때 여자750628의 호주머니에서 핑그르르 반지 하나가 굴러 떨어진다. 여자750628은 그러나 그 사실을 알지 못한다. 그들이 출판사 사무실에 들어오자 남자640808이 펜을 놓고 기지개를 켜면서 말한다. 식사들 맛있게 했나. 그러고는 배를 쓱쓱 쓰다듬으며 자리에서 일어난다. 남자640808은 사무실 중앙 쪽으로 나와 하품을 하면서 혼잣말을 한다. 오늘은 무얼 먹을까. 날도 더운데 냉면이나 한 그릇 먹을까. 에이 속도 안 좋은데 그냥 먹던 대로 백반이나 먹어야지. 이봐 우리도 가자구. 남자710121이 그 소리에 자리에서 일어난다. 여자700523이 문을 나서는 남자들의 등 뒤에 대고 말한다. 맛있게 드세요. 그러는 여자700523을 남자640808이 웃긴다는 표정으로 바라본다. 식당에 들어간 남자640808과 남자710121은 백반을 시켜 먹는다. 남자640808은 젓가락을 쥔 한 손으로는 반찬을 이것저것 집적대고 한 손으로는 신문을 넘긴다. 그때 남자710121이 식당 바닥에 떨어져 있는 반짝이는 반지를 발견한다. 그는 앞자리에 앉은 남자640808을 경계하면서 손을 뻗어 그것을 주워 얼른 호주머니에 넣는다. 그때 남자640808이 신문을 무릎 위에 내팽개치면서 말한다. 씨발놈들, 또 예선 탈락이야, 한국 축구는 배가 불러서 안 된다니까. 자네는 어떻게 생각하나. 남자710121은 아무런 말을 하지 않고 주머니 속에서 쇠붙이만을 꼼지락거리고 있다.

47 여자761225가 화장대 서랍을 열어놓은 채 망연자실한 표정으로 앉아 있다. TV에서는 그녀가 잘 보는 〈월리스와 그로밋〉이 한창이다. 그러나 여자761225는 수상기에 한 번도 눈길을 주지 않는다. 여자의 입에서 가느다란 한숨과 함께 몇 마디 말이 힘없이 흘러나온다. 아니 이게 어떻게 된 거지. 누가 반지만 쏙 빼갔네. 그녀의 손안에는 반지 자리만이 비어 있는 패물함이 들려져 있다. 그녀는 패물함을 다시 서랍에 넣고 다소 신경질적으로 리모컨을 이용하여 TV를 끈다. 그러고는 자리에서 일어나 욕실 쪽으로 가서 수돗물을 세게 틀어놓는다.

48 남자660519는 응급실의 대기 의자에 머리를 두 손으로 감싼 채 앉아 있다가 돌연 자리를 박차고 일어선다. 그의 눈발은 심하게 충혈되어 핏기가 돌올하다. 남자660519는 두어 번 응급실의 짧은 복도를 왕복하더니 총총히 복도 끝으로 걸어가서는 커피 자판기 앞에 선다. 주머니에서 동전 두 개를 꺼내 동전 투입구에 넣는다. 그의 얼굴에 일순 생기가 돈다. 남자660519는 두 손바닥을 싹싹 비비다가 선택 버튼을 하나 정해서 꾸욱 누른다. 잠시 후 남자는 음료가 나오는 곳에 손을 집어넣는다. 그러나 그의 손에 끌려 나오는 것은 커피에 질척하게 젖은 빈 종이컵이다. 커피가 잘못 쏟아진 모양이다. 남자660519는 주먹으로 자판기를 한 번 내리치더니 다시 호주머니에 손을 집어넣는다. 그러나 그의 손가락 끝에서는 10원짜리 두 개가 끌려나온다. 그는 신경질적으로 자판기를 퍽, 걸어찬다. 옆에서 병원 바닥을 쓸던 아주머니가 뚱한 시선으로 남자660519를 쳐다본다. 남자660519는 청소 아주머니를 한동안 째려보더니 다시 응급실의 대기석 쪽으로 힘없이 돌아온다.

49 　아니 반지가 어디 갔지! 점심때 손을 씻으면서 잠깐 주머
니에 넣어놨었는데! 여자750628이 속상한 듯 노란 머리채를 뒤로
넘기면서 말한다. 그 목소리에 투정이 가득하다. 잘 찾아봐. 어디
있겠지. 그녀의 목에 코를 들이박은 남자761225가 없어진 반지 따
위에는 별 관심이 없다는 듯 건성으로 내뱉는다. 남자761225는 킁
킁거리면서 여자750628의 냄새를 들이마시기에 바쁘다. 아이 좀
가만있어, 간지럽잖아. 반지가 없어졌는데. 여자750628은 다소 신
경질적으로 남자761225를 밀치면서 자신의 핸드백을 거꾸로 뒤집
어 침대 위에 쏟는다. 아이 속상해. 정말 반지가 어디 갔지. 핸드백
에서도 반지가 나오지 않자 여자750628은 벌렁 뒤로 누우면서 콧
소리 가득한 투정을 날린다. 남자761225는 여자750628의 몸에 자
신의 몸을 겹쳐 올려놓으면서 또 사주면 될 거 아냐!라고 호기 있
게 말한다. 그 소리에 여자750628이 활짝 웃는다.

50 　자정을 넘긴 시각, ○○부대 내 화장실 뒤편에서 남자
691124가 세 그림자에게 구타를 당하고 있다. 세 그림자 중 하나
가 남자691124의 복부를 향해 다시 매운 주먹을 날린다. 주먹을
날린 그림자에게서 빈정대는 목소리가 새나온다. 군대는 짬밥 수
야, 이 새끼야. 나이만 믿고 설쳤다가는 뼈도 못 추릴 줄 알아. 배
를 움켜쥔 채 그 소리를 들은 남자691124가 간신히 고개를 들어
세 그림자를 쳐다본다. 세 그림자가 다시 남자691124를 향해 주먹
을 날린다. 달빛 아래에서 서서히 흔들리던 남자691124의 그림자
가 옆으로 침몰하듯이 쓰러진다. 세 그림자가 잠시 웅성웅성대더
니 일순간, 어둠의 그늘 속으로 사라져버린다.

51　남자710121은 퇴근하여 방에 들어서다가 자신의 방에서 막 나오고 있는 여자761225와 마주친다. 여자 761225의 손에 빈 쟁반이 들려져 있는 것을 본 남자710121은 여자761225가 자신의 방에 밥과 찌개를 가져다놓고 나오는 것임을 안다. 방문 앞에서 마주친 두 사람이 잠깐 동안 침묵한다. 그 잠깐 동안의 침묵 속에서 두 사람의 가슴이 알 수 없이 일렁인다. 갑자기 남자710121이 여자761225의 손을 잡는다. 그러고는 방 안으로 잡아끈다. 얼굴이 붉어지면서 어찌할 줄 모르던 여자761225는 남자710121의 눈을 바라보며 방 안에 들어선다. 방문을 닫은 남자710121이 여자761225를 안고 입을 맞춘다. 처음에는 부끄러움을 타던 여자761225도 곧 적극적으로 입맞춤에 응한다. 두 사람은 길고 진한 입맞춤을 끝내고 다시 어색한 자세로 아무 말 없이 마주 보고 서 있는다. 여자761225의 눈에서 작고 투명한 눈물이 맺힌다. 그 눈물을 본 남자710121이 다시 격하게 여자761225를 껴안는다. 곧 두 사람은 방바닥에 기울어지듯이 쓰러진다. 남자710121은 사무친 듯 격하고 탐욕스럽게 여자761225의 얼굴과 뺨에 입을 맞춘다. 두 남녀의 몸이 꿈틀꿈틀대면서 거칠고 퍽퍽한 숨이 새나온다. 그때 남자710121의 바지 호주머니에서 슬그머니 반지가 미끄러져 나와 방바닥에 타원을 그리며 크게 돌기 시작한다. 반지는 경쾌한 마찰음을 내며 방바닥에 몇 바퀴의 타원을 그린다. 그리고 그 타원의 궤적이 점점 작아지면서 반지는 방그르르 방바닥에 살며시 주저앉는다. 빈방 안에는 두 사람의 숨소리만이 격하다. 그때 벽 너머에서 뿌오뿌오뿌오 장난감 나팔 소리와 전화벨 소리가 들려온다.

픽션, 섹스, 비디오

화면 밖의 나는 낮게 탄성을 내질렀다.
머릿속이 **하얗게 텅**, 비어지면서 갑자기 온몸이 팽팽하게 곤두서는 것을 느꼈다.
진의 촉감을 기억해낸 내 몸의 여기저기에서 **툭툭** 소름들이 돋고 있었다.
화면 속에서는 여전히 격렬한 움직임과 함께 괴이한 신음과 교성이 터져 나오고 있었다.

오후 세 시쯤, 간밤 재즈 바에서 만난 여자 아이와 모텔 방에서 꿈지럭거리고 있을 때 핸드폰이 울렸다. 뜻밖에도 진이었다. 감정이 상당히 고조돼 있는 듯 그녀의 목소리는 한껏 격앙돼 있었다.
"지금 당장 만났으면 해! 빨리 와줘."
"누구야? 여자 같은데."
나는 허리를 감아오는 여자 아이의 팔을 떨쳐내고 급히 차를 몰아 진이 기다리고 있다는 여의도의 카페로 향했다. 차창으로 빨려들어오는 바람은 후텁지근했고 나는 몇 주 동안 태우지 않던 담배를 꺼내 물었다.
진은 매니저와 함께 있었다. 조급하게 담배를 피우며 빽빽한 스케줄 표가 적힌 다이어리를 들여다보고 있던 매니저는 내가 다가가자 구석의 테이블로 건너가 앉았다. 그는 기분 나쁘게 나를 흘끔거렸으나 나는 내색하지 않았다. 그때 진의 목소리가 귓전에 박혀왔다.
"오랜만이야. 어떻게 지내?"
나는 눈을 돌려 진을 바라보았다. 진이 바로 내 앞에 있었다. 직접 마주하기는 5년 만의 일이었다. 나는 좀 상기된 목소리로 더듬거리면서 말했다.

"어, 얼굴이 좋아졌구나. 〈지상의 사랑〉은 자, 잘 보고 있어."

진은 아름다웠다. 창을 비껴 통과한 저녁 햇살이 마침 진의 얼굴을 환하게 비추고 있었기 때문에 더더욱이. 나는 주춤 진의 맞은편에 앉았다. 그리고 다시 믿기지 않는 표정으로 진의 얼굴을 바라보았다. 진은 분명 TV 속에서 나와 내 앞에 앉아 있었다.

"진, 햇살 따갑지 않아?"

내 목소리가 좀 떨렸는지도 모르겠다.

"너는 내가 아직도 진이라고 생각하니? 진으로서의 나는 이제 이 세상에 존재하지 않아."

진은 눈을 좀 치켜뜨고 말했다. 진의 말은 꼭 그녀가 드라마 속에서 내뱉는 대사들처럼 내게 비현실적으로, 생경하게 들렸다. 그녀의 말처럼 진은 이제 진이 아니다. 그녀는 자신의 이름을 '채연'이라는 이름으로 바꾸어버렸다. 하지만 아무리 이름을 바꾸었어도 내게 그녀는 여전히 진일 뿐이다. 왜냐하면 그녀가 내 곁에 있었을 때, 어떤 의미로서 그녀가 내게 존재했을 때 그녀는 분명 '채연'이 아니라 '진' 이었기 때문이다.

얼마간의 침묵 끝에 진이 굳은 얼굴빛을 하고 말했다. 그때 나는 아무런 표정도, 아무런 말도 준비해둔 것이 없었다. 진에게는 잘 각색된, 준비된 대사가 있었다.

"옛 친구로서 나를 곤란하게 하는 일은 하지 말아줘. 그것이 내가 너를 나쁘지 않은 친구로 기억하는 데에도 도움이 될 거야. 그리고 이제 연락도 하지 않았으면 해."

진은 내 앞으로 하얀 봉투를 밀어놓고 냉랭한 표정으로 일어섰다. 구석의 테이블에서 담배를 피우고 있던 매니저도 진을 따라 일어났다. 매니저는 내 옆을 스쳐 가면서 나를 보고 씽긋 웃었다.
  진이 가버린 후 나는 한동안 힘없이 의자에 파묻혀 앉아 있었다. 봉투에는 갓 발행된 듯한 빳빳한 고액권 수표가 들어 있었다. 참을 수 없는 모멸감과 함께 갑자기 뻑뻑한 피로가 밀려왔다. 진이 남기고 간 아스라한 체취가 더더욱 나의 머리를 어지럽게 했다. 나는 독한 위스키를 시켰고 웨이터가 가지고 오자 단숨에 비워버렸다.

  진을 처음 만난 것은, 5년 전 중견 탤런트 안씨가 운영하던 연기학원에서였다. 진과 나는 스타가 되겠다는 꿈을 가지고 그 학원에 갓 등록을 한 연기 지망생이었다. 그때 우리는 어렸고 우리 또래의 거개가 그렇듯 미래에 대하여 터무니없는 자신감을 가지고 있었다. 방약무인한 오만함이 그때 그곳에 모인 우리 또래들의 유일한 공통점이었다.
  학원의 오리엔테이션이 있던 날, 수강생들이 한 사람씩 앞에 나가 간단히 자기소개를 하고 장기자랑을 해 보이는 프로그램이 있었다. 일종의 친목을 위한 것이었는데, 그날 스튜디오의 한편에는 원장이 초청한 탤런트 몇 사람과 방송사 관계자가 와 있었다. 때문에 무대에 서는 수강생들은 지레 겁을 집어먹거나 잔뜩 주눅이 들 수밖에 없었다.
  서툴고 어색하기는 했지만 수강생들은 노래와 춤에서부터, 연극의 대사나 판소리의 한 대목, 고난도의 마임에 이르기까지 자신들이 가지고 있는 장기를 최선을 다해 펼쳐 보였다. 그날 내가 선보인 장기는 비틀스의 히트곡 메들리였다. 〈러브 미 두〉로 시작해서 〈렛 잇 비〉로 노래를 끝마쳤을 때 초청된 탤런트 몇이 박수를 치는 것이 내 눈에 보였다. 그것이 의례적인 것이었음을 알면서도 내 마음은 그때 퍽 우쭐했다.

마침내 진의 순서가 되었다. 사회자로부터 '진' 이라는 이름이 호명되었을 때 얼굴이 새파랗게 질린 앳돼 보이는 여자 아이 하나가 구석에서 일어났다. 그녀는 한눈에도 잔뜩 주눅이 든 모습이 역력해 보였다. 좁은 어깨가 덜덜 떨리는 것이 내 눈에 보였다.

무대에 올라가서도 그녀는 고개를 숙이고 잠자코 서 있을 뿐 무엇을 해 보이려고 하지 않았다. 새파랗게 질렸던 얼굴은 어느새 단풍잎처럼 빨개져 있었다. 여기저기서 가느다란 웃음이 터져 나왔다. 그녀는 그날, 끝내 아무런 장기를 선보이지 못했다. 무대를 내려올 때는 얼굴을 두 손으로 감싼 채 훌쩍이기까지 했다. 그때까지만 해도 나는 그 부끄러움 많은 여자, 진에게 아무런 관심이 없었다. 무대에 오르자마자 울긋불긋하게 물들인 머리칼을 뱅뱅 돌리면서 미친 듯 춤을 춰 보이는 다른 여자 애들에게 훨씬 더 구미가 당겼다.

오리엔테이션이 끝나고 나는 삼촌과 함께 원장실을 찾아갔다. 삼촌은 원장에게 돈 봉투를 내밀면서 잘 부탁한다고 말했고 나는 득의만만한 눈빛을 번득이며 원장의 얼굴을 바라보았다. 원장은 봉투를 집어 들며 엷은 회심의 미소로 응대해왔다.

그때 나는 원장실의 소파에 앉아서 무한한 비상의 꿈을 꾸고 있었다. 모든 것이 내 뜻대로, 내가 마음먹은 대로 될 것만 같았다. 이제 곧 화려한 조명을 받으며 TV에 출연하게 되고 수많은 팬들이 나의 일거수일투족에 환호하게 되리라고.

학원을 나와 삼촌의 차를 타고 골목길을 미끄러져 가고 있을 때, 오락실 출구 계단에 힘없이 앉아 있는 한 여자 아이의 모습이 보였다. 좀 허풍 기가 있던 삼촌이 먼저 그 아이를 알아보았다.
"쟤, 아까 아무것도 못하고 울면서 내려온 애 아냐!"
"삼촌 잠깐만! 나 여기서 좀 내릴게. 저 앤 왠지 재미있는 아이일 것 같아."
"자식, 취미하고는."
삼촌의 말대로 그녀는 진이었고 나는 꼭 그래야만 되는 사람처럼 허둥지둥 삼촌의 차에서 내렸다. 갑자기 그녀에게 참을 수 없는, 기이한 호기심이 느껴졌다. 진은 머리를 무릎 사이에 처박은 채 꿈쩍도 하지 않고 있었다. 나는 나도 모르는 새 그녀 쪽으로 몇 발자국 다가섰다. 그 기척에 진이 고개를 들어서 나를 바라보았다. 예상대로 그녀의 눈은 젖어 있었다. 그 눈망울이 섬뜩하도록 맑았다. 아마 그때 먼저 입을 연 것은 내 쪽이었을 것이다.
"여기에서 뭐 하고 있어?"
"……"
진은 아무 말도 하지 않았다. 이미 서쪽 하늘에서 석양이 지고 있었다. 엷고 낮은 하늘이 붉게 풀어지면서 분사기처럼 부드러운 햇살을 뿜어내고 있었다. 그 햇자락이 진의 온몸을 후광처럼 감쌌다.
"누구나 실수는 할 수 있어. 그리고 아까 그것은 오리엔테이션에 불과해. 아무것도 아니라고. 너무 걱정하지 마."
"……"
여전히 진은 말없이 젖은 눈을 꿈벅거렸다. 그 아이도 비틀스 메들리를 멋지게 불렀던 나를 알아보는 것 같았다. 나는 진에게로 바짝 다가가서 손수건을 건네주었다. 내가 깨끗한 손수건을 가지고 있는 것이 퍽 다행스럽게 생각되었다. 그녀는 손수건을 받아서 눈가를 훔쳤다. 나는 그녀에게 한결 상냥한 목소리로 말했다.

"같이 저녁이나 먹자. 술이 먹고 싶으면 술을 사줄게."

그날 진과 나는 저녁을 먹고 함께 클럽에 가서 술을 마셨다. 그러는 동안 나는 진에게 조금씩 호감을 갖게 되었다. 대화를 나누면서 진이, 그 부류의 여자 아이들과는 달리 매우 섬약하고 소탈한 성격을 가지고 있다는 걸 알게 되었다. 이런 아이가 어떻게 그 화려하면서도 거친 연예계를 기웃거리는지가 의아스러울 정도였다. 진이 어느 정도 활기를 되찾았을 때 나는 더 이상 궁금함을 참지 못하고 물었다.

"넌 무엇 때문에 연예인이 되려고 하니?"

진은 샐쭉한 표정으로 나를 잠시 쳐다보고는 별것 아니라는 듯 대답했다.

"나는 단지 주목받고 싶을 뿐이야. 나는 외롭고 그 외로움을 혼자서 견디기에는 너무나 겁이 많아. 다른 사람들로부터 아무런 관심을 받지 못한다는 게 두렵게 느껴져."

그러면서 진은 그 깊은 눈으로 나의 두 눈을 빤히 들여다보았다. 진의 눈은 맑은 물속에 드리워진 자수정처럼 환했고 나는 내 영혼이 나도 모르는 사이 그 속으로 조금씩 빨려 들어가는 것만 같은 착각이 들었다. 내가 흠칫 놀라 눈을 거두어들이지 않았다면 정말로 그렇게 되지 않았을까. 나는 가끔 생각한다. 내 허황한 영혼은 차라리 진의 자수정 같은 눈 속에 갇혀 돌꽃처럼 굳어지는 것이 낫지 않았을까.

진과 나는 그날 이후 매우 가까워졌다. 연기학원 안에서뿐만 아니라 밖에서도 우리는 늘 붙어 지냈다. 만난 지 5개월쯤 지나 진이 그동안 지내던 이모의 좁은 임대아파트에서 나와 나의 원룸으로 짐을 가지고 들어왔을 때 우리는 이미 서로 떨어져서는 생각할 수 없는 사이로 발전해 있었다. 그 무렵 나는 연기학원의 수강생 중 맨 먼저 TV 상업 광고에 얼굴을 내밀 수 있었다. 물론 원장에게 내민 돈 봉투의 위력 때문이었을 것이다. CF에서 내가 맡은 역은 아이스크림을 하나씩 들고 해변의 백사장을 우르르 뛰어가는 무리 중 하나였는데 자세히 들여다보지 않고서는 그게 나인지조차 알아보기 힘든 것이었지만 촬영을 마치고서는 기분이 날아갈 듯했다. 그날 모델료로 10만 원 남짓 받은 나는 학원의 친구들에게 한턱을 내느라고 모델료의 몇 배에 달하는 돈을 술값으로 지출해야 했다.

 광고에 나간 뒤 한 달쯤 지났을 때 드라마 출연 제의가 들어왔다. 청소년 드라마의 주인공의 급우 역할이었는데 대사는 물론 표정 연기 하나 없는 배역이었다. 하지만 그때 나는 이미 스타가 다 된 듯한 환상에 사로잡혀 있었다. 화면의 한쪽 구석, 주인공의 어깨 너머로 조그맣게 잡힌 나의 모습이 그렇게 근사해 보일 수 없었다. 만나는 사람마다 나를 보았느냐고 묻기에 바빴고 길을 걸을 때는 괜스레 어깨를 으스대기도 했다. 반면, 진은 그때까지도 카메라 앞에 서보지 못하고 있었다. 모 의류 할인매장의 광고 전단 귀퉁이에 단 한 번 얼굴을 내밀었을 뿐이었다.

 첫 드라마 촬영을 마치고 돌아온 날 밤 진은 어느 때보다도 열정적으로 내 품을 파고들었다. 나는 진의 불덩이처럼 뜨거운 몸을 받아들이면서 진과 함께 지내온 이후 처음으로 불온한 생각을 했다. '어쩌면 필요에 의해 진을 버려야 할지도 모르겠다'는. '이 아이가 나에게 짐이 될 수도 있겠다'는.

 진은 내 몸 밑에서 더운 숨을 헉헉 내쉬며 말했다.

 "이제 곧 드라마에서 대사도 하고 영화에도 나가는 거야?"

 나는 지독한 쾌감에 얼굴을 찌푸리며 덩달아 열에 들뜬 목소리로 대답했다.

"물론이지. 스타가 되는 건 이제 시간문제일 뿐야."

그러면서 나는 다시 한 번 불온한 생각을 떠올렸다. 그런데 그런 나의 마음을 진이 알아챘던 것일까. 진은 돌연 침울하게 목소리를 바꾸어 이렇게 말했다.

"그럼 언젠가는 나를 버릴 테지."

나는 아무런 대꾸를 하지 않고 진의 몸에서 미끄러져 내려와 담배를 태워 물었다. 잠시 후 돌아누운 진의 좁은 등이 들썩들썩하며 툭툭 울음이 터지는 소리가 들렸다. 나는 그녀가 측은한 생각이 들어 담배를 끄고 다시 진의 등을 감싸 안았다. 그러면서 나 자신에게 질문을 던져보았다. '진을 사랑하는가.' 나는 쉬이 고개를 끄덕일 수 없었다. 어렵게 구한 나의 대답은 이런 것이었다. '그것은 잘 모르겠다. 하지만 진에게서 깊은 연민을 느끼는 것은 틀림없다. 아, 연민이라니.'

미국의 아버지로부터 최신형 캠코더가 도착한 것은 스물한 번째 생일을 며칠 앞둔 무렵이었을 것이다. 캠코더는 그러니까 아버지가 생일선물로 부쳐온 것이었다. 나는 깊이 있는 연기 공부를 하기 위해서는 기초적인 카메라 시스템을 알아야 한다면서 캠코더를 사달라고 아버지를 졸랐었다.

나는 캠코더에 맨 먼저 진의 모습을 담았다. 요리를 하는 진, 샤워를 하는 진, 그리고 리타 헤이워드처럼 울면서 담배를 피우는 진. 연기학원에 다닌 지 6개월이 지나도록 카메라 앞에 서보지 못한 진은 내가 비추는 캠코더의 렌즈 앞에서 내면 속 깊은 곳에 숨겨진 그녀의 모습을 드러내 보였다. 진은 자신의 아름다움을 자학이라도 하는 것처럼 8밀리 렌즈 앞에서 아무런 주저나 거리낌이 없었다. 나는 캠코더로 진을 비추면서 비로소 그녀 안에 숨어 있는 관능과 광기의 실체를 또렷하게 엿볼 수 있었다.
"진, 너무 아름다워. 진이 원하는 것처럼 언젠가는 많은 사람들이 진의 아름다운 모습을 바라보게 될 거야."
진의 모습을 캠코더에 담으면서 나는 시를 읊듯이 그렇게 중얼거렸다.
그 무렵 학원 원장은 모 방송국 PD와의 만남을 주선해주었다. 그를 만나러 가면서 나는 돈이 두툼하게 든 봉투를 준비해가는 것을 잊지 않았다. 나는 원장의 눈짓에 따라 그 봉투를 교활하게 생긴 PD 앞으로 내밀었다. 그러자 그때까지 좀 심드렁한 표정으로 앉아 있던 PD가 표정을 바꾸어서 나를 바라보았다.
"흠, 뭘 이런 걸. 어쨌든 좀 기다려보라구. 장담은 못 하지만."
그날 집으로 돌아왔을 때 진은 식탁 위에 술과 안주를 준비해놓고 날 기다리고 있었다. 잔에 술을 가득 따라주면서 그녀가 말했다.
"그럼 곧 드라마에서 배역을 맡는 거야?"
좀 들떠 있던 나는 술을 입에 털어 넣으면서 호기 있게 대답했다.
"그렇다니까. 이제 거의 다 됐다구."
그러자 진이 뛰어들어 나의 목을 감싸며 매달렸다.
"날 버리면 안 돼. 뜨겁게 안아줘."
우리들의 '첫 촬영'이 있었던 것은 바로 그 밤이었다. 진은 이상한 열기에 들떠 나에게 좀 색다른 제안을 했다. 나는 그녀의 제안을 이해할 수 없었지만 차마 물리치지는 못했다. 그녀의 표정이 너무나 간절했기 때문에. 아니 그 제안이 지니고 있는 은밀함이 너무 달콤했기 때문에.

진은 캠코더를 가지고 와서 침대 발치에 고정시키면서 은밀한 목소리로 속삭였다.
"너와 몸을 섞는 모습을 캠코더에 담고 싶어."
"……."
캠코더가 붉은빛을 깜박이며 돌아가는 가운데 나는 진과 몸을 섞었다. 물론 전등을 끌 수도 없었다. 진은 그 밤 어느 때보다도 뜨겁고 대담했다. 그녀는 안달이라도 난 것처럼 내 몸에 들러붙어서 탐욕스럽게 핥고 문질러댔다. 눈앞에서 캠코더가 돌아가는 것이 사뭇 의식되었지만 진의 뜨거운 몸에 반응하다 보면 머리끝까지 달아오르는 쾌감에 문득문득 정신이 혼미해지고는 했다.
그렇게 해서 진과 나는 헤어지기까지 모두 세 개의 비디오테이프를 만들었다. 첫 번째 것보다는 두 번째 것이, 두 번째 것보다는 세 번째 것이 화면의 구도나 화질 등 모든 면에서 훌륭했다. 진과 나는 침대에 함께 누워 키들키들대면서 종종 그 테이프들을 틀어보았다. 진의 새하얀 엉덩이, 그 사이에 혀를 밀어넣는 나의 발그레한 얼굴, 목을 젖히며 쾌감에 젖어 웃는 진의 얼굴, 나의 불끈 솟아오른 성기, 그 성기를 입에 가득 집어넣는 진, 그녀의 침으로 번들거리는 입술, 밀착시킨 하체, 들썩이는 허리, 그리고 숨 막히는 교성과 울부짖음. 함께 테이프를 보고 있노라면 어느새 진과 나는 서로에게 다시 뜨겁게 엉켜들곤 했다.

그리고 어느 날, 거짓말처럼 진이 내 곁에서 떠나갔다. 그녀와 내가 만든 아름답고 사랑스러운 필름들도 그 무렵 어디론가 사라졌다. 진이 떠난 건 백화점 쇼핑을 나갔던 그녀가 우연히 한 CF감독의 눈에 띄어 화장품 광고에 픽업된 바로 다음 날의 일이었다.

"나 진짜 카메라 앞에 서게 됐어! 그동안 고마웠어."

진은 전화 속에서 상기된 목소리로 그렇게 말하고는 서둘러 전화를 끊었다. 겨울로 접어들 무렵이었고 그래서인지 진의 목소리를 듣는 귀가 더욱 오싹하게 느껴졌다.

돈 봉투를 집어넣으며 좀 기다려보라고 말했던 방송국 PD로부터는 아무런 연락도 오지 않았다. 스타를 꿈꿨던 연기학원의 아이들도 모두들 어디론가 뿔뿔이 흩어졌다.

떠나간 진을 나는 얼마 후 TV 화면 속에서 볼 수 있었다. 진하게 화장을 한 진이 놀란 표정으로 우물 속에서 천천히 걸어나오고 있고 그녀를 머리 위의 말간 햇살이 비추는 화장품 CF였다. 진은 놀랄 만큼 아름다웠고 많은 사람들이 넋이 나간 표정으로 진을 바라보았다.

지금까지의 세월이 진에게는 온통 어둡고 침침한 '우물'이 아니었을까. 진의 CF를 보면서 내게 떠오른 생각은 그런 것이었다.

은행에 가서 미국의 아버지로부터 송금된 돈을 찾아 돌아오던 길에 나는 진을 보았다. 그녀는 편의점 가판의 주간지 표지 위에 있었다.

'톱스타 채연, ○○과 열애.'

동료 연예인과의 연애설을 알리는 가십성 기사의 헤드라인이 그녀의 사진과 함께 알록달록한 잡지의 표지를 가득 채우고 있었다.

"우와! 채연이 ○○과 연애를 한다는데."

"말도 안 돼. 도대체 이럴 수가 있는 거야!"

김밥을 먹던 고등학생으로 보이는 두 명의 여자 아이가 잡지를 집어 들며 호들갑을 떨었다. 나도 마지막으로 한 권 남은 잡지를 집어 들었다. 채연이 눈앞에서 활짝 웃고 있었다. 나는 잡지를 옆구리에 끼고 집으로 돌아왔다.

잡지를 펼치는 내 가슴은 심하게 방망이질 쳤다. 진은 기자와의 인터뷰에서 자못 어이없다는 투로 해명을 하고 있었다. 진에 의하면 작품 관계로 두 번 정도 식사를 같이한 것이 전부라는 것이었다. 잡지는 기사 말미에 진에게 전 국민적 사랑을 받는 여배우로서 보다 더 책임 있고 분별 있는 행실을 요구하고 있었다.

'전 국민적 사랑을 받는' 이라는 기자의 수식은 과장이 아니었다. 진은 얼마 전에도 의류 단발 모델 계약을 하면서 2억 원 이상의 개런티를 받아 사람들을 놀라게 한 적이 있었다. 5년 전 연기학원의 그 촌스러운 스튜디오에서 주눅이 든 채로 눈물을 훔치던 그녀가, 8밀리 캠코더 앞에서 리타 헤이워드를 흉내 내며 자학을 하던 그녀가 이제는 수많은 사람을 사로잡는 화려한 스타 채연으로 환생한 것이다.

기사를 다 읽고 났을 때 뒷목에 진득하게 땀이 배어났다. 나는 잡지를 탁자 위에 올려놓고 진의 사진을 한동안 손으로 어루만졌다. 아무런 온기도 느껴지지 않았다. 나는 이번에는 잡지를 집어 들고 진의 사진을 내 볼 위에 포개어보았다. 역시 아무런 온기를 느낄 수 없었다. 그녀를 느끼기 위해선 잡지 속으로 내가 들어가는 수밖에 없었다. 진의 온기가 못 견디게 그리웠고 문득 술 생각이 났다. 나는 장식장 문을 열고 독한 양주를 꺼내왔다. 몇 잔을 급히 따라 마셨다. 붉은 취기가 갑자기 머리끝까지 솟아올랐다. 잡지 표지의 진의 얼굴 표정이 살아 움직이는 것 같았다. 나는 다시 손을 뻗었다. 여전히 손끝에는 잡지 표지의 빳빳한 감촉만이 전해져왔다. 몇 잔의 술을 다시 비웠다. 진의 얼굴이 내게서 점점 멀어지기 시작했다. 나는 멀리 달아나는 진의 얼굴 위로 손을 내밀었다. 하지만 진의 얼굴은 잡히지 않았다. 잡지 위에 납작 박혀 있던 진은 잡지 속으로 꾹꾹 스며 들어가는 것만 같았다. 머리가 견딜 수 없이 어지러웠다. 나는 시원한 바람을 쐬기 위해 자리에서 일어나 베란다 창을 열었다. 뜻밖에, 그곳에 진의 얼굴이 있었다. 환하게 불이 밝혀진 빌딩 옥상의 대형 광고판 속에서 진은 치맛자락을 펄럭이며 활짝 웃고 있었다. 언제부터 진이 저곳에 있었을까. 머릿속이 순식간에 훅 달아올랐다. 검푸른 밤하늘의 허공을 가르며 수많은 진이 내 눈앞으로 휙휙 뛰어들었다.
그러고 보니 진은 어디에든 있었다. TV뿐만 아니라 지하철 역의 벽면, 의상이나 화장품 카탈로그, 영화 포스터, 잡지 표지, 연예 신문 따위, 그녀는 내 주변의 도처 어디서든 쉽게 볼 수 있었다. 그것은 어쩌면 퍽 다행스러운 일인지도 모른다. 오랫동안 그녀를 만나지 못해도 그녀의 얼굴을 잊을 염려는 하지 않아도 되니까 말이다. 하지만 정말 그럴까. 어디에도 있는 진은 그렇기 때문에 어디에도 없는 것은 아닐까. 나는 그것을 알고 있었다. 그녀는 어디서든 가상으로 존재하고 실체로 부재하는 것이다. 나는 병째로 술을 벌컥벌컥 들이마셨다. 그리고 술에 젖은 목소리로 진이 있는 빌딩 옥상을 향해 소리쳤다.
"거기 있지 말고 이리로 와!"
어쩐지 허전해서 한 번 더 외쳤다.
"거기 있지 말고 이리로 와!"
하지만 나의 외침은 밖으로 울려 퍼지지 않았다. 진이 서 있는 옥상의 광고탑은 어둠이 짙어질수록 더욱 눈부시게 빛을 발하고 있었고 나의 눈은 점점 침침하게 감겨왔다.

방송국의 연출부에서 일을 거드는 친구 강에게 연락이 와서 그를 만났다. 강은 연기학원에서 알게 된 친구였고 채연을 진으로 기억하고 있는 몇 안 되는 친구 중의 하나였다.
"요즘 어떻게 지내니?"
강이 건성으로 물었고 나 역시 건성으로 대답했다.
"그냥 그럭저럭. 넌 어때."
"하루에도 몇 번씩 때려치우고 싶은 생각이 들어. 배알이 꼴려서."
"그런데 왜 계속 그 판에 붙어 있어?"
"뭐, 별수가 있어야지. 참, 며칠 전에 채연, 아니 진을 보았어."
"그, 그래……?"
태연한 척하려고 했지만 담배를 끄집어내는 손끝이 좀 떨렸다.
"야외 촬영장에 소품 보조로 따라갔다가. 야, 그런데 걔 정말 대단하더라. 내가 살짝 다가가서 알은 체를 해봤더니, 눈빛 하나 꿈쩍하지 않으면서 누구세요? 그러더라고. 스타가 되면 다 그렇게 되는 건지, 참."
"정말 몰라봤을 수도 있지."
"야. 어떻게 나를 몰라볼 수가 있어! 너하고 나하고 셋이서 곧잘 어울렸었잖아. 참 진이 걔가 널 특히 따랐었지. 그런데 둘 사이에 그때 아무 일 없었니. 사귄다는 소문도 있었잖아."
"사귀기는 무슨."
나는 말꼬리를 흐리면서 강의 눈길을 서둘러 피했다.

집으로 돌아온 나는 저녁을 먹는 대신 베란다 창을 열고 캔 맥주를 마시면서 옥상의 광고탑을 바라보았다. 진은 그곳에서 여전히 환한 얼굴로 나를 바라보고 있었다. 광고판 속 진의 눈은 예의 맑은 물속에 드리워진 자수정처럼 환하게 빛났다. 나는 속으로 그녀를 향해 소리쳤다.

'거기 있지 말고 이리로 와.'

하지만 그 소리는 울려 퍼지지 못하고 내 가슴 한편을 뜨겁게 물들이고는 사라졌다. 베란다 창을 닫고 TV를 켰다. 진이 출연 중인 주말 드라마 〈지상의 사랑〉이 시작될 시간이었다. 〈지상의 사랑〉은 현재 유례없이 높은 시청률을 기록 중이었다. 물론 그것은 여주인공을 맡은 진의 인기에 크게 힘입은 것이었다.

드라마, 〈지상의 사랑〉이 시작되었다. 나는 캔 맥주 하나를 더 따 들고는 소파에 비스듬히 누웠다. 나는 언제나처럼 내 방식으로 드라마를 볼 생각이었다. 나만의 방식, 그것은 다름이 아니라 드라마 속의 진과 대화를 하는 것이었다. 나는 한 손에 리모컨을 꼭 쥐었다.

드디어 화면에 진이 등장했다. 그녀는 상대역을 맡은 남자 탤런트와 갈대가 무성한 강변에 앉아서 진지한 표정으로 대화를 나누고 있었다. 진을 처음 보던 날처럼 화면 속 먼 하늘에서는 곱게 석양이 지고 있었다. 진의 얼굴이 화면 가득 클로즈업되고 진의 입술이 움직였다.

"우리는 언제까지 이렇게 멀리서 바라보아야만 하는 거죠?"

화면에서 진의 얼굴이 사라지고 남자 탤런트의 얼굴이 클로즈업되었다. 그가 입술을 움직여 대사를 하려는 찰나, 나는 리모컨의 음소거 버튼을 꾹 눌렀다. 소리가 사라졌다. 대신 나의 입술이 움직였다.

"아니야 진. 네가 이리로 오기만 하면 돼."

화면에 다시 진의 얼굴이 잡혔다. 나는 리모컨의 음재생 버튼을 눌렀다. 진의 입술이 움직이면서 진의 목소리가 들려왔다.

"안 돼요. 언제까지 기다리라는 거죠. 당신은 지금 희생이 사랑이라고 가르치고 있어요."

남자 탤런트의 입술이 움직이려고 하자 나는 다시 음소거 버튼을 눌렀다. 그리고 내가 대신 입을 열어 진의 말에 대답했다.

"그래, 사랑은 희생이 아니야. 어느 쪽도 사랑 때문에 희생되어서는 안 돼."

남자 탤런트의 얼굴이 사라지고 진의 얼굴이 화면에 잡히자 음재생 버튼을 눌러서 그녀의 말을 들었다.

"그렇게 말해줘서 고마워요. 그래요. 제 생각이 아직 어린가 봐요. 조금 더 기다리고 조금 더 간절해지도록 노력하겠어요."

진의 말이 끝나는 동시에 남자 탤런트가 진의 어깨를 감싸 안았다. 진이 그의 품에 안기며 두 사람은 길고 긴 포옹을 했다. 슬픈 멜로디의 배경음악이 깔리고 있었다. 그러면서 두 사람이 화면 속에서 점점 멀어져갔다. 나는 무덤덤한 표정으로 맥주를 들이켰다.

주변 인물들의 신이 몇 차례 이어진 후 다시 진의 얼굴이 나타났다. 그녀는 이번에는 극중 남동생과 대화를 하고 있었다. 진이 방으로 들어오며 남동생에게 말했다.

"저녁 먹었어? 누나가 좀 늦었지?"

나는 남동생의 목소리를 소거하고 대답했다.

"저녁은 먹지 않았어. 대신 광고판에서 반짝이는 너를 바라보며 맥주를 마셨어."

진이 화면에 잡히자 나는 다시 음재생 버튼을 눌렀다. 진의 목소리가 들려왔다.

"누나가 없더라도 밥은 꼭 챙겨 먹어야지. 내가 얼른 밥 차려줄게."

나는 다시 남동생의 목소리를 지우고 그 빈자리를 내 목소리로 채워넣었다.

"내 곁으로 다시 돌아오기만 하면 돼. 밥 따윈 필요 없어."

진이 내 목소리를 들었는지 못 들었는지 방문을 열고 밖으로 나갔다. 그와 함께 화면에서도 사라졌다. 그러고는 한참 동안 다시 화면에 나타나지 않았다. 나는 그녀가 다시 나타나기를 기다리면서 거푸 맥주를 마셨다.

드라마를 보면서 진과 대화를 나누고 있으면 그녀가 바로 내 곁에 와 있는 듯한 착각이 들었다. 그 순간만이라도 진이 스타 채연이 아니라 5년 전 내 곁에 존재했던 나의 진으로 느껴졌다.

바람이 제법 차가워졌다. 거리의 나무들도 낡고 해진 이파리들을 거진 떨어내고 있었다. 나는 곧 방을 빼주고 이사를 해야 했다. 아버지는 다시 미국으로 들어오라고 했지만, 이대로 돌아갈 수는 없었다. 무모했던 지난 시절의 미혹에 대하여 나에게는 '어떤 식으로든' 정리가 필요했다.

춥고 시린 밤하늘, 옥상의 광고판 속에서 진은 얇은 옷을 입은 채로 여전히 환한 미소를 짓고 있었다. 이사를 며칠 앞두고는 종종 저녁을 거르고 베란다 창 앞에 앉아서 맥주를 마셨다. 광고판 속의 진과도 며칠 안 있으면 헤어진다고 생각하니 무척 속이 허전했다.

혼자 사는 살림이라 짐이랄 건 별로 없었지만 온갖 잡동사니들로 가득 들어찬 작은방을 정리하는 것은 그리 간단한 일이 아니었다. 강이 와서 이삿짐 싸는 것을 거들었다. 작은방은 한때 스타가 되는 것을 열망했던 시절, 부지런히 사 모았던 요란한 옷들이며 구두, 액세서리, 잡지나 영화 테이프 따위들로 온통 뒤죽박죽이었다. 나는 편치 않은 기분으로 그것들을 하나하나 종이박스 속에 쟁여 넣었다. 강도 이곳저곳을 뒤지면서 부지런히 흐트러진 짐들을 차곡차곡 정리했다.

연기학원에서 보던 교재들이 책꽂이에서 먼지 더께와 함께 쏟아져 내렸다.

"이것들을 차라리 다 버릴까."

지난날, 내 헛된 열망과 치기의 산물인 그것들이 나는 못마땅했다.

"버릴 것이 있더라도 일단 다 싸가지고 가서 풀어놓으면서 골라내자구!"

강이 먼지를 가득 뒤집어쓴 채로 씁쓸하게 말했다. 나는 구석의 서랍들을 뒤져서 안에 처박혀 있던 것들을 하나하나 끄집어내었다. 그때 강이 비디오테이프 진열대를 불끈 들어 움직였고 그것이 기우뚱하면서 선반 위에서 작은 가방이 '툭' 하고 떨어졌다.

나는 대수롭지 않은 표정으로 가방을 열어보았다. 그 안에는 아무런 인덱스도 붙어 있지 않은 녹화용 비디오테이프 세 개가 들어 있었다. 그것을 보는 눈이 갑자기 침침해져왔다.

"으…… 음."

입에서 나도 모르게 가는 신음이 새나왔다. 진이 가져간 게 아니었구나. 나는 그 테이프가 무엇인지 금방 알아볼 수 있었다. 숨이 순간적으로 턱 막혀왔다. 어느새 강이 다가와 있었다. 그가 살짝 떨리는 내 손끝을 보았을까.

"그게 무슨 테이프야? 녹화용 테이프 같은데."

"엉, 아, 아무것도 아니야."

나는 테이프가 든 작은 가방을 꼭 품에 품었다. 그러고는 의아한 표정으로 고개를 갸웃거리는 강을 뒤로하고 작은방을 나왔다. 이마에서는 식은땀이 흐르고 있었다.

이삿짐을 싸고 풀고 하는 동안 내내 나는 머릿속에서 급속도로 뒤엉키는 환영에 취해 정신을 차릴 수가 없었다. 일이 손에 잡히지 않았고 발걸음은 공중을 걷는 것처럼 허청거렸다.

새로 구해 들어간 낡은 원룸을 나는 열에 들뜬 사람처럼 정성껏 소제했다. 구석구석 먼지를 털어내고 바닥을 두 번 세 번 거푸 닦아냈다. 청소를 마친 후에는 뜨거운 몸으로 정갈하게 샤워를 했다. 5년 전의 시간과 조우하기 위해서 그 정도의 정성은 필요하다고 생각했다. 나가서 술이나 한잔하자고 집요하게 조르던 강은 몸이 안 좋다는 나의 핑계를 곧이듣고는 풀이 죽어 돌아갔다.

몸은 좀 피곤했지만 나의 정신은 잘 닦은 은화처럼 맑디맑았다. 나는 테이프가 든 가방을 품에 품고 거실의 TV 앞에 앉았다. 가슴이 크게 일렁이고 있었다. 나는 깊게 숨을 들이쉰 다음 비디오의 전원을 켰다. 그리고 가방에서 테이프를 하나 꺼내 비디오데크에 집어넣었다.

재생 버튼을 누르자 곧 화면 속에 벌거벗은 여자 아이의 모습이 나타났다. 틀림없는 5년 전의 진이었다. 그녀의 미끈한 몸, 그리고 그 몸에서 나는 세세한 숨소리가 손에 잡힐 듯이 생생하게 재생되었다. 나는 다시 한 번 거칠게 일렁이는 숨을 골랐다. 진의 하얀 젖가슴 위로 누군가가 팔을 뻗어왔다. 곧 그 팔의 주인이 화면 중앙에 나타났다. 5년 전의 내 모습이었다. 나도 모르는 새 오싹하게 진저리가 쳐졌다.

화면 속의 벌거벗은 진과 나는 오랫동안 격정적으로 입을 맞추었다. 화면 밖의 나는 연신 고이는 침을 삼키면서 입술을 깨물고 있었다. 화면 속의 진과 나는 서로의 몸을 경쟁이라도 하듯 핥고 빨았다. 오래된 낡은 테이프라서 화질이 선명치 않았지만 그날의 모든 기억의 세목들을 내 머릿속에서 재생시키는 데에는 아무런 문제가 없었다. 화면 속의 진이 낮은 목소리로 웅얼웅얼거렸다.
"유명해지면 나를 버리겠지. 그렇지?"
화면 속의 나는 진의 젖가슴을 주무르면서 건성으로 대답했다.
"그렇지 않아. 그래, 그렇지 않을 거야."
화면 속의 진이 다리로 나의 허리를 감아왔다. 나는 진의 하얀 다리를 풀고 그 사이로 혀를 밀어 넣었다. 진은 손톱으로 내 머리칼을 쥐어뜯으며 잔뜩 인상을 찌푸렸다. 그녀는 입술 사이에서 연거푸 가늘고 높은 교성이 새나왔다. 진이 스르르 몸을 일으켰다. 그러고는 자신의 얼굴을 나의 배꼽 쪽으로 가져갔다. 그녀의 붉은 혀가 배꼽 언저리를 맴돌며 핥았다. 곧 내 성기가 그녀의 입술 사이로 사라졌다. 나는 손을 그녀의 가슴 사이로 밀어 넣어 젖가슴을 꽉 움켜쥐었다. 진이 탄성을 내지르며 입속에 넣었던 나의 성기를 뱉어내었다. 나는 진을 뒤에서 껴안고 난폭하게 허리를 움직였다. 진이 허리를 붙잡힌 채 침대 시트에 얼굴을 파묻고 울부짖었다.
"아……."
화면 밖의 나는 낮게 탄성을 내질렀다. 머릿속이 하얗게 텅, 비어지면서 갑자기 온몸이 팽팽하게 곤두서는 것을 느꼈다. 진의 촉감을 기억해낸 내 몸의 여기저기에서 툭툭 소름들이 돋고 있었다. 화면 속에서는 여전히 격렬한 움직임과 함께 괴이한 신음과 교성이 터져 나오고 있었다. 나는 두 눈을 꼭 감고 그 소리들에 귀를 기울었다. 그 소리들은 실재하는 형상이 되어 나의 오감을 온통 사로잡았다. 화면을 보고 듣고 있는 동안 나는 진이 바로 오늘 아침까지 내 곁에 머물다가 지금 잠깐 외출 중인 것이 아닌가 하는 착각마저 들었다. 그 착각은 나에게 무모한 희망과 용기를 가져다주었다. 5년 전의 시간을 고스란히 내 앞에 되돌려놓고 싶다는. 그러면 이 지독한 가상의 세계를 허물 수도 있겠다는.

나는 진에게 연락을 취하기로 했다. 5년 전의 시간이 담긴 세 개의 비디오테이프가 그런 생각을 가능하게 했다. 손이 닿지 않을 만큼 아주 멀어졌다고 생각한 진이 비디오테이프를 보는 동안 내게 다시 애틋하고 뜨겁고 간절한 대상으로 되살아났기 때문에.
그때까지 나는, 비디오테이프가 진에게 어떤 압력으로 작용하거나 그녀를 궁지로 몰아갈 것이라고는 전연 생각지 못했다. 테이프를 빌미로 진을 협박할 생각은 더욱 없었다. 나에게 비디오테이프는 사진첩처럼 애틋한 기억의 소품일 따름이었다.
몇 차례의 시도 끝에 어렵게 통화가 되었을 때 진은 싸늘한 목소리로 나를 모르는 척했다.
"누구세요? 전 잘 모르겠어요."
눈앞이 훅 달아오르면서 목이 칵 막혀왔다.
두 번째, 세 번째 통화에서도 마찬가지였다. 그녀는 자신이 진이라는 것을 완강하게 부인했다.
"도대체 진이 누구죠? 나는 진이 아니란 말이에요."
세 번째 통화 이후에는 그나마 통화 자체가 불가능해졌다. 어렵게 추적한 진의 집 전화는 언제나 통화 중이었고 이동전화는 아예 불통이었다.

여전히 TV를 켜면 어느 채널에서든 진을 하루에 두세 번씩은 볼 수 있었다. 그녀는 쇼 프로의 게스트나 패널로, 광고 모델로, 드라마의 주인공으로 뉴스의 취재원으로 나타났다. 어떤 때는 같은 시간대에 각기 다른 채널에 동시에 등장하기도 했다. 하지만 그렇게 가상으로 존재하는 진은 처음부터 그랬던 것처럼 내게 아무런 의미가 없었다. 이제 더 이상 가상 속의 진과 리모컨의 버튼을 만지작거리면서 대화하고 싶지는 않았다.

나는 진에게 나의 목소리를 들려주고 싶었다. 손끝으로 그녀의 온기를 느끼고 싶었다. 그리고 그녀와 내가 만든 비디오테이프를, 서로를 탐닉하는 그 아름다운 화면을 함께 보고 싶었다. 몇 번의 통화가 좌절되면서 그 희망은 더욱 강렬해졌다. 모두가 잠든 한밤, 푸른빛을 발하는 비디오 화면 속의 진을 뚫어지게 바라보면서 나는 격렬한 자위를 하곤 했다. 그러면서 진을 갈망하고 갈망했다.

나는 하루에도 수십 번씩 전화를 하기 시작했다. 방송국과, 진이 소속된 매니지먼트사 사무실에. 그리고 진의 거처를 알 만한 모든 사람들에게. 전화를 받은 사람들은 한결같이 나를 미친 사람 취급했다. 진은 그들에게 이렇게 말해두었을지도 모른다.

"그런 사람 난 몰라. 아마도 미친 사람인가 봐."

진이 그렇게 말했다면 나로서는 정말 섭섭한 일이다.

나는 다시 매니지먼트사 사무실의 전화번호를 눌렀다. 눈에는 핏발이 서고 입술은 모멸감으로 바르르 떨리고 있었다.

"진을 바꿔줘. 채연이 말이야."

"야. 이 미친 자식아! 너처럼 채연 씨를 따라다니며 괴롭히는 놈들이 어디 한둘인 줄 알아. 계속 이렇게 전화질해서 업무를 방해하면 경찰에 신고하고 말겠어!"

매니지먼트사의 직원은 여전히 미친 사람 취급하며 으름장을 놓았다. 나는 씁쓰레한 웃음을 머금었다. 그리고 그에게 준비했던 마지막 말을 전했다. 나는 지금도 그것이 협박일 거라고는 생각하지 않는다.

"그녀에게 전해줘. 비디오테이프 속에 언제든지 재생할 수 있는 5년 전의 시간이 고스란히 담겨져 있다고. 그 시간을 함께했던 사람이 연락을 기다린다고."

나는 직원에게 연락처를 남기고 전화를 끊었다. 그리고 더 이상 진에게 전화하지 않았다. 나는 술집을 배회하며 거의 매일 술을 마셨고 취해서 흐느적거리는 몸으로 TV 속의 진과, 잡지 속의 진과 절정이 없는 가상의 사랑을 나누었다. 모든 것이 가상이었지만 내가 느끼는 아픔과 고통만큼은 놀랍게도 가상의 것이 아니었다. 나는 그 아픔을 잊기 위해서라도 가상 속의 진을 현실 속으로 불러들여야 했다.

강과 재즈 바에서 술을 마시다가 여자 아이 둘을 만났다. 요란한 장신구를 한 여자 아이들은 탤런트나 모델이 되는 것이 꿈이라고 말했다. 강이 방송가에서 일하며 주워들은 말들을 마구 지껄이자 여자 아이들의 눈빛이 반짝이기 시작했다. 다소 기분이 들떠 있던 나도 방송 출연 경력을 과장스럽게 떠벌렸다. 한 여자 아이는 5년여 전의 아이스크림 광고를 기억하고 있었다.

여자 아이들은 쉽게 넘어왔다. 술을 다 마시고 함께 모텔에 들어갔다. 나는 여자 아이의, 허영으로 발그스레 달아오른 몸을 격정적으로 탐했다. 여자 아이의 얼굴에서 5년 전 진의 모습이 슬몃 스쳐

지나갔다. 여자 아이가 내 몸 위에서 격렬하게 허리를 움직이며 말했다.
"탤런트랑 자기는 처음이야. 정말 멋져."
오후 세 시쯤, 여자 아이와 여전히 이불 속에서 꿈지럭거리고 있을 때 핸드폰이 울렸다. 뜻밖에도 진이었다. 그녀는 흥분한 목소리로 지금 당장 보았으면 한다고 말했다. 나는 한동안 태우지 않던 담배를 꺼내 물고 진을 만나기 위해 여의도의 카페로 향했다. 그때 나는 아무런 표정도, 아무런 말도 준비해둔 것이 없었다.
진은 차가운 목소리로 말했다.
"옛 친구로서 나를 곤란하게 하는 일은 하지 말아줘. 그것이 내가 너를 아름답게 기억하는 데에도 도움이 될 거야."

술에 취한 채 집에 돌아와서 나는 또 진을 보았다. TV 속에서였다. 그녀는 심야 토크쇼의 게스트로 출연하고 있었다. 불과 몇 시간 전 싸늘한 표정으로 수표 봉투를 내밀었던 진이 지금은 TV의 모니터 속에서 발갛게 웃고 있었다. 나는 얼굴을 두 손바닥으로 감싼 채 마구 비벼댔다. 눈물 때문에 손바닥이 척척해졌다. 진의 얼굴을 보는 것이 고통스러워 텔레비전의 전원을 끄려고 했지만 젖은 손이 말을 듣지 않았다. 나는 시린 눈으로 진의 얼굴을 천천히 바라보았다. 그녀는 발랄하게 사회자와 한담을 나누고 있었다. 그녀의 얼굴을 바라보고 있자니 가슴이 터질 듯이 죄어왔다. 나는 냉장고를 열고 캔 맥주를 꺼냈다. 그리고 꼭지를 따서 조갈증이라도 난 사람처럼 벌컥벌컥 들이켰다. 독주를 마신 뒤끝에 맥주가 들어가니 속에서 '확' 불덩이가 범람이라도 하는 것 같았다. 나는 가물가물해지는 눈을 바로 뜨면서 TV 화면 속에서 싱글싱글 웃고 있는 진을 바라보았다.
"지금 사랑하는 사람은 없나요, 채연 씨?"
사회자가 좀 장난기 있는 표정으로 그렇게 물었고 진은 살짝 웃음을 머금었다.
"사랑하는 사람이라구요? 물론 많지요. 저는 이 지상의 모든 분들을 사랑하거든요. 저도 이 지상 모든 분들의 것이구요."
진의 말끝에 박수와 함께 방청객들의 환호가 터졌다. 진이 방청객들을 향해, 아니 카메라를 향해 방긋 웃었다. 저렇게 영악한 말을 하는 게 정말 진인가. 나는 다시 한 번 벌겋게 충혈된 눈으로 진의 웃는 얼굴을 바라보았다. 술기운 탓인지 머리가 되게 어지러웠다. 그녀의 얼굴은 희미해지면서 점점 멀어지고 있었다. 덜컥 겁이 난 나는 자리에서 일어나 비틀비틀 그녀를 향해 다가갔다. 하지만 그녀의 얼굴은 계속 희미해지면서 더욱 멀어져만 갔다. 손을 뻗어보았지만 진은 잡히지 않았다. 진은 TV 속에 있었다. 나는 그녀를 볼 수만 있을 뿐 부를 수도 잡을 수도 없었다. 그녀로 하여금 내가 하는 소리를 듣게 하고 내가 손끝으로 그녀를 느끼기 위해서는 오로지 내가 TV 속으로 들어가는 수밖에 없었다. 하지만 TV 속은 좁고, 그 안에는 아무나 들어갈 수가 없었다. 한때 TV 속에 들어가기를 맹렬하게 꿈꾼 적이 있었다. 하지만 그 꿈이 좌절되고 TV 밖으로 무참하게 내팽개쳐지고 나서 내가 할 수 있는 일이란 TV 속에 있는 사람들을 질투하고 시샘하는 것뿐이었다.

TV 속 진의 얼굴은 이제 아주 지워져서 내 눈에 보이지 않았다. 눈이 축축했고 침침했다. 진득한 취기로 비틀거리는 내게, 진은 완전히 떠나갔으며 이제 다시는 돌아오지 않으리라는 사실이 절망적으로 스산한 기운처럼 예감되어왔다.

나는 리모컨으로 VTR을 작동시켰다. TV 화면이 사라지고 파란 하늘처럼 비디오 화면이 나타났다. 재생 버튼을 눌렀다. 곧 화면 속에 벌거벗은 채 엉겨붙어 헐떡거리는 두 남녀가 나타났다. 나는 퀭한 눈으로 그 화면을 뚫어지게 바라보았다. 그러면서 곰곰이 이제 저 비디오테이프 속, 나만의 진을 더 넓고 넓은 가상의 세계로 떠나보내야 한다는 생각을 했다.

며칠 후, 나는 인터넷 성인 방송 사이트를 운영하는 사람을 수소문해 찾아갔다. 무덤덤한 표정으로 '톱탤런트 채연'의 정사 장면이 담긴 비디오테이프를 건넸을 때 업자는 휘둥그레진 눈으로 꿀꺽하고 고인 침을 삼켰다.
　내 가상의 사랑은 이제 곧, 이 지상 곳곳에 샅샅이 유포될 것이다.

Empty Rooms
— 정지용의 〈유리창〉에 대한 사적 견해

천 년을 산 거북 등 같은 장판이 들추어지면서

매캐하고 곰삭은 듯한 회 냄새가 K의 콧속에 훅 끼쳐든다.

K는 그 냄새를 깊이 들이마신다.

장판이 걷히고 시멘트 구조가 드러난 방바닥에 K는 코를 깊이 파묻고는

큼큼 그 냄새를 심호흡하듯이 깊이 들이마신다. 그의 얼굴이 쾌감으로 크게 일그러진다.

영동 일대에 대설주의보가 내려진 가운데 곳곳에서 눈 피해가 속출하고 있다. 19일 오전 세시께 강원도 양구군 방산면 일대 야산에 쌓여 있던 무게 30톤가량의 눈 더미가 무너져 내리면서 산 아래 가옥 네 채를 침범하는 참사가 발생했다. 이 사고로 집 안에서 잠을 자고 있던 K씨(36)와 S씨(40) 일가족 등 10여 명이 숨지고 K군(7)과 S양(9)만이 급히 출동한 구조대에 의해 극적으로 구조됐다. 구조대는 무너진 눈더미 속에 사체와 생존자가 더 있을 것으로 보고 군부대 인력과 차량, 구난 장비를 동원, 구조 작업을 펼치고 있으며 구조된 K군 등은 인근 군 병원 등으로 이송돼 치료 중이다. 사망자들의 유해는 도립 강릉병원 영안실에 안치됐다.

  —1976년 1월 21일 자 신문 기사

'유리에 차고 슬픈 것이 어른거린다.'
눈이 많기로 유명한 J시의 고등학교 국어교사인 K는 눈 내리는 창밖을 바라보다가 문득 돌아간 시인의 시구를 떠올린다. 그러면서부터 K의 마음은 알 수 없게도 좀 수선스러워지기 시작한다. 창밖에 마침 눈이 내리고 있던 때문일까. 너른 운동장이 하얀 눈으로 가득 메워진 탓일까. 이미 두 시간여 전부터 K는 연기 오라기처럼 슬몃 떠오른 망상들과 악전고투를 벌이고 있는 참이다. 일도 제대로 손에 잡히지 않는다. 몸살의 기운처럼 찾아온 이런 증세는 K에게 으레 편두통이나 위경련 혹은 지독한 구토증 같은 것을 가져다 주기도 한다.

'참 지독한 눈이군.'

K는 침침해진 눈으로 창밖 하늘을 가득 메우고 있는 눈을 바라본다. 그러다가 골치가 아픈지 두 손으로 관자놀이를 꾹 누른다. K는 시간이 지날수록 점점 더 자신의 어깻죽지에 여실하게 실려오는 팽팽한 긴장감을 느낀다. 공연히 호흡이 가빠지고, 가슴이 그렁그렁해지는 것이다.

창가를 서성이던 K는 창문을 열고 손을 내밀어본다. 창 주변을 배회하듯 떨어지던 눈송이 하나가 K의 손바닥 위에 떨어진다. 눈송이는 손바닥에 내려앉자마자 주저앉듯이 스러져서는 차가운 물기만을 남긴다. K는 눈송이가 스러진 자리를 처연한 눈빛으로 바라본다.

창가 쪽의 늙은 여선생이 그러고 있는 K를 아까부터 흘긴 눈으로 보고 있다. 여선생은 창문 사이로 들어오는 찬바람이 못마땅한 것이다.

"저기, K선생. 창 좀 닫아줄 수 없어요."

"아, 네."

움찔 놀란 K가 떨리는 손으로 창문을 닫는다. 난로 위에 올려놓은 노란 주전자 꼭지에서 가파르게 김이 뿜어진다.

곧이어 시보가 늦은 여섯 시를 알린다. 조상처럼 멍하니 앉아 있던 K의 손길이 눈에 띄게 허둥댄다. 눈길은 마냥 허랑하고 목이 자꾸 갑갑하게 조여드는 것만 같다.

　퇴근 가방을 끼고 막 자리에서 일어나는데 후배인 L이 K를 붙잡는다.

　"아니, 선배, 오늘 술 한잔하자고 하시고선!"

　K는 후배의 볼멘소리를 눈으로 한번 받아주고는 내처 등을 돌려서는 교무실을 빠져나온다. 후배에게는 아무런 할 말이 없었던 것이다. 그 갑작스러운 정신의 융기에 대해서 무어라고 설명할 수 없었던 것이다. 교무실을 빠져나온 K는 뛰듯이 계단을 내리밟는다.

　"K선생, 서두르는 것을 보니 데이트 약속이 있나 보지."

　맞은편에서 계단을 오르던 교감선생이 눈으로 기척을 하며 그렇게 말했을 때 K는 무안을 당한 듯 얼굴이 붉어진다. K에겐 정말이지 무언가 아주 바쁘고 중요한 약속이 있는 듯 보인다. K는 교감선생에게 가벼운 목례를 하고는 발걸음을 더욱 재게 놀린다. 현관을 빠져나온 K는 주차장 쪽으로 걸음을 옮긴다.

　"어머, 국어선생님이시다."

　재잘거리며 현관을 막 나서던 여학생들이 휘둥그레진 눈으로 K를 바라본다. K는 학생들을 못 본 척 지나쳐서는 황급히 차의 키 박스에 키를 꽂는다.

　얼어붙은 도로를 헤치며 가까스로 차를 몰고 집으로 돌아온 K는 레인지에 찻물부터 올려놓는다. 지나친 긴장 때문에 뒷목이 여전히 뻣뻣하기만 하다. 주전자가 휘슬 소리를 내며 울자 K는 녹차 티백을 띄우고는 호호, 불며 급히 마신다. 뜨거운 차가 몸 안으로 들어가면서 가슴의 울렁거림이 좀 잦아진 듯싶다. 찻잔을 내려놓은 K는 옷을 갈아입기 시작한다. 코트와 와이셔츠를 벗어서 옷걸이에 걸고, 옷장에 개켜진 평상복을 꺼내어 갈아입는다. 코르덴 바지에 가볍고 따뜻한 스웨터를 입고 그 위에 거위털 점퍼를 걸친다. 그리고 손에 꼭 맞는 가죽장갑을 낀다. 신발장에서 방수용 단화를 꺼내 신은 K는 여전히 눈이 내리고 있는 거리로 나선다.

거리는 어느새 짙은 어둠이 내려 있다. 겨울밤 어둔 거리로 나선 K의 얼굴이 한결 여유로워 보인다. 점퍼 주머니 속, 손안에 쥐어진 만능열쇠의 움찔하고 차가운 감촉이 K를 저으기 편안하게 한다. 점심때 학부모가 가지고 온 삶은 감자를 몇 개 집어 먹은 이후 아무것도 먹은 것이 없지만 시장기는 전혀 느껴지지 않는다.

거리에는 푸진 함박눈이 내리고 있다. 낮부터 내린 눈은 이미 온 세상을 하얗게 덮어놓았다. 가로등 불빛이나 자동차들의 헤드라이트에 비친, 거리를 덮은 눈들이 K에겐 마치 살아서 여러 표정을 가지고 꿈틀꿈틀대는 것만 같이 느껴진다. 눈의 표면이 K는 꼭 보드랍고 차가운 달의 표면같이 느껴진다. 달에 한 번도 가본 적이 없는 K는, 달의 표면에 손을 대본 적도 없지만 달의 표면은 꼭 이 지상을 덮은 눈의 표면과 같을 것이라고 생각한다. 달의 표면은 저 눈처럼 보드랍고 차가워서 따뜻한 얼굴과 손을 들이대면 움푹한 모양으로 푹, 꺼져들 것만 같다고.

K는 불현듯 자신의 상상이 즐거워진다. 그의 상상은 조금 더 이어진다. 두껍게 쌓인 눈의 표면에 얼굴을 묻고 깊이깊이 숨을 들이마시면 이 지상 깊은 곳의 맑고 차가운 정기가 자신의 몸속으로 들어와 피와 영혼을 맑게 갈 것이라는……, 마치 어머니의 입김처럼. 그리하여 단 한 번이라도 좋으니 달의 표면에 얼굴을 쑤셔 박을 수는 없을까…….

K는 자신의 상상에 어깨를 들썩이며 살짝 진저리를 친다. K는

하염없이 눈을 맞으면서 거리를 걷는다. 눈은 텅텅 그의 눈자위에 부딪힌다. K는 어느새 낯선 골목의 어귀에 들어선다. 그의 표정이 긴장한 듯 다소 굳어진다. K의 발자국은 눈 위에 꾹꾹 자국을 남기면서 그를 끈질지게 따라온다. 골목 깊숙이 들어선 K는 뒤를 돌아다본다. 어둠이 깔린 골목을 따라 점점이 찍힌 자신의 발자국을 뿌연 가로등이 아스라히 비추고 있다.

K는 그 발자국들을 털어버리려는 듯 빠른 걸음으로 골목을 돌아 들어간다. 주변의 2층 양옥의 창에서는 불빛들이 숨 가쁘게 새나오지만 동지를 며칠 앞둔, 유난히 쌀쌀한 겨울밤 골목길은 인적이 뜸하다. 가끔 저녁을 먹지 못한 개들이 컹컹 짖어댈 뿐이다. K는 주위를 두리번거리면서 단화의 끈을 다시 한 번 바짝 조인다. 아무도 없다. 눈과 바람 외에는 아무도 K를 알아보는 이가 없다. K도 그것을 모르지 않는다.

K는 다음 순간 아주 재빠른 몸놀림으로 골목길 담을 짚어 타더니 담과 붙어 있는 2층 난간을 타고 오른다. 그의 몸이 난간에 매달려 대롱대롱 흔들린다. 가로등 불빛이 그의 몸을 살짝 훑어갈 때 K의 뒷목줄기에 한 줄기 땀이 배어 흐른다. 잠시 후 K는 어느 2층 주택의 옥상 난간에 허리를 올려놓는다. 그러는 K의 몸은 달그림자처럼 사뿐하다. K는 자세를 낮추고 엉금엉금 2층 주택의 창가로 다가간다. 그 방은 K가 오래전부터 퇴근길에 눈여겨보던 방이다. 며칠 동안 한 번도 전등이 켜지지 않은 방. 오늘도 역시 이 방의 창은 어둡고 적막하다. K는 비어 있는 방을 알아보는 데 귀신 같은 눈을 가지고 있다. 그는 비어 있는 방을 지나칠 때 뒤꼭지가 움찔하면서 짜릿한, 심장이 울컥하고 멎는 것만 같은 아주 색다른 느낌을 받고는 한다. 그것도 일종의 감응이라고 할 수 있을까.

Empty Rooms 311

옥상에 낮은 자세로 웅크린 K는 숨을 큼큼거리며 공기를 깊이 들이마신다. 겨울밤의 찬 기운에 실린 낯선 건물의 선 냄새가 바투 느껴진다. K의 몸이 살짝 달아오른다. K는 꿀꺽 침을 삼키면서 창문의 턱에 한쪽 발을 올려놓는다. 암적색의 유리창이 가로등 불빛을 받아 괴괴한 색을 드러내고 있다. 그것은 마치 1,000미터도 넘는 심해의 먹빛 같은 것이다. K는 상큼한 적막감에 다시 한 번 몸서리를 치면서 나머지 한쪽 발마저 창문턱에 올려놓는다. 이 유리창 너머에는 무엇이 있는가. K의 눈에 형형한 열기 같은 것이 어린다. 눈이 와서 옥상에 자신의 발자국이 남는 것이 좀 꺼림칙하지만, K는 자신이 하는 일에 대하여 한 번도 죄책감을 느낀 적이 없다.

눈비 막이용으로 난간 기슭에 차양이 쳐 있긴 하지만 창문에도 미세한 무늬결을 따라서 흩날린 눈이 쌓여 있다. K는 창문에 얼굴을 가까이 들이댄다. 그러고는 입김을 훅, 불어서 창문에 아슬아슬하게 쌓여 있는 눈을 무너뜨린다. 눈발은 더욱 거세져서 K의 뒷머리를 후둑후둑 때린다.

K는 창문을 살짝 옆으로 밀쳐본다. 역시 잠겨 있다. K는 점퍼 주머니에서 사제 만능열쇠를 꺼낸다. 그가 하루 두 시간씩, 한 달여에 걸쳐 손수 만든 만능열쇠는 생긴 것은 상어 지느러미처럼 괴이해도 잠겨 있는 거의 모든 문을 열 수가 있다.

K는 창문의 틈에 만능열쇠를 끼워 넣고, 마음속의 뜨거운 기원을 담아 이리저리 비틀어본다. 문이 쉽게 열리지 않는다. 다시 이리저리 열쇠 구멍을 쑤셔본다. 그러는 어느 순간 찰칵 하면서 창문의 잠금고리가 돌아간다. K가 안도의 숨을 내쉰다.

창문을 열고 나니 커튼 자락이 안쪽으로 흩날리면서 그 갈피 사이로 어두움과 적막 속에 숨겨져 있던 방의 모습이 드러난다. 언제나 K를 흥분시키는 낯선 방. 훅 끼쳐오는 방 특유의 덥고 퀴퀴한 냄새. K가 더없이 좋아하는 냄새이다. K는 코를 스쳐가는 그 냄새를 잠시 동안 골똘하게 즐긴다. 그 냄새가 익숙해져서 아무런 감흥도 불러일으킬 수 없게 되기 전에 충분히 즐겨야만 하는 것이다.

K는 벽을 더듬어 방의 스위치를 올린다. 전구식 형광등이 켜지면서 어둠과 적막 속에 방치돼 있던 방의 모습이 수줍게 드러난다. 크기는 다섯 평 정도 되겠다. 14자×12자 정도. 그리고 벽지는 차갑고 시린 은백색의 꽃잎 무늬이다.

방 안은 단정하게 정리가 돼 있다. 주인은 무얼 하는 사람일까. 작은 책상 위에 책꽂이가 있고, 대학 교재로 보이는 두꺼운 전문서적과 교양서들이 몇 권 꽂혀 있다. 그리고 한편에 역시 시린 느낌을 주는 컴퓨터가 적막한 조상처럼 얹혀 있다. 방 주인은 학생인 모양이다. 아마도 먼 도시에서 유학 온 독거생인 듯. 방학을 맞아 고향으로 내려간 것일까. 아니면 친구들과 여행을 간 것일까.

K는 조심스럽게 손을 뻗어 파스텔 톤의 옷장 문을 잡아당긴다. 옷장 안에는 몇 벌 안 되는 옷들이 가지런하게 개켜져 있거나 옷걸이에 매달려 있다. 옷 색깔은 모두가 하얗고 검은색뿐이다. 옷을 보니 주인은 단촐한 것을 좋아하는 남자인 모양이다. K가 살짝 웃음을 머금는다. 단조로운 옷 색깔이 방 안의 적막을 적절하게 수식하는 것만 같다. K는 이 방이 몹시 마음에 든다.

상기된 환한 표정으로 방 안을 둘러보던 K가 돌연 전등 스위치를 내린다. 방은 다시 어두워지고 눈으로 가득 찬 창밖의 하늘은 환해진다. 어둠을 조용히 응시하던 K는 차가운 방바닥에 배를 깔고 천천히 엎드린다. 한기가 아랫배에서부터 폐부 깊숙한 곳까지 느껴지지만 K는 외려 그것이 상쾌하게 느껴진다. 그의 얼굴은 흡족한 미소로 조금 붉어진다. 살짝 흥분되는 이 상쾌함은 그 무엇과도 바꿀 수가 없다고 K는 생각한다.

  한동안 배를 깔고 엎드려 있던 K가 돌연 몸을 일으킨다. K는 숨을 고르면서 떨리는 손끝으로 바닥의 장판을 들추어낸다. 천 년을 산 거북 등 같은 장판이 들추어지면서 매캐하고 곰삭은 듯한 회 냄새가 K의 콧속에 훅 끼쳐든다. K는 그 냄새를 깊이 들이마신다. 장판이 걷히고 시멘트 구조가 드러난 방바닥에 K는 코를 깊이 파묻고는 큼큼 그 냄새를 심호흡하듯이 깊이 들이마신다. 그의 얼굴이 쾌감으로 크게 일그러진다. 무언가에 기껍게 취한 모습이다. K는 꿈쩍도 하지 않고 꽤 오랫동안을 시멘트 방바닥에 코를 박은 채로 엎드려 있다. 이따금 겨울밤의 매서운 바람이 빠끔히 열린 베란다 창을 흔들어놓고 간다. 그러기를 몇 차례, 납작 엎드린 채 바닥에 코를 박고 있던 K의 몸이 작게 꿈틀대기 시작한다. 방바닥에 자신의 몸을 쓱쓱 비벼대기 시작하는 것이다. 얼마 후 K의 이마에 땀방울이 맺히고, 입에서는 가느다란 신음 소리가 새나오기 시작한다. 방바닥에 밀착된 K의 몸의 요동이 허리 쪽부터 좀 더 격렬해진다. K는 코를 방바닥에 박은 채 온몸을 방바닥에 밀착시키고는 꿈틀꿈틀대는 것이다. 얼마 후 깊고 나른한 한숨과 함께 K의 요동치던 몸이 축 늘어진다. K는 몸을 겨우 추스르고는 벨트를 풀어 바지를 끌어내리고 팬티를 내린다. 그러고는 손수건을 꺼내서 축축해진 자신의 성기를 닦아낸다.

  손수건을 쥔 손이 옆으로 늘어지면서 K는 반 바퀴를 굴러 방바닥에 죽은 듯이 드러눕는다. 겨울밤 낯선 방 안에서 K는 미동도 없이 쌔근쌔근 숨만 내쉬고 있다. K의 표정은 지극히 평화롭고 어둠 속에서 얼핏 드러난 그의 얼굴은 우윳빛으로 탐스럽다. K는 나른한 잠기운을 느낀다. 난방이 되지 않은 방에서 K는 그 어느 날 눈 속에 갇혔을 때처럼 서늘하고 편안한 잠을 자고 싶다. 그 잠에서 깨어나지 못한다 해도 별문제는 없을 것만 같다. 장판이 걷혀진 시멘트 바닥에서는 매캐한 내음이 여전히 스멀스멀 올라온다. K는 아무런 생각 없이 그것에 흠뻑 취하고만 싶어진다. K는 얼굴도 모르는 낯선 사람의 빈방에서 가장 열광적인 몸의 절정을 경험한다. 가로등에 비친 눈송이는 커다란 날벌레처럼 과장되어서 창문에 후드득 부딪힌다. 한 시간쯤 지났을까. 방바닥에 누운 채로 꿈쩍도 하지 않던 K가 천천히 몸을 일으킨다. 눈동자가 말간 것이 한결 개운해진 모습이다. K는 창가 쪽으로 가서 들어왔던 창문턱을 밟고 올라선다. 그러고는 그 너머로 가볍게 뛰어내린다. 겨울바람이 2층 주택의 옥상을 때리며 더욱 진득하게 K의 몸에 달라붙는다. 그는 담배를 피우려고 호주머니를 뒤지지만 담배를 가지고 오지 않았다는 것을 깨닫는다. K는 담배를 피우는 대신 겨울밤의 찬 공기를 깊숙이 들이마신다. K는 옥상에서 발을 뻗어 담 위에 내딛는다. 뜨끈한 가로등이 바로 코앞에 와 있다. K는 입가를 일순간 씰룩이더니 펄쩍 담 밑으로 뛰어내린다. K의 발부리에서 쌓였던 눈이 튀어나간다. K는 음울하고 늙은 짐승처럼 골목을 어슬렁거리듯 빠져나간다.

　눈은 끊이지 않고 계속 내린다. K는 수업 도중 자꾸 창밖으로 눈길을 준다. 아이들도 며칠째 계속 퍼붓는 눈 때문인지 주의가 몹시 산만하다. 여기저기서 웅성거리는 소리가 들려온다. 판서를 하던 K의 손에서 쑥 힘이 빠져나간다. 분필이 교실 바닥으로 힘없이 떨어진다. 분위기가 어수선하게 풀어지자 한 여학생이 손을 들고 애교스러운 목소리로 말한다.

"선생님, 눈도 오는데 수업만 하지 말고 밖에 나가서 눈장난도 하고 그래요."

그러자 아이들의 환호성이 뒤따라 터진다. K는 시린 눈으로 창 밖을 바라본다. 아이들은 계속 밖에 나가자고 조른다. 벌써 자리에서 일어나 창가에 매달리는 아이들도 있다. 평소 학생들에게 너그러운 K에게 아이들은 별로 스스럼이 없다.

그때 K가 별안간 출석부로 교탁을 탁, 내리치며 신경질적으로 소리를 내지른다.

"조용히 하지 못해! 어서 자리에 앉아!"

교실 안이 갑자기 얼어붙은 듯 조용해진다. 아이들은 고개를 움츠리며 K의 눈치를 살핀다. K는 다시 시린 눈으로 창밖을 바라본다. 눈발은 하염없다.

"빌어먹을."

여전히 아이들은 겁을 집어먹은 표정으로 K를 쭈뼛쭈뼛 쳐다본다. K는 그런 아이들의 눈을 마주 보지 못한다.

"더 이상 수업 못 하겠으니 나머지 시간은 자습해."

K는 교재와 출석부를 들고 교실을 나간다. K가 교실 밖으로 나가자 아이들의 웅성거림이 되살아난다.

K가 마지막 수업을 힘겹게 마치고 돌아왔을 때 1학년 담임을 맡고 있는 Y에게서 인터폰이 온다. 퇴근 후에 저녁을 같이 먹자는 것. K는 퇴근 후에 달리 할 일이 없었으므로, Y를 만나서 아주 매운 음식으로 저녁을 먹는 것도 나쁠 것이 없겠다는 생각을 한다. 창밖을 보니 듬성듬성 눈이 내리고 있다.

Y는 단정하고 선이 고운 여선생이다. 그 때문에 아직 미혼인 남

자 선생에게는 물론 이제 거웃이 막 나기 시작하는 남학생들에게 인기가 많다.

K와 Y는 같은 대학을 나왔고 재학 시부터 안면이 있는 사이이다. 학교 신문사 기자였던 Y가 모 문학상에 당선된 복학생인 K를 인터뷰했던 적이 있다. 그리고 그 첫 만남 이후 두 사람은 혹, 서로를 마음속에 담아두고 있었는지도 모른다.

시내 해물탕 집에서 마주 앉은 Y와 K는 별말이 없다. 잠시 후 Y가 먼저 조심스럽게 입을 연다.

"이제 곧 방학이네요. 이번 방학에 무슨 계획 있어요?"

Y의 말에 K가 심드렁한 표정으로 전혀 엉뚱한 소리를 한다. 그의 눈은 눈 내리는 창밖으로 고정되어 있다.

"눈이 참 오래 오는군."

"무얼 먹을까요. 사실 나는 오늘 술 한잔하고 싶은데."

Y가 K의 눈치를 살피면서 다시 입을 연다.

K가 메뉴판을 집어 들고는 Y 쪽으로 내민다. Y가 메뉴판을 내미는 K의 손을 바라본다. Y는 어쩐지 K의 마른 손이 어느 때보다도 정감 있게 느껴진다. Y의 입술이 움직인다.

"우리 시원한 해물탕에 따뜻한 술 한잔해요."

얼마 후 해물탕과 함께 대하구이가 나오고 데운 정종이 나온다. K가 Y의 잔에 술을 따른다. Y가 K의 표정을 유심히 살피며 술을 받는다.

"한잔할래요?"

K가 말없이 빈 술잔을 든다. Y가 그 잔에 술을 따른다. 꽃게와 아구 문양이 그려진 유리문 밖으로 눈발이 거세다.

Y와 K의 술잔이 부딪는다. '챙그렁' K는 술잔을 남김없이 비운

다. Y가 대하의 껍질을 벗겨내서는 K의 앞에 있는 접시 위에 올려놓는다. Y는 술잔을 3분의 1쯤 비웠다.

다시 채워지는 K의 잔. K는 젓가락을 들지 않고, 식당 벽에 걸린 달력의 탐스러운 설경과 창밖의 함박눈을 번갈아 바라본다. 그러는 사이 자연스럽게 술잔이 K의 입께로 들려진다. 그리고 또 한 잔. K가 좀 서두르는 듯하다.

Y가 조심스럽게 말한다.

"나는 어떤 식으로든 당신께 도움이 되었으면 해요. 아주 오래전부터의 생각이에요. 당신은 그걸 모르나요?"

"식기 전에 어서 들지."

K는 Y가 하려는 말이 무엇인지 알고 있지만, 애써 모르는 척한다. K가 술잔을 들고 비운다. 그리고 유리문 밖에다 다시 눈길을 고정시킨다. Y도 K의 눈길을 따라 달력의 설경을 바라보기도 하고 창밖을 바라보기도 한다. Y는 K를 몹시 좋아하지만, 그의 까닭 모를 우울과 내밀한 그늘이 퍽 불편하게 느껴진다. 그것은 Y에게는 매력이면서 동시에 공포로 다가온다. 그 때문에 Y는 K에게 쉽게 다가가지 못한다. 술기운 때문인지 Y는 지금 당장이라도 K의 껄끄러운 턱과 단단한 근육이 숨어 있는 어깨를 어루만지고 싶다.

Y가 다시 K의 잔에 술을 따른다.

"무어라고 말 좀 해봐요. 나는 당신 편이 되고 싶단 말이에요."

"……."

하지만 K는 허랑한 눈빛을 눈 내리는 창밖으로 던질 뿐, 굳게 닫은 입술은 열지 않는다. 창밖을 바라보는 눈은 그대로 둔 채 K는 거푸 술잔을 들어 입에 털어 넣는다. 급히 몇 잔을 마신 K는 취기가 오르는 걸 느낀다. K가 고개를 바짝 Y 쪽으로 숙이고는 속삭이듯이 말한다. Y의 눈을 바라보는 K의 눈빛이 흔들린다.
"이것만 알아둬. 나는, 나는 말이지, 눈이 오면 많이 힘들어."
"……."
K가 술잔을 들어 비우고 Y가 그를 따라서 똑같이 한다.
해물탕집을 나온 Y와 K는 인근의 맥줏집으로 들어간다. 맥줏집에 들어섰을 때 K가 손수건을 꺼내 Y의 머리칼에 묻은 눈을 털어준다. Y가 수줍게 웃으면서 K의 손을 거두어들인다.
K와 Y는 자정이 거의 다 되어 맥줏집을 나온다. 차가운 맥주를 많이 마신 K의 몸은 제법 흔들린다. 눈밭에 찍히는 K의 발자국이 몹시 어지럽다. Y도 취기가 어지간히 올랐다. Y는 취기 속에서도 K와 오랜 시간을 함께 있었다는 사실이 제법 흡족하게 느껴진다. 그를 이대로 둘 수 없어. Y는 흔들리는 K의 등 뒤로 가서 그의 어깨를 부여잡는다. Y는 과감해지기로 한다.
"나랑 같이 가요."
"어딜?"
"제 방에 가요."
Y가 K의 팔을 잡고 이끈다. K는 Y의 눈을 퀭한 눈빛으로 바라보면서 그녀를 따라간다. 두 사람의 발자국이 눈밭에 거친 생채기를 남긴다. 눈발들이 내려와 그 생채기를 덮는 데는 그리 많은 시간이 걸리지 않는다. 겨울 밤하늘은 무엇이든 무너져 내릴 것만 같이 깊고 어둡다.
Y의 방에 들어선 Y와 K는 아무런 말이 없다. Y가 외투를 벗고 세수를 하는 동안 K는 우두커니 침대에 걸터앉은 채 멍한 상태로 방 내부를 둘러볼 뿐이다. 이상하게도 방에 창문이 없다. Y가 욕실에서 나오자 K가 들어가서 얼굴과 목과 팔을 씻는다. K는 이곳이

Y의 욕실이라는 것이 잠깐 동안 믿기지 않는다. 어떻게 해서 이곳까지 오게 되었을까. K는 손을 펴서 욕실 벽, 이곳저곳을 쓰다듬는다. 그 손을 타고 K의 몸속에 짜릿한 무언가가 전해진다. 그것은 무엇일까. K의 표정에 입체적인 음영이 입혀지면서 생기가 돌기 시작한다. K는 타일로 내장된 욕실 벽에 코를 바짝 갖다 대고 냄새를 맡는다. 벽에서는 밋밋한 비누 냄새, 그리고 물컹한 물곰팡이 냄새가 은근하게 배어난다. K는 그 냄새가 싫지 않다. K는 욕실을 나가기가 싫어진다. 몸에 물을 바르고 그대로 욕실 타일에 '착' 달라붙고 싶어진다. 그래서 자신의 몸이 타일처럼 벽의 한 부분이 되었으면 좋겠다는 생각을 한다. K는 욕실 벽을 정성껏 쓰다듬는다. 그리고 욕조를 어루만진다. 그때 Y가 텅, 텅, 욕실문을 두드린다.

"뭐 하세요, 왜 안 나오세요?"

K는 그 기척에 움찔 놀란다. 기분이 순간적으로 상한다. 그러나 내색하지는 않는다. 이미 그 어떤 것도 현실 속의 일은 아니라고 그는 생각한다. K는 자신이 왜 상상 속에서만 더운 목소리를 가질 수 있는지, 왜 자신은 상상 밖으로 나가기만 하면 손이 차가워지는지를 알 수 없다.

욕실 문을 열자 Y가 바로 앞에서 간절한 눈빛으로 K를 기다리고 있다. K가 Y를 바라본다. 머릿속 한편이 하얗게 비워지면서 K는 쓸쓸한 생각을 떠올린다. '내가 이 여자를 오늘 범할 수도 있겠구나' 하는.

Y가 손을 내밀어서 K의 팔을 잡는다. K가 체념한 듯 그 손을 맞잡는다. Y는 그를 방 쪽으로 이끈다. K의 발이 Y의 방문턱을 넘는다. 깨끗하고 아름다운 Y의 방. 하얀색 시트가 덮인 침대가 있고 머리맡에 작고 귀여운 화병이 놓여 있다. K는 꿈을 꾸는 듯한 눈빛

으로 Y의 방을 둘러본다. Y가 부드러운 손길로 K를 침대 위에 눕힌다. 그리고 불을 꺼서 그의 꿈꾸는 듯한 눈길을 제지한다.

침대에 나란히 누운 Y와 K는 아무런 말도, 움직임도 없다. 조용히 잦는 상대방의 숨소리만 들을 뿐이다. 방 안에는 푸짐한 눈이 땅에 부딪는 소리만이 가득하다. K는 조용하고 깊게 숨을 쉰다. 방의 공기를 천천히 들이마시면서 깊이 음미한다. 들이는 숨이 가득 찰 때마다 가슴속이 알 수 없는 물결로 출렁인다. K는 눈앞에서 흔들리는 어둠의 입자들을 바라본다. 그 입자들이 종횡으로 분주하게 움직이면서 K의 뇌리 속에 눈아지랑이 같은 현란한 망상의 무늬들을 만들어놓는다. 끝없이 아득하게 펼쳐진 대지 위에 눈이 내리고 있고, 하늘은 격렬하고 심란하게 울어댄다. 알 수 없는 기원을 가진 빛들이 눈부시게 교차하더니 어느 순간 하늘과 땅이 덜컹거리며 자리를 맞바꾼다. 빛이 분산되고 혼합되었다가 다시 실낱같이 풀어져서는 위태로운 자취를 남기면서 이지러진다. 곧이어 공중에서 검은 입자의 눈이 퍼붓기 시작한다. 지상에 있는 모든 것들이 검은색의 눈에 온 데 간 데 없이 파묻히고 만다. 그리고 아무것도 분간할 수 없는 절대 적막의 시간이 펼쳐진다. 지도도 보이지 않고 별들도 더 이상 그들의 빛나는 자리를 보여주지 않는다. K는 갑갑한 나머지 가슴이 터질 것만 같아진다.

K는 '으음' 하면서 가느다란 신음을 내뱉는다. Y가 K의 가슴 위로 팔을 뻗어왔던 것은 바로 그즈음이다. K는 Y의 손끝을 조마조마한 심정으로 맞는다. 쉽지는 않지만 격해졌던 숨을 조용히 다스리려고 애를 쓴다. Y는 아름답고 상냥한 여자이다. 누구나가 한 번쯤은 안아보고 싶어 하는 여자이다. K는 그런 Y가 자신을 오랫동안 흠모해왔다는 것을 잘 안다. Y는 언제부터 이런 밤을 예비해왔

을까. Y가, 손을 뻗어 K의 몸을 어루만지면서 얼마간 감격한다. K는 Y의 손이 따뜻하다고 느낀다. 얼음처럼 차가운 자신의 몸 구석구석에 열을 지피는 Y의 손길. 가슴과 허리께를 맴돌던 Y의 손이 점점 밑으로 내려간다. K는 질끈 눈을 감는다. K는 Y의 손끝을 느끼면서 그 손끝의 기원인 Y의 길고 하얀 팔과 그 팔의 기원인 그녀의 매끄러운 어깨와 목과 그리고 선이 예쁜 허리를 상상한다.

그때, K의 눈앞에 예의 하늘 가득 내려오는 검은 눈의 무리가 떠오른다. 무서운 종적을 가진 그 검은 눈이 K의 몸을 사정없이 할퀴면서 덮는다. 그 검은 눈이 빠른 속도로 K의 몸 위에 쌓여 가늠할 수 없는 무게로 가슴과 목을 짓누른다. 숨을 쉴 수 없게 된 K는 비명을 지르면서 자리를 박차고 일어난다. 옆에서 K의 몸을 어루만지던 Y가 깜짝 놀란다.

"왜 그러세요……"
"미안해 가봐야겠어."
"꼭 이렇게 해야만 하나요……"

K는 Y의 울음 섞인 떨리는 목소리를 귓가로 흘리면서 Y의 방을 뛰쳐나온다. Y의 방을 나오면서야 K는 Y의 방이 지하라는 것을 깨닫는다.

'지하라서 방에 창문이 없었구나.'

거리에는 아무 일이 없었다는 듯이 눈이 내리고 있다. 그동안 눈이 제법 쌓였는지 앞으로 내디딘 K의 발이 눈 속으로 푹 빠진다. K의 몸이 휘청거린다.

종업식을 하고 방학이 시작되던 날 K는 시내 산책을 하다가 어느 찻집에 들어간다. 그 찻집은 K로서는 처음 들어가보는 곳이다.

'이곳에 언제 이런 찻집이 생겼을까.'
 K가 그 찻집에 들어간 것은 다만, 눈에 젖은 구두를 좀 말리기 위해서였다. 우연히 밖에서 들여다본 찻집 안에 빨간 불이 훨훨 타오르는 난로가 놓여 있었고 그 난로의 불을 보자 K는 자신의 젖은 발이 더 축축하게 느껴졌던 것이다.
 K가 찻집 안에 들어가서 처음 느낀 것은 아주 낯익은, 편안한 적막감이다. 찻집 안에는 손님이 아무도 없고 저 안쪽의 창가에 보일 듯 말 듯, 한 여인이 심심하게 앉아 있을 뿐이다. 주인임에 틀림없는 그 여인은 그러나 문을 열고 들어서는 K를 보고도 아무런 기척을 하지 않는다. 이상한 것은 K도 그런 것이 조금도 기분 나쁘거나 거슬리지 않는다는 것이다.
 K는 으레 그렇듯이 창가에 자리를 잡고 앉는다. 신문을 건성으로 보면서 얼마인가의 시간을 흘려보냈을 때 여인이 쟁반에 따뜻한 옥수수차를 가지고 다가온다. 그때 찻잔을 내려놓는 여인의 눈을 슬그머니 들여다본 K는 깜짝 놀란다. 어딘지 모르게 낯이 익다는 느낌. 그리고 그 여인의 두 눈이 형편없이 짓물러져 있었던 것. K는 어느새 상상 속에서 여인과 이런 대화를 하고 있다.
 저런, 두 눈이 짓물렀군요.
 창밖을, 눈을 너무 오래 바라보았어요.
 K가 상상 속에서의 짧은 대화를 끝마쳤을 때는, 이미 여인이 K의 눈앞에서 사라진 뒤다. 탁자 위에는 더운 훈김을 모락모락 피워 올리는 옥수수차가 놓여 있다. 여인은 K가 처음 찻집에 들어왔을 때 앉아 있던 그 자리에, 그 모습 그대로 앉아 있다. K는 자신이 앉은 자리에서 그 여인의 모습을 볼 수 있는 것이 그나마 다행스럽다고 생각한다. K는 여인의 옆모습을 바라보면서 다시 한 번 그 여인

이 눈에 설지 않다는 생각을 한다. 여인은 K보다 두셋은 나이가 더 들어 보인다.

여인은 짓물러진 눈으로 여전히 창밖의, 하염없이 내리는 눈만 바라보고 있다. K는 옥수수차를 천천히 마신다. 여인 쪽을 너무 바라보아서 K의 목이 곧 뻣뻣해진다. 그러나 K는 여인에게서 눈을 떼기가 싫다. 음악도 없고, 담배 연기도 없고, 한숨도 없는 찻집에는 눈을 바라보는 여인과 그 여인을 바라보는 K, 둘만 있을 뿐이다. 그 찻집은 인적이 붐비는 거리에 있는데도 약속이라도 한 듯 K가 들어온 이후로 아무도 문을 열고 들어오는 이가 없다.

이윽고 옥수수차를 다 마신 K가 한 잔을 더 청하기 위해 자리에서 일어선다. 소리쳐서 여인을 부르려다가 마음을 고쳐 여인 가까이 다가가기로 한다. 여인 쪽으로 몇 걸음을 옮겨놓는 순간 K는 아주 감동적인 장면을 목격하고는 자리에서 우뚝 멈춰 선다. 창밖을 내다보고 있던 여인이 하얀 손을 들어 쓱쓱 유리를 닦기 시작한 것이다. 점점 흐려지는 유리를 아주 절박한 표정으로 정성껏 닦고 있는 것이다. 여인의 표정은 금방이라도 울음이 터져 나올 것만 같다. K는 자신도 모르는 사이에 도로 자리에 돌아와 주저앉고 만다. 문득, 여인에게 함부로 말을 건네서 유리를 닦는 여인의 손길을 멈추게 해서는 안 된다는 생각이 들었기 때문이다. 넋이 나간 듯 K는 여인의 모습을 바라본다. 여인은 여전히 손바닥을 펴서 쓱쓱 유리를 닦아내고 있다. 그 모습이 자못 '외롭고 황홀' 하다. 여인의 모습을 바라보는 K의 눈이 시큰해지기 시작한다. K는 손등으로 자신의 눈을 문지른다. 눈가의 얇고 여린 피부가 손등에 달라붙는 것처럼 쓰리다. K의 눈도 짓무르기 시작한 것일까. K는 더 이상 그 여인을 바라볼 수가 없다. 자리에서 일어나 비틀거리는 걸음걸이로 출입구 쪽으로 다가간다. 출입구의 손잡이를 잡고 문을 열려던 K는 아쉬운 마음에 여인 쪽을 한 번 더 바라본다. 그때 유리를 닦던 여인이 돌연 고개를 돌려 예의 짓무른 눈으로 K를 한번 쏘아본다. 그것에서 K는 형언할 수 없는 강렬한 슬픔의 감정을 느낀다. 휘청거리는 K의 몸이 튕겨지듯 찻집 밖으로 빠져나온다. 그때 K의 이마에 시린 눈이 두어 점 떨어진다. 문득 황망해졌던 정신이 되돌아온다. 견딜 수 없이 높은 압력과 열기로 가득했던, 알 수 없는 상상계에서 가까스로 가볍고 차가운 대기가 있는, 낯익은 현상계로 되돌아온 느낌이다. K는 한동안 눈을 맞으면서 찻집 앞에 서 있다가 무겁게 발걸음을 옮긴다.

그날 밤, 집에 돌아온 K는 늦게까지 잠에 들지 못한다. 라디오에서는 대설주의보가 내려졌다는 기상 뉴스가 거듭 흘러나온다. 거리마다 겹겹의 눈들이 가득 쌓여 있다. K는 결국에는 저 눈이 20여 년 전 그랬던 것처럼 자신을 이 세상의 한 지점에 꽁꽁 가두고 말 것이라는 생각을 한다. 그 생각이 급기야는 Y의 핸드폰 번호를 누르게 한다. 늦은 시간이었는데도 그녀의 음성은 새벽 공기처럼 또렷하다.

"아, K 선배……, 잠을 못 자나요, 전화를 다 주고?"
"지금, 어디에 있니?"
"……?"
"Y, 보고 싶어. 지금이라도."
K는 자신의 입술이 무슨 말을 하고 있는지 알지 못한다.
"이걸 어쩌지요, 저는 지금 가족들과 스키장에 와 있어요. 조카애가 이번에 시험을 치렀잖아요."

Y의 목소리에서 짙은 아쉬움이 묻어난다. 그녀는 잘못이라도 저지른 사람처럼 자신의 부재를 진심으로 안타까워하고 있다. K는 다시 못 견디게 서글픈 감정을 느낀다. 그리고 힘겹게 다정한 목소리를 내어 전화를 끊는다.
 "괜찮아. 다음에 보자. 즐겁게 지내다가 돌아오렴."
 K는 수화기를 내려놓고 창문을 연다. 섬뜩하게 어두운 밤하늘에서 푸진 눈들이 뚝뚝 떨어지고 있다. 그것들이 웡웡대면서 K의 귓가를 어지럽힌다. 문득 K는 자신의 몸에서 어떤 신명을 느낀다. K의 머릿속은 하얗게, 맑게 비워진다. K는 급히 옷을 찾아 입기 시작한다. 두툼한 방한 점퍼를 걸치고 손에 꼭 맞는 장갑을 낀다.
 K는 기억을 더듬어서 Y의 방을 찾아간다. 새벽의 도로는 눈만 가득할 뿐 텅 비어 있다. 헤드라이트에 비친 눈발은 저들끼리 붐빈다. 그것들은 맑아서 서글프다. K가 찾아가는 Y의 방은 비어 있다. Y는 지금 가족들과 스키장에 있다고 했으니까. Y의 집 앞에 이른 K는 담을 타 넘은 뒤 몸을 작게 웅크리고는 주위를 살핀다. 새벽의 청소부가 힘겹게 리어카를 끌고 골목을 지나가는 소리가 들린다. K는 그 소리가 사라지기를 기다렸다가 Y의 방으로 향하는 지하 계단을 내리밟는다. 지하로 향하는 계단은 어둡고 미끄럽다. 계단의 초입에 쌓인 눈이 K의 바짓부리를 함부로 적신다. K는 전등의 스위치를 찾지 못하고 벽을 위태롭게 더듬으며 끝이 없을 것만 같은 지하 계단을 내려간다. 이윽고 K의 몸 앞에 차갑고 막막한 철문이 나타난다. K는 주머니에서 만능열쇠를 꺼낸다. 그러고는 철문의 열쇠 구멍을 찾는다. 어둠 속에서 좁고 가는 열쇠 구멍은 잘 찾아지지 않는다. 열쇠 날이 철문의 표면을 긁으면서 스슥스슥 소리 끼치는 소리가 난다. 잠시 후 열쇠 끝이 구멍에 덜컥 걸려든다. 좌로

우로 몇 번을 비틀고 나니 '철컥', 문의 잠김이 풀리는 소리가 들린다. K는 문을 빠끔히 잡아당긴다. 여전히 그의 눈앞에는 막막한 어둠과 숨 막힐 듯한 정적만이 펼쳐져 있다. K가 한 발 앞으로 디뎌 안으로 들어서자 낯익은 더운 냄새가 그의 몸에 훅 끼얹어진다. K는 안쪽으로 두어 발 더 들어선 뒤 문을 닫고 전등의 스위치를 올린다. 실내가 활짝 나타난다. 출입문 바로 앞에 좁은 거실 복도가 이어지고 그 왼쪽에 K가 언젠가 벽을 어루만졌던 욕실, 그리고 오른쪽에 침실이 있다. 지하의 어둠 속에 이런 아늑한 세계가 있다니.

K는 눈에 젖은 점퍼를 거실에 벗어두고 침실의 문을 열고 들어간다. 빈 Y의 방은 고즈넉하다. K는 숨을 크게 몰아쉬면서 방 안의 공기를 들이마신다. 지하라서 창문이 없는 Y의 방이 내뿜는 냄새는 그만큼 깊고 들큰하다. K의 속이 확 달아오른다. 무언가 아래쪽에 힘이 들어가면서 불룩하게 일어서는 게 있다. K의 눈에 다시 알 수 없는 형형한 열기가 어린다. K의 발기된 몸이 전등 스위치를 내린다. 불이 꺼진, 창 없는 지하 방은 칠흑처럼 어둡다. 움직이기조차 불편하다. 숨이 막힐 것 같은 K는 다시 스위치를 올린다.

번득이는 눈빛으로 다시 한 번 방을 둘러본 K가 방바닥에 무릎을 꿇고 엎드린다. 그리고 바닥의 장판을 걷어낸다. K는 걷어낸 장판 한쪽을 구부려서 접어놓는다. 방바닥이 헬쑥한 맨얼굴을 드러낸다. K는 숨을 한 번 크게 내뱉더니 방바닥에 코를 박고 깊이 들이마신다. 그러면서 생각한다. '나는 지금 저 밑바닥에서 무엇을 마시는가. 내가 마시는 것은 무엇인가. 나는 앞으로도 얼마나 더 많은 빈방들의 장판을 들출 것인가.'

환하고 진득한 냄새에 K의 몸이 전율한다. 아……, 아. K의 입술이 벌어지면서 낮은 신음이 새나온다. K는 죽은 듯이 한동안 장판이 들춰진 방바닥에 코를 박은 채 엎드려 있다. 곧 잠이 올 것만 같다. 몸이 끝없는 나락으로 천천히 추락하는 것처럼 나긋해지고 숨은 고요히 잦아든다. 여전히 눈이 내리고 있을까. K는 이 눈이 계속 퍼부어 그 자신을 이 지하의 낯선 방에 영원히 가두어놓기를 희망한다. 쌔근쌔근 숨을 몰아쉬던 K가 방바닥에 한쪽 얼굴을 대고 벽 쪽을 바라본다. 벽에는 연한 노란색의 물방울무늬 벽지가 발라져 있다. 그것을 바라보는 K의 눈에 다시 형형한 빛점이 생긴다. K는 손을 짚어서 몸을 일으킨다. 그러고는 벽 쪽으로 다가가서 벽지를 뜯기 시작한다. 지하의 단칸방에 발라진 벽지는 습기를 먹어서 수월하게 뜯겨진다. K는 괴괴하게 드러난 눅눅한 맨 벽에 몸을 밀착시킨다. 이 벽의 차가움을 몸속 깊숙이 느끼고 싶다. 이 벽의 차가움을 고스란히 몸 안에 옮겨놓고 싶다. K는 웃옷을 벗기 시작한다. K의 하얀 몸에 오돌오돌 소름이 돋는다. K가 다시 벽에 자신의 벗은 몸을 갖다 댄다. 차갑고 상쾌하다. 소름들이 툭툭 여기저기서 터진다. 뒤쪽의 거울에, 벽에 붙은 K의 몸이 반쯤 잘려 비쳐 보인다. 기형적이고 환상적인 것이, 어떻게 보면 피카소의 어떤 그림들을 연상시키기도 한다. K는 한 발로 자신의 몸을 지지하고 한쪽 다리의 무릎을 구부려서 자신의 하체가 깊이 벽에 밀착되게 한다. 그러고는 쓱, 쓱 벽에 자신의 하체를 문지르기 시작한다. 거울에 비친 K의 몸 반쪽이 아래위로 천천히 움직인다. 지하의 방 맨벽의 텁텁한 냄새가 K의 코를 자극한다. K는 그 벽의 모서리를 한입 가득 깨물고만 싶다. 그러면 그 벽은 곰삭은 흑산도 홍어회 맛을 낼까. K의 규칙적인 요동이 좀 더 빨라진다. 골똘한 상상으로 경직된 K의 얼굴이 환하게 일그러진다. 벽에 착 달라붙은 K의 하얀 몸이 격렬하게 위아래로 움직인다. 도톨한 벽의 시멘트 돌기들이 K

의 맨몸과 마찰을 일으키면서 K의 몸에 자잘한 생채기들을 만든다. K의 어깨와 가슴이 붉어진다. 그러나 K는 통증을 느끼지 못하는지 계속 몸을 움직인다. 표정은 어느덧 결연하다. 그 어느 순간, 막막한 정적과 함께 격하고 황홀하게 요동치던 K의 몸이 멈추고 그가 무너지듯 벽에서 떨어져 방바닥에 쓰러진다. K의 표정은 더없이 평화롭다. 눈은 게슴츠레 풀어져 있지만 입꼬리가 기묘하게 말려 올라가서 표정에 미소가 번져 있다. 누운 채로 K는 바지를 끌어내린다. 팬티마저 내려서 자신의 젖은 성기를 손으로 닦아낸다. K는 정액이 묻은 손끝을 시멘트 방바닥에 칠하듯이 바른다. 마른 시멘트 바닥에 K의 정액이 흥건히 발라진다. 시멘트 방바닥을 훑고 있는 K의 손끝이 바르르 떨린다. K는 맨바닥이 드러난 방에 누워서 저 지상 위에서 여전히 흩날리고 있을, 맑고 청아한 새벽하늘의 한 지점을 떠다니고 있는 눈의 비행을 상상한다. 차츰차츰 K의 눈이 스르르 감긴다.

K가 눈을 뜬다. 잠이 들었던 모양이다. 낯선 방, 이곳은 어디일까. 옆에는 장판이 접혀진 채 들추어져 있다. 그제야 K는 간밤의 일이 떠오른다.
'아, 눈길을 더듬어 늦은 시간에 Y의 방엘 왔었지.'
K는 황망한 생각이 들어 몸을 일으키려 해보지만, 뒷목이 뻐근하면서 몸이 젖은 솜처럼 무겁다는 것을 느낀다. 몽롱한 잠기운을 털어내자 몸 곳곳이 콕콕 쑤셔온다. 몸살의 기운이다. K는 차가운 겨울, 난방이 멈춘 지하 방에서 상체를 드러낸 채로 잠을 잔 것이다.
K는 우두둑 치를 떨면서 겨우 일어나 웃옷을 찾아 입는다. 방을 나오기 전에 K는 들추어진 채 접혀진 장판을 도로 덮어놓는다. 접

했던 자리에 주름이 생긴 장판은 K의 정액을 먹은 맨방바닥을 아무 일 없었다는 듯이 덮는다.

밖엔 여전히 눈이 내리고 있다. 눈이 K의 얼굴에 부딪힐 때마다 K의 몸에서 열이 뿜어져 나온다. 눈들이 K의 뜨거운 이마 위에서 녹아 물이 되어 흐른다.

'이 눈은 언제쯤 그칠까.'

K는 차창 밖 풍경을 감상하듯 아주 느리게 차를 운전한다. 사람들은 무관심한 표정으로 분주히 갈 길을 가고 군고구마와 호두과자 장수들만이 그 사람들의 표정을 힐끔힐끔 살필 뿐이다. 머리에 열이 많은 K의 눈에 눈물이 고인다.

어느덧 K의 차가 그의 집이 있는 골목에 들어선다. K의 차가 천천히 골목 안으로 미끄러져 들어갈 때 텅 빈 외딴 골목을 막 지나쳐 빠져나오는 한 여인이 있다. K는 무심코 그 여인을 바라본다. 어찌 된 영문인지 K의 뜨겁던 이마가 일순 서늘해진다. 어딘지 낯이 설지 않다. 모자를 덮어썼기 때문에 얼굴을 자세히 보지는 못했지만 K는 그 여자를 전에 이 도시의 어딘가에서 본 것만 같다.

주차를 시킨 K는 자신의 방으로 들어간다. 가볍게 목욕을 하고 푹 잘 생각이다. 깊이 들었던 잠에서 깨고 나면 몸살도 풀리고 아마 이 지독한 눈도 그쳐 있을 것이다. K는 그런 생각에 골몰한 나머지 방문 앞에 나 있는 낯선 발자국을 무심하게 지나친다.

열쇠로 방문을 열려고 하는데, 열쇠가 헛돈다. 방문은 잠겨져 있지 않다.

'방문을 안 잠그고 나섰었나?'

K는 대수롭지 않게 생각하고 방문을 연다. 방에 들어선 K는 갑자기 파안대소를 한다. 그 웃음소리는 이상하게도 높고 맑게 밖으

로 울려 퍼져서 조용히 내려오는 눈의 궤적을 살짝 흔들어놓는다. K는 자신의 방바닥 장판이 들추어져 있고, 벽지가 군데군데 찢겨져 있는 것을 휘둥그레진 눈으로 바라본다.

'내가 이해할 수 없는 광폭한 열정으로 다른 사람의 빈방을 탐할 때 나의 방도 비어져서 나를 닮은 다른 사람에게 탐해질 수 있구나.'

그런데 이상한 것은 그렇게 맑고 높게 웃고 나니 K의 몸살 기운이 온데간데없이 사라졌다는 것이다. 몸이 가뿐해진 K는 문득 스키장에나 가서 씽씽 눈을 지치고 싶다는 생각을 한다.

■해설

접속의 상상력과 단속의 수사학

우찬제(문학비평가, 서강대 교수)

1. 접속과 점화

"나는 단지 주목받고 싶을 뿐이야. 나는 외롭고 그 외로움을 혼자서 견디기에는 너무나 겁이 많아. 다른 사람들로부터 아무런 관심을 받지 못한다는 게 두렵게 느껴져."(p. 284). 김도언의 소설 〈픽션, 섹스, 비디오〉의 여성 인물 진은 그렇게 말한다. 그녀는 자신이 남을 바라보는 그 자리에서 자기가 보여지지 않음을 두려워하고 불안해한다. 달리 말하면 자신이 남을 생각하는 곳에서 자기를 생각해주지 않는다는 사실이 그녀의 불안 충동을 자극한다. 이 소설에서 그녀는 보여지는 시선 곧 무수한 남들의 응시(gaze)를 받을 수 있는 대중 스타로 성공하지만, 그럼에도 보여지고 싶은 욕망은 언제나 채워지지 않는다. 욕망의 대상은 늘 흘러넘치기 마련이기 때문이다. 그런가 하면 남들의 응시로부터 차단된 남성 인물은 불안기에 시달리다 못해 황폐한 삶을 살게 된다. 출발은 남자가 빨랐다. 먼저 TV에 출연하기 시작했다. 그 무렵 남자는 대중들의 응시를 위해 여자의 응시를 버릴까 생각한 적이 있다. 그러다가 여자가 파격적으로 뜨기 시작하면서 사정은 역전된다. 여자가 남자의 응시를 가차 없이 버리게 된 것이다. 대중들로부터의 응시도, 여자와의 응시도 없이 하염없이 미끄러지는 여자를 바라보는 시선만을 지닐 수밖에 없었기에 남자는 더욱 황폐해지고 만다.

광고 모델이나 TV 탤런트를 다룬 〈픽션, 섹스, 비디오〉와 유사하게 〈부주의하게 잠든 밤의 악몽〉에서는 연극배우들의 이야기가 전개된다. 연극배우인 여주인공 '나'는 배우 지망생인 트래비스와 시선과 응시를 교환한다. 시선과 응시가 상호 균형을 이룰 때 둘의 관계는 원만하게 진행된다. 그러나 균형은 균열을 예비하는 법이다. 트래비스는 단 한 사람의 응시에 만족할 사람이 아니었다. 그의 시선의 대상은 상당한 잉여로 넘쳐흘렀다. 여자는 그것을 트래비스가 무대 위에 서게 되고, 객석의 응시를 민감하게 탐닉하는 순간부터 감지한다. "산만하던 관객들이, 조용히 숨을 죽이고 트래비스를 주목하기 시작하는 걸 보"면서 "트래비스가 자신의 몸에 달라붙는 타인의 시선을 몹시 탐닉하는 사람이란 걸, 그것 없이는 살 수 없는 사람이란 걸" 확인한다. 그것은 일종의 판도라의 상자와도 같은 것이었다. 여자는 "앞으로 나에게 다가올 너무나도 뚜렷한 상실과 불안의 조짐들 때문에 온몸에 툭툭 소름이 돋는 것"(p. 56)을 느끼게 된다. 시선과 응시의 균열이 있는 한 불안기는 가시지 않는다. 끊어질 듯 이어지는, 단속적인, 불안의 기미들은 차라리 죽음보다 치명적이다. 트래비스가 더 유명해지면서 점점 집에 들어오지 않는 날이 늘어난다. 여자는 욕망하는 대로 보여지지도 않을 뿐만 아니라 볼 대상도 없기에 더욱 불안해진다. 그러자 아예 "눈을 감아 앞을 보지 않고" 지낸다. 그렇게 "눈먼 자들의 영혼", "불안을 조용히 응시하는, 낮고 깊은 눈동자의 영혼"(p. 68)을 가지게 된다.

이쯤 되면 시선과 응시의 균열이 가져온 최대치의 비극적 사태에 직면하게 된 셈이다.

바로 이런 눈과 영혼을 지닌 이들의 시선과 욕망을, 그 욕망의 응시를 작가 김도언은 바라본다. 그들의 눈과 영혼을 대리하면서 그 시선과 영혼의 깊은 그늘에 침잠해 들어간다. 눈먼 영혼들의 보이지 않는 대상을 투시하면서 그들의 접속 욕망을 통해 혼돈처럼 이야기를 점화한다. 시선과 응시의 균열 혹은 욕망과 충족의 파열을 서사적 동기화의 기제로 삼으면서 이야기의 그물을 짜나간다. 그 이야기 그물은 다양한 스타일과 어울리고 동시대의 정치적 무의식을 길어 올리면서 잃어버린 산문정신의 단애를 가늠케 한다.

그러니까 김도언의 소설에서 접속은 이야기라는 환상으로 통하는 구멍이다. 접속의 심층 무의식은 물론 이미 말한 나와 남, 주체와 타자의 접속 가능성 혹은 소통 가능성이다. 가능성은 가능 세계를 향해서도 열려 있고, 불가능 세계를 향해서도 펼쳐져 있다. 어쨌든 접속 가능성을 위해 김도언은, 김도언의 인물들은 접속한다. 접속을 통해 그들의 존재치를 입증하고자 하는 것이다. 문화를 중심으로 한 접속의 시대를 사는 젊은 작가이기에 문화에의 접속이 단연 우세종이다. 가령 〈기호태傳〉은 세르반테스의 《돈키호테》에 접속한 결과다. 이미 표제에서도 그 음차 표지가 역력하거니와, 돈키호테와 산초 판사의 관계를 작가 기호태와 그의 시중을 드는 평론가 산초(본명은 김봉태이지만 기호태에게는 산초로 호명된다)의 관계로 패러디하고 있다. 요컨대 세르반테스의 《돈키호테》에의 접속 없이 김도언의 〈기호태傳〉은 생산될 수 없다. 〈철제계단이 있는 천변 풍경〉은 쇠라의 그림 〈그랑드 자트 섬의 일요일 오후〉에 접속한 결과이고, 간접적으로는 박태원의 〈천변풍경〉에의 접속 양상도 어른거린다. 〈픽션, 섹스, 비디오〉는 TV 드라마에, 〈부주의하게 잠든 밤의 악몽〉은 연극에, 〈어느 날, 나는〉은 꿈에, 〈고딕gothic 가족〉은 서구의 고딕 소설(gothic novel)과 주요섭의 〈사랑 손님과 어머니〉에 나오는 옥이의 시점과 목소리에, 〈51개의 시퀀스로 이루어진 한 편의 농담—회전〉은 만화에, 〈Empty Rooms-정지용의 '유리창'에 대한 사적 견해〉는 부제가 시사하는 것처럼 정지용의 시 〈유리창〉에 접속한 결과의 소산이다. 또 〈소년, 소녀를 만나다〉와 〈소년, 여인을 만나다〉 연작은 "팝가수 인명 사전, 음반 및 시디, 게임 시디, 소프트웨어 시디, 포르노 테이프, 포르노 잡지, NBA 및 MLB 스티커 사진, 만화책, …… 힙합 그룹의 라이브 비디오"(p. 120) 따위에 혼돈처럼 접속한 이야기다. 그 접속은 때때로 "본드" 흡입처럼 환각 상태에서 이루어지기도 한다. 요컨대 접속이 이야기를 점화한다. 김도언의 소설은 그렇게 탄생된다.

2. 접속 환각과 악몽의 탈주

〈부주의하게 잠든 밤의 악몽〉에서 여자는 남자와 접속할 수 없기 때문에 불안해하고 악몽에 빠진다. 보고 싶은 사람, 접속하고 싶은 사람을 볼 수 없으므로 그녀는 "아무것도 보고 싶지 않은지도 모른다"(p. 45)며 눈먼 사람 행세를 한다. 그러자 남자는 화를 낸다. "지금 연극이라도 하자는 거야? 이제 그만 해. 그만 하라구!"(p. 45). 뿐만 아니라 "어딜 가는 거니. 응? 오늘은 나가지 마. 내 옆에 있어 줘. 두렵단 말야."(p. 45)라고 호소하는 여자를 외면한다. 남자가 여자를 외면할수록, 즉 여자가 원하는 자리에서 여자를 바라봐주지 않을수록 여자는 점점 더 눈먼 영혼이 된다.

옷장에서 블라우스를 하나 꺼낸다. 겉과 속을 뒤집어서 입는다. 손에서 미끄러져 빠져나가는 유리컵 하나를 그대로 둔다. 나는 내 기분을 알 수가 없다. 바닥에 떨어져 깨지는 유리. 장식장에서 적색 와인을 꺼내 뚜껑을 열고 병을 기울여 바닥에 주르르 흘린다. 흐르는 피처럼 와인이 스멀스멀 바닥을 적신다. 담배꽁초가 수북히 쌓인 재떨이를 발로 차서 거실바닥에 뒤집어 엎는다. 화장품들의 뚜껑을 열어서는 제각기 짝이 다르게 닫아놓는다. 나는 앞을 볼 수가 없기 때문에 이 혼돈조차 실감할 수 없다. (pp. 63~64)

여자가 눈먼 사람 연기를 하는 장면이다. 눈뜬 사람이 눈먼 사람처럼 보이기 위한 행동들의 세목이다. 그런 가운데 "나는 내 기분을 알 수가 없다."라든가 "나는 앞을 볼 수가 없기 때문에 이 혼돈조차 실감할 수 없다."는 일종의 트릭이요 아이러니다. 여자는 배반당한 기분 때문에 혼돈을 연출한다. 그런데도 짐짓 그렇지 않다고 말한다. 여기서 우리는 "나는 거짓말을 하고 있다."는 문장을 떠올려볼 수 있다. 이 문장에서 주어인 '나'는 누구인가. 말하고 있는 주체라기보다는 언급된 주체에 가깝다. 말하는 주체 '나'는 거짓말하는 '나'를 바라보고 있으며, 거짓말하는 '나'는 말하는 '나'에 의해 보여지고 있는 형국이다. 마찬가지다. 눈먼 행세를 하는 여자를 눈뜬 여자가 바라보고 있다. 눈뜬 여자를 바라봐주는 남자의 시선이 없기에 여자는 남자로부터의 응시를 위해 눈먼 행세를 했다. 그런데도 남자는 눈먼 여자조차 바라봐주지 않는다. 남자가 바라봐주지 않기에 눈뜬 여자가 눈먼 여자를 바라볼 수밖에 없는 것이다. 보여지는 눈먼 여자와 보는 눈뜬 여자로의 분열과 혼돈을 문제적으로 포착한 장면이라 하겠다. 아마도 여자는 분열과 혼돈의 접속을 통해서 "오래도록 내 몸 밑바닥에 은밀히 스며 있으면서 나를 끊임없이 조롱하고 회유하던 자유, 도피, 해방, 환각의 욕망 같은" (p. 50) 것을 추구하고 싶었겠지만 그 욕망 또한 그녀를 바라보지 않는, 그녀로부터 시선을 거두어버린, 혹은 그녀의 시선이 사라진 것을 오히려 자유롭게 여기는, 남자의 가학적 행위에 의해서 좌절되고 만다. 이 좌절과 고통의 밑자리를 더 파고들었으면 좋았을 것이다. 그렇게 하지 않고 결말 부분에서 체포되는 남자를 구하려는 행동을 통해 남자가 여자의 눈먼 연기를 알게 한 것은 그 나름의 극적 효과에도 불구하고 좀 아쉬운 점이 없지 않다.

  어쨌든 〈부주의하게 잠든 밤의 악몽〉은 타인의 응시로부터 차단된 자가 안팎으로 접속을 시도하다가 더 고통스러워지는 이야기다. 보지 않으려 하는 남자의 사디즘에 보이지 않는 여자가 마조히즘의 충동으로 맞서는 이야기라고나 할까. 이와는 달리 접속을 위해 사디즘의 전략을 구사하는 경우도 있다. 〈소년, 소녀를 만나다〉에서 "야구 중계방송 전이나 도중이 아니라면 아버지는 언제 죽어도 상관없을 것 같았다."(p. 75)고 서슴지 않고 말하는 소년, 혹은 "아버지와 어머니가 좀 더 일찍 세상을 떠났다면 나도 그만큼 일찍 편리한 생활을 누릴 수 있었을 것이다. 만약 어머니는 살고 아버지만 죽었다면 어땠을까. 나는 어머니의 침대에서 어머니의 팔을 베고 누워 담배를 피우거나 음악을 들었을지도 모른다. 이 말을 들으면 이모들은 펄쩍 뛰면서 내 불경한 상상력을 탓하겠지만 누가 뭐라든 그것은 세상에서 있을 수 있는 수많은 일 중의 하나"(pp. 85~86)라고 생각하는 열여섯 살 소년이 있다. 열다섯에 교통사고로 부모를 여읜 소년은 어머니 1주기 기일에 형과 함께 놀이 공원에 갔다가 열아홉 살 소녀를 만난다. 바이킹을 타다가 떨어뜨린 소녀의 금색 머리핀을 열아홉 살의 형이 줍게 된 게 계기였다. 이로써 형과 소녀가 접속하게 되었는데, 소년은 소녀와 접속하지 못해 안타까워한다. 그러던 어느 날 밤 형이 잠든 사이에 소녀의 제안으로 형의 침대에서 소녀와 몸의 접속을 시도하다가 소녀에게 무안만 당한 채 도망친다. 욕망을 이루지 못한 그날 밤 소년의 꿈은 이렇게 형상화된다.

> 내가 소녀와 사랑을 나누려고 하는데 형은 옆에서 깊은 잠을 자고 있었네. 나는 바지를 내리고서야 성기가 없어진 것을 발견하고 깜짝 놀랐네. 나는 울고 싶었네. 그러자 소녀가 나를 위로하면서 말했네. 걱정할 것 없어. 저기 자고 있는 형의 성기를 잠깐 빌리면 되니까. 나는 소녀의 말에 박수를 치며 찬성했네. 나는 잠에 빠진 형의 바지를 내리고 형의 우람한 성기를 떼어서 내 성기가 없어진 자리에 붙였네. 그래서 나는 기분이 좋았네. 그리고 소녀와 사랑을 마쳤을 때 나는 성기를 형에게 돌려주기 싫었네. 이 마음을 어쩌면 좋아. (p. 98)

굳이 자세한 꿈의 정신분석을 시도하지 않더라도 우리는 이 꿈 장면에서 이미 소녀와 접속한 형에 대한 소년의 질투의 정념과 콤플렉스를 읽을 수 있다. 형의 침대에서 소녀와의 접속을 시도하던 중 소년은 소녀로부터 "형의 것보다 형편없이 작구나."(p. 181)라는 말을 듣고 도망치듯 물러났던 것인데, 그것이 곧 거세 강박의 표지였던 셈이다. "형편없이 작"은 자기 성기와 "형의 우람한 성기"의 대조, 더 나아가 없어진 자기 성기와 "형의 우람한 성기"의 대조가 거세 불안에 시달리는 자의 무의식을 드러내는 것이거니와, 그 무의식과 콤플렉스가 형의 성기를 떼내어 자기에게 붙인 다음 돌려주기 싫다는 꿈 내용으로 표상된 것이다. 형에 대한 질투와 콤플렉스 때문에 소년은 사디즘보다 더 "무서운 생각"(p. 98)을 하게 된다. 친구를 끌어들여 형을 청부 살해하고자 하는 것이다. 아버지의 두 번째 기일 새벽에 소년이 부른 친구가 형을 살해하러 2층으로 올라가자 소년은 "이제 곧 형의 비명 소리가 음악처럼 아름답게 들려올 것"(p. 102)이며 "그 비명은 내 삶의 새로운 시작을 알리는 전주곡"(p. 102)이 될 것임을 예감하는 것으로 소설은 끝난다. 형을 살해하러 올라가는 친구에게 "소녀가 다쳐서는 안 돼"라고 말하고 싶었던 소년은 "소여가 두쳐셔는 앙 되."(p. 102)라고 "잘못된 발음"을 하는데, 이 대목 또한 "무서운 생각"의 늪에 빠져 있는 가학적인 소년의 무의식과 콤플렉스를 드러내는 지표이다. 소녀와의 접속을 위해 친형을 살해하기로 한 것은 확실히 악몽의 탈주에 값한다. 아비, 어미 죽이기에 잇대어 형 죽이기까지 시도한다는 것, 그것을 "아주 거룩하면서도 역사적인"(p. 186) 사건으로 인식한다는 점에서 소년의 접속 욕망은 사뭇 이채롭다.

〈소년, 여인을 만나다〉는 그 "아주 거룩하면서도 역사적인" 사건이 미수로 그치고 난 다음 형이 소녀와 함께 요양을 떠나자 혼자 있던 소년이 다른 사건으로 어떤 여인과 접속하게 되는 이야기다. 형이 없는 집은 소년과 그 친구들에게 "자유의 요람"(p. 120)이었다. "마음껏 가장 안전한 방식으로 방종을 즐길 수 있었기 때문"이다. 소년들은 "이곳에서 위악적이고 호전적이며 저항적이면서 난폭하고, 몽환적이며 음유적이고 파괴적이면서도 평등한 일탈을 경험"(p. 120)한다. 욕망을 제어할 필요가 없다며 마음껏 방종을 구가하던 중 소년은 서점에서 불현듯 《변신》이란 제목의 책을 훔치기로 결심하고 결행하다가 붙들리는 몸이 된다. 여사장 집에 연금되었다가 도망쳤던 소년은 다시 붙잡혀 여사장 집에 감금된다. 그녀는 죽은 아들을 잊지 못한 채 아들의 이마고에 고착되어 아들과 비슷한 소년을 붙잡아다 대리 만족을 얻는 편집증적 여인이었다. 그 여인에 의해 감금되자 소년은 극심한 공포감에 몸서리를 친다. 그러면서 잠시나마 반성적 사유를 펼치기도 한다. "이것은 내가 틈틈이 내 삶에 틈입하기를 바라는 불안 같은 것과는 전혀 다른 성질의 것이다. 나는 불안하기를 원하면서도 내 몸이 다치는 것이나 내 몸이 고통당하는 것은 한 번도 바란 적이 없다. 그처럼 내 욕망은 이기적이고 용렬한 것이다."(p. 125). 감금이나 폭력에 시달릴 때도 소년은 고통스러워했지만, 그보다는 여인이 자기에게 지극한 모성애적인 표현을 했을 때 더 고통스러워한다. "동정보다는 차라리 학대받기를 원"했음에도 불구하고, 여자의 "지극한 애정의 표현이, 내게는 더할 나위 없이 모멸스러운 학대가 되는 이 역설적인 사실"(p. 131) 때문에 더 어지러워하는 것이다. 결국 소년은 욕망하던 소녀와의 접속엔 실패하고, 욕망하지 않는 여인과의 접속 때문에 고통에 시달리고, 그 때문에 더욱 실존의 불안을 체험한다. 두 편이 공히 "소년, 소녀를(여인을) 만나다"라는 표제를 지니고 있지만 욕망과 접속의 코드가 다르기에 소년은 역설적인 양면 체험을 하게 되고 그에 따른 양가 감정에 시달린다. 사디즘과 마조히즘이 격렬하게 충돌한다. 사도마조히즘의 탄력적 서사화 전략이 현저하다. 그러나 어떤 경우든 소년의 불안기는 증폭되고, 불안이 심화될수록 악몽의 탈주는 확대된다.

고딕 소설의 분위기에 접속한 결과로 보이는 〈고딕gothic 가족〉에서 그 악몽의 탈주는 매우 인상적으로 진행된다(주지하다시피 고딕 소설은 19세기 초에 성행했던 소설 유형으로, 그 효시로는 호러스 월

폴(Horace Walpole)의 《오트란트 성》(1764)이 꼽힌다. 고딕 소설의 작가들은 주로 지하 감옥, 지하 통로, 함정 마루 등이 많은 음산한 중세의 성을 배경으로 해서 유령이나 신비한 실종 따위의 신기하고 초자연적인 사건을 많이 다루었다. 그들은 불가사의, 잔혹성, 끔찍한 사건들이 얽히고 설킨 이야기를 통해 공포감을 불러일으키고자 했다. 이런 고딕 소설의 전통은 그 이후 문명인의 정신 내부에 숨어 있는 도착적인 충동이나 악몽 같은 공포감이나 불합리한 요소의 영역을 소설 속에서 다룰 수 있도록 영역을 확대해 주었다. 우울이나 공포 등 음산한 분위기를 발전시키고, 괴기하고 끔찍하고 멜로드라마적으로 난폭한 사건을 그려내며 비정상적인 정신 상태를 다루는 소설 유형에까지 확대되었던 것이다). 우선 인물 구성의 세목부터 고딕적이다. 관찰자의 고조할아버지인 왕노인(108세)은 일 년 내내 대장간에서 소용도 닿지 않는 풀무질을 계속한다. 그는 "마치 머나먼 과거 속에서, 칙칙하고 음습한 과거 속에서 막 걸어 나온 듯한 유령"(pp. 221~222) 같은 분위기를 자아낸다. 그의 아들인 큰노인(90세)은 젊어서 앓은 염병 때문에 계절마다 발작을 일으킨다. 큰노인의 셋째 아들인 작은노인1(64세)은 한국전쟁 때 지뢰를 밟아서(그때 두 형은 사망했다) 팔다리가 잘려나갔고, 그 부위가 자꾸 썩어 들어가 절단면에 파리와 진드기 떼들이 꼬인다. 큰노인의 넷째 아들인 작은노인2(62세)는 열 살 때 친구들이 던진 염산통을 얼굴에 맞아 얼굴의 반이 형체도 없이 녹아버린 데다가, 그 후 식탐만을 일삼아 몸무게가 400킬로그램이 넘는다. 큰노인의 다섯째 아들인 작은노인3은 40년째 옥살이를 하고 있는 미치광이다. 여섯째인 작은노인4(58세)는 태어날 때부터 벙어리인 데다가 손가락들이 모두 달라붙어 있는 기형이다. 이 작은노인4가 관찰자의 할아버지다. 작은노인4의 아들인 관찰자의 아버지(40세)는 의심이 많고 광포한 장님이다. 어머니가 가출하기 전까지는 괜찮았지만 가출한 후 관찰자의 아버지는 사람이 달라졌다. 가족 구성이 이러하기에 관찰자를 비롯한 모든 주위 사람들은 어머니의 가출을 당연하다고 생각한다. 뿐더러 관찰자는 "나도 언젠가는 엄마처럼 이 집에서 도망칠 것"(p. 228)이라고 다짐한다. 이런 인물들이 이 집안에서 연출하는 고딕 풍의 분위기는 아주 뚜렷하다. 그 집에서 나는 냄새는 "지옥의 냄새"요, 소리 또한 거기서 멀지 않다.

'악악 내 머리에 고름 좀 짜줘. 머리 속에 배추벌레가 기어 다니는 것 같아. 제발 나 좀 살려줘.' (큰노인)
'쾅, 턱, 에헤라 디여, 쾅, 턱, 에헤라 디여, 쾅, 턱, 에헤라 디여.' (대장간의 108세 왕노인)
'아아, 내 팔 내 팔이 썩어 들어가, 내 다리가 자꾸 끊어져, 누가 이 팔과 다리 좀 잘라줘! 누가 이 벌레들 좀 잡아줘.' (팔 다리 없는 작은노인1)
'아 배가 고파 죽겠어, 먹을 것 좀 갖다 줘, 나를 굶겨 죽일 셈이야! 이 고얀 것들, 정말 계속 이러면 너희들 팔이라도 물어뜯겠어!' (400킬로그램의 작은노인2)
'음음…… 뭐, 뭐, 뭐, 음음…… 뭐, 뭐.' (벙어리 작은노인4)
'술 좀 내놔! 하, 이런 염병할 놈의 노인네들. 술 좀 내놔! 이 노인네들아! 늙으면 어서 뒈져야지, 그런 더럽고 추한 인생들 살아서 뭐해!' (아버지) (pp. 229~230)

이런 집안에서 유일하게 긍정적 인물로 보였던 오빠마저 비 오는 날 노인들의 성화에 못 이겨 지붕을 고치다가 집채만 한 구렁이에게 쫓기다 추락하여 불구가 되고 만다. 고딕 풍의 비정상적이고 그로테스크한 분위기 속에서 관찰자 옥이는 시종 가족들을 경멸하고 비판한다. 과장된 가상적인 분위기임에 틀림없지만, 타자의 윤리학을 멀리한 인간의 동물적 생존 욕구 및 일그러진 가족주의에 대한 색다른 비판 방식을 보여준 것이라 할 수 있다. 아울러 거기에는 일그러진 한국 현대사에 대한 우회적인 비판도 들어 있는 게 사실이다.

한편 고삐 풀린 마성의 시대, 이전의 가치체계 내부에서 거대한 혼돈이 발생하던 시대에 가장 순수한 영웅 정신이 그로테스크해질 수밖에 없고, 가장 확고한 믿음이 광기에 닻을 내릴 수밖에 없던 시절의 역사철학적 성격을 담지하고 있는 세르반테스의 〈돈키호테〉에 접속한 〈기호태(傳)〉은 이제 그 순수한 영웅 정신마저 사라져 버린 비속한 시대의 타락한 단독자의 초상을 그리고 있는 작품이다. 스스로 "위대한 정신"(p. 139)의 소유자임을 자처하는 작가 기호태의 행적을 시종 아이러니의 언술로 보여주면서 위대한 정신이 소진된 시대의 불구성을 산문적으로 탐문한다. 악몽의 탈주는 〈Empty Rooms-정지용의 '유리창'에 대한 사적 견해〉에서도 계속된다. 이 소설은 "내가 이해할 수 없는 광폭한 열정으로 다른 사람의 빈방을 탐할 때 나의 방도 비어져서 나를 닮은 다른 사람에게 탐해질 수 있"(p. 331)다는 주제를 이야기로 풀어본 것이다. 고등학교 국어교사인 주인공 K는 정지용의 시 〈유리창〉의 "유리에 차고 슬픈 것이 어른거린다"는 구절만 떠올리면 수선스러워지기 시작한다. "시간이 지날수록 점점 더 자신의 어깻죽지에 여실하게 실려오는 팽팽한 긴장감을" 느낄 뿐만 아니라 "공연히 호흡이 가빠지고, 가슴이 그렁그렁해"(p. 308)진다. 그런 밤이면 "차고 슬픈" 빈

방을 찾아 틈입해 장판을 들추고 시멘트 바닥에 몸을 비비는 등 그 로테스크한 마조히즘적 행동을 한다. 그의 무의식이 "하늘 가득 내려오는 검은 눈의 무리"에 접속할 때마다 그의 몸은 "차고 슬픈" 시멘트 바닥과 접속한다. 따스하고 기쁜 몸의 접속을 원하는 Y와의 접속은 끝내 불발로 그친다. Y가 없는 Y의 빈방에서 Y가 아닌 시멘트 바닥과 접속을 하고 돌아온 날 새벽에 자신의 방도 누군가에 의해 틈입당했음을 감지하는 것으로 이야기는 끝난다. 그렇다면 본인도 "이해할 수 없는 광폭한 열정"의 연원은 어디인가. 이 점에 대해서 작가는 인과론적 탐문 작업을 보이지 않는다. 소설의 서두에 대설주의보가 내려진 가운데 눈사태로 두 자녀를 제외한 K씨 일가족 10명이 숨진 사건 기사를 제시하고 있지만, 그리고 본 이야기에서 K는 눈에 대해 예민하게 반응하긴 하지만, 단순히 눈 때문이라고 보기도 어렵다. 그렇다면 정지용의 〈유리창〉의 시구 "유리에 차고 슬픈 것이 어른거린다"가 문제인데, 이 경우에도 이와 관련된 K의 과거사가 제시되지 않기 때문에 모호하다. 뚜렷한 이유 없이 "광폭한 열정"에 휘둘리는 인간상에 대한 탐문은 리얼리즘의 직선적 서사에 대항한 1990년대 소설의 문법의 일환이기도 했다. 뚜렷한 상처의 이유가 없기에 상처의 치유도 가능하지 않다. 그러기에 악몽의 탈주는 단속적으로 접속될 수밖에 없는 것인지도 모른다.

3. 접속과 단속 혹은 접속의 단속

김도언은 1998년에 대전일보 신춘문예에 〈철제계단이 있는 천변 풍경〉이, 이듬해인 1999년에 한국일보 신춘문예에 〈소년, 소녀를 만나다〉가 당선되어 등단한 작가다. 〈철제계단이 있는 천변 풍경〉은 그의 처녀작으로서 손색이 없는 작품이다. 쇠라의 〈그랑드 자트 섬의 일요일 오후〉에 접속하여 휴지(休止)와 생동(生動)이 길항하는 세계의 풍경을 그린 소설이다. "누군가가 내 삶에 틈입하게 될 것만 같은 상서로운 예감"(p. 13)의 수렁에 빠져 있던 주인공은 갑작스럽게 비 오던 날 한 여자를 만나 자기 화실 겸 자취방으로 함께 오게 된다. 그들은 서로에 대해서 잘 모르는 상태에서도 행복하다고 생각하면서 잘 지낸다. 둘이 서로를 마주 보기도 하고, 함께 같은 방향에서 천변 풍경을 바라보면서 "평이하고 단조롭고 고요한 안일 속에서"(p. 19) 동거 생활을 한다. 두 달 정도가 지나서 여자가 미용실로 출근하기 시작하면서 사정은 달라진다. 다른 시선과 다른 목소리들이 그들의 틈에 틈입했기 때문이다. 여자의 남자들이 전화를 하기 시작하고, 그 전화에 접속하면서 여자 이명은 한없이 높게 웃으며 즐거워한다. 반면 그 옆의 남자는 "속이 간지러운 증상"(p. 26) 때문에 침대에서 구르며 고통스러워한다. 전화가 한 통, 세 통, 다섯 통으로 지루하게 늘어나면서 그 희극적인 풍경은 정도를 더해간다. 그러던 어느 날 여자는 아예 친구 두 명과 함께 들이닥친다. 술 냄새를 풍기는 여자들은 술을 더 마시며 "그들의 언어로 이야기하기 시작"했고, 남자는 이내 "내가 모르는 언어들이 가득한 이상 그 방은 내 방이 아니"(pp. 28~29)라는 느낌을 갖게 된다. 술을 더 사오겠다고 남자가 나갔다 들어오자 여자들은, 남자가 천변 풍경과 〈그랑드 자트 섬의 일요일 오후〉를 넘나들며 작업하던, 작업이 거의 끝나가던 캔버스 위에 '먼저 잘게요'라는 널브러진 글씨를 남긴 채 널브러져 자고 있다. 성탄 전야에는 여자가 자기들이 있다는 공간으로 초대한다. 하지만 남자는 거기서도 역시 "그들에게 그 자리의 나는 있으나 없으나 마찬가지"(p. 32)라는 소외된 의식을 지니게 된다. 브리티쉬라는 록카페에서 여자와 그의 동료들은 아주 섹슈얼한 춤을 추며 남자를 거듭 놀라게 한다. 암전 상태에서의 그런 풍경 속에서 남자는 갑자기 현기증을 느끼며 "천변의 어두운 풍경"을 떠올린다. 실내 조명이 다시 밝아지자, 암전 상태에서의 "어떤 생동의 격렬함이 끝나고 다시 태초의 고요로 돌아온 것 같은 느낌"(p. 34)을 가지게 되며, 밝고 산뜻한 그 풍경 속에서 남자는 다시 그랑드 자트 섬의 풍경을 떠올린다. 남자는 자신을 따라온 "천변풍경과 그랑드 자트 섬의 풍경 사이의 알 수 없는 단속"과 "브리티쉬에서 일어난 마술과도 같은 암전의 단속"(pp. 34~35)에서 모종의 흥분과 깨달음의 징후 같은 것을 느낀다.

〈가〉 천변의 세계와 그랑드 자트 섬의 세계는, 그리고 브리티쉬의 암전 이전의 세계와 이후의 세계는 일종의 끊어짐〔斷〕과 이어짐〔續〕의 세계이다. 그것은 이를테면 긴장과 이완의 세계이기도 하다.
그것은 또한 휴지와 생동의 세계이다. 그들은 어떤 합일의 정점에서 완성되는 충일함을 지향한다. 그러기 위해서 그들은 각 편의 세계를 욕스럽게 탐닉하며 끊임없이 거래를 반복한다. 그러나 그들은 한데 섞여지지는 않는다. 오히려 합일의 정점에 다가갈수록 그 경계는 확실해진다. (p. 35)

〈나〉 그녀와 살면서 내가 향유한 모든 것은 새로운 전력 질주를 위한 육상 선수의 휴지와도 같은 것이었다. 첫눈 내리던 밤의 광가난무와…… 예고 없는 그랑드 자트 섬의 몽상과…… 그녀와 같이 내려다보던 등하굣길 여학생들의 재잘거림과…… 같이 떠 마시던 따뜻했던 홍합 국물과…… 같이 들은 스물여덟 개의 철제계단의 공명음과…… 지루했던 그녀의 전화 통화와…… 그로 인한 내 속의 간지러움과…… 진눈깨비 내리던 날의 방황과…… 바로 오늘 이곳 브리티쉬에 와서 록과 재즈의 마율(魔律)에 취해 춤을 추던 방금 전의 이명이의 모습과…… 그것에 내가 현기증을 느끼게 된 것까지 이 모든 것은 생동의 전력질주를 위한, 그것을 위해서만 존재하는 이완된 휴지(休止)에 다름 아니었던 것이다. (pp. 36~37)

긴장과 이완, 생동과 휴지의 반복 순환과 길항 관계로 "세계의 비밀"에 접근하는 모습이다. 작가가 1절의 앞부분에 인용한 필립 솔레르스의 〈도전〉의 한 구절처럼 "자기를 배반하고 부정하는 데 열중할 수밖에/ 없는 청춘"(p. 13)의 슬픔을, "그 착한 울음 가득"(허수경의 〈나의 저녁〉 부분, p. 27)한 슬픔을 아는 자의 시선으로 새롭게 탐문한 "세계의 비밀"의 문이라는 점에서 인상적이다. "지나온 풍경"을 돌아보면서 "내 흔적의 희미한 선들"(최승호의 〈설경〉 부분, p. 23)을 단속적으로 추적한 것도 이채롭다. 특히 〈나〉에서 보인 단속적인 스타일은 아주 효과적이다. 지난 에피소드와 사건을 압축한 이 부분은 사실 앞에서 자세히 기술한 이야기들이어서 잘못하면 지루한 동어반복으로 여겨지기 십상이었을 것이다. 그것이 단속적으로 진술된 데는 다른 이유도 있을 터이다. 지나온 풍경들이 시간적, 인과론적 상관성이 모호한 파편적 사건들인 까닭이다. 희미하더라도 실선으로 연결될 수 없는 흔적들, 혹은 완결된 문장으로 마침표를 찍기 곤란한 사태들을 한자리에 휘저어놓는 방식으로 적절한 스타일이다. 아울러 끊어질 듯 이어지는 단속(斷續)의 역동적 세계를 삶의 숨결과 리듬으로 이해한 시니피에에 걸맞은 시니피앙으로 보이기도 한다. "사람의 시간이란 어차피 적절한 단속(斷續)에 의해서 흘러가는 것이니까."(p. 38)라는 마지막 문장에서 보듯, 김도언은 등단 초기부터 단속(斷續)의 의미론을 단속(斷續)의 스타일로 잘 단속(團束)한 작가가 아닐까 짐작된다.

단속의 스타일은 〈어느 날, 나는〉에서 더욱 효과적으로 빛을 발한다. "꿈은 그러니까, 순수가 건축한 우주"(p. 202)라고 믿는 주인공은 이 소설의 성격을 "괴롭고 심란한 꿈의 복기"(p. 202)라고 규정한다. 자신의 죽음을 현재진행형으로 포착한 것인데, 즉 육신이 숨을 거두자 영혼이 빠져나가는 장면을 하염없이, 이인성의 표현을 빌자면 '한없이 낮은 숨결'로, "나가고 나가고의 반복어법"으로 풀어놓고 있는 것이다. 무엇보다도 "삶의 은유인 죽음"(p. 214)에 대한 정면 대결의 방식이 돋보이고, 죽음을 통해 자기 삶을 전복적으로 성찰하고 있음이 인상적이다. '죽어가는 나'의 응시와 그것을 '바라보는 나'의 시선의 복합적 마주침도 그렇거니와, 꿈속에서 '죽어가는 나'와 '바라보는 나'의 복합적 상호작용을 다시 바라보는 꿈 밖의 나의 시선이 보태지면서 매우 중층적인 사태가 단속적으로 연출된다. 단속적으로 "나가고 나가고"의 진술이 마침표 없이 반복되는 가운데 "탈주를 향한 영혼의 욕망은 그 끝이 보이지 않"(p. 215)는다. 꿈을 복기한 마지막 장면은 이렇다.

그리하여 내가 죽고, 내가 완전히 소멸하여 나의 몸에서는 온통 무엇이 빠져나간 것일까요. 탈주를 향한 영혼의 욕망은 그 끝이 보이지 않았습니다.
영혼은 내 사멸한 육신을 뒤져 개미에서 코끼리에 이르는 동물에 대한 기이한 경계심을 데리고 나가고 보풀에서 삼나무에 이르는 식물들에 대한 온건한 느낌—이것도 고정관념이겠지만—을 데리고 나가고 아버지와 어머니와 형제들의 이름을 데리고 나가고 눈물과 격리된 맨숭맨숭한 슬픔을 데리고 나가고, 나가고 나가고의 반복어법과 반복어법에 의지할 수밖에 없는 내 사고의 무기력함을 데리고 나가고 그리고 그 어느 날 최후진술을 향한 망상의 고단한 복기를 데리고 나갑니다. 나가고 나갑니다. (p. 215)

이 앞에서 서술자는 무수한 나가고 나가고를 단속적으로 반복했다. 여기서 단속적이라 함은, 육체에서 영혼이 빠져나가는 순서가 인과론적 시간적 선형성을 유지할 수 없기 때문이고, 또 시선과 응시의 복합적 상호작용이 층위가 다른 다양한 공간 층위에서 이루어지는 것이기 때문이다. 실제로 꿈 밖의 서술자 혹은 꿈 밖에서 꿈 안의 영혼의 탈주 장면을 바라보는 시선은, 그 복기가 매우 불완전한 것임을 고백하고 만다. 완전한 소멸을 꿈꾸지만 시간이란 물리적 장벽을 넘지 못하기 때문이라는 것이다. 그런 면에서 소설의 결미가 인상적이다.

시간은 영원히 자신의 양식대로 출력되니 어쩌면 죽음이란 이렇듯이 소멸을 향해 나아가는 기억들의 영원한 현재진행형일지도 모릅니다, 한껏 시간을 조롱하는 서사 양식일지도 모릅니다,라는 생각도 나가고, 나가고 나가고가 나가고가 나가고, 그래서 나—**여기서의 나는 과연 누구의 나일까요**—는 마침표 대신 쉼표를 찍는 것이라는 최후진술도 나가고, (p. 216 진한 강조: 인용자)

이 대목에서 우리는 이 작가의 서사적 탐문이 매우 본질적임을 감지하게 된다. 죽음과 소멸에의 상상적 탈주를 통해 시간을 기저로 하고 있는 삶과 서사 양식 양면에 걸쳐 탈을 낸다. 그 탈의 징표가 단속적 리듬으로 현상화되는 것이다. 탈을 내는 것은 단지 탈의 유희를 위해서가 아니다. 탈난 자리에서 시선과 응시가 조우하는 새로운 교점을 마련하기 위함이다. 그 교점에서 마침내 묻는다. "여기서의 나는 과연 누구의 나일까요." 발본적인 질문에 봉착했지만, 물론 그 답이 있을 리 만무하다. 답이 없는 한 마침표는 봉쇄된다. 소설이 끝나지 않고 쉼표로 쉬게 된 것도 그런 까닭이다. 말하자면 소설이 끝나면서 끝나지 않고 다시 이어진다는 점에서 단속(斷續)적이다. 그렇다면 이를 두고 단속전류(斷續電流)의 상상력이라고 불러도 좋지 않을까. 한 방향으로 규칙적 또는 불규칙 간격으로 흐르거나, 흐르다가 멈추는 전류의 스타일을 분명히 보여주고 있으니까 말이다.

⟨어느 날, 나는⟩이 삶과 죽음의 의미론적 단속(斷續)성을 쉼표의 효율적 사용을 통해 문장의 단속성으로 형상화한 경우라면, ⟨51개의 시퀀스로 이루어진 한 편의 농담 – 회전⟩은 형태론적 측면에서 단락의 단속성으로 표현한 경우라 할 수 있다. 한 작은 출판사를 중심으로 거기에 관련된 여러 인물들의 에피소드를 51개의 시퀀스로 나열해놓고 있는 형국이다. 여기서 각각의 시퀀스 앞에 붙은 번호들이 각각의 시퀀스들을 끊어놓으면서도 동시에 이어주는 단속(斷續)의 구체적 표지가 된다. 그리고 각 시퀀스들이 서로 물고 물리는 형국이라는 점, 그러면서도 각각이 접속과 단절의 표지를 분명히 지니고 있다는 점, 인물들을 생년월일이라는 기호로만 제시한 것도 매우 낯선 방식이라는 점 등의 여러 특징을 지닌다. 선형

적인 기승전결의 서사로 구성했더라면 대단히 흔하고 밋밋한 세태소설이 되었을 터인데, 단속적 스타일로 구성하여 형태론적 새로움을 확보하게 되었다. 그것은 아날로그 서사와 디지털 서사의 경계 넘기라는 새로운 문제의식과 창작 발상의 일환으로 보이기도 한다.

4. 단속의 불안과 불안의 단속

김도언은 아직 형성 도정에 있는 작가다. 그는 다른 작가들에 비해 좀 느리게 가는 작가처럼 보인다. 느리지만 그가 다양한 스타일을 모색하며 자기 나름의 독특한 소설을 창작하려고 애쓴 흔적은 역력하다. 그는 기존의 문화 예술사적 맥락과 현대의 다양한 풍경들에 접속하면서 새로운 이야기를 점화하고자 했고, 독특한 접속 환각 속에서 악몽의 탈주를 신선하게 보여주었다. 탈주의 의미론과 형태론을 동시에 추구하면서 나름대로 단속(斷續)의 스타일을 모색한 것은 특기할 만하다. 그의 접속의 상상력과 단속의 수사학이 탐문하는 심층은 불안의 뿌리인 것처럼 보인다. 현대성과 탈현대성이 잡종 교배되면서 괴물 같은 풍경을 연출하고 있는 동시대의 산문적 공간에서, 출구를 알지 못할 그 미로 같은 공간에서, 김도언은 불안의 뿌리를 통해 일종의 아리아드네(Ariadne)의 실타래를 풀 수 있는 계기를 마련하고자 했던 것이 아닐까 생각된다.

불안의 문제는 "아주 다양하고 중요한 물음들이 서로 만나는 일종의 접합점"이며, 수수께끼와 같은 이 문제만 해결할 수 있다면 "정신 생활의 문제들도 투명하게 밝"힐 수 있겠다고 말한 이는 프로이트였다. 라캉 역시 자신이 불안 세미나를 하기 이전까지 거론

했던 모든 담론들이 한자리에 모이는 집결 지점이 바로 불안이라고 언급한 바 있다. 그리고 김도언의 인물들도 "불안은 이 생이 계속되는 동안만큼은 끊임없이 태어나고 되풀이되는 거니까, 일회성으로 완료되는 죽음보다 더욱 치명적인 것"(《부주의하게 잠든 밤의 악몽》, p. 65)이라고 말하거나, "어지럽거나 쓸쓸한 것에 익숙한 나는 불안과 위태로움을 통해서만 삶을 자각하고 인식할 수 있다"(《소년, 여인을 만나다》, pp. 105~106)고 토로한다.

실제로 김도언의 소설 어느 것을 보더라도 불안의 문제는 단속적으로 문제된다. 불안을 들추어내고, 불안을 추동하고, 불안을 증폭시키는 서사적 장치들이나 요소들도 어지간한 편이다. 불안을 단속(斷續)적으로 이야기하면서 실존적 불안을 단속(團束)하려는 게 아닐까 짐작된다. 접속의 상상력으로 이야기를 점화하여, 단속의 수사학으로 서사 스타일을 낯설게 창안하고, 불안이란 생의 단속(緞屬)을 단속(斷續)적으로 단속(團束)하고자 했다는 점에서 김도언 소설의 핵심적 특성을 찾을 수 있다. 여기서 단속(團束)의 문제는 양면적이다. 불안의 뿌리를 단속(斷續)적으로 파고든다는 사실 자체가 불안을 단속(團束)하는 일이 된다는 점에서는 긍정적이다. 그러나 앞에서 충분히 분석하지는 않았지만 그의 몇몇 소설의 결말 처리 방식이 시사하는 바 가공적 단속(團束)에의 의지는 때때로 불안에 대한 도저한 탐색의 심연을 차단할 수도 있다. 불안의 뿌리로 내려가고 더 내려가서, 탈주하고 탈주하여, 불안의 심연에 이를 수 있기를 기대한다. 불안의 심연으로 내려가고 또 내려가다 보면, 상상적으로나마 진정한 의미에서 불안의 해탈에 이를 수 있을지도 모를 일이다. 불안의 해탈, 불안의 카타르시스의 새로운 지평이 김도언의 이후의 소설에서 열릴 수 있기를 바란다.

이룸의 책

소설

도취
박수영 지음 | 값 8,500원
무언가에 이토록 뜨겁게 도취된 적이 있는가? 한때 자신이 옳다고 믿는 사상이 생기자 거침없이 경도되었던 사람들의 허구성을 잘 보여주는 이 소설은 현재성을 상실해버리고 과거에서 의미를 찾으려는 한 개인과 그의 주변인들을 통해 불행한 삶을 잘 보여준다.

거미여인의 집
류가미 지음 | 값 8,500원
어머니의 자살, 학대, 무관심 등으로 씻을 수 없는 상처를 입은 두 주인공, 유리와 클락이 유년의 기억을 떨쳐내지 못한 채 얼룩진 청춘 시절을 겪어나가는 과정을 풍부한 상상력과 신화적인 모티브를 바탕으로 그린 작품.

현기증
고은주 지음 | 값 8,500원
아름다운 여름으로 오늘의 작가상을 수상했던 작가의 작품. 사랑을 통속적이라 여기는 '나'와 진실한 사랑을 위해서라면 갈등 따위는 두려워하지 않겠다는 유진의 이야기다. 유진은 사고로 세상을 떠난 '나'의 일기와 편지를 읽으며 '나'가 어떤 사랑을 했는지 알게 된다. 사랑이란 스쳐가는 것일 뿐이었던 유진에게 드디어 사랑은 치명적인 무언가가 된다.

사흘 동안
박청호 지음 | 값 8,000원
돈을 좇는 군상들이 펼치는 주체할 수 없는 욕망의 질주. 주요한 사건이 사흘 동안 빠른 속도로 진행된다. '사흘'은 또한 암호명 '요나'가 새로운 인물로 태어나기 위해 절대적으로 필요한 시간이기도 하다.

된장
문순태 지음 | 값 8,500원
그동안 천착해왔던 한국전쟁과 80년 광주학살이라는 고정된 인식 틀을 벗어나 사람 사이의 따스한 정이 흘렀던 과거와 고향을 회상하고 핵가족화 이후 가족의 의미마저 상실하고 살아가는 현대인들에 초점을 맞추고 있다.

카르마
박영한 지음 | 값 7,800원
작가는 장애와 불우한 가족사 등 온갖 고통에 신음하는 등장인물들을 통해 업과 윤회, 전생의 의미를 되새기고 있다. 이 책은 작가가 몇 년 전 강원도 산골에서 만난 기이한 형제의 이야기와 작가 자신의 가족사를 병치시키면서 진행된다.

그 여자 무희
정길연 지음 | 값 8,000원
머리가 뜨거워지는 사랑 속에서 안절부절못하는 이진, 사랑은 가슴과 그 아래로 흐르는 어떤 것이라는 무희. 그 둘은 정명이라는 한 남자를 사랑하고 있다.

늘 푸른 소나무 상·중·하
김원일 지음 | 값 각권 15,000원
늘 푸른 소나무는 적나라한 일제시대상과 함께 주인공 주율이 고뇌와 고통 속에서 그 자신의 삶을 완성해가는 과정을 그리고 있다. 민족의 자긍심 고취가 그 어느 시대보다 요구되던 당시의 시대상과 암울한 현실을 뚫고 자아 실현에 따른 생의 총체적인 모습을 볼 수 있는 작품이다.

물 속의 사막
김이정 지음 | 값 8,000원
사랑을 할 때 누구나 생에 대해 진지해진다.

명확했던 모든 것들이 불분명해지는 대신 찰나를 통찰하는 혜안을 얻게 된다. 사랑하는 동안, 우리는 타인에 너그러워지는 대신 자신에게는 몹시 가혹해진다.

열정의 습관
전경린 지음 | 값 7,500원
이 책의 주제인 섹스에 대한 편견을 미홍, 인교, 가현 등 30대 여성 주인공들을 통해 작가 특유의 도발적이고 불온한 언어로 소독해주었으며 육체에 대한 감각적이며 섬세한 묘사를 저자 특유의 매혹적인 문체로 담아내고 있다.

운주 1~5
박혜강 지음 | 값 각권 8,000원
80년대와 90년대 한국 리얼리즘 문학의 든든한 허리 역할을 해온 소설가 박혜강이 7년이라는 세월을 바쳐 완성한 역사소설. 운주사 천불천탑의 대역사(大役事)를 둘러싼 전설과 신비의 역사를, 생생하게 펼쳐지는 시대 배경 속에서 감동적으로 소설화한 〈운주〉는 박혜강 문학의 자존심인 것이다.

부엌
오수연 지음 | 값 7,500원
오수연의 부엌은 인간관계의 무대를 가득채운다. 모든 일들은 부엌에서 일어나며, 먹고 먹히는 것으로 단순화되어 있다. 인도라는, 이국적인 배경에서 펼쳐지는 다소 엽기적인 이야기를 소설에서 보기 드문, 완전한 구어체 문장으로 표현했다.

외등
박범신 지음 | 값 8,500원
해방 후의 현대사의 흐름을 같이 걸어온 주인공 서영우와 민혜주, 노상규. 작가는 이 세 인물들을 통해 잃어버린 사랑의 원형을 찾아 결국엔 죽음에 이르는 핏빛 사랑을 그려내면서 해방 후 현대사를 전해준다.

나는 이제 니가 지겨워
배수아 지음 | 값 7,500원
이지적이면서 자기 주장이 강한 문체를 통해 남녀 관계의 속물성을 파헤치고, 독신녀의 시선을 통해 보여지는 경제, 섹스, 결혼관, 자기 세계에 대한 솔직하고 쿨한 느낌의 세계를 보여주는 작품이다.

사슴벌레 여자
윤대녕 지음 | 값 7,500원
이미지 대신 서사를, 서정적인 자연 묘사 대신 스피드한 플롯으로써 소설이 갖는 '이야기'의 힘을 유감없이 발휘하였다. SF 영화를 보는 듯한 느낌의 공상과학적 모티프를 적극 수용, 인간이 현실 공간에 존재한다는 것의 진정한 의미를 엄밀하게 탐색한 흔적이 역력히 드러나 있다.

문주
양선미 지음 | 값 7,500원
관념성과 과장을 말끔히 씻어낸 듯한 담담하고 정직한 문장이 특징인 작가의 첫 장편소설. 삶에 대한 구체성과 치열함이 잘 드러나 있는 작품.

위험한 상상
김다은 지음 | 값 7,500원
상상의 침대에서 현실로 내려 선 남녀들의 비극. 상상이 얼마나 위험한 것인지를 뒤집어 보여주는 특이한 소설이다.

미트라
원태훈 지음 | 값 8,000원
지구를 떠나 아홉 개의 별을 여행하는 소년의

여정은, 우주 창조의 순정한 순간으로부터 이 탈하여 돌이킬 수 없는 추락을 벗어나지 못하던 인간계가 가까스로 회생의 희망을 품게 되는 과정을 보여주고 있다.

삿뽀로 여인숙
하성란 지음 | 값 7,500원
작품 속의 주인공들은 사회, 혹은 관계로부터 소외된 각각의 개인들로서 고립되고 삭막한 삶 속에서 출구를 발견하지 못한 채 같은 자리를 맴돌고 있다.

길갓집 여자
이현수 지음 | 값 7,500원
아주 일상적인 소재다. 하지만 치열하다. 일상적인 생활에서 일상적인 내가 일상을 벗어나기 위해 치는 몸부림은 치열하다. '나'에게는 고통이다.

내 마음의 포르노그라피
김별아 지음 | 값 7,500원
어린시절 아무것도 모른 채 성기에 대한 호기심을 갖기 시작하는 때부터 사춘기 시절 동성에게 느꼈던 야릇한 감정, 성년의 첫 섹스 등 이분이라는 주인공을 통해 한 여자의 성에 관한 의식의 변천사를 보여준다.

아비뇽의 여자들
이청해 지음 | 값 8,000원
도심의 수영장이라는 공간을 무대로 이곳에서 조우한 20대에서 50대에 이르는 5명의 여인들을 통해 한국사회 여성들의 다양한 면을 드러낸다.

종이꽃
정길연 지음 | 값 7,500원
정해진 울타리 안에서만 머물지 않고 사랑을 명분으로 다른 울타리를 넘나드는 남편의 일탈, 그 가운데서 양쪽 울타리를 바라보며 길을 잃은 아내. 인간이라는 욕망 덩어리의 복잡한 생명체는 그렇듯 자주 길을 잃어버릴 운명인 것이다.

변명 1, 2
정길연 지음 | 값 각권 7,500원
소설의 화자이자 주인공인 태희의 눈을 거쳐 독자에게 전해지는 것은 소설가 남편인 현강의 자유분방한 애정 행각과 그 남자의 사랑할 권리를 인정한 채 물러선 태희의 담대함이다. 사랑의 권리와 의무에 관한 작가의 통찰은 대화 위주의 빠른 문장에 얹혀 전달된다.

비소설

간이역에서 사이버스페이스까지
최재봉 지음 | 값 13,000원
공간이라는 프리즘을 통해 바라본 문학에 대한 새로운 접근!!
국내외 작가 327인의 작품 451편 속의 29개 공간을 각각의 공간마다 여러 작가의 장르를 달리한 여러 편의 시나 소설을 동원해 각기 다른 해석으로 읽어내는 독법이 무척 흥미롭다.

그 꽃의 비밀
서영은, 윤후명, 장석남, 김형경 외 등저 |
값 10,000원
'서영은과 세월을 함께한 사람들'이란 부제에서 보이듯이 이 책은 그녀에게 바치는 헌사이다. 이미 출간된 《그녀에게 꽃을》이라는 책과 대조를 이루는 책.

민들레처럼
안도현 지음 이종만 그림 | 값 7,500원
책읽기 좋아하고 일기에 꼬박꼬박 독후감을

남기는 주인공에게 어느 날 민들레 꽃씨가 날아온다. 꽃씨가 주인공에게 날아 올 수 있었던 것은 민들레 몸 바깥의 바람 때문이기도 하지만 먼저 몸속의 바람의 힘으로 공중으로 떠올랐기 때문에 가능했다.

사람으로 아름답게 사는 일
박범신 지음 | 값 9,700원

소설가 박범신이 용인의 '한터山房'을 무대로 써내려간 에세이. 그가 용인에서 살 집을 짓기 시작할 당시부터 서툰 솜씨로 지었던 밭농사 이야기, 월드컵 경기가 한창이던 지난여름 한터산방을 찾은 제자들과 나누었던 뜨거운 문학에 대한 이야기, 절필 선언 후 다시 문학의 길로 돌아오기까지의 고통스러운 과정 등을 그리고 있다.

촌놈 김용택 극장에 가다 1, 2
김용택 지음 (1권 값 7,900원 2권 값 9,700원)

36밀리로 찍은 또 한 편의 영화, 촌놈의 눈으로 영화보기. 김용택 시인은 자칭 타칭 영화광이다. 중학교 시절, 한 끼씩 굶어가며 모은 쌀을 팔아 영화를 보러 다닌 이야기는 너무나 유명하다. 그의 영화에 대한 '기대'와 '사랑', '애정'이 오롯이 담겨 있는 영화 에세이다.

적멸보궁 가는 길
이산하 지음 | 값 12,000원

한국 불교 성지인 5대 적멸보궁과 3보사찰, 3대 관음성지를 아름다운 풍광과 함께 소개했다. 봄 여름 가을 겨울, 사찰이라는 점에서는 같지만 저마다 다른 배경 속에서 다른 얼굴들을 하고 있는 절간과 절집마다 전설처럼 전해 내려오는 이야기들, 때론 신선처럼 때론 아이처럼 천진난만한 스님들과 절집 사람들의 모습도 한 폭의 풍경화처럼 그려져 있다.

이경자, 모계사회를 찾다
이경자 지음 | 값 12,000원

중견 소설가 이경자가 모계사회의 흔적이 강하게 남아 있는 중국 운남성의 오지로 여행을 떠났다. 남자는 장가들지 않고, 여자는 시집가지 않는, 하지만 분방하거나 억압되지도 않은 곳. '남편'과 '아버지'란 단어가 존재하지 않는 그곳 루그 호(湖)의 모소족은, 가부장제의 폐해와 오래도록 싸워온 소설가 이경자의 '오래된 미래'다.

톨스토이처럼 죽고 싶다
김별아 지음 | 값 7,500원

이 책에서 우리는 많은 책들과 사건들, 철학자들을 만날 수 있다. 이리저리 내키는 대로 돌아다니고 주제를 옮기면서 내미는 신선한 생각을 읽는 것이 무척 즐겁다.

생명, 그 나무에 새긴 노래
남궁산 그림 박남준 동저 | 값 8,900원

출판매체에 관심을 갖고 시집의 표지나 장서표 등의 작업을 통해 판화를 대중화하는 데 주력해온 판화가 남궁 산의 판화 에세이집이다. 이 책은 61점의 판화작품을 중심 글감으로 하여 여덟 명의 문인들(정길연, 윤대녕, 하성란, 이순원, 안도현, 박남준, 최재봉, 조용호)의 짧은 글 또는 시를 엮은 것이다.

아들을 위하여
황석영 지음 | 값 8,000원

정당한 사회를 위해 불의에 뜻을 굽히지 않았던 선배로서 그리고 앎에 대한 똑바른 지식인으로서 아버지가 들려주는 산문. 그가 말하는 아직도 뜬구름잡기 식으로 진행되는 우리의 현대사에 대한 질타이자 한편으로 처음 말을 뗀 아이의 입을 바라보는 초보아빠의 숨결처럼 앞날에 대한 기대와 희망을 담아낸다.